古典文獻研究輯刊

二二編

曾永義 主編

第 6 冊

遊冥故事與中國古代小說的建構空間

鄭紅翠 著

國家圖書館出版品預行編目資料

遊冥故事與中國古代小說的建構空間／鄭紅翠 著 -- 初版 --
新北市：花木蘭文化事業有限公司，2020〔民109〕
序 4+ 目 4+252 面；19×26 公分
（古典文學研究輯刊 二二編；第6冊）
ISBN 978-986-518-176-5（精裝）
1. 中國小說 2. 文學評論

820.8 109010547

ISBN-978-986-518-176-5

9 789865 181765

古典文學研究輯刊
二二編 第六冊 ISBN：978-986-518-176-5

遊冥故事與中國古代小說的建構空間

作　　者	鄭紅翠	
主　　編	曾永義	
總 編 輯	杜潔祥	
副總編輯	楊嘉樂	
編　　輯	許郁翎、張雅淋　美術編輯　陳逸婷	
出　　版	花木蘭文化事業有限公司	
發 行 人	高小娟	
聯絡地址	235 新北市中和區中安街七二號十三樓	
	電話：02-2923-1455／傳真：02-2923-1452	
網　　址	http://www.huamulan.tw 信箱 hml810518@gmail.com	
印　　刷	普羅文化出版廣告事業	
初　　版	2020 年 9 月	
全書字數	217689 字	
定　　價	二二編 9 冊（精裝）台幣 22,000 元	版權所有・請勿翻印

遊冥故事與中國古代小說的建構空間

鄭紅翠　著

作者簡介

鄭紅翠，1993 年本科畢業於黑龍江大學中文系，2009 年於哈爾濱師範大學獲得文學博士學位，博士生導師為中國古代小說研究領域的著名學者張錦池教授、關四平教授。現為《哈爾濱工業大學學報》（社會科學版）常務副主編，從事中國古代小說研究。主編《想像力的世界──二十世紀「道教與古代文學」論叢》（黑龍江人民出版社，2006 年）。獨立完成黑龍江省社會科學規劃研究基金項目一項，近年來在《明清小說研究》《學術交流》等學術刊物發表學術論文 20 餘篇。

提　　要

　　遊冥故事是中國古代敘事文學中的一個故事類型，其出現源於古代中國人對死後世界的思考，發展興盛則主要是佛教地獄觀直接或間接作用於文學的結果，同時也與小說自身的發展密切相關。

　　大多數遊冥故事中，冥界觀念中佛教地獄觀念占主體部分，冥界主宰機構的主要功能就是根據生前善惡對亡靈進行審判，對有罪亡魂進行懲罰。宋代以前冥界審判的依據主要是亡者的宗教態度與宗教行為，宋以後對亡者的道德評判置於首位。漢魏晉時期，為中國本土遊冥故事時期，體現中國傳統的幽冥觀念；南北朝時期，佛教地獄與中國冥府漸趨融合，是宣傳佛教地獄觀的載體。故事宗教色彩突出，敘述的重點是遊歷地獄，體現宣教勸教主旨；中晚唐時期，為冥界觀念定型期，遊冥故事中閻羅王的主宰地位得以確立，世俗化特徵突顯，創作技巧更為成熟；宋以後為宗教色彩淡化期，佛教地獄觀念與儒家思想合流，充滿了濃濃的道德勸懲與教化色彩；明清時期，遊冥故事呈現多元化特徵，開始脫離宗教的束縛，成為小說家的一種敘事手段，在推動小說情節發展、構架小說結構、完成小說主題等方面起到了關鍵性的作用。「唐太宗入冥故事系列」和「秦檜冥報故事系列」是兩個影響較大的遊冥故事，故事的發展流變能夠體現出故事的創作主旨、人物形象、冥界觀念、故事功能等方面的變遷，同時也能考察民間傳聞對於文人小說創作的影響。

序

　　鄭紅翠君 2006 年考入哈爾濱師範大學文學院，成為「宋元明清文學」方向的博士生。經過三年的刻苦學習，她於 2009 年順利畢業，獲得了文學博士學位。她是張錦池教授和我合作指導的博士生，張老師任第一導師，我任第二導師。鄭紅翠這部學術著作就是在其博士論文基礎上，三易其稿修改而成，現在要付梓問世了，我和張老師都很高興，在此向鄭紅翠同學表示由衷的祝賀！大著出版之際，鄭紅翠囑我寫幾句話，我覺得義不容辭就答應了。下面就把我閱讀書稿的感受書之於後，和廣大讀者分享。

一、知難而進，勇於挑戰

　　鄭紅翠的博士論文題目是她自己選擇的。記得討論論文選題的時候，我曾經一再問她，選擇這個題目你考慮好了嗎？準備充分嗎？作為一個女孩子寫鬼魂的題材，你不感到恐懼嗎？她的回答始終是肯定的，堅定不移的，態度十分執著。這令我對她刮目相看。亞里士多德曾指出：興趣是最好的老師。鄭紅翠對這個題材有興趣，且如此堅定，準備充分，我就相信她能夠做好這篇論文。實際上她自己也知道，這個題目涉及面廣，內容駁雜，搜集梳理困難，總結概括不易，是一個不好做的難題。但她能夠不懼煩難，知難而進，面對自己感興趣而又有學術價值的選題，勇於向困難挑戰，同時也是挑戰自我。這種精神和勇氣是值得鼓勵的，應該給予支持。這也是作為一個年輕人、作為一個博士生、作為一個青年學子應該有的學術素養、膽識氣魄和精神狀態。有鑑於此，我將這一點放在前面特地先說一說，既是對鄭紅翠治學精神的肯定，也是對在讀博士生的鼓勵。

二、縱橫交錯，填補空白

在中國傳統文化中，生活在中華大地上的芸芸眾生與人們憑想像創造出來的冥府中的虛幻鬼魂有著十分密切的聯繫。鬼魂是否存在，這是個一直存有爭議的複雜問題。相比較而言，在整個中國古代社會，有鬼論者顯然佔有多數。魯迅先生在《中國小說史略》中就曾指出：「當時以為幽冥雖殊途，而人鬼乃皆實有。」不僅魏晉時期如此，此後一直到清代亦是如此。起碼一般大眾是將信將疑、難置可否。當然，如果要準確辨析此問題，還需從概念入手，首先要搞清楚應如何界定「鬼」的內涵。從概念的解釋層面來說，筆者認為，阮籍所云「人死為鬼」的定義最為簡潔明確，又容易為人所理解和接受。這既將生與死二界做了區分，以人所必須經歷的「死」來劃線，一分為二，人與鬼判然二界，不能混淆，但同時又說明了鬼的來源及鬼與人的關係，一一對應，等量齊觀。換句話說就是：過去現實世界有多少人，冥界就應有多少鬼；現在現實世界存在多少人，將來冥界就將會陸續增加多少鬼。這樣一解釋，鬼的產生和存在就是一種必然現象，就掃除了人們對鬼的恐懼感，也揭去了其神秘面紗。唐代詩僧王梵志所做的有關人生死關係的詩作也形象地說明了人與鬼的對應關係：「城外土饅頭，餡草在城裏。一人吃一個，莫嫌沒滋味。」這就揭示出城裏的活人終究會成為城外墳墓裏的鬼，並且一人對應一鬼，數據吻合，絕無例外。

既然鬼的隊伍如此龐大，人們就不能無視或忽視其存在，於是人們試圖立足於現實社會生活中曾出現的無法解釋的一系列神秘現象，以各種方式建立人與鬼或曰現實世界與地下冥府之間的聯繫。其主要方式有兩種：一是冥府的人回歸現實世界，即所謂「還陽」；一是現實世界的人進入冥府，即所謂「入冥」。並且通過文學創作來虛構其複雜故事情節，將其形象化地表現出來。鄭紅翠博士論文研究的內容就屬於這個領域。

綜上所述，這個龐雜的領域是值得研究的，既有學術價值，也有理論價值。從生命科學、人文科學發展的時代侷限來說，這一研究的價值或許會隨著時代和科學的發展而增值。從學界目前的研究現狀來說，已經有了前人與時賢的一系列學術成果，但因其過於龐雜，難以把握，研究拓展的空間還較大。有鑑於此，鄭紅翠試圖從縱向和橫向兩個層面交錯進行，通過縱橫互補的雙向觀照，來發現新問題，做出新闡釋，填補其空白。

從橫向層面說，作者在第一章中，把古代小說中的遊冥故事所展示的幽

冥世界進行了方方面面的解剖，使得讀者可以全面充分地掌握幽冥世界的複雜建構形態。這裡邊包括：遊冥故事中的冥府方位地點及文化歸屬、冥府外部特徵與冥界之主、冥界主宰機構及其官僚體系以及其審判功能，冥府和人間官府的關係、遊冥故事中兩岸世界的互動關係、入冥原因與方式、復蘇與還陽的指向、遊冥故事的人間情懷，等等。該著中這部分內容分析細密，挖掘深入，梳理全面，其中多有新的發現和新的見解，在一定程度上彌補了學界研究的空白和不足。

從縱向層面觀照，作者在第二章中，又在第一章橫向研究的基礎上對遊冥故事做了「歷史演變的」全方位掃描，從漢代一直到清代，系統而清晰，簡明而周詳，抓住特色，概括準確，不乏真知灼見。特別是其中對各個時代遊冥故事所具特色的概括，就可見出作者對豐富材料的把握能力和總結概括能力。諸如：漢魏晉的遊冥故事特色是：傳統冥界觀的再現與遊冥故事的雛形；南北朝是傳統冥界觀與佛教地獄觀的合流；唐代是冥界觀念的定型與遊冥故事的世俗化；宋代是勸懲主旨與宗教色彩的淡化；明清是遊冥故事蛻變為小說敘事手段。既有歷史演化軌跡的清晰勾勒，又有每個時代的獨特色彩和準確定位。其中幾個關鍵性的轉折點也找得很準，足見其宏觀把握問題的學術眼光。這一章的撰寫，增加了該著的歷史厚度，凸顯出著作的學術價值。其中一些新材料的發現和新觀點的提出，也具有填補空白的意義。

三、緊扣主題，立足文本

在橫向展示了遊冥故事的豐富和縱向梳理了其源遠流長的演變軌跡之後，作者還是緊扣「遊冥故事與中國古代小說」這個中心論題，把論述重點回歸到遊冥故事對中國古代小說建構影響的主題。於是特意設計了第三章——遊冥故事對中國古代小說的建構。在這一章中，作者立足中國古代小說文本，具體考察和研究了遊冥故事在中國古代小說文本中的呈現形態，梳理、歸納其對古代小說建構的諸多作用與深遠影響。作者對此是從五個層面切入進行具體研究的。其中包括：古代小說的敘事模式、團圓結局方式、勸懲模式和「實錄」敘事特徵等。由於作者能夠立足文本，並且對文本爛熟於心，所以能夠將文本紛繁複雜的描寫上升到理論高度，進而總結出五個有理論價值的方面加以概括。這就使其研究既有獨特的學術價值，又有普泛的理論意義。不僅如此，作者又進而分別在這幾個層面中深入進去，具體論證，再歸納、

總結出一系列具體的理論問題進行探究。諸如：因果相屬的連環套式結構形態、敘述視角的靈活轉換、團圓結局方式、地獄受罰模式、「實錄」敘事特點及成因、地下空間想像與時間想像，等等。這就把本來是遊冥故事的結構特點上升到中國古代小說敘事模式、結構方式和時空建構等比較宏大的層面加以觀照和研究。這就做到了由個別到一般，從而使其研究建立在了紮實的文本材料的基礎之上，使其得出的結論具有了持之有故、言之成理的說服力。這也就使其論題中涉及的遊冥故事和中國古代小說這兩個關鍵詞之關係得到了充分而又細密的闡釋，對二者的關係進行了淋漓盡致的闡發，很好地論證了論題所要求回答的一系列問題。

為了使其論證更為詳實和有力，作者又設計了第四章——遊冥故事系列個案研究。具體研究了「唐太宗入冥故事系列」和「秦檜冥報故事系列」。從人物關係上看，這兩個歷史人物又構成了正反、善惡、美醜的鮮明對比。通過對個案故事人物形象的演變、佛教機緣與故事功能、忠奸觀念的強化、民間幽冥信仰的多元性強化等問題的論述，遊刃有餘地將個案的遊冥故事做了細密的分析，從中也梳理發現了一些新問題。這兩個遊冥故事系列的個案研究，與前三章的遊冥故事的整體研究構成了總論和分論的呼應，達到了總論統領、個案密縫的互補效果。

當然，從數量上說，這兩個個案雖然具有代表性，但還是稍嫌少了一點，如果再能有一兩個個案的加入，那就會更豐滿一些。

關四平　2018 年夏

目

次

序　論

　　作為中國古代敘事文學中的一個故事類型，遊冥故事在中國古代小說、戲曲中俯拾即是。遊冥故事的出現，源於古代中國人對死後世界的思考。遊冥故事對中國古代小說史具有重要的意義。本文研究範圍主要為中國古代小說中的遊冥故事，在明確的概念界定與遴選標準下，力求對中國古代遊冥故事做最大限度地鉤輯與梳理，進而尋繹遊冥故事發展流變的脈絡軌跡與特徵，探尋其對中國古代小說的影響。

一、遊冥故事的界定

　　關於冥，《說文》的解釋是，「冥，幽也。從日從六，一聲。日數十。十六日而月始虧幽也。」冥有幽冥之意，在漢譯佛典中，「幽冥」一詞有兩個含義：其一為雖為有理，而幽速非常識所及之處；其二指三惡道無真理光之處，即冥土〔註1〕。佛教所說的冥界，主要包括天堂和地獄兩大空間。本文在第二個意義上使用此義，即死後生活或輪迴的世界。

　　遊冥指遊歷地下世界，特指遊歷地獄世界。冥府遊歷是世界各地廣為流行的一種想像，遊冥故事是中國小說中最常見的情節內容之一，是中國古代敘事文學中一個重要的故事類型。

　　中國占代遊冥故事中的冥界包括兩個方面：一為中國本土的幽冥，一為佛教傳入後的地獄世界。中國很早就有遊冥故事，只是冥界的內涵有所不同。隨著佛教的傳入，中國冥界觀的內涵發生了革命性的變化。

〔註 1〕丁福保‧佛學大辭典‧「幽冥」條‧福建莆田廣化寺印行，1990：1064。

中國本沒有地獄觀念。最遲至東漢時代，華夏民族認為人死之後魂歸泰山，北方已產生「泰山治鬼」的傳說，泰山成為鬼府。冥王為泰山府君，冥府不是一個懲罰性場所，而是冥間官府所在地。很多學者對佛教傳入以前的中國冥界觀念有詳盡的論述。中國傳統的冥界觀與中國早期的民間宗教信仰為佛家地獄說在中國的傳播推廣奠定了基礎。

隨著佛教在中國的傳播推廣，佛教地獄觀念日漸深入人心，一些宣傳地獄觀念的遊冥間傳聞和故事開始傳播，有的是佛教徒為宣教而作，有的是文人參與創作。隨著中國小說的發展成熟，遊冥故事更多地成為小說敘事手段，對中國小說影響深遠。

對於遊歷冥間故事，目前學術界沒有統一的界定和標準。法國學者戴密微稱為入冥故事〔註2〕，陳洪稱為遊冥小說〔註3〕，侯旭東稱為遊冥間傳聞〔註4〕，錢光勝稱為入冥小說〔註5〕，夏廣興把這類故事稱為冥界遊行故事〔註6〕，還有的學者稱為「地獄巡遊」故事〔註7〕、「冥府遊歷」故事〔註8〕（韋鳳娟），王立概括為「冥遊母題」〔註9〕，等等。本文稱為遊冥故事。依據故事內容，界定的標準有二：第一，到陰曹地府走了一圈，見到冥界官員及機構；第二，在冥界接受審判，並參觀地獄後返回陽間。依照此界定標準，排除了中國古代小說以及文人筆記中大量的鬼故事，便於集中研究。另外要說明的是，南北朝以來文人筆記中有很多非常簡短的遊冥故事，以現代小說的概念來衡量還不能稱之為小說。唐代很多遊冥故事可以說是成功的遊冥小說。而中長篇白話小說中的遊冥情節也不能稱為小說，只能是作為小說情節的故事。本文

〔註2〕〔法〕戴密微·唐代的入冥故事——黃仕強傳·《敦煌譯叢》第一輯·甘肅人民出版社，1985。

〔註3〕陳洪·佛教與中古小說·學林出版社，2007：55。

〔註4〕侯旭東·東晉南北朝佛教天堂地獄觀念的傳播與影響——以遊冥間傳聞為中心·佛學研究·1999。

〔註5〕錢光勝·佛教地獄觀念與唐代的入冥小說·和田師範專科學校學報（漢文綜合版）·2006，（4）。

〔註6〕夏廣興·冥界遊行——從佛典記載到隋唐五代小說·中華文化論壇·2003，（4）。

〔註7〕范軍·佛教「地獄巡遊」故事母題的形成及其文化意蘊·華僑大學學報（哲社版）·2005，（3）。

〔註8〕韋鳳娟·從地府到地獄——魏晉南北朝鬼話中冥界觀念的演變·文學遺產·2007，（1）。王青·西域冥府遊歷故事對中土的影響·新疆大學學報（社科版），2004，（1）。

〔註9〕王立·中國古代冥遊母題幾種類型及演變過程——兼談冥間世界對於陽世官場腐敗的揭露·東南大學學報（哲學社會科學版），2003，（3）。

為敘述的方便，一律稱為遊冥故事。

　　遊冥故事所反映的主要是佛教地獄觀念，這是幾乎所有研究者都關注的問題。在遊冥故事中，有一部分是受道教影響產生的故事，故事所反映的是道教地獄觀念。在中國小說中，尤其是中國文言小說中，酆都「鬼城」的出現次數遠不及泰山鬼府和佛教中的地獄。在絕大多數中國民眾觀念中，佛教閻羅王是根深蒂固的冥界之主，絕大多數的遊冥故事中的冥王也是閻羅王。本文對道教地獄觀念的遊冥故事較少涉及，主要梳理佛教地獄觀念影響下的遊冥故事。

二、傳統冥界觀與佛教地獄觀對遊冥故事的制約

　　遊冥故事是冥界觀念影響下的產物。中國民眾信仰中完整而系統的地獄觀念是佛教東傳後佛家地獄理論與中國本土的冥界信仰融合而成的具有中國特色的地獄觀。

　　根據學者們對中國本土早期的冥界思想〔註10〕的考證研究，中國本土早期冥界思想以漢代泰山治鬼信仰為核心內容。漢代以前也有模糊的冥界觀念。春秋時代，人死後去地下黃泉，似乎是相當普遍的觀點。黃泉被想像成地下水世界，一個位於地下的黑暗悲慘的地方，表示死者的家。戰國時代，死後世界的觀念有所謂「幽都」，《楚辭・招魂》有「幽都」和「土伯」，分別指死後世界和其中的統治者。漢代，泰山治鬼信仰開始流行，史書上明言泰山神為當時冥界的最高主宰〔註11〕。「泰山治鬼」，指人死後戶籍將遷往冥界（即

〔註10〕中國早期冥界思想主要指未受到佛教地獄觀影響的中國傳統冥界觀，主要為先秦及漢魏晉時期的冥界思想。關於傳統冥界觀，詳見余英時《東漢生死觀》（上海古籍出版社，2005年）、蕭登福《先秦兩漢冥界及神仙思想探源》（臺灣文津出版社，1990年）及《漢魏六朝佛道兩教之天堂地獄觀》（臺北學生書局，1989年）、蒲慕州《墓葬與生死——中國古代宗教之省思》（中華書局，2008年）等書的相關論述。

〔註11〕《後漢書》說東漢時方士徐峻大病一場，三年不愈，於是前往太山請命，李賢注說「太山主人生死，故詣請命也。」又記載，東漢遼東的烏桓人葬俗有一種觀念，死者的魂靈要歸於在遼東西北數千里的赤山，正「如中國人死者魂神歸岱山也」，李賢注《博物志》泰山，天帝孫也，主招人魂。東方萬物始，故知人生命。」《魏書》卷五十二《段承根傳》就已有「泰山府君」的記述。《列異傳》則提到「泰山伍伯」、「泰山錄事」和「泰山令」。《異苑》和《冥通記》等，也都涉及「泰山府君」。漢魏以來的文學作品對「太山治鬼」之說多有反映。泰山神主人生死，源於顧炎武《日知錄》卷三十有對泰山治鬼信仰的考證。

「生死異簿」，死後「名繫泰山錄」），泰山乃是冥界最高官署所在地，它在冥界的地位猶如漢之都城，冥界由泰山府君管轄〔註 12〕。泰山府君作為幽冥世界的具體管理者魏晉以後也得到了廣泛的承認。

隨著佛教地獄觀念的傳播，泰山治鬼觀念漸與佛教地獄觀念融合，但由於宗教信仰的連續性，泰山治鬼觀念並沒有在人們的信仰世界中消失〔註13〕，至宋仍有部分史著及文學作品有所反映。

根據以往研究者的描述，中國本土先秦及兩漢時期對於幽冥世界的想像，有以下幾個特點：

第一，通常的情況下，人是根據世俗社會的現狀來想像幽冥世界的。冥界對漢人而而言，實是陽世生活的另一種延續。漢世的冥官皆仿造漢代的制度而設，人們根據社會上的官僚機構設想地下的層層官吏，這種情況在後代也是如此。

第二，一般情況下，幽冥世界是恐怖的。漢人對死後世界抱持一種排斥懼怕之心，持悲觀而懷疑的態度〔註14〕。

第三，確立了泰山在幽冥世界中的統治地位，泰山府君成為佛教傳入以前的冥界之主。

總的看來，中國早期傳統信仰中的冥界還不像佛教的地獄，它不是進行道德審判和懲罰罪惡的場所，僅僅是人死後靈魂的歸宿，它具有如人間社會般的組織結構和生活需要，但簡單模糊而並不系統明晰，在很長一段時間內，它能滿足古人對他界信仰的追求。唯其如此，在佛教傳入中土相當長的一段時間內，獨具特色的中土傳統冥界並沒有被佛教地獄所代替。

佛教地獄觀念傳入後，對中國傳統的冥界思想產生了巨大的衝擊。中國傳統的冥界觀與中國早期的民間信仰為佛教地獄說在中國傳播推廣奠定了基礎。隨著佛教地獄觀念的廣泛傳播，佛教地獄觀與傳統冥界觀合流，形成了梵漢雜融的冥界信仰，深刻影響了中國人的信仰世界。

佛教傳入我國，一般的說法是東漢明帝時期。隨著佛教傳入中土，有關

〔註12〕 韋鳳娟·從地府到地獄——論魏晉南北朝鬼話中冥界觀念的演變·文學遺產·2007，（1）。

〔註13〕 詳見趙翼《陔餘叢考》卷三十五，論述泰山治鬼信仰及時人對這一觀念的崇信，認為泰山治鬼，世果有其事也，並引《南史·沈攸之傳》及《北史·段暉傳》等論證之。

〔註14〕 蒲慕州·追尋一己之福·上海古籍出版社，2007：192。

地獄的觀念亦隨之而入。佛教地獄觀是佛教業報輪迴說的一個組成部分，是「三世因果」和「六道輪迴」信仰的核心，是最早傳入中土的佛教觀念之一〔註15〕。

　　地獄觀念是佛教死亡觀、道德觀以及因果報應思想的一部分。地獄，漢譯為「不樂」、「可厭」、「苦具」等，又因其所處地下，故稱之地獄。「琰魔羅，閻羅，梵語是 yamaraja，原是『二十天』的第二十天，後來演變為『地獄』（Naraku，捺落迦）的主者。『地獄』又名 Niruga，譯音為泥犂。」〔註16〕

　　根據大量佛教經籍的描述，地獄觀的主要內容〔註17〕簡述如下：

　　第一，地獄是佛教六道（或五道）輪迴中的最底層與最惡道，是懲罰有罪眾生的惡報場所。

　　第二，地獄種類繁多，數量成千上萬。一般分為寒冰地獄、炎火地獄、極邊地獄三大類型。一般文學作品提到的地獄有「八熱地獄」、「八寒地獄」、「十八層地獄」、「阿鼻地獄」等。它們或位於南贍部洲地下（或鐵圍山下）

〔註15〕關於地獄說流入我國的時間，臺靜農《佛教故實與中國小說》引用《開元釋教錄》卷一《總錄‧後漢》著錄：「《問地獄事經》一卷，見朱士行《漢錄》及《高僧傳》右一部一卷（本闕）。沙門康巨（或作臣），西域人，心存遊化，志在弘宣，以靈帝中平四年丁卯於洛陽譯《問地獄經》言直理詣，不加潤飾。」中平四年為187年，認為佛教地獄說在公元二世紀末已流入中國。臺靜農《佛教故實與中國小說》《東方文化》十三卷一期，1975年。見《臺靜農論文集》，第199頁，安徽教育出版社2002年版。據梁僧祐《出三藏記集》、《高僧傳》記載，三國時已有集中表現地獄觀念的漢譯佛經。早期的譯家支婁迦讖於東漢光和二年（179年）譯出的《般若道行品經》卷三第五《泥犂品》（又作《佛說十八泥犂經》，有作安世高譯）、康巨於中平二年譯的《問地獄事經》是現存最早的關於佛教地獄觀的漢譯本（見湯用彤《〈高僧傳〉校注》，中華書局，1992年）。此後含有宣揚地獄惡報內容的佛經更被大量譯出，至隋之前，這樣的經典多達幾十部，舉其要者，有漢安世高譯《佛說十八泥犂經》、《佛說罪業報應教化地獄經》、《佛說分別善惡所起經》，支婁迦讖所譯《道行般若經》卷三「泥犂品」，三國吳康僧會所譯《六度集經》卷一、卷三、卷五，西晉法立、法炬譯《人樓炭經》卷二「泥犂品」，東晉僧伽提婆譯《三法度論》卷下「依品」，姚秦鳩摩羅什譯《小品般若波羅蜜經》卷三「泥犂品」，劉宋求那跋陀羅譯《佛說罪福報應經》，陳真諦《立世阿毗曇論》等等。唐時譯《俱舍論》（卷十一）、《地藏菩薩本願經》等。這些地獄佛典的大量譯介，推動促進了佛教地獄觀的流行和傳播，對中國傳統的幽冥信仰世界產生重大影響。

〔註16〕胡適‧胡適學術文集‧中國佛學史‧中華書局，1993：617。

〔註17〕陳洪‧佛教與中古小說‧學林出版社，2007：57。

數萬里的地心，縱廣數萬里；或位於大地表面的山間、曠野、水上、樹下。這些地獄形成了龐大的幽冥世界〔註18〕。

第三，地獄的最高統治者是閻羅王〔註19〕，晚唐以後地獄十王信仰流行，地獄最高統治者是地獄十王，地獄的最高主宰是地藏菩薩〔註20〕。在民間，影響最為深遠、最為人熟知的是閻羅王。地府掌握人的生死壽數，能查知人的善惡罪福。地獄有判官和無數的鬼卒，它們是地獄審判實施懲罰的執行者。

第四，地獄是極為陰森恐怖、痛苦漫長的受苦之處。那裡「刀林聳日，劍嶺參天；沸鑊騰波，炎爐起焰；鐵城晝掩，銅柱夜然。如此之中，罪人遍滿。周惶困苦，悲號叫喚。牛頭惡眼，獄卒凶牙。長叉柱肋，肚心碓搗，猛火逼身，肌膚淨盡」〔註21〕。地獄裏的眾生受著常人難以想像的種種嚴酷的懲罰，處於永無間斷的痛苦之中。

第五，地獄是善惡的終極裁判所。凡生前違犯宗教戒律或有惡行者，死後入地獄受報。入何種地獄由閻羅王依其生前惡業而定，受盡懲罰後託生為人、獸、鬼等。生前行善、信佛、為沙門者依其福業，或入地獄受輕罰，或升天堂享樂。

在佛教地獄觀傳播過程中，佛教地獄與中國泰山地府漸趨融合，泰山地府成為泰山地獄，佛教地獄被中國化了，佛教中地獄及餓鬼道的統治者閻羅王為中國人所接受，並且漸漸居於泰山府君之上〔註22〕，閻羅王取代泰山府君成為了中國民眾信仰中的冥界之主。由於種種因素的交互作用，在初唐之時，基本形成了一個融合佛教和本土觀念的新的幽冥世界。經過漢末到唐初約六百多年的傳播、接受與改造，中晚唐時期，基本形成了一個融合印度佛教和本土觀念的新的幽冥世界，閻羅王成為了新的幽冥世界的主宰者，佛教

〔註18〕詳見蕭登福《漢魏六朝佛道兩教之天堂地獄觀》（臺北學生書局，1989年）的相關論述。

〔註19〕閻羅王不僅是地獄的統治者，他還是餓鬼道的統治者。據《正法念處經》卷17《大毗婆沙論》卷172，《俱舍論》卷11等所舉，閻魔王為惡鬼（或餓鬼）之主領，號閻魔鬼王，住於閻魔羅界（餓鬼世界）。參見丁福保《佛學大辭典》「閻魔王」詞條，6340頁。

〔註20〕詳見張總《地藏信仰研究》（宗教文化出版社，2003年）、莊明興《中國中古時期的地藏信仰》（臺灣大學出版委員會，1999年）等論著的相關論述。

〔註21〕釋道世・《法苑珠林校注》・周叔迦、蘇晉仁校注・中華書局，2003：227。

〔註22〕葛兆光認為這種轉變約出現在東晉時代，見《死後世界——中國古代宗教與文學的一個共同主題》，揚州師範學院學報（社會科學版），1994，（3）。

地獄觀念也逐漸成為了中國人新的幽冥世界構建中的主要內容。中晚唐以後，隨著變相、變文等藝術形式的宣傳，佛教的幽冥觀念進一步為中國世俗社會所接受。通過種種形式，佛教的地獄傳說結合中國民間原有的「泰山」、「蒿里」、「黃泉」想像，逐漸形成了人們有關亡靈世界的新的集體想像，同時也將一種原生的自然形態的靈魂歸宿信仰，改造成一種具有善惡、是非、果報觀念，具有現世指涉功能的宗教工具。佛教徒通過口頭講經、唱導及壁畫等形式，在促使人們向善信佛的同時，也將地獄的恐怖陰影深深地印在了民眾心中。

　　隨著佛教地獄觀的影響滲透，道教吸收融會了佛教的一些地獄觀念。道教的地獄信仰以酆都（也稱豐都）地獄說為主。齊梁時期，陶弘景為道教引進了地獄的概念1〔註23〕。隨著佛教地獄觀念影響的擴大，閻羅王也進入道教。在道經中，閻羅成為全權審判者，凡是眾生命終後進入下一輪迴都要事先經受他的審判〔註24〕。「在中土人士的意識裏，一般卻把地獄等同於冥界，把它當成一個『處所』，是罪惡的亡靈接受懲罰的地方。又按中國人的設想，餓鬼則是在地獄裏接受懲罰的有情的一類；畜生則附屬於人間。這樣，『六道』就被劃分為生死、人鬼、幽明兩個世界。……這實際是佛教教理在中土固有思想土壤上的發揮，是對印度佛教『六道輪迴』的『曲解』。」〔註25〕這種「曲解」顯露佛道雜融的中國化地獄的思想特色。此後隨著道教的發展完善，道教地獄觀念進一步強化，於是人們大多相信，普通人死後亡魂會歸於泰山之下，泰山神東嶽大帝為冥界主宰，酆都為冥界入口之一，冥府就是懲惡揚善的場所。

　　佛教地獄觀念與道教地獄觀念的融合，使得中國古代小說對地獄觀念的反映也並不系統，很多時候非常混雜，既有傳統的泰山冥府，又有佛教地獄，還常常雜以酆都地獄。但不管是哪一類地獄觀念，其在一點上得到了統一，

〔註23〕《真誥》中說：「北方癸地有羅酆山，山高二千六百里，洞中有六宮，輒周圍千里，是為六天鬼神之宮也。」這裡所說的「六宮」即相當於地獄。同時，陶弘景還撰寫了《真靈位業圖》，其中「第七酆都北陰大帝——炎帝大庭氏，諱慶甲，天下鬼神之宗，治羅酆山，三千年而一替」，將位於第七層的酆都大帝稱之為治鬼的最高統治者，治所就在豐都縣羅豐山，他與他的眾多鬼官，構成了一個與人間無異的機構健全的統治機構。見陶弘景《真誥》第456頁（上海古籍出版社1987年）。

〔註24〕吳海勇．中古漢譯佛經敘事文學研究．學苑出版社，2004：482。

〔註25〕孫昌武．文壇佛影．中華書局，2001：96。

即任何人在死亡之後，其靈魂都要在冥府中受到公正的審判：如果生前做了好事，那麼靈魂就可以上升到天堂；反之，如果生前作惡多端，死後靈魂就要進入地獄。

隨著佛教的日益本土化，佛教的地獄說與中國民間的泰山地府說聯姻，促進了傳統地府觀念的完善。其後，又與道教酆都地獄說相結合，組成佛道兩教均予認同的地獄世界，而原本中國傳統的泰山地府說則漸漸地被人淡忘。佛教地獄觀與中國傳統冥界觀的融合，形成了帶有中國特色的地獄信仰，這種地獄信仰逐漸成為中國民眾最普遍、最持久、最為根深蒂固、影響力最為深遠的民間信仰之一，深刻影響了當時及以後社會生活的諸多方面，表現在文學上，就是在中國小說史上，出現了冥報類小說。遊冥故事則是冥界信仰最直接最集中的反映。

三、遊冥故事的研究現狀

因為遊冥故事受到佛教地獄觀念的規定，對於遊冥故事目前很多學者把研究重點集中於佛教地獄觀。佛教在我國的發展鼎盛時期是南北朝至中晚唐時期，對於佛教地獄觀與遊冥故事的關照也多集中在這一歷史時期。

在以冥界為主題研究的論文中最早、視為開創性的研究文章是《冥界遊行》，由日本學者前野直彬著，前田一惠譯，收於《中國古典小說研究專集 4》，1982 年由臺北聯經出版社出版。本文最早刊於 1961 年，主要討論六朝的冥界，以志怪小說中的材料為範圍，爬梳整理中國冥界觀的原始面目及其演變，以及受到佛家地獄說影響的變形。文章對中國冥界的原始形態及受佛教地獄說影響後的形態都作了概括性的考察描述。文章指出，最早的閻羅王冥界出現在北魏，《洛陽伽藍記》「惠凝入冥」故事在中國文學作品中首次出現閻羅王之名而取代泰山府君。

在早期的研究文章中，《佛教故實與中國小說》一文，作者臺靜農，發表於《東方文化》十三卷一期，1975 年出版。論文中的第一部分是「佛家地獄說反映於中國小說的情形」。全文對佛教地獄說傳入中國後的演變情形作一扼要論述，但文章中有些觀點頗有爭議。這個主題在內容探討上和日本學者前野直彬有類似之處，但也有相異之處，也可視為一個開創性的主題研究。前野直彬與臺靜農的文章，雖都是短篇論文，甚至論文中的一小部分，但所釐清的觀念，引用的資料，對後繼研究者都有奠基的作用。

　　法國學者戴密微所撰《唐代的入冥故事——黃仕強傳》，發表於《敦煌譯叢》第一輯，甘肅人民出版社 1985 年出版，也可視為一篇具開創性的研究文章。文章對敦煌小說《黃仕強傳》做了結構性的解讀，從獨立的一則故事分析唐代入冥故事的結構模式，很有代表性。其後的研究者多有引用。

　　在地獄主題的研究中，臺灣學者蕭登福的研究自成體系，其所撰《道佛十王地獄說》（臺北新文豐出版公司，1995 年）、《漢魏六朝佛道兩教之天堂地獄說》（臺北學生書局，1989）、《先秦兩漢冥界及神仙思想探源》（臺灣文津出版社，1990 年）對佛道兩教的地獄觀作了全面客觀詳盡的梳理，是地獄說研究的集大成者。余英時《東漢生死觀》第一章（上海古籍出版社，2005 年）、蒲慕州《墓葬與生死》第七章（中華書局，2008 年）、孫昌武《佛教與中國文學》第三章（上海人民出版社，2007 年）及孫昌武《文壇佛影·地獄巡遊與目連救母》（中華書局，2001 年）對中國古代死後世界觀及遊冥故事的分析對其後的研究者有很大的啟發意義。

　　20 世紀 90 年代後期至今，有關冥界為主題研究的論文大量湧現，散見於各學術刊物，研究者多為中青年學者，視角多以佛教為主，體現形式多為單篇論文。在這些研究中，范軍、韋鳳娟、李琳、王立等學者對地獄巡遊主題進行多方位多角度地考察。夏廣興《佛教與隋唐五代小說》（陝西人民出版社，2004 年）較為全面、深入、系統地整理挖掘隋唐五代小說中的佛教因子，探討梵漢文化交融對隋唐五代小說的深層影響。書中第六章「佛教思想觀念與隋唐五代小說創作」第一節「冥界遊行」梳理分析了唐五代時期的遊冥故事，對本書的寫作很有啟發。王立《佛經文學與古代小說母題比較研究》（崑崙出版社，2006 年）中「中國古代冥遊題材類型及佛教溯源」一章對遊冥故事的題材類型作了細緻的分類研究，對其佛教影響進行溯源辨流性地考察。范軍的博士學位論文《佛教地獄觀念與晉唐敘事文學》（南開大學文學院、國家圖書館博士論文）是對地獄說與敘事文學關係進行考察的長篇學術論文，是對遊冥故事的開拓性研究。

　　考察以往的研究成果，研究者多對遊冥故事的宗教性進行關注，研究跨度多集中在魏晉南北朝、隋唐時期，對其中印文化的融合與互補論述用力最多。在這些研究中，對宋以後的遊冥故事的研究較少涉及，從小說史研究的角度對遊冥故事進行全方位、整體性的、縱向的考察與梳理，探討其對中國小說史的影響、在中國小說史的地位與價值尚未見到，目前有廣闊的研究空

間，很多相關問題尚待考證。

四、本書研究方法及結構

本書所研究和探討的對象是中國小說史上的遊冥故事，包括文人筆記小說集中獨立的遊冥故事和作為小說情節的遊冥故事，分析和探討其對中國古代小說的建構及影響。對於敦煌文學和戲曲中的大量的遊冥故事不作深入研究。

本書對遊冥故事歷史分期的主要標準有二：遊冥故事中冥界之主的演變和冥界審判依據的變化。對於遊冥故事的歷史分期，力圖尋找與中國小說史常見分期的一致性。一般治小說者，把小說史的分期斷代為秦漢魏晉南北朝時期，此為中國小說史的萌芽發展時期；唐五代，中國小說史上「有意為小說」的時期，文言小說達到發展高峰，此期小說觀念發生革命性改變；宋元時期，白話小說興起；明清時期，文言小說與白話小說同時達到了中國小說的全盛時期，是中國小說史上最為輝煌燦爛的時期。而對於遊冥故事的分期，則很難與其保持一致。因為遊冥故事與中國古代小說的演進步伐如影隨形，又與佛教在中國的發展關係密不可分，直接或間接受佛教地獄觀的影響。由於宗教信仰有其延續性，宗教影響不同於政權更替，有確切的時間間隔，遊冥故事的分期難以確定具體年代，只能作一大致的分期，概括各個時期遊冥故事的最主要的最突出的特徵。鑒於此，本研究對遊冥故事的分期分為漢魏晉時期，為中國本土遊冥故事時期；南北朝時期，為中印文化交融期；隋唐時期，冥界觀念定型期；宋以後，為宗教色彩淡化期；明清時期，遊冥故事蛻變期，故事呈現多元化特徵。

各時期遊冥故事都有時代文化的印跡，每個時期的遊冥故事的文化與時代特徵都極其複雜，既有佛教色彩，又有道教痕跡，後期多數遊冥故事又有儒家文化的影響，很難統一於一個既定的文化特徵框架下。任何一個時代的文化都是在前代文化的基礎上發展演變而來的。遊冥故事所表現的宗教文化內容當然較多地反映出其特定時代的特色，但也絕難排除此前歷朝歷代宗教文化的「遺傳因子」。正因如此，在對遊冥故事進行宗教文化和小說史的考察時，既要注重共時性的橫向的分析，以不至於埋沒其獨有的時代風貌，亦應強調歷時性的縱向梳理。為此，本文力圖概括出各個時期最為主要最為突出的文化內涵特徵。例如，對於遊冥故事的宣教特徵，其實除漢魏晉早期遊冥

故事外，各時期的遊冥故事都有其宣教勸善特點，這種頑強的宣教勸善功能至今也沒有消失過，只是在不同時期故事又附加產生新的特點，而原有的文化特徵並未消失殆盡。本文只在南北朝至初唐時期冥故事中強調這一特徵，是因為此期遊冥故事最為鮮明、最為集中也最為普泛地體現了這一宣教特徵。另一方面，對於出現在文人筆記小說中的單篇獨立的一部分遊冥故事短章，從南北朝直至清代，其故事的形態、結構、功能、文化特徵都沒有較大的改變，這是因為隨著故事形態的發展演變，大部分遊冥故事已呈現新的特徵。

縱觀遊冥故事的發展演變，探尋不同時代遊冥故事的歷史文化印跡，可以看出一個清晰的演變態勢。從漢魏晉至明清，遊冥故事有兩個發展高峰。唐代是遊冥故事發展的第一個高峰時期，唐代是地獄說盛行的黃金時期，也是中國文言小說發展的高峰時期，日益成熟的文言小說成為傳播闡釋佛教地獄觀的最佳載體，而地獄說也為唐代文人提供了一個新的題材領域。遊冥故事發展的第二個高峰時期是明清時期，也是遊冥故事的新變時期，中國古典小說的全面繁榮為經過宋代宗教色彩淡化期後的遊冥故事帶來了新的發展契機，遊冥故事蛻變為小說敘事手段。大量的遊冥故事進入小說成為小說遊冥情節，在小說情節貫連發展、結構小說框架、實現小說家針砭現實的創作理念等方面發揮了關鍵性作用。這一時期的遊冥故事與宗教觀念疏離，掙脫了佛教地獄觀念的束縛，開始了徒具宗教外殼的獨立的發展道路。

在遊冥故事的發展演變軌跡中，宋代是一個重要的分水嶺。依據冥界審判的主要標準（另一主要標準是儒家道德規範），即對亡者的宗教態度與宗教行為的判別，遊冥故事以宋為界可分為兩個大的階段，宋以前以宗教觀念浸潤程度的深淺分為：未有佛教地獄觀念的漢魏晉遊冥故事、為佛教地獄觀張目的南北朝輔教類遊冥故事、地獄觀念成熟並具有世俗化特徵的唐代遊冥故事。宋以後，可視為宗教色彩淡化期，明清時期則與宗教觀念更為疏離。簡而言之，遊冥故事的總體趨向是宗教色彩漸趨淡化，故事逐漸脫離宗教觀念的束縛，小說功能漸為加強。在故事功能上，由早期的宗教宣傳品，過渡為道德勸懲的載體，漸而為小說敘事手段。遊歷地獄故事是一種框架模式，承載了不同的內容主旨，早期主要是信仰的、宗教的，其後主要是道德的、倫理的，再其後主要是小說創作手段的。宗教——道德——文學，遊冥故事的承載著豐富的文化內涵。這種故事形式既是敘事模式，也是價值標準。

中國小說冥界專題研究一直是一個有待開拓的領域，遊冥故事有很大的

研究空間。對遊冥故事的發展流變進行整體的縱向的考察，是目前研究的弱點，而從小說史的角度對遊冥故事進行全方位的關照，也多被研究者忽略。鑒於此，本研究嘗試從中國小說史的角度對遊冥故事進行縱向的考察與梳理，對遊冥故事進行力所能及的搜羅與整理，研究過程中以小說文本為基本出發點，關注文本，解讀文本，還原文本，在以往研究和文獻的基礎上，描繪遊冥故事的整體風貌，勾勒遊冥故事的歷史演變軌跡，探討遊冥故事對中國古代小說的建構和影響，希望能對這一主題的研究達到補白和創新的目的。

　　遊冥故事的產生發展和演變是中國小說史上的一個獨特現象。相對於中國小說史上豐富燦爛的小說作品，遊冥故事本身的藝術成就並不很高，其人物形象的塑造、小說敘事技巧等方面也不很成熟，但其獨特的結構、模式與豐厚的文化內涵對中國小說的情節構成、結構特點、敘事模式等方面都具有不同尋常的意義。對遊冥故事進行縱向的發展流變的梳理，對其橫向的時代特徵的把握，這對於中國小說史的研究，應該說是很有意義的。

　　本書除序論外分四章，第一、二章分別對遊冥故事主要內容、結構特點、歷史演變軌跡作以探析。第三章從遊冥故事的勸懲模式、敘事模式、結局方式、實錄敘事方式及地下空間想像等方面探討遊冥故事對中國小說的建構和影響。第四章為遊冥故事系列個案分析，考察兩個影響較大的遊冥系列故事的發展流變，探尋民間傳聞故事對於文人小說創作的影響。由於本人理論功底的淺薄、對宗教文化的認識淺陋及對中國小說史的研究缺少宏觀的高屋建瓴的把握和體認，錯漏勢所難免，祈望方家指正。

第一章　遊冥故事展示的幽冥世界

一、遊冥故事中的冥府外部特徵與冥界之主

佛經道經中的地獄理論與冥界主宰機構繁複而系統，而在具體可感的遊冥故事中，冥府機構可能要相對簡單得多。大量的遊冥故事中所反映的冥界主宰與佛經中大體一致，地獄的功能也與佛教典籍記載無多出入，地獄恐怖如一，只是地獄的數目與狀況則簡單得多。不同時期的遊冥故事所反映出的冥界機構基本相差無多，明清時期則較為複雜，故事情節更加生動豐富。

（一）冥府是人間官府的剪影

冥王「辦公」地點，即冥界主宰機構是冥府。在絕大多數遊冥故事中，冥府是按照現實世界的人間官府而設計的。

早期漢魏晉的遊冥故事中，冥府只是一個亦如人間官府的「管理」機構。

在後期的遊冥故事中，冥府駐紮在一個大鐵城中，鐵城類似人間的城市，上有城牆和城門，城內部有很多房間。

我們首先看早期《列異傳》和《搜神記》所記遊冥故事中的冥府，所體現的冥界觀念是漢魏晉時期的民間信仰，冥界之主是泰山府君，並未言及地獄。

《列異傳》[註1]有遊冥故事 2 條[註2]：蔣濟亡兒、臨淄蔡支。

關於「蔣濟亡兒」，《太平廣記》二百七十六條有載，《類林雜說》亦記有

[註 1] 本文所引《列異傳》故事為魯迅《古小說溝沈》所輯，齊魯書社，1997 年。
[註 2] 范軍《佛教「地獄巡遊」故事母題的形成及其文化意蘊》（《華僑大學學報（哲社版）》2005，3 期）認為完整的入冥故事」最早見於曹丕的《列異記》。認為《列異記》中有 3 條：蔣濟亡兒、北海營陵道人、臨淄蔡支。

蔣濟故事,《魏志‧蔣濟傳》有記,《搜神記》亦有記載。

> 蔣濟為領軍,其妻夢見亡兒涕泣曰:「死生異路。我生時為卿
> 相子孫,今在地下為泰山伍伯;憔悴困辱,不可復言。今太廟西謳
> 士孫阿,今見召為泰山令。願母為白侯屬阿,令轉我得樂處。」……
> 後月餘,母復夢兒來告曰:「已得轉為錄事矣。」

蔣濟亡兒只言其在地下為泰山伍伯,未言及地府形貌。

關於臨淄蔡支,《太平廣記》三百七十五亦有記載:

> 臨淄蔡支者,為縣史。曾奉書謁太守。忽迷路,至岱宗山下,
> 見如城郭,遂入致書。見一官,儀衛甚嚴,俱如太守。乃盛設酒肴
> 畢,付一書。謂曰:「掾為我致此書與外孫也。」吏答曰:「明府外
> 孫為誰?」答曰:「吾太山神也,外孫天帝也。」吏方驚,乃知所至
> 非人間耳……。

在這則故事中,冥府描寫僅為四字,「見如城郭」。而泰山神的描述也極簡單,
「見一官,儀衛甚嚴,俱如太守」,未提及泰山神的功能。

其後,《搜神記》〔註3〕遊冥故事有8條:胡母班、賈充、徐泰、賈文合、
李娥、賀瑀、戴洋、蔣濟亡兒。

胡母班故事(載《搜神記》卷四)中,胡母班為泰山府君所召為其附書
與女婿,「少頃,便見宮室,威儀甚嚴,班乃入閣拜謁」。

賈充故事(載《搜神記》卷九):「賈充伐吳時,常屯項城,軍中忽失充
所在。充帳下都督周勤時晝寢,夢見百餘人錄充,引入一徑。……行至一府
舍,侍衛甚盛,府公南面坐,聲色甚厲」。這裡的冥府是一「府舍」,在其後
的遊冥故事,「府舍」一詞,頻繁出現。

徐泰故事(《搜神記》卷十):未涉及冥府,只有冥吏二人。

> 嘉興徐泰,幼喪父母,叔父隗養之,甚於所生。隗病,泰營侍
> 甚勤。是夜三更中,夢二人乘船持箱,上泰床頭,發箱,出簿書示
> 曰:「汝叔應死。」泰即於夢中叩頭祈請。良久,二人曰:「汝縣有
> 同姓名人否?」泰思得,語二人云:「張隗,不姓徐。」二人云:「亦
> 可強逼。念汝能事叔父,當為汝活之。」遂不復見。泰覺,叔病乃瘥。

這個故事首次出現「簿書」,即其後遊冥故事中常見的「生死簿」,以後的遊
冥故事增加了「善惡簿」、「富貴簿」等。這個故事出現了同名之人代死的情

〔註3〕據《漢魏六朝筆記小說大觀》‧上海古籍出版社,1999。

節。故事中徐泰是因為侍叔父甚勤的孝行而得以免死。儒家孝行的倫理觀念在遊冥故事中首次得到反映。

賈文合故事與李娥故事（《搜神記》卷十五）中未涉及冥府外部特徵，提及的冥界主宰是「司命」，這是漢魏之際民間的「司命」信仰的反映。

賀瑀故事（《搜神記》卷十五）：

> 會稽賀瑀、字彥琚，曾得疾，不知人，惟心下溫，死三日，復甦。云：「吏人將上天，見官府，入麴房，房中有層架，其上層有印，中層有劍，使瑀惟意所取；而短不及上層，取劍以出門，吏問：『何得？』云：『得劍。』曰：『恨不得印，可策百神，劍惟得使社公耳。』」疾愈，果有鬼來，稱社公。

戴洋故事（《搜神記》卷十五）中的涉及的最高主宰是「天」，「天使其為酒藏吏，授符籙，給吏從幡麾，將上蓬萊、崑崙、積石、太室、廬、衡等山，既而遣歸。」

蔣濟亡兒故事與《列異傳》所記相同。

在其後的遊冥故事中，冥府外部特徵有了較為詳細的描寫，冥界被描繪成一個大城，城中有官府，有地獄，有房舍，有冥王官吏，一如人間城郭。《幽冥錄》「趙泰」故事中，「便見大城如錫鐵崔嵬。從城西門入，見官府舍，有二重黑門，數十梁瓦屋。」《廣異記》「劉鴻漸」故事中「前至大城，入城有府舍，甚嚴麗。」《法苑珠林》「陳安居」故事：「行可百餘里，至一城府，屋宇甚整，使者將至府所，如局司之處。」有的遊冥故事中，沒有直接提及冥府外部特徵，多是「閻羅王所」或「王所」。

冥界是一個大鐵城的觀念來源於佛經。在多數佛經中，冥界被描繪成一個大鐵城，處於兩大鐵圍山之間。《地藏菩薩經》記：「諸有地獄，在大鐵圍山之內。其大地獄有十八所，次有五百，名號各別，次有千百，名號亦別。」

有了佛經地獄描寫的參照，又有人間官府的樣板，再加上故事創作者充滿想像力的描繪，遊冥故事中的冥府的特徵形象具體，如在目前．

《太平廣記》卷一〇九引《幽明錄》趙泰故事：「說初死時，有二人乘黃馬，從兵二人，但言捉將去。二人扶兩腋東行，不知幾里，便見大城，如錫鐵崔嵬。從城西門入，見官府舍，有二重黑門，數十梁瓦屋，男女當五六十。主吏著皂單衫，將泰名在第三十。」

《太平廣記》卷三八四引《宣室志》竇生夢一吏經導向西，「比高原大澤，

數百里，抵一城。既入門，導吏亡去」。

《太平廣記》卷三八十引《續幽怪錄》寫張質被勾，出縣門「數十里，到一柏林……步行約百餘步，入城郭，直北有大府門，門額題曰：地府」。

《太平廣記》卷三八三引《瀟湘錄》奴倉璧被勾，「至一峭拔奇秀之山，俄及大樓下，須臾，有三四黃衣小兒至，急喚蒼璧入，經七重門宇，至一大殿下。」

《太平廣記》卷三七八引《宣室志》稱地獄曛黑，以「冥途幽晦，無日月之光故也」。

《法苑珠林》卷三六任義方自述入冥，被引見閻羅王。「王令人引示地獄之處。所說與佛經不殊。又云，地下晝日昏暗如霧中行。」《法苑珠林》卷八九引《冥報記》張法義復甦還陽自述：「初有兩人來取乘空行。至官府入大門。又巡街南行十許里。街左右皆有官曹。門閭相對。不可勝數。」《法苑珠林》卷九十《破戒篇》寫沙門智達病死復甦，自言：「始困之時見兩人，皆著黃布褲褶。一人立於戶外，一人徑造床前……。四望極目，但睹荒野，途徑艱危，示道登蹕。驅之不得休息。至於朱門，牆闈甚華。達入至堂下，堂上有一貴人，朱衣冠幘倨傲床坐，姿貌嚴肅甚有威容。左右兵衛百許人，皆朱衣拄刀列直森然。」

宋以後，遊冥故事中的冥府與人間官府更為相似，越加向人世衙門和朝廷靠攏。清人梁章鉅《浪跡叢談》三談卷四寫沈自玉入冥：「行百里而遙至一大野，更轉道左，見紅牆粉界，碧瓦朱門……再進百步，則殿宇隆崇，延袤數十里，重門洞開，兩廊廡俱署十三省，各省有府，府各有縣，其往來奔走者皆青衣絳袍，手各執簿。」梁恭辰《北東園筆錄》續編卷四《冥遊確記》，寫陳氏入冥見聞：「冥王冕冠紫袍，兩旁判吏自堂上排至廊下，皆長桌子。階下軍隸站班者約二百餘。又見書架無數，上置簿子幾萬本。另有卷案，似陽間手卷式。審問事件甚夥，審畢將案卷發出。」明代小說《西遊補》中的森羅殿，「案上擺著銀朱錫硯一個，銅筆架上架著兩管大紅朱筆。左邊排著幽冥皁隸籤筒一個，判官總名籤筒一個，值堂判官籤筒一個，無名鬼使籤筒三個」〔註4〕。這樣的幽冥世界，簡直就是人間官府公堂的翻版。

明清時期，作為小說情節的遊冥故事中的冥府外部特徵描寫更加形象生動。《海遊記》中冥府城門標為「有雷之國」，《西遊記》中的冥府之城為「幽冥地府鬼門關」；《咒棗記》和《三寶太監西洋記通俗演義》中地府城門名字

〔註4〕〔明〕董說·西遊補·古典文學出版社，1957：72～73。

叫「靈曜之府」。應死之人被黑白無常勾去魂魄，先在當地土地廟聚齊，然後解送到「鬼門關」。

綜上所述，可知冥府的幾個外部特徵：

第一，遊冥故事中的冥府總能看到人間官府的影響和痕跡，冥界如人間城郭，地獄如大鐵城，冥府如人間官府，冥界主宰機構有荷屬，有冥王，有冥吏，有地獄的設置。

第二，遊冥故事中的冥府外部特徵由早期的簡單勾勒，到明清筆記、小說中形象的描繪，描寫越來越細緻具體。

第三，佛經中的地獄進入小說，描寫略有差別，小說更為形象化，更為具體生動，形象可感。文人的想像力與生花妙筆把固定刻板的宗教信息、宗教符號變為可以感知的立體的文學形象。

（二）冥府方位地點及文化歸屬

關於冥府的方位和地點，多數遊冥故事未說明冥府的確切地點。早期遊冥故事中的冥府所在地有崑崙山、泰山。佛教傳入的初期，宣傳佛教地獄觀念的遊冥故事把地獄設置在泰山，有「太山地獄」之說。唐以後的遊冥故事很少點明冥府位置，多為「閻羅王所」或「王所」。冥府方位與地點的不同，反映出文化歸屬的不同。遊冥故事中冥府方位與地點的差異既是幽冥信仰地域文化差異的反映，也是不同時代幽冥文化的折射。

魏晉遊冥故事中，《列異傳》的兩條故事「蔣濟亡兒」和「臨淄蔡支」。蔣濟亡兒言其在「地下為泰山伍伯」，臨淄蔡支「至岱宗山下」見「太山神」，可知冥府所在為泰山。《搜神記》8 則遊冥故事，「胡毋班」中冥府為泰山，冥王為「泰山府君」；「賈文合」中冥府為「太山」，冥王為「司命」。冥府位置及冥王詳見下表：

遊冥故事	出　處	冥府位置	冥　王	冥　官
蔣濟亡兒	《列異傳》	泰山	泰山令	泰山伍伯、錄事
臨淄蔡支	《列異傳》	岱宗山下	太山神	
胡毋班	《搜神記》卷四	泰山	泰山府君	
賈充	《搜神記》卷九	府舍	府公	
徐泰	《搜神記》卷十			
賈文合	《搜神記》卷十五	太山	司命	
李娥	《搜神記》卷十五		司命	

| 賀瑀 | 《搜神記》卷十五 | 天 | 見官府 | |
| 戴洋 | 《搜神記》卷十五 | 蓬萊、崑崙山 | | |

　　以上分析可知，魏晉多數故事裏記載的幽冥之鄉在泰山，只有「戴洋」故事中的幽冥之所在崑崙山、蓬萊山。孫遜在《中國古代小說與宗教》認為原始先民意識裏的幽冥之所最初在西北方向〔註5〕，幽冥之主是西王母，並引王逸《楚辭天問》「日安不到，燭龍何照」曰「天之西北，有幽冥無日之國，有龍銜而照之也」，「所謂西北無日之國即為幽冥之邦。」《禮記·檀弓下》指出人死後「葬於北首」，「北首，三代之達禮也，之幽之故也。」《禮記·禮運》亦曰「故死者北首，生者南鄉。」〔註6〕孫遜以「戴洋故事」為佐證，認為幽冥之鄉最初在北方的崑崙山，其後，因為泰山在山嶽中的崇高地位，泰山成為冥府所在地。

　　佛教傳入後，泰山冥府被附會為泰山地獄，其後隨著佛教影響日益擴大，佛教地獄鐵圍山漸漸取代泰山，閻羅王取代了泰山府君。

　　道教興起後，北陰酆都大帝取代了泰山府君〔註7〕，而北陰鬼獄則在北極，是一座直上直下的高山，山上有陰森的城堡，酆都大帝在那裡率領眾鬼掌管著人的生死，而鬼獄則極為可怕。其後，四川平都山成為道教酆都地獄所在地〔註8〕。在遊冥故事中涉及的冥界地獄多為佛教閻羅王地獄及十王地獄，酆

〔註5〕孫遜·中國古代小說與宗教·復旦大學出版社，2000：74。

〔註6〕新石器時代馬家窯文化墓葬的死者均為側身姿勢，屈肢，頭朝西，面向北；半坡村成人共同葬地的死者亦多為頭朝西的仰臥伸展葬。賴亞生先生曾舉出四點理由論證幽冥之鄉最初當在西北的崑崙山（賴亞生《神秘的鬼魂世界》，人民中國出版社，1993）。

〔註7〕葛兆光認為這種轉變約出現在東晉時代，見《死後世界——中國古代宗教與文學的一個共同主題》·揚州師範學院學報（社會科學版），1994，（3）。

〔註8〕關於羅豐山（也稱羅酆山）及酆都地獄，很多學者有論述。范成大《吳船錄》（卷下）有「道家以冥獄所寓為酆都觀」，則酆都冥界之說的流傳可能出自道士。日本學者小野四平認為，宋以前的文獻不見有言及酆都冥界說者，《太平廣記》收有《酆都家》卷三九一，與此無關，則此說可能形成於宋時（見小野四平著《中國近代白話敝短篇小說研究》中《佛教「說話「研究》一文，上海古籍出版社，1997 年）。石昌渝在《中國小說源流論》中言「民間傳說地府在泰山，據顧炎武考證……東漢至魏晉南北朝時期，泰山為地府所在的傳說在民間已流行。南朝齊梁間陶弘景著《真靈位業圖》為道教建立的神仙謀取譜系，按這個神仙譜系，地府在羅酆山，主宰地府的酆都北陽大帝位居『真靈』的第七級。陶弘景吸收了佛教地獄之說，不僅轉移了地府的所在地，而且參照佛教地獄面貌重新描繪了地府情景。」（《中國小說源流論》三聯書店 1994 年，第 130 頁）

都地獄較少涉及。宋元以後，在多數遊冥故事裏，酆都地獄和佛教地獄的功能基本相同，設置略有差異。

　　鐵圍山在遊冥故事及小說中出現的頻率並不多，《永樂大典》卷二三四零引宋代志怪小說集《信筆錄》一條，敘紹興間廣西憲臺屬官途經鐵圍山，迷路入深谷，見罪囚秦檜。秦言西窗事發，請屬官歸言功德。此事又見《湖海新聞夷堅續志》、《錢塘遺事》等書。這裡明確說明地獄在鐵圍山。《聊齋誌異》卷一「王蘭」中御史「夜夢金甲人告曰：『查王蘭無辜而死，今為鬼仙。醫亦神術，不可律以妖魅。今奉帝命，授為清道使。賀才邪蕩，已罰竄鐵圍山。張某無罪，當宥之。』御史醒而異之，乃釋張。」這裡，已暗示，地獄在鐵圍山。

　　關於冥府的方位，在中國早期的民眾信仰中，如前所述，冥界多在北方，如泰山、崑崙山、道教北陰鬼獄等。在遊冥故事及小說的描繪中，冥府並無固定的位置，多數作品中是北向、西北向，入冥的路線也是向北。有的遊冥故事中，冥府所在的位置是西向、西南方向。我們看《冥祥記》中提及入冥路線的幾個遊冥故事。「李旦」入冥是因冥吏召之，「雲府君喚，北行至城閣」；「晉惠達」（劉薩何）入冥「兩人執縛去，西北行。以殺生事入冥受罪」；「張應」入冥是因命應盡，病疾，「數人鉤將北去」；「石長和」入冥「東南行」。《廣異記》中，「鉗耳含光」入冥「亡妻邀，北入城」；「劉鴻漸」入冥「二吏奉太尉牒追，北行至大城」。唐以後的遊冥故事較少涉及冥府的方位。

　　綜上可知，遊冥故事中的幽冥之鄉所在地大致為崑崙山、泰山（包括蒿里、梁父）、北極、羅豐山、鐵圍山等，與宗教信仰、民間信仰中的幽冥觀念大體一致，反映了文學對民眾信仰世界的表現。故事中冥界方位的不一致，反映了民間信仰的複雜性。而多數遊冥故事裏，未說明冥府的方位。故事的敘述重點並不在於冥府在何方，地獄在何處，故事傳達的是一種關於幽冥世界的觀念，細節上的信息並不重要。在多數人的信仰中，有地獄，有另一個世界的存在，人在死後會在那裡受到最終的裁決和審判，至於這個終極裁判所在何地何方已經不重要了。

（三）遊冥故事中冥界之主的演變

　　中國古代遊冥故事中冥界之主有多位，不同時期有不同的冥界主宰，而有的時期又出現過佛道冥王並存現象。由於宗教信仰不同於政權更替，

有明確的時間間隔，很難確定具體的年代，只能作一大致的分期。而在同一歷史時期的不同地區，可能也有信仰的地區差異。體現在遊冥故事中，就會出現複雜的情況，對冥界之主演變的考察只能作一大致的歷史演變軌跡的探析。

1、閻羅王取代泰山府君

早期遊冥故事中冥界之主多為泰山府君。漢魏晉時期，《列異傳》、《搜神記》中的幾則遊冥故事中的冥界之主多數為泰山府君。隨著佛教地獄觀的傳播推廣，閻羅王日漸深入人心，泰山府君作為冥界之主的地位降低。作為一種民間信仰，泰山府君雖影響漸小，但並沒有在中國民眾的觀念中消失，在隋唐時期及以後的遊冥故事中，也偶而能看到泰山府君。其後，泰山府君進入道教系統，成為東嶽大帝，在隋唐以後的小說中作為冥界神靈在冥冥之中也掌管著人間禍福，具備懲惡揚善的功能，如話本小說《警世通言》卷十三《三現身包龍圖斷冤》、《古今小說》卷十五《史龍肇龍虎君臣會》等。

在中國民眾心中根深蒂固的冥界之主閻羅王是隨著佛教在中國的傳播、隨著佛教地獄觀念的流佈而進入中國百姓的觀念中。佛教地獄之說，比之於中土「太山治鬼」之說，更為圓滿和完整，因此對中土之冥界觀念產生了深刻影響。南北朝時期，佛教徒在宣揚闡釋地獄說之時，只是有許多對地獄諸相的描繪，閻羅王並沒有大量地進入到小說當中。南朝時，以釋氏輔教為目的，遊冥故事最為集中的志怪小說集——《冥祥記》，其中所收十五條遊冥故事，明確提到的冥界之主，都是太山府君，這是中土固有的「太山治鬼」觀念影響的餘緒。有的故事中涉及冥界之主，未明言是泰山府君還是閻羅王，但以其中描繪看來，可見佛教地獄觀念影響的痕跡，應為閻羅王，也有對地獄形狀的描寫，如「趙泰」故事、「支法衡」故事、「晉惠達」故事、「張應」故事等。「閻羅王」一詞僅見劉義慶《宣驗記》之「程道慧」條（《冥祥記》中也有程道惠故事，但未明言閻羅王），描寫簡單。南北朝時佛教盛行，佛教的地獄說，已進入當時志怪小說中，但並未普遍應用，佛教地獄之主閻羅王也僅是依稀可見。由此可知，佛教地獄之主閻羅王演變為中國民間神祇的中國化進程是由南北朝時開啟的，但太山府君作為中國本土冥界的主宰並未從人們的觀念中消失。

閻羅王首次在中國小說中登場是在北魏《洛陽伽藍記》（據臺靜農《佛教故實與中國小說》）。《洛陽伽藍記》「惠凝入冥」故事在中國文學作品中閻羅

王首次作為冥王出現而取代泰山府君〔註9〕。《洛陽伽藍記》卷二「崇真寺條」：「崇真寺比丘惠凝死，七日還活，經閻羅王檢閱，以錯名放免。」閻羅王自此在文人筆記、小說、戲曲中頻頻亮相，影響日盛。南北朝時期的遊冥故事中，泰山府君與閻羅王交替出現。隋唐五代及其後的遊冥故事中，冥界之主已開始發生變化，閻羅王成為主角。在唐初唐臨《冥報記》「睦仁蒨」故事中，泰山府君已屈居閻羅王之下成為閻羅王的輔臣，作者借鬼吏成景之口說：「道者彼天帝總統六道，是謂天曹。閻羅王者，如人間天子，泰山府君如尚書令錄，五道神如諸尚書，若我輩國，如大州郡。每人間事，道士上章請福，如求神之恩。天曹受之。下閻羅王……閻羅敬受而奉行之，如人之奉詔也。」在唐代的小說集如唐臨《冥報記》、郎餘令《冥報拾遺》、戴孚《廣異記》、牛僧儒《玄怪錄》中，頻繁出現閻羅王的形象，大量的遊冥故事中閻羅王已取代了太山府君成為冥界之主。

　　有唐一代，佛家天堂地獄之說已在民間廣為流行，並逐漸成為一種民間信仰，對民眾的心理、信仰和思想產生了深遠的影響。隋唐五代時期，閻羅王信仰在民間相當普遍，從《太平廣記》關於民間信仰閻羅王的記載可知，唐五代時期民間信仰閻羅王的地區很多，幾乎遍及全國，可見隨著佛教在民間的發展，閻羅王信仰在唐代確已深入民間。

　　此後，隨著佛教勢力的進一步發展，佛教中的地獄及閻羅王為中國人所接受，逐漸成為中國人新的幽冥世界構建中的主要內容，閻羅王就一直統轄著中國人的幽冥世界，中國早期幽冥世界的主宰者泰山府君反而退居其次。與閻羅王的鼎鼎大名相比，絕大多數中國人觀念中，熟知閻羅王而未必知曉泰山府君〔註10〕。另一方面，儘管在道教中，自魏晉時代以來酆都大帝就一直與閻羅王爭「地下」，除重慶地區以外，就全國範圍內而言，普通民眾對酆都北陰大帝的信仰都不能與對閻羅王的崇拜相比擬，閻羅王成為民眾信仰中最為認同最為恆久穩固的冥界之主。

2、具有中國特色的十殿閻王

　　隨著佛教在中國的廣泛傳播，佛教地獄觀念日漸深入，至唐，佛教出現了中國第一個全面興盛期。在佛教中國化歷程中，佛教的地獄也完成了中國

〔註9〕〔日〕前野直彬·冥界遊行·前田一惠譯，收於《中國古典小說研究專集4》臺北，聯經出版社，1982。
〔註10〕泰山府君後來進入道教系統，成為道教東嶽大帝。

化的轉變，由單一的閻羅王演變為具有中國特色的地獄十王。十王信仰出現約在晚唐時期，十王信仰在晚唐和北宋的敦煌地區是一個興盛的信仰〔註11〕，明清時期則更為普遍，明清小說中多有體現。它是以《十王經》為基礎發展起來的。有關十王信仰和《十王經》中外學者有相當多的研究成果〔註12〕。

敦煌本《佛說十王經》中的十王依次是秦廣王、宋帝王、初江王、五官王、閻羅王、變成王、泰山王、平等王、都市王、五道轉輪王。十殿閻王，每王主一殿，互不統屬而各人所司，依次管轄和處理靈魂。人死之後，亡魂三年內要依次經過十殿閻王的審判，第一殿至第七天，七天一期，百日經過第八殿平等王，三年經過最後一殿轉輪王，鬼魂付諸轉輪，依生前所為，再次託生轉世投胎，對於中國民眾的影響極大，中國喪葬習俗中的「七七齋」信仰即源於此〔註13〕。約興起於宋代的大型勸善書《玉曆至寶鈔》〔註14〕中體現的冥界地獄觀念是十王信仰的具體而形象的反映。其中道明和尚入冥遊地府，其所見地府十王依次是第一殿為秦廣王，第二殿為楚江王，以下依次是宋帝王、五官王、閻羅王、卞城王、泰山王、都市王、平等王，第十殿為轉輪王〔註15〕。與《佛說十王經》中十王的名字略有差異。

十王信仰在宋代仍有一定影響。《佛祖統紀》卷宗四十五云：「永叔初登政府，苦於多病。嘗夢至一所，見十人冠冕列坐。一人云：『參政安得到此？』永叔問曰：『公等非釋氏所謂冥府十王乎？』曰：『然』。」說明十王信仰在北宋時已廣為流傳。

《釋門正統》卷四《佛祖統記》卷三十二載，唐代道明和尚神遊地府時，

〔註11〕 關於十王信仰詳見蕭登福《道佛十王地獄說》(臺北新文豐出版公司1996年)，莊明興《中國中古的地藏信仰》(臺灣大學出版委員會，1999年)中部分章節的論述。

〔註12〕 多數學者認為《十王經》為偽經，如杜斗城《敦煌本「佛說十王經」校錄研究》，甘肅教育出版社，1989。

〔註13〕 我國古禮有三年之喪和期年謂之小祥的記載，七七齋則源於佛教。北魏時即有七七皆為設千僧齋、百日設萬人齋的記載，如《魏書》八十三卷下《胡國珍傳》。佛教觀念影響了中國禮俗。

〔註14〕 《玉曆至寶鈔》是中國民間流傳很廣的一部勸善書，多數學者普遍視為民眾道教的經典，在宋代即已出現。段玉明認為《玉曆至寶鈔》是佛教思想運動的產物，它的編撰傳世亦標誌了佛教勸善運動的開始。就其規模和影響而言，由《玉曆至寶鈔》所帶動的佛教勸善運動並不遜於道教。見段玉明《《玉曆至寶鈔》：究係誰家之善書》(《宗教學研究》，2004年第2期)

〔註15〕 藏外道書‧玉曆至寶鈔‧第12冊‧巴蜀書社，1992。

見十殿閻王分別審判亡者之罪業，寤後一一敘述，此信仰因而流傳於世間。《佛祖統記》[註16] 卷四十五載，歐陽修早年多病苦，曾於夢中見冥府十王，並問知有關齊僧造經可得利益一事，醒後病癒，遂益加敬佛。錢鍾書亦對地府十王作以關注：

> 宋世流俗已傳地府由「十王分治」，歐陽修且嘗夢入冥而見之，（參見《佛祖統紀》卷三三《法門光顯志·十王供》），有「泰山王」，祇是十王之一而非其首。然仍偶沿魏晉舊說，遂以「泰山」為即地獄所在，如蘇轍《欒城集》卷二五《丐者趙生傳》記生謂之曰：「吾嘗至泰山下，所見與世說地獄同。君若見此，歸當不願仕矣。」[註17]

地獄十王信仰興起後，亦反映於當時及其後的文學作品中。據趙杏根《中國舊小說中的閻王和地獄》[註18] 中言我國十殿之說，至遲起於宋代，宋沈氏《鬼董》中已出現地府十王，《夷堅志》中已有關於十王的記載。《夷堅甲志》卷六「俞一郎放生」云：

> 俞一郎者，荊南人。雖為市井小民，而專好放生，及裝塑神佛像。紹熙三年五月，被病危困，為二鬼卒搜出，行荒野間，遂至一河。見來者甚眾，皆涉水以度，獨得從橋到彼岸，別有鬼使引飛禽走獸萬計，盡來迎接。稍抵前路，又遇千餘僧，及一門樓。使者導入，望殿上十人列坐，著王者之服，問為何所。曰：地府十王也。判官兩人，持文簿侍側，俄押往殿下，檢生前所為。王者問有何善業？可以放還。判官云：『此人天年尚餘一紀，並有贖放物命，已受生人身者三千餘，合增壽二紀。』王遂判俞本壽只六十三歲，今來既增二紀，日下差童子押回。俄兩青衣童引行青草路，至一缺牆，推其背使過，不覺復活。左手掌內有朱字數行，不可認，蓋判語也。

故事對十王的敘述承襲唐五代以來的地獄十王信仰。明末世情小說《醋葫蘆》中反映的冥府十王是「一殿初江大王、二殿秦廣大王、三殿宋帝大王、四殿五關大王、五殿閻羅大王、六殿變成大王、七殿泰山府君、八殿平等大王、

[註16] 錢鍾書認為「《佛祖統紀》記歐陽修夢入冥司事，實本葛立方《韻語陽秋》卷十二記其父聞陳與義述歐陽修孫恕所言。」見《管錐編》第五冊，155 頁，中華書局，1986 年。

[註17] 錢鍾書·管錐編·第五冊·中華書局，1986：29。

[註18] 趙杏根·中國舊小說中的閻王和地獄·明清小說研究·2000，（3）。

九殿都市大王、十殿轉輪大王」。《西遊記》第九回唐太宗神遊地府及第三回孫悟空鬧地府反映的也是流行於民間的十王信仰。其中「五官王」為「仵官王」，「五道轉輪王」為「轉輪王」。《西遊記》第三回「四海千山皆拱伏，九幽十類盡除名」中的冥界描寫明顯受十王信仰影響，冥吏勾人情節與唐《冥報記》等作品中的冥吏勾人情節非常相似。可見《西遊記》在流傳成書過程中受到十王信仰的影響。

明末小說《韓湘子全傳》中韓湘子闖入地府要勾去生死簿上韓愈的名字：「那秦廣王、楚江王、宋帝王、五官王、閻羅王、平等王、泰山王、都市王、卞城王、轉輪王、十殿閻羅天子，齊來迎接湘子。」〔註 19〕這個場景的描寫與《西遊記》孫悟空鬧地府非常相似。清光緒末年女奴著小說《地下旅行》，以第一人稱記述十殿之遊，其構思依據也是十殿閻王之說。

地獄十王信仰在民間日益流行，而在地獄十王中，最有名的仍然是那位閻羅王。多數民眾對十王的名稱不甚清楚，對十王的起源也不甚瞭解，十王的名字畢竟太難記住，而閻羅王則成了冥界主宰的代表，銘刻於廣大民眾的心中。

3、「地獄不空誓不成佛」的幽冥教主地藏菩薩

「唐代前期，地藏信仰在中國社會的宗教生活中開始有了一席之地。」〔註 20〕地藏菩薩是與地獄十殿閻王緊密相關的一位冥界的主宰，即是地藏菩薩，地藏菩薩既是幽冥世界的救贖者，也是其中的主宰者。

地藏菩薩是佛教四大菩薩之一，因其在佛前發下宏願：「地獄不空，誓不成佛。眾生度盡，方證菩提」，成為幽冥世界的救贖者。「由於地獄觀念深入中國社會後人們對救贖的渴求，使地藏菩薩在盛中唐時代已成為幽冥世界的主要救贖者。晚唐時代，隨著十王信仰的出現，閻羅王地位下降，在幽冥世界中懲罰與救贖的矛盾中救贖成為主導性的因素，又使地藏菩薩成為了幽冥世界是最高統治者。」〔註 21〕

《地藏菩薩本願經》《地藏菩薩十輪經》和《占察善惡業報經》是有關地藏菩薩的三部最主要的佛經，被稱為「地藏三經」。這三部經典一般認為是隋

〔註 19〕楊爾曾·韓湘子全傳·中華書局，1991：2058～2060。
〔註 20〕莊明興·中國中古的地藏信仰·臺灣大學出版委員會，1999：81。
〔註 21〕尹富·中國地藏信仰研究·四川大學博士論文，2005·見「中國博士學位論文全文數據庫」。

唐時期翻譯或撰述的。這三部佛經的翻譯和撰述，促進了地藏信仰在中國的流佈。地藏菩薩偉大的自我犧牲精神，感動和吸引了大量信徒。

隨著地藏信仰的傳播，地藏菩薩進入小說，《夷堅志》、《冥祥記》、《剪燈餘話》、《歷代神仙通鑒》等書中記載有關於地藏菩薩為幽冥教主身份在地獄濟度亡魂的故事。《浙江風俗簡志‧溫州篇》、《清嘉錄》卷七、《帝京歲時紀勝‧地藏會》、《蕪湖縣志》也有關於地藏信仰的記載。

與百姓熟知的閻羅王相比，記有關於地藏菩薩的遊冥故事並不多。《太平廣記》有五則記載地藏菩薩在陰間救助有罪亡魂的故事，主要流行於唐代。這五則是《太平廣記》卷一百引《紀聞》「李思元」、《太平廣記》卷一百「僧齊之」、《太平廣記》卷三七九引《紀聞》「王掄」、《太平廣記》卷三七九引《廣異記》「費子玉」、《太平廣記》卷一零六引《酉陽雜俎》「孫咸」。「地藏菩薩在唐代後期，漸漸成為幽冥世界的救贖者，恐怕與中國中古時期受佛教影響的死後世界觀有極大的關連。今日我們所熟知的地藏菩薩，大都是作為『幽冥教主』的地藏菩薩。其地獄不空誓不成佛的大悲精神成為人所熟知的地藏本願。」〔註22〕《東坡志林》「佛教」卷有「李氏子再生說冥間事」記載了地藏菩薩救助世人的故事。

《目連變文》中，幽冥世界的結構是地藏菩薩統領冥間十王。明清小說中，地藏菩薩一般是作為地獄十王的「上司」與地獄十王同時出現的。《西遊記》第九十七回「金酬外護遭魔蜇，聖顯幽魂救本原」說他住在「翠雲宮」，統領冥間十王。明末小說《醋葫蘆》〔註23〕中幽冥世界亦也是如此建構。《醋葫蘆》第十二回「石佛庵波斯回首　普度院地藏延寶」敘成珪妾石女熊氏前身為如來弟子，石氏出家後圓寂，魂遊地府，請求地藏菩薩為其「方便一二」，為妒婦都氏求情。在地藏菩薩的調停幫助下，都氏被抽去妒筋，帶罪受經，還陽重生後改過自新，家庭團聚。

綜上，東漢以來，冥界之主宰主要有泰山府君、閻羅王、地獄十王、地藏菩薩等。中國冥界觀念及冥界主宰的演變主要分佛道兩個系統，可簡示如下：

佛教系統：

泰山冥府（泰山府君）—閻羅王地獄（閻羅王）—十王地獄（十王）—

〔註22〕莊明興‧中國中古的地藏信仰‧臺灣大學出版委員會，1999：108。
〔註23〕伏雌教主‧醋葫蘆‧第十二回‧北京中國文史出版社，2003。

地藏王地獄（地藏菩薩）—地藏與十王地獄（地藏菩薩與十王）

　　道教系統：

　　泰山冥府（泰山府君即東嶽大帝）—酆都地獄（北陰酆都大帝）

　　在中國民眾觀念中，儘管冥界之主有多位，也都對人們的冥界信仰產生過不同程度的影響。在這些冥王中，閻羅王的影響最為恒久深刻，是百姓心中根深蒂固的冥界之主。在多數遊冥故事中，冥界之主也是閻羅王。唐以後，地獄觀念已成為中華民眾集體無意識中的一個主要成分，閻羅王與地獄成為人們心中固有的審判與懲戒的專門性機構，所有生前沒有得到報應的惡人都會在閻羅王那裡得到最終的懲罰。

二、遊冥故事中的冥界主宰機構

（一）冥界主宰機構的構成與冥界官僚體系

　　關於冥界的想像，總是會參照地上世界。比照人間官府，構建冥界官僚系統，是每個時期遊冥故事冥府官僚體系設置的共同特點。考察各個時期的遊冥故事，常常會看到似曾相識的官職名稱，這些大大小小的冥官，在冥王的領導下，活躍在冥界官場，「辦公」於地獄之側，穿梭於遊冥之人與冥王冥吏之間，「公私兼顧」地傳遞著各類信息，履行著作為冥官的職責。

1、泰山府君領導下的泰山冥府官僚機構

　　在出土的漢代鎮墓文中，「冥間『地吏』名稱計有：地下二千石——相當於漢制的郡守，冢丞冢令——相當於縣之令丞，還有丘丞墓伯、陌上游徼、蒿里君、蒿里父老、主墓獄史、墓門亭長、魂門亭長、中蒿長、陌門卒吏等等，這些官名多是以漢代官制為坻本而『仿製』的，其中亭長、父老、伍長相當於鄉里小吏，『游徼』、『獄吏』、『卒吏』等，則是漢人構想的『地府』中專司刑獄的小吏」〔註24〕。這些複雜的官吏系統在漢魏晉的遊冥故事中並沒有體現。

　　佛教傳入以前，遊冥故事對於冥界的描繪相對單純，冥界主宰機構的構成也相對簡單。漢魏晉時期的遊冥故事中，故事形態粗糙簡單，缺少詳細的描繪，對於冥界主宰機構的冥王、冥吏只是簡單提及，最常見的冥界主宰是泰山府君，可見到的冥間官吏名稱較少。

〔註24〕韋鳳娟·從地府到地獄——論魏晉南北朝鬼話中冥界觀念的演變·文學遺產·2007，（1）。

　　反映泰山冥府的遊冥故事多集中在漢魏晉時期。在《列異傳》與《搜神記》的遊冥故事中，涉及到的冥界主宰有「泰山令」(《蔣濟亡兒》)、「太山神」(《臨淄蔡支》)、「泰山府君」(《胡母班》)、「府公」(《賈充》)，以上幾位實則都是泰山府君。《賈文合》與《李娥》故事中提到的冥界主宰是「司命」，《賀瑀》故事中提到的冥界主宰是「天」。「徐泰」故事和「戴洋」故事未言及冥府冥王。而在這些遊冥故事中，涉及到的冥官只有「泰山伍伯」、「錄事」(《蔣濟亡兒》)。蔣濟妻夢見亡兒涕泣曰：「死生異路。我生時為卿相子孫，今在地下為泰山伍伯；憔悴困辱，不可復言。今太廟西謳士孫阿，今見召為泰山令。願母為白侯屬阿，令轉我得樂處。」後來母復夢兒來告曰：「已得轉為錄事矣。」

　　這裡可以看出，泰山伍伯的等級最低，最為困苦，可能是地位低下的做苦力的一類職務，而泰山錄事則較為好些，稱為「樂處」，自然是脫離「憔悴困辱」，應為管理文案的「文官」。除了這幾位僅提及的冥官，此期遊冥故事還出現了後世遊冥故事中不可缺少的冥吏。「徐泰」故事中，徐泰夢中入冥見二人「發箱，出簿書示曰：『汝叔應死。』」這個情節成為以後遊冥故事中「冥吏索命」的基本情節模式。而二位冥吏的「實權」卻也不小，因為徐泰侍叔孝謹，遂以同姓名之人相代，也開啟了後世遊冥故事中同姓名之人代死的情節〔註25〕。而在「賈充」故事中，「充帳下都督周勤時晝寢，夢見百餘人錄充，引入一徑……。行至一府舍，侍衛甚盛，府公南面坐，聲色甚厲」，索命押解賈充的冥吏竟達百餘人，冥府則「侍衛甚盛」，也開啟了後世冥界官僚機構複雜龐大雍腫、官吏人數眾多的先河。

　　南北朝時期也有部分反映泰山冥府的遊冥故事。《幽明錄》「趙泰」故事是被多數學者引用的故事，故事中，冥王是泰山府君，反映的卻是佛教地獄觀念。趙泰因暴卒入冥，因奉佛免受冥罰，先任「水官兼作吏」，後轉「水官都督」，「總知諸獄事」。蕭登福認為其中「水官」源於漢世道教冥河及謫作河梁的思想〔註26〕。這個故事中涉及的另一個冥官是「都錄使者」，「都錄使者」的職責似乎是記錄亡靈生前的善惡禍福及人生壽算。在「蔣濟亡兒」故事中出現的「錄事」一職大概與「都錄使者」相似。在《搜神記》「康阿得」故事

〔註25〕這種以同姓名代死的情節反映了中國小農意識中的自私自利思想，只管自己活命，卻不管代死之人之冤。如果代死之人是惡人，則另當別論，但多數遊冥故事中的「代」情節並未提及這一點。

〔註26〕蕭登福・漢魏六朝佛道兩教之天堂地獄觀・臺灣學生書局，1989：365。

中，也出現了「都錄使者」，其職責與「趙泰」故事中相同。兩位「都錄使者」都是奉泰山府君之命查找入冥之人的壽算年紀。

「都錄使者」未見史書記載，《中國歷代職官辭典》也未有記錄，可能是文人的創造。關於「錄事」，《晉書·職官志》始見。「晉驃騎將軍以下及諸大將軍之開府、不擔任持節都督者，所屬掌管文書的屬員為錄事。各州的佐吏中也有錄事。郡、縣佐吏稱錄事史。歷代多見設置，均為下級官吏。唐各州錄事秩從九品上，長安等京縣錄事從九品下，餘各縣錄事不入品。清末廢書吏，改招謄錄、抄寫文書。宣統元年（1909），吏部奏請，於謄錄中擇其當差久、書法優者，拔為八九品錄事。係低級官員。民國各機關的錄事則係雇員性質，非官員。」〔註27〕

反映泰山冥府的遊冥故事中，經常能見到「主簿」一職，《幽明錄》「吉未翰」故事中，吉的從弟亦被冥府召為泰山「主簿」。《太平廣記》卷三〇八引《河東記》「柳瀚」故事中，柳被冥府召為「泰山主簿」。唐《廣異記》「李強友」故事中，李亦被冥府召為「主簿」，而文中言及「太山有兩主簿，於人間如判官也，儐從甚盛。鬼神之事，多經其所」。看來「主簿」是太山冥府比較重要的一類官職。而佛教地獄觀傳入後的冥府中，也有主簿一職。《廣異記》「裴齡」、《太平廣記》卷三八四「朱同」、《太平廣記》二九七引《冥報錄》「眭仁倩」、《太平廣記》卷三七七引《法苑珠林》「袁廓」都涉及到「主簿」一職。主簿是各級主官屬下掌管文書的佐吏，自設置以來一直是比較重要的文官〔註28〕。

以上幾則遊冥故事總體上的感覺是冥界機構單純，官職設置簡單，其間「官員」較少，冥吏也為數不多。這一時期的泰山冥府是以泰山府君為主宰、下設有錄事、主簿、伍伯等冥官及若干冥吏的一套簡單的官僚體系。

2、佛教地獄觀念下的冥界官僚體系構成

從南北朝開始，遊冥故事開始進入勃興期，至中晚唐，遊冥故事出現第一個高峰，遊冥故事漸趨繁富，基本形成了融合佛教和本土觀念的新的幽冥世界，比照地上世界構建冥府官僚體系的傳統一直延續下來。故事中的冥界機構更加複雜，冥界機構設置增多，官員增加，故事中涉及的官職也越來越多，愈加向人間官僚體系靠攏。

〔註27〕沈起煒，徐光烈·中國歷代職官辭典·「錄事」詞條·上海辭書出版社，1992。
〔註28〕沈起煒，徐光烈·中國歷代職官辭典·「主簿」詞條·上海辭書出版社，1992。

在這些遊冥故事中，冥界主宰機構主要是以閻羅王為冥王、下設有主簿、判官等各級官吏的較為複雜的官僚體系。唐高宗永徽年間唐臨所作《冥報記》中「睦仁蒨」中所寫，大致反映了唐代幽冥世界的一種情況：「道者彼天帝總統六道，是為天曹。閻羅王者，如人間天子。泰山府君如尚書令錄。五道神如諸尚書。若我輩國，如大州郡。每人間事，道士上章請福，如求神之恩。天曹受之。下閻羅王云：『以某月日，得某申訴雲。宜盡理，勿令枉濫。』閻羅敬受而奉行之，如人奉詔也。無理不可求免，有枉必當得申。」

《太平廣記》卷三八○引《廣異記》「韋延之」故事中出現的冥官較多，有判官、典、大使、綠衫吏。這裡綠衫吏似職權更高。

《唐太宗入冥記》中描寫的冥界在初唐的地獄觀念中亦頗具代表性〔註29〕。唐太宗進入冥間之後，先後見到的「人物」有通事舍人、高品、閻羅王、判官崔子玉、六曹官、善惡童子、功德使等。這個故事為我們開列了一張完整的冥間官吏名單。

在這個故事裏，冥界的機構組織非常明顯，體現出三個層次。第一層次是閻羅王，具有無上的權威的冥界之主。第二層次是崔判官、善惡童子和六曹官，屬於冥王的屬吏，雖地位不高卻有很多「實權」，在某種程度上，他們決定著入冥者的命運。這些冥官以判官為代表，在廣大民眾中影響廣泛，在中國民眾冥界信仰中也具有舉足輕重的地位，具有相當強的穩定性，在明清的某些小說中，判官的名字仍然是崔子玉。第三層次是通事舍人、高品、功德使等。這些官職在冥間不佔有重要地位，他們確是現實世界官僚體系在冥間的反映。這些職官的出現，深深打上了時代的烙印，這類官吏在冥界觀中最容易隨著時間的流逝而消失〔註30〕。

中晚唐十王信仰及地藏信仰興起後，幽冥世界的建構發生了細微的變化，冥界之主由單一的閻羅王演變化地獄十王，閻羅王為第五殿冥王。十王由地藏菩薩統領，地藏菩薩既是幽冥世界的救贖者，也是主宰者。十土麾下各有若干冥官冥吏。這種幽冥世界的建構在很多明清小說中有所體現。《西遊記》第三回、第十一回、《姑妄言》第一回、明末清初世情小說《醋葫蘆》第十四

〔註29〕關於《唐太宗入冥記》的冥界研究詳見錢光勝《敦煌文學與唐五代敦煌之地獄觀念》西北師範大學碩士學位論文，2007 年，見「中國優秀碩士學位論文全文數據庫」。

〔註30〕錢光勝，敦煌文學與唐五代敦煌之地獄觀念，西北師範大學碩士學位論文，2007 年，見「中國優秀碩士學位論文全文數據庫」。

回、第十六回第十七回中的冥界描寫是這種幽冥模式的典型代表。

在多數民眾的信仰中，閻羅王加判官、小鬼（冥吏）的冥界構成是最為簡單、最為普泛、最為恒久的幽冥系統，從隋唐至明清，在多數遊冥故事及多數小說中反映的即是這種幽冥模式。

3、冥界官吏的代表——判官

在最為常見的閻王加判官、小鬼的幽冥模式中，判官是冥府一個重要的職位，在冥界官府具有舉足輕重的地位，是在遊冥故事中出現最為頻繁的冥官名稱，其出現的頻率並不少於閻羅王。在遊冥故事中有許多冥官名稱有時代印跡，有的隨著時代變遷可能會消失，而判官一職卻在遊冥故事中一直沿用下來。在明清小說中，判官的形象遠比閻羅王要生動鮮明。判官因其具有「現管」的特殊便利，具有很大的實權，有時直接決定了入冥者的命運。

「判官」，唐時官名，為節度使、觀察使的僚屬。「隋使府始置判官。唐臨時派出處理特殊事務長官有判官。睿宗以後，節度、觀察、防禦、團練等使皆有判官輔助處理事務，非正官而為僚佐。五代州府亦置判官，權位漸重。宋三司、群牧及各路宣撫、轉運等使皆有判官，職位略低於副使，各州府亦有判官，其以京朝官簽署節度觀察判官者稱簽書判官廳公事，簡稱簽判，地位高於普通判官。遼南面官大蕃府官有府判官，金諸府有府判，元各路總管府、散府及州皆有判官。明府州有通州，清改為州判。」〔註31〕《唐太宗入冥記》中有「判官院」，牛僧孺《玄怪錄》「崔環」、《夷堅乙志》卷十二「徐三為冥卒」曾言及「判官院」。「判官院」〔註32〕當為判官的辦案公署。

考察多數遊冥故事，判官的職責主要有以下幾方面：作為閻王的屬下，輔助閻王審理入冥亡靈；有時直接處理審斷冥間訴訟；處理冥府一些日常事務。有時，冥府中的判官不止一位。《太平廣記》三九九引《通幽記》「王掄」條，故事中「有鬼王，衣紫衣，決罪福。判官數十人」。《太平廣記》卷三七八引《稽神錄》「貝禧」條，貝禧被地府召為「北曹判官」。文中云「此為陰府要職」，主要是掌管記錄人壽算善惡的簿書，並且文中出現了南曹判官、北曹判官、殷判官及同官三十餘人，並有典吏八十餘人。《韓湘子全傳》中有兩

〔註31〕沈起煒，徐光烈·中國歷代職官辭典·「判官」詞條·上海辭書出版社，1992。
〔註32〕陳毓羆《〈大唐太宗入冥記〉較補》（《文學遺產》1994 年第 1 期）認為唐人入冥故事中，判官之公署即名「判官院」。

個判官：「左判官倒捧善惡薄，右判官橫執鐵筆管。」〔註33〕《西遊補》中判官更多，其中一個「隨身判官叫徐顯，另有殿前七尺判官、花身判官、總巡判官、主命判官、日判、月判、芙蓉判官、水判官，鐵面判官、白面判官、緩生判官、急死判官、陷奸判官、助正判官、女判官等，共五百萬零十六人」〔註34〕。官僚體系可謂龐大。

《太平廣記》卷三七七引《廣異記》「韋廣濟」條，韋被閻羅王追為判官，因已有人代之，免死還陽。《太平廣記》卷一五七「李敏求」中言「柳十八郎今見在泰山府君判官，非常貴盛，每日判決繁多，造次不可得見。」《太平廣記》卷三九九「崔明達」條，崔入冥為冥府「開題講經」，見祖父為冥府「尚書」，祖父「令二吏送明達詣判官，令兩人送還家。判官見，不甚致禮。左右數客云：『此是尚書嫡孫，何得以凡客相待』，判官乃處分二吏送明達，曰：『此輩送上人者，歲五六輩，可以微覘勞之。』」這個判官可真是個勢力鬼。

在遊冥故事中，最為有名的判官當屬敦煌變文《唐太宗入冥記》中的判官崔子玉。這位判官利用掌握實權的便利，上下其手，不僅使唐太宗得以延壽十年，而且自己也撈到名利雙收的好處：「蒲州刺史兼河北廿四州採訪使，官至御史大夫，賜紫金魚袋，仍賜輔陽縣正庫錢二萬貫。」〔註35〕變文把一個猥狡猥貪婪、借機勒索、貪贓枉法、寡廉鮮恥的判官形象刻畫得生動鮮明。後世小說中的冥府判官也多姓崔，且對於判官的描寫刻畫越加豐富細緻。《三寶太監西洋記通俗演義》第八十八回「崔判官引導王明，王克新遍遊地府」。王明妻自述在冥中的經歷，崔判官利用職位便利，厚顏無恥地把冥吏錯勾入冥的女鬼占為已有，與世間欺男霸女的昏官惡棍並無二致。

在《西遊記》中，崔判官權位日重，「在陽曹侍駕前，為茲州令，後拜禮部侍郎」。「在陰司，得受酆都掌案判官」。有時「頭頂烏紗，腰圍犀角。頭頂烏紗飄軟帶，腰圍犀角顯金廂。手擎牙笏凝祥靄，身著羅袍隱瑞光。腳踏一雙粉底靴，登雲促霧；懷揣一本生死簿，注定存亡。鬢髮蓬鬆飄耳上，鬍鬚飛舞繞腮旁。」〔註36〕有的判官「戴著一頂軟翅紗帽，穿著一件肉紅圓領，也束著一條犀角大帶，踏著一雙歪頭皂靴，長著一部落腮鬍鬚，睜著兩隻燈

〔註33〕楊爾曾・韓湘子全傳・中華書局，1991：2059。

〔註34〕董說・西遊補・古典文學出版社，1957：71。

〔註35〕李時人・全唐五代小說・第四冊，陝西人民出版社，1998：2541。

〔註36〕吳承恩・西遊記・嶽麓書社，1987：73。

盞圓眼。左手拿著善惡簿、右手拿著生死筆。」〔註37〕

隨著遊冥故事本身的發展，在冥界官僚體系中，如同閻羅王是冥王的代表，判官成為冥界官吏的代表，已成為一種體現冥府風格的符號。

通過對多數遊冥故事中冥府機構的分析，關於幽冥世界的建構可以得出以下結論：

第一，佛教典籍中的類似遊冥故事，如《大正藏》第十七冊《弟子死復生記》，較少涉及官制名稱，而中國的遊冥故事涉及的官職名稱較多，這與中國長期以來社會的官本位思想有關。

第二，比照地上世界構建冥府官僚體系是遊冥故事的傳統，這種建構更多的時候有其時代印跡。一些故事中的冥府機構顯然受到了現實官僚機構的影響，故事中的冥官名稱是當時職官體系在冥間的反映。

第三，遊冥故事中可見官職的隨意性。冥界本是虛有，冥官自也是作者的虛構。作者對冥界的描繪更多時候憑主觀創造，常見官職名稱、等級功能的不確定性。

第四，遊冥故事雖與佛教緊密相關，但其中反映的冥界觀卻是中印雜融、中國化的冥界觀，其中的冥界官僚體系的設置亦具有中國特色，多是中國民眾易於理解的中國化的官職。

（二）冥界主宰機構的審判功能

在絕大多數遊冥故事中，入冥—審界審判—遊歷地獄—復生，是故事的基本框架，有的故事在這個框架中情節更加複雜，有的可能會在地獄遇見已死多年的親人或朋友，有的會在審判過程中開簿查人壽算罪福，會穿插一些小故事，但故事的基本框架不會改變。在這個故事框架中，冥界審判是最為重要的一部分，它直接體現了遊冥故事的主旨。

1、冥界審判的程序

在漢魏晉時期的遊冥故事中，冥界的主宰機構是泰山冥府，泰山僅作為亡魂的歸處，冥府的功能簡單，是一個亡魂的管理機構，而非懲罰機構。

《列異傳》和《搜神記》中共有八條遊冥故事，在這八條故事中，反映泰山冥府的有「蔣濟亡兒」、「胡毋班」、「臨淄蔡支」、「賈文合」等。在這些故事中，泰山冥府的特徵表現為作為亡魂歸處，僅僅是一個管理亡魂的機構。

〔註37〕劉璋．斬鬼傳．中華書局 1987：1147。

在這些故事中，對於泰山冥府的反映非常簡單，我們看不到後世遊冥故事中常見的審判場面，也看不到陰森恐怖的地獄。在「蔣濟亡兒」故事中能夠看出泰山冥府有勞役之苦，「泰山伍伯」地位低下，而錄事則相對好些。在後世話本小說中有對作為神靈的泰嶽的反映，泰岳廟中的泰山神天齊王已具備對亡靈進行懲罰有罪亡靈的功能，這是佛教地獄觀影響中國冥界觀的一種表現。

在絕大多數遊冥故事和中國小說中，冥界觀念中佛教地獄觀念占主體部分，涉及到冥界審判的是佛教地獄之主閻羅王對遊冥之亡魂的審判。在這絕大多數的遊冥故事中，冥界主宰機構的主要功能就是對亡靈進行審判，根據生前善惡，進行相應的賞善罰惡。而賞善不是主要目的，罰惡才是冥界機構的主要功能。

《冥祥記》「沙門僧規」形象生動地記述了死者在冥界主宰機構接受審判的過程。這個冥界審判是佛教觀念影響下的幽冥構想。在這個故事中，冥府有一杆狀似『桔橰』的大秤，用來稱量亡者生前的罪福。有的遊冥故事中是「業鏡」，人生前的善惡行為在業鏡前暴露無遺，如《酉陽雜俎》「趙裴」故事（《太平廣記》卷三八一）、《北夢瑣言》「僧彥先」（《太平廣記》卷三八五）、《夷堅甲志》卷四「鄭鄰再生」、《夷堅甲志》卷十九「毛列陰獄」、《夷堅丙志》卷八「黃十翁」等。絕大多數故事裏有專門記錄人善惡的簿冊，審判亡靈時開簿檢其罪福。冥府對鬼魂的審判有一套程序，各有官吏專司其職。冥府機構官員有不同等級，僧規的入冥是因冥吏誤捉，經過一番周折，經過上層官員的干預，算未盡的僧規被「無罪放還」。

《太平廣記》卷一一三引《法苑珠林》「陳安居」，記述陳入冥後在冥界接受審判遊歷地獄的故事，陳在冥府目睹了冥王審判的全過程，這個審判由泰山府君進行主審，反映的卻是佛教地獄觀念。陳安居在冥府被傳呼：

> 至階下，一人冠冕立於囚前，讀罪簿。其第一措行，昔者娶妻之始，夫婦為誓，有子無子，終不相棄。而其人本是祭酒，嘗亦奉道供化，從眾中得一女弟子，因而奸之，遂棄本妻，妻嘗訴冤。府君曰：「汝夫婦違誓，大義不終，罪一也；師資義著在三，而奸之，是父子相淫，無以異也，付法局詳刑。」次讀第二女人辭牒，忘其姓名，云：家在南陽冠軍縣黃水里，家安甕器於灶口，而此婦眠嬰兒於灶上，匍匐走行，糞污甕器中。此婦還見，即請謝神祇，盥洗

> 精潔。而其舅每罵此婦，言無有天道鬼神，致此惡婦，得行污穢。
> 司命聞知，故錄送之。府君曰：「眠灶非過，小兒無知，又且已請謝
> 神，是無罪矣。舅罵無道，誣謗幽靈，可錄之來，須臾而至。次到
> 安居，階下人具讀明牒，為伯所訴。府君曰：「此人事佛，大德人也。
> 其伯殺害無辜，訾誣百姓，罪宜窮治，以其有小福，故未加之罪耳，
> 今復謗訴無辜，敕催錄取來。」

在遊冥故事中，一般情況下，亡魂被冥吏勾入冥間，被帶入到冥王或判官府署，有的由冥王親自審案，有的由判官審判。首先要進行的是確認死者身份。而確認身份這一簡單環節，卻常常會發生戲劇性的變化，冥吏誤捉死者的情況常常發生，南北朝、隋唐、宋時期的很多遊冥故事，冥吏誤捉的比例非常高，被誤捉入冥間的亡魂也因此得以遊歷地獄後返回人間，而關於地獄等許多彼岸世界的「見聞」得以被宣說流傳。

在確認死者身份的環節中，誤捉的原因有多種，有的因名相同或相近，這種情況較多，《冥報拾遺》「唐任義方」、「唐齊士望」、「唐咸陽婦人梁氏」因姓名相同而被追入冥間，與敦煌變文《黃仕強傳》、《持誦金剛經靈驗功德記》中「趙文昌」、「遂州人」情節相似，此外如《太平廣記》卷三零零「杜鵬舉」、《廣異記》「韋延之」等。《夷堅志》是宋代遊冥故事中的集大成之作，所記遊冥故事五十餘條，有學者對其中冥界題材的故事作過統計，即全書有關冥界的故事共有 103 個，「關於拜訪死者的 9 個，關於審判的 6 個，關於夢境的 7 個，關於由錯誤而造成的 14 個，關於再返陽世的 31 個，對地獄描寫 23 個，8 副陰司的畫面，其餘雜類 8 個」〔註38〕。

在絕大多數遊冥故事中，冥府是一個公正法庭，閻王、判官有著無私的鐵面，剛正的心腸，不像人間官吏的虛偽、貪婪、徇私枉法，冥界審判也是公正嚴密的，惡人受到懲罰是最終的結局，給人一種惡者受到懲戒、善者出口惡氣的心靈慰藉。在地獄裏，酷刑也是作為一種公正的體現而存在的，是那些造惡業者所應得的而且是必要的懲罰，隨著這些酷刑的實施，公平與正義也因之得到了體現。但是在明清時期的有些小說中，這個懲惡揚善的永恆真理被顛覆了，冥府已成了腐敗黑暗的人間官場的投影，冥間常迴蕩著無罪

〔註38〕轉引自戴密微《唐代的入冥故事──〈黃仕強傳〉》下注，張馥蕊 1968 年在《亞細亞學報》第 256 卷，第 1 期發表文章對《夷堅志》內容的剖析，見《敦煌譯叢》第一輯，甘肅人民出版，1985 年。

冤魂的哀泣悲鳴，正義和良知的最終勝利是有時候因為難得一遇的偶然性才使作惡者最終被「繩之以法」，如《聊齋誌異》中的《席方平》，《斬鬼傳》、《何典》、《三寶太監西洋記》中的遊冥故事。這是小說作者為揭露人間官場腐敗而作，是對人間不平的憤慨，與南北朝、隋唐時期遊冥故事為宣教勸懲的創作主旨迥然不同。

2、冥界審判的依據

亡者身份確定後，進入審判。冥王對亡者生前的行為進行大體上的判決，詳細審理量刑，生前有罪者入地獄受罰，而奉佛者和有善行者則升天堂或免於冥罰。

冥界審判量刑的依據一般是亡者宗教行為和道德行為。在南北朝至隋唐時期的遊冥故事中，因為宣教的主旨，冥界審判的標準和依據主要是亡者的宗教行為，對於其道德行為的審察並不多。至宋，遊冥故事的宗教色彩淡化，勸懲意味突出，冥界審判的主要依據發生了變化，亡者生前的道德行為置於重要的位置，儒家觀念所看重的孝行、忠義等行為被空前強化而置於首位，是否奉經等宗教行為反而退居其次。

宋以前遊冥故事，對亡者生前行為的審判標準以宗教態度和行為作為主要依據。

宋以前遊冥故事對亡者的審判考察標準具體有以下幾點：

第一，是否奉經禮佛；第二，是否違犯佛教戒律；第三，是否有善行。

在南北朝至隋唐時期，遊冥故事出於宣教的宗旨，極力強調奉佛可以免受地獄之苦，在這些遊冥故事中，佛弟子或奉經禮佛之人在冥府受到禮敬和優待，有不少入冥之人因此而得以還陽重生。冥界審判中，事佛的誠心與否直接決定了冥間亡者的待遇和命運。有的人即使犯有殺生等行為，因曾誦經禮佛亦可抵消罪過。

唐臨《冥報記》「李山龍」條，李暴亡入冥，七日而蘇，自言冥王問其有何善業，因李山龍「誦法華經，日兩卷」被冥王稱為「大善」，並被稱為法師，請其升座誦經，眾獄囚因聞經而免受冥罰。在這個故事裏，李山龍的誦經禮佛行為被稱為「善業」。《廣異記》「劉鴻漸」、「張御史」、「李洽」，《廣異記》「鄧成」條，唐牛肅《紀聞》的「屈突仲任」條等，也都因奉經禮佛行為得到冥王稱誦並因此而復生延壽。

遊冥故事在對禮敬佛法之人給以「褒獎」使其復生的同時，另一方面，

對於毀佛謗佛之人及違犯佛教戒律之人一律送入地獄，接受永無盡止的苦楚。

在中國佛教史上，北周武帝是打擊消滅佛教運動的最為著名的人物，被佛教徒視為佛教的罪人。在遊冥故事中，他因滅佛的行為在地獄受苦。《太平廣記》卷一○二引《法苑珠林》「趙文昌」條，言趙在冥中見周武帝在地獄中「著三重鉗鎖」請他託語隋皇帝為其作功德，「得離地獄」。而唐臨《廣異記》「周武帝」亦載周武帝因滅佛在冥中受報事。

佛教史上另一位著名的謗佛之人是唐代傅弈。《舊唐書》卷七十九《傅弈傳》載：「七年，弈上疏請除去釋教，曰：佛在西域，言妖路遠，漢譯胡書，恣其假託。故使不忠不孝，削髮而揖君親；游手遊食，易服以逃租賦。演其妖書，述其邪法，偽啟三塗，謬張六道，恐嚇愚夫，詐欺庸品。凡百黎庶，通識者稀，不察根源，信其矯詐。乃追既往之罪，虛規將來之福。布施一錢，希萬倍之報；持齋一日，冀百日之糧。遂使愚迷，妄求功德，不憚科禁，輕犯憲章。其有造作惡逆，身墜刑網，方乃獄中禮佛，口誦佛經，晝夜忘疲，規免其罪。」

傅弈激烈的謗佛態度與反佛行為自然會遭到佛教徒的嫉恨，遊冥故事中，傅弈被打入地獄，遭受無窮無盡的痛苦。《太平廣記》卷一○二引唐臨《冥報記》「唐傅弈」條：

> 初，弈與同伴傅仁均、薛頤並為太史令。頤先負仁均錢五千，未償而仁均死。後頤夢見仁均，言語如平常，頤曰：「因先所負錢當付誰？」仁均曰：「可以付泥犁人。」頤問：「泥犁人是誰？」答曰：「太史令傅弈是也。」既而寤。是夜，少府監馮長命又夢己在一處，多見先亡人，長命問：「經文說罪福之報，未知當定有不？」答曰：「皆悉有之。」又問曰：「如傅弈者，生平不信，死受何報？」答曰：「罪福定有，然傅弈已被配越州，為泥犁人矣。」（泥犁，為無間大地獄）

《太平廣記》卷一一六引《地獄苦記》「傅弈」的記載與此基本相同。而另一位謗佛的文人，南北朝時期的庾信也同樣被安排進了地獄。《太平廣記》一○二卷引《法苑珠林》「趙文信」條，趙文信遊歷地獄，「乃見一龜身，身一頭多。龜去少時，現一人來，口云：『我是庾信，為生時好作文章，妄引佛經，雜糅俗書，誹謗佛法，謂言不及孔老之教，今受罪報龜身苦也』」。

　　與毀佛謗佛相同，違犯佛教戒律，也要受到下地獄的懲罰。東晉郗超在《奉法要》中說：「全五戒則人相備，具十善則升天堂。……反十善者，謂之十惡，十惡畢犯，則入地獄。」所謂的「十惡」具體是指：（1）殺生；（2）偷盜；（3）淫邪；（4）妄語；（5）兩舌即說離間語，破語；（6）惡口，即惡語、惡罵；（7）綺語，即雜穢語；（8）貪欲；（9）嗔恚；（10）邪見。佛教認為，具備這「十惡」品質的人，當下地獄。

　　違犯佛教戒律的「十惡」中，首為殺生，殘害牲畜等亦視為殺生。所以在入冥之人接受審判之時，如有殺生行為，自然會受到下地獄的報應。《太平廣記》卷一〇二「趙文若」中冥王言「諸罪中，殺生甚重」。《幽明錄》「趙泰」故事中亦言「人死有三惡道，殺生禱祠最重」。《太平廣記》卷一一五「王弘之」云「人一生恒不免殺生及不孝，自餘之罪，蓋亦小耳。」《太平廣記》卷二八三引《幽明錄》「師舒禮」記巫師舒禮因事神殺生入泰山冥府，「府君曰『汝佞神殺生，其罪應重。』付吏牽去。禮見一物，牛頭人身，持鐵叉。捉禮投鐵床上。身體燋爛，求死不得。經累宿，備極冤楚。」後因壽未盡，被放歸，府君誡曰：「勿復殺生淫祀」，「禮既活，不復作巫師」。《太平廣記》卷三八零引《廣異記》「鄭潔」云：「常言人罪之重者，無如枉法殺人而取金帛」。

　　宋以前有大量的因殺生而冥判入地獄的遊冥故事。在遊冥故事中因殺生受到永無休止的冥罰最慘者莫過於秦將白起。秦末白起坑長平降兵四十萬，罪不容誅。《太平廣記》一〇二引《法苑珠林》「趙文昌」，敘趙入冥，「見一大糞坑中，有人頭髮上出。昌問之，引人答云：『此是秦將白起，寄禁於此，罪尤未了。』」《太平廣記》卷三八二引《廣異記》「河南府史」，記河南府史暴卒遊歷地獄，見「類池獄」，「忽見一人頭，從空中落，墮池側，流血滂沱。某問此是何人頭也，使者云，是秦將白起頭。某曰：『白起死來已千餘載，那得復新遇害？』答曰：『白起以詐坑長平卒四十萬眾，天帝罰之，每三十年一斬其頭。迨一劫方已。』」

　　不僅殺生死入地獄受罰，食肉亦入地獄受報，南北朝、隋唐時期有不少因食肉而入地獄的故事。而食雞子（雞蛋）亦會受到冥罰。另一則關於周武帝冥中受報的故事唐臨《廣異記》「周武帝」記載，周武帝不僅因滅佛死入地獄，愛食雞子也在冥中受到報應。周武帝因「好食雞卵，一食數枚」，在冥府受到令人難以想像的懲罰：「有一鐵床，並獄卒數十人，皆牛頭人身。帝已臥床上，獄卒用鐵樑押之。帝脅割裂，裂處，雞子全出，俄與床齊，可十餘斛。」

《太平廣記》卷一三三引《玉泉子》「孫季貞」、《太平廣記》卷一五二引《前定錄》「薛少殷」、《太平廣記》卷三八一引《冥報記》「孔恪」、《太平廣記》卷三八二引《法苑珠林》都記有因食雞蛋受冥罰的故事。

　　宋代遊冥故事冥界審判的依據主要為是否違背儒家道德規範。

　　遊冥故事中因毀佛謗佛、殺生食肉受到冥罰的情況在宋代發生了變化。在宋代的遊冥故事中，冥界審判的標準首先是，是否違背儒家道德規範。至於是否信佛、是否殺生反居其次（關於宋代遊冥故事的這一特點本書第二章有詳細論述）。所以在宋代的大多數遊冥故事中，被判入地獄的，除少數殺生者、「搖唇鼓舌」者，更多的是不忠不孝不仁不義者，是違背了儒家道德規範的人。《宋代傳奇集》「出神記」〔註39〕中，冥吏對於「人事何為重罪？」的回答是：「不孝為大，欺詐次之，殺生又次之。」同書「細類輕故獄」中，許顏夢中入冥，遊歷地獄，冥王告訴他：「（冥間）大赦雖時有，但不忠不孝之人，不沾恩宥。」《夷堅志》「聶從治」因聶見好色不動心，被延壽一紀，賜子孫官。

（三）地獄的設置與進入地獄的準則

1、冥府地獄的設置與地獄的恐怖

　　隨著佛教地獄觀念的傳播推廣，佛教地獄融入中國傳統冥界，冥界主宰機構的功能由單一的管理功能增加了審判功能，而審判的結果多數情況下需要對有罪亡魂進行懲治，地獄的設置則必不可少。

　　漢魏晉時期的遊冥故事中，是看不到地獄的，遊冥故事中地獄的設置源於佛教地獄觀的融入。佛教東傳約是東漢初期，佛教地獄觀也隨之傳入。一種觀念信仰的流佈傳播以致發生影響，總需要一段時間甚至更漫長的時期，地獄觀念的影響至南北朝時期才在文學作品中體現。南北朝時期是中國歷史上中印文化交融的第一個高峰時期，儘管南北朝時期關於幽冥世界的想像還未完全定型，但地獄的觀念已清晰地融入到小說中。體現在志怪小說，小說首次出現了地獄，多數學者認為，《幽明錄》中趙泰的故事是中國小說史上第一篇完整的遊歷地獄的故事。《冥祥記》中記載有大量的遊冥故事。「《冥祥記》描寫地獄故事的大量、完備的出現，標誌著中古遊冥小說類型的成立」〔註40〕。

〔註39〕李劍國·宋代傳奇集·中華書局，2001：488。
〔註40〕陳洪·佛教與中古小說·上海：學林出版社，2007：62。

大量遊冥故事的出現表明，佛教「地獄」觀念在南朝時期已經深植人心。中晚唐時期，遊冥故事出現第一個高峰（第二個高峰在清朝，本書第二章詳細論述），大量的遊冥故事見之於當時的文人筆記、小說中，遊歷地獄的框架模式被文人成功地運用。

遊冥故事中，遊歷地獄是故事的主體部分。絕大多數的遊冥故事極盡渲染地獄的陰森恐怖，一則以恐嚇世人完成勸教意旨，二則以警醒世人改惡從善達到懲戒目的，地獄的設置與功能盡在於此。

先看佛教典藉對地獄的描繪：

《大智度論》卷十六：「見會合大地獄中，惡羅剎獄論卒作種種形，牛馬豬羊，獐鹿狐狗，虎狼獅子，六駁大鳥，雕鷲鷂鳥，作此種種諸鳥獸頭，而來吞噉齩齧，齫掣罪人。……如是等種種鳥獸多殘賊故，還為此眾鳥獸來害罪人。」

《地藏本願經》卷中《利益存亡品》寫地獄景象：「鐵蛇鐵狗，吐火馳逐，獄牆之上，東西而走。」

《愣嚴經》卷八，稱人命終歸地獄：「亡者神識，見大鐵城，火蛇火狗，虎狼獅子，牛頭獄卒，馬頭羅剎，手執槍稍，驅入城門，向無間獄。」

《法苑珠林》卷一一地獄部描繪曰：「夫論地獄幽峻，特為痛切；刀林聳日，劍嶺參天，沸鑊騰波，炎爐起焰，鐵城盡掩，銅柱夜燃。如此之中，罪人遍滿，周悼困苦，悲號叫喚。牛頭惡眼，獄卒凶牙。」

從南北朝始，地獄是遊冥故事必不可少的一部分，遊歷地獄也是遊冥故事的主體。與佛經對地獄的描繪相比，文學作品中游冥故事對地獄的描繪更加形象生動，也更具表現力。

南北朝時期，《幽冥錄》趙泰故事中的地獄描繪最有代表性。趙泰暴卒入冥，因無罪作為冥中獄官，遊歷地獄，後因尚有三十年壽命，被放歸重生。趙泰在冥中「為水官監作吏，將千餘人，接沙著岸上，晝夜勤苦啼泣，悔言生時不作善，今墮在此處。後轉水官都督，總知諸獄事，給馬，東到地獄按行。復到泥犁地獄，男子六千人，有火樹，縱廣五十餘步，高千丈，四邊皆有劍，樹上然火，其下十十五五，墮火劍上，貫其身體。云：「此人咒詛罵詈，奪人財物，假傷良善。」「又見一城，廣有五千餘步，名為地中。罰讁者，不堪苦痛，男女五六萬，皆裸形無服，饑困相扶，見泰叩頭啼哭。」先後遊歷了的泥犁地獄、「開光大舍」（「福舍」）、「受變形城」、「地中」，這一系列地獄

景象通過趙泰的眼睛展現在讀者面前。

唐臨《冥報記》「李山龍」條，記李山龍暴亡入冥，見「庭前有數千囚人，枷鎖杻械，皆北面立。吏將山龍至庭，廳上大官坐高床，侍衛如王者」，「見一鐵城，甚廣大，城旁多小窗，見諸男女，從地飛入窗中，即不復出。山龍怪問之，吏曰：『此是大地獄，中有分隔，罪計各隨本業，赴獄受罪耳。』山龍聞之悲懼，稱南無佛，請吏求出院。見有大鑊，火猛湯沸，旁有二人坐臥。山龍問之，二人曰：『我罪報入此鑊湯，蒙賢者稱南無佛，故獄中諸罪人，皆得一日休息疲睡耳。』」這個故事宣揚地獄果報觀念，也強調了信佛免受冥罰的觀念。

唐戴孚《廣異記》「張瑤」寫因殺生入冥受報，為僧救贖，得以出離地獄。張瑤在在獄「遍見受罪，火坑鑊湯，無不見有」。

《太平廣記》三八二「盧弁」入冥後，「吏領住一舍下，其屋上有蓋，下無梁。柱下有大磨十枚，磨邊有婦女數百，磨恒自轉。牛頭卒十餘，以大箕抄婦人，置磨孔中，隨磨而出，骨肉粉碎。痛苦之聲，所不忍聞。」問後得知，因其在陽世妒嫉。

敦煌變文《目連緣起》寫罪人墮入地獄惡趣，「枷鎖杻械，不曾離身牛頭每日凌遲，獄卒終朝來拷。鑊湯煎煮，痛苦難當。」「冥官業道成悲念，獄卒牛頭及夜叉。」《大目乾連冥間救母變文》亦稱：「空中見五十個牛頭馬腦，羅剎夜叉，牙如劍樹，口似血盆，聲如雷鳴，眼似掣電。」「鐵蛇吐火，四面張鱗，銅狗吸煙，三邊振吠。」《目連變文》用了很大的篇幅，專門描述刀山劍樹地獄、鐵床銅柱地獄、阿鼻地獄中的恐怖景象，以及造惡業者在地獄中受苦的種種情形：「或有劈腹開心，或有面皮生剝」；「鐵輪往往從空入，猛火時時腳下燒，心腹到處皆零落，骨肉尋時似爛焦。銅鳥萬道望心攛，鐵汁千回頂上澆，借問前頭劍樹苦，何如剉磴斬人腰」。「女臥鐵床釘釘身，男抱銅柱胸懷爛……刀剡骨肉片片破，劍割肝腸寸寸斷」。「鐵蛇吐火，四面張鱗。銅狗吸煙，三邊振吠。蒺藜空中亂下，穿其男人之胸。錐鑽天上旁飛，剡刺女人之背。鐵杷跨眼，赤血西流。銅叉剉腰，白膏東引。於是刀山入爐炭，骷髏碎，骨肉爛，筋皮折，手膽斷。碎肉迸濺於四門之外，凝血滂沛於獄墻之畔。」〔註41〕

〔註41〕李時人・全唐五代小說・第四冊・第 2753 頁，陝西人民出版社，1998：2753。

　　杜枚《樊川文集》中《杭州新造南亭子記》，講到地獄傳說和佛寺壁畫中的地獄變相圖：「佛著經曰：生人既死，地府收其精神，校平生行事罪福之。坐罪者，刑獄皆怪險，非人世所為，凡人平生一失舉止，皆落其間。其尤怪者，獄廣大千百萬億裏，積火燒之，一日凡千萬生死，窮億萬世，無有間斷，名為『無間』。夾殿宏廊，悉圖其狀，人未熟見者，莫不毛立神駭。」

　　宋以後，地獄十王信仰的興起以及大型善書《玉曆至寶鈔》在民間的廣泛傳播，民眾關於幽冥世界的想像和描繪更加豐富生動，地獄的分類也更加細化具體。明清時期，遊冥故事進入白話小說，白話小說細膩的刻畫，地獄場景的生動的描摹，使得明清小說中的地獄更具表現力。明末清初小說《醋葫蘆》中的冥界描寫可視為明清小說中的典型代表。

　　《醋葫蘆》敘都氏性妒及其家庭糾葛事。小說有近四回文字的遊冥情節，涉及到地獄十王、地藏菩薩、冥吏、酆都大帝、玉帝、地獄各種酷刑、亡魂遊歷過程等，作品所體現的主要是佛教觀念，冥府機構完整，功能齊全，反映了明清時期社會比較流行的冥界觀念。第十二回「石佛庵波斯回首　普度院地藏延寶」敘成珪妾石女熊氏前身「乃如來之高弟，別號波斯達那尊者，職居羅漢之位，號有尊者之稱」，石氏出家後圓寂，復歸本身，魂遊地府：

　　　　波斯達那尊者，自從離卻皮囊，隨著一行樂從，不往天堂而去，亦不往西土而行，一徑打從冥府進發。騰騰冉冉，不則一時，行過了幾多渺茫去處，才入鬼門關來。一路自有那無數鬼王迎接，至如枉死城、刀山獄、黑暗獄、孽鏡臺、抽腸所、拔舌廳、油鍋局、變相局，種種有司去處，俱有值日鬼卒，承行判官，俱來參迎。

在這一回的遊冥情節裏，涉及到孽鏡臺、孟婆神、活無常、死有分、枉死城、血污池、酆都大帝、地獄十王等，這一整套的幽冥情狀來源於《玉曆至寶鈔》〔註42〕出現之後宗型的民間地獄觀念。《醋葫蘆》中的幽冥世界與善書的描述基本一致，只是作為小說，描繪得更為具體豐富和生動。

〔註42〕《玉曆至寶鈔》是中國民間流傳很廣的一部勸善書，被中外學者普遍視為民眾道教的經典，在宋代即已出現。段玉明認為《玉曆至寶鈔》是佛教思想運動的產物，它的編撰傳世亦標誌了佛教勸善運動的開始。就其規模和影響而言，由《玉曆至寶鈔》所帶動的佛教勸善運動並不遜於道教。見段玉明《〈玉曆至寶鈔〉：究係誰家之善書》（《宗教學研究》，2004 年 2 期）。

2、進入地獄的準則

冥府設置地獄，自然是為了懲罰有罪之人（或說亡魂）。懲戒和進入的標準一般情況下依冥界審判的結果而定。上文談到冥界審判的標準主要為是否違犯宗教戒律和儒家道德規範，而實際情況可能要具體複雜得多。在遊冥故事中，升天堂或進入「福舍」的畢竟是極少數人，千千萬萬的有罪亡靈被送入地獄，可見眾生的「罪業」是普遍的，「修福」的路程漫長而艱辛。

我們看一下進入地獄受罰的都有哪些人。

南北朝、隋唐時期，地獄中的有罪之人有以下幾類：

第一，不信佛或毀佛謗佛之人，如上文提到的周武帝、傅奕、庾信等人。這是帝王重臣，普通人士情況又如何呢？《太平廣記》卷一〇一引《續玄怪錄》「韋氏子」載，韋氏子「自幼宗儒，非儒不言，故以釋氏為胡法，非中國宜興」。死後，其女入冥，見其在地獄中「冤楚叫悔」，「遙哭呼之」：「吾以平生謗佛，受苦彌切，無曉無夜，略無憩時，此中刑名，言說不及。惟有罄家迴向，冥資撰福，可求萬一。輪劫而受，難希降減。但百刻之中，一刻暫息，亦略舒氣耳。」宗儒之人入了地獄。《太平廣記》一零三引《報應記》「高紙」，記高紙「曾毀謗佛法」在冥府中受到冥罰被拔舌犁耕，復生後亦免不了受苦，是因為「少年盜食寺家果子，冥司罰令吞鐵丸」。《幽明錄》「趙泰」故事中「受變形城」中的是「生來不聞道法，而地獄考治已畢者，當於此城，受更變報」。「殺者云當作蜉蝣蟲，朝生夕死；若為人，常短命。偷盜者作豬羊身，屠肉償人。淫逸者作鵠鶩蛇身。惡舌者作鴟鵂鵂鵰，惡聲，人聞皆咒令死。抵債者為驢馬牛魚鱉之屬。」謗佛要下地獄，不聞佛法的還要下地獄。

第二，違反佛教戒律之人。

《太平廣記》卷九九引《冥報記》「大業客僧」，記大業客僧入冥見一同學僧在地獄中受苦，「遙見一人，在火中號呼，不能言，形變不復可識，而血肉焦臭，令人傷心」。僧人下地獄，最大的可能是違犯了佛教戒律。而在這戒律中，殺生為首罪。《太平廣記》卷一三二引《法苑珠林》「劉摩兒」因射獵而入地獄。《太平廣記》一三二「李知禮」因殺生入冥受罰。《太平廣記》卷三零零「杜鵬舉」被所殺之馬訴冥王。《太平廣記》卷一二四引《報應錄》「王簡易」，對「陰間何罪最重」的回答是「莫若殺人」。《冥報記》「唐殷安仁」、「唐孔恪」、「隋趙文若」條，《冥報拾遺》「唐李知禮」條，《冥祥記》「劉薩河」、「阮稚宗」，《廣異記》「薛濤」、敦煌小說《黃仕強傳》、《懺悔滅罪金光

明經冥報記》、李慶入冥等故事的主人公入冥都是因為「殺生」受到閻羅王的審判和懲罰。

趙泰故事中，「殺者云當作蜉蝣蟲，朝生夕死；若為人，常短命。偷盜者作豬羊身，屠肉償人。淫逸者作鵠鶩蛇身。惡舌者作鴟鵂鵂鶹，惡聲，人聞皆咒令死。抵債者為驢馬牛魚鱉之屬」。

《太平廣記》卷一一五引《報應記》「崔義起妻」載，崔妻因「生時不受戒，故恣行貪嫉」在地獄中「苦不可言」。《太平廣記》卷一一五引《廣異記》「鉗耳含光」記，鉗耳含光入冥見其妻陸氏在地獄中被投入釜中「冤楚之聲，聞乎數里，火滅乃去」。原因是「昔欲終時，有僧見詣，令寫金光明經，當時許之，病亟草草，遂忘遺囑，坐是受妄語報，罹此酷刑」。

《太平廣記》卷一一六引《冥祥記》「僧道志」記僧道志因生前在寺中「自竊幡蓋等寶飾，所取甚眾，後遂偷像眉間珠相，既而開穿垣壁，若外盜者，故僧眾不能覺也」，在地獄中受盡苦楚。《太平廣記》卷一一六「王義逸」記王「生好賣販僧寺材礎，以貪其利」被追入地獄。《太平廣記》卷二八一「李進士」因貪小利被冥王責備。

第三，違背封建道德之人。

《太平廣記》卷一一五引《法苑珠林》「張法義」條，記張法義因「私罵父，不孝，合杖八十」，被冥府收錄受罰。

《太平廣記》三八二「盧弁」入冥後，「吏領住一舍下，其屋上有蓋，下無梁。柱下有大磨十枚，磨邊有婦女數百，磨恒自轉。牛頭卒十餘，以大箕抄婦人，置磨孔中，隨磨而出，骨肉粉碎。痛苦之聲，所不忍聞」。問後得知，因其在陽世妒嫉。敘女人因妒而入地獄的故事在唐代較少，以筆者目力所及僅見此篇和《太平廣記》卷三七五「韋諷女奴」。宋代此類故事有《夷堅甲志》「曹氏入冥」記曹氏入冥見「兩廊間皆繫囚，呻吟聲相屬」。見其先姑長女以妒殺婢媵，久繫幽獄。明清小說中，此類故事較多，如《醋葫蘆》、《聊齋誌異》中《馬介甫》、《邵九娘》、《閻王》等。

宋代遊冥故事的地獄中的人似乎更多的是不忠不孝與違背傳統道德的人，毀僧謗佛之人少了。看一下宋代遊冥故事中地獄都有哪些人。

第一，不忠不孝不仁之人，如《宋代傳奇集》中《毛烈傳》記毛烈生前騙陳祈之錢財，毛烈死後，陳祈入陰間證明毛烈之罪行。所見地獄，大抵皆囹圄。冥吏指著囹圄說：「此治殺降者，不孝者，巫祝淫祠者，逋誑佛事者。」

《細類輕故獄》中許顏夢中被召入陰間，冥王對其言：「大赦雖時有，但不忠不孝之人，不沾恩宥。」

第二，貪利欠債之人，如《宋代傳奇集》中《劉元八郎》中記劉入冥府作證，遊歷地獄，復甦後自言：「（地獄）大抵類人間牢獄，而被囚禁者皆本郡城內及屬縣人。有荷枷拼縛者，有訊決刑杖者，望我來各各悲泣，更相道姓氏居止，囑我還世日為報本家，或云欠誰家錢，或云欠誰家租，或云借誰家物，或云妄賴人田產，皆令妻兒骨肉方便償還，以減冥罪。」《宋代傳奇集》中《柳勝傳》敘柳勝家老僕死後復生，自言柳勝因賺鄉里人錢，在陰間被鞭笞。

第三，殺生之人，如《溷獄記》記丘信入冥證南樵二郎殺羊豕十二隻之事，見殺生者二郎面色醜惡，吏曰：「殺豬羊蹄數萬，此苦滿數千歲方受生。」《夷堅乙志》「趙善廣」亦記因殺生被追入冥府受罰事。

第四，淫蕩之人、性妒之女，如《夷堅丙志》「聶從志」敘黃靖國入冥見聶從志因拒絕美而淫的邑丞妻李氏的誘惑，被冥府延壽一紀，「見獄吏捽一婦人，持刀剖其腹擢其腸而滌之。傍有僧語曰：『此乃子同官某之妻也，欲與醫者聶生通，聶不許。見好色而不動心，可謂善士。其人壽止六十，以此陰德，遂延一紀，仍世世賜子孫一人官。婦人減算，如聶所增之數。所以蕩滌腸胃者，除其淫也。』」《宋代傳奇集》中《陳生》記陳因淫被逮入冥府受罰。《夷堅甲志》「曹氏入冥」記曹氏入冥見「兩廊間皆繫囚，呻吟聲相屬」。見其先姑長女以妒殺婢媵，久縶幽獄。

第五，近世某些達官貴人及貪官污吏。《夷堅乙志》卷第一「變古獄」記：「大觀初，司勳郎官郭權，死而復生，言遍至陰府，多見近世貴人。其間一獄，囚繫甚眾。問之，曰：此新所立變古獄也。陳方石說。」《夷堅乙志》「張文規傳」記張入冥目睹冥間斷案之公證及地獄情狀，冥吏言：「凡貪淫殺害嚴刑酷法、殘害忠良、毀敗善類，不問貴賤久近，俱受罪於此。」《夷堅丙志》「碓夢」記某官之子夢其父做官受陰譴在地獄中受苦。

第六，其他某些因日常瑣事不夠細謹之人，如《夷堅甲志》「高俊入冥」敘入冥見一女因前生妄費膏油、一女生前好搖唇鼓舌而在地獄中受罪。

以上的分析可以看出，宋以後遊冥故事更關注的是人的道德行為，其道德準則以儒家倫理規範為主，故事敘述重點並不在於地獄本身，故事已經不在意主人公是否信佛禮佛（也有極少數遊冥故事以宣教勸教為主旨），故事的

宗教色彩更加淡化，世俗性更為濃重。

明清時期遊冥故事進入地獄的情況要複雜得多，更多的時候，地獄的設計成小說家的一種敘事手段，遊冥成為一種結構框架，地獄成為作者針砭現實、實現作者創作理念的工具，或對世風進行反諷（如《斬鬼傳》等），或對官場進行映像（如《聊齋誌異‧席方平》等），或歷史進行解說（如《三國因》等），或對人事姻緣進行宿命的解釋（如《輪迴醒世》、《醋葫蘆》等），所以明清時期遊冥故事中的冥府充滿了形形色色的人，對地獄的描繪相比前期陰森恐怖的色彩少了，卻多了幾分宿命，幾分詼諧，幾分世俗，還有幾分陰間陽世難分彼此的兩岸合一之感。

三、遊冥故事中兩岸世界的互動

（一）複雜多樣的入冥原因與恍惚入夢的入冥方式

人們對彼岸世界總是充滿了無盡的好奇和想像，這種想像既有民間原創力的原始思維，又有文人的充滿個性的創造。遊冥故事總能滿足人們對幽冥世界的想像期待，遊冥之人進入冥界，遊歷地獄後又成功以出離陰間，完成了兩岸世界的溝通。雖然這在現實生活中是不可能發生的，但在文學作品裏，這種經歷卻合乎邏輯地存在著。

1、恍惚之中夢入冥府

人類總是會於不經意間與幽冥世界發生著各種各樣的聯繫。在幾乎所有的遊冥故事中，我們發現，遊冥之人進入冥界幾乎是不自知的，陰陽兩界的界限是模糊的，陰陽時空轉換是在不經意間、轉瞬之間完成的，在冥冥之中進入另一個世界是那麼地容易。在表現泰山冥府的故事中，《列異傳》蔡支故事中，蔡支要去見太守，卻在泰山下迷路了，不覺進入地府，把泰山府君誤為人間太守，泰山府君說明身份，他才大吃一驚，「乃知所至非人間耳」。《搜神記》「胡毋班」故事中，胡毋班要見泰山府君，叩擊泰山下的樹，便有人來相迎，地府彷彿如人間宅院。戴祚《甄異傳》「張伯遠」條，張伯遠十歲病亡，來到泰山下推車，忽遇大風揚塵，他抓住一棵桑樹才沒被刮走，甦醒後頭髮中有灰塵。後來再到泰山又見到了那棵桑樹，「如死時所見之」。

佛教地獄觀傳入後的遊冥故事中，陰陽兩界的界限似乎也是模糊的，多數情況下人進入陰間似乎也是在不自知的狀態下，如《太平廣記》卷一零一『許文度』入冥後「忽悟身已死，恐甚」。《太平廣記》卷三八零引《廣異記》

「金壇王丞」敘王甲入冥見故人謂甲曰：「知此是地府否？」「甲始知身死，悲感久之」。

由生入死既然簡單容易，所以入冥的表現形式也比較簡單，多數是夢中入冥，冥界遊行的故事本來如夢，所見所聞即是夢境，復生即如夢醒。多數遊冥故事這一環節描述得非常簡短，一般是某人暴亡，或因疾而死，幾日後復甦（一般的是兩日、三日至七日較多），自言初死時被錄至冥司，或夢醒後自言見有吏追，一般是兩「黃衫吏」持帖來追。

與反映泰山冥府故事不同的是，多數情況下入冥後通往冥界主宰機構受審的「冥途」是昏暗漫長而痛苦的，首先是周圍環境的昏黑茫然，如《太平廣記》卷一零一「許文度」。「初文度夢有衣黃袍數輩與俱行田野，四望間，迥然無雞犬聲，且不知幾百里。其時天景曛晦，愁思如結。」其次是被冥吏押解，帶械，如《幽明錄》趙泰故事，趙泰「初死時，有二人乘黃馬，從兵二人，但言捉將去。二人扶兩腋東行，不知幾里，便見大城，如錫鐵崔嵬」。第三是路途的艱險難行，荊棘叢生，如《幽明錄》「石長和」及《廣異記》「程道惠」中二人入冥途中所見的諸多罪人。

而對於信佛之人或佛弟子則不存在這種入冥路途中的痛苦。《幽明錄》「石長和」故事寫石長和因奉佛，死後通往冥府時走在平坦的大道上。「石長和死，四日蘇。說：初死時，東南行，見二人治道，恒去和五十步，長和疾行，亦爾。道兩邊棘刺皆如鷹爪。見人大小群走棘中，如被驅逐，身體破壞，地有凝血。棘中人見長和獨行平道，歎息曰：「佛弟子獨樂，得行大道中。」《太平廣記》引《廣異記》「程道惠」寫程病死後復生自言「說初死時，見十許人，縛錄將去。逢一比丘云：『此人宿福，未可縛也。』乃解其縛，散驅而去。道路修平，而兩邊棘刺森然，略不容足。驅諸罪人，馳走其中，身隨著刺，號呻耵耳。見道惠行在平路，皆歎羨曰：『佛弟子行路，復勝人也。』」

有的人則是乘馬走上冥途的，如《太平廣記》卷一零四「盧氏」。而《太平廣記》一二九「張公瑾妾」中馬嘉運被冥府召為冥官，入冥途中騎馬以入冥府，「（馬嘉運）以貞觀六年正月居家，日晚出大門，忽見兩人各捉馬一匹，先在門外樹下立……使者進馬，嘉運即於樹下上馬而去，其身倒臥於樹下也。」這和官員上朝入公署並無不同。

遊冥故事如此強化冥途的艱難痛苦，主要是出於勸教懲惡的主旨，這是與強調地獄的慘忍痛苦出於同樣的目的，為的是警醒世人，信教禮佛，改惡

從善，免入地獄，脫離苦境。

2、入冥原因複雜多樣

在遊冥故事中，對多數人來說，雖入冥相對容易，但通往冥府的路途卻異常艱辛。而入冥的原因卻相對複雜得多，筆者考察《太平廣記》遊冥故事的入冥原因，大致有以下幾種情況：

第一，被誤捉，這是情況最多的一種。有的因名相同或相近，有的因姓名相同而藉貫不同，如《冥報拾遺》「唐任義方」、「唐齊士望」、「唐咸陽婦人梁氏」，敦煌變文《黃仕強傳》，《持誦金剛經靈驗功德記》中「趙文昌」、「遂州人」，《幽明錄》「康阿得」、「石長和」、《太平廣記》三零零「杜鵬舉」等。在遊冥故事比較集中的《廣異記》中，因姓名相同而誤捉的有「王琦」、「李及」、「韋延之」、「靈貞」、「張縱」等。據有學者統計，《夷堅志》遊冥故事中關於由錯誤而造成的 14 個〔註43〕。

第二，被冥府召為陰官。宋以前遊冥故事中，因被冥府召為冥官而入冥的也非常多。遊冥故事中最常見的官吏是判官，被召為判官的有《太平廣記》卷三一四「劉皞」等，被召為主簿的有《廣異記》「李強友」、《冥祥記》「袁廓」等。《廣異記》「隰州佐史」被閻羅王追為典史。被召為其他冥官有《廣異記》「呂譚」、《幽明錄》「盧貞」、「吉未翰」等。

《宣室志》「劉憲」中劉憲被冥府召為「地府巡察使」，苦辭得免。《冥報記》遊冥故事中，「柳智感」被冥王追為冥官，夜判冥事，晝臨縣職。「睦仁蒨」與冥吏交友，被冥府召為太山主簿。「孫回璞」被冥王召為記室。「馬嘉運」因才學被冥府召為記室，自陳無學，苦辭而免。

第三，因冥界審案對證被召入冥作證人，證事畢返回。《冥報記》「周武帝」監膳儀同名拔彪入冥為周武帝吃雞子事作證。《太平廣記》卷三零七「沈聿」，《廣異記》「縣丞王甲」等都是入冥證事，事畢而回。《廣異記》「楊再思」中書供膳被召入冥府證楊再思做官不為民，致民死多事。《夷堅志》中「澗獄記」、「劉元八郎」、「張女對冥事」、「毛烈陰獄」、「聶從志」等都是因陰司作證之需而被召入冥府的。

第四，作為溝通陰陽、傳語陽世的傳話人被召入冥。

〔註43〕轉引自戴密微《唐代的入冥故事——〈黃仕強傳〉》下注云張馥蕊 1968 年在《亞細亞學報》第 256 卷，第 1 期發表文章，對《夷堅志》內容的剖析。見《敦煌譯叢》第一輯，甘肅人民出版，1985 年。

《太平廣記》卷一三六「潞王」記何某暴卒入冥:「云有使者拘錄,引出,冥間見陰君曰:『汝無他過,今放汝還。與吾言於潞王曰:來年三月,當帝天下。可速返,達吾之旨。』言訖引出,使者送歸。」及蘇,遂以其事密白王之左右,咸以妖妄而莫之信,由是不得聞於王。月餘,又暴卒入冥,復見陰君。陰君怒而責之曰:『何故受吾教而竟不能達耶?』徐曰:『放汝去,可速導吾言,仍請王畫吾形及地藏菩薩像。』何惶恐而退。……至期,何叟之言,毫髮無差矣。」在這個故事中,何某入冥還陽後有兩個任務:一是言於潞王,當帝天下;二是畫冥王形及地藏菩薩像。看來冥府對陽間之事是極為關心的,對於潞王當帝天下之事要請人預先告之,並且要將冥王及地藏菩薩像留存人間。

另一則與此相關的故事是《太平廣記》卷一百「李思元」,記唐天寶五載,左清道率府府史李思元暴卒,經二十一日復甦,醒後訴說其在地獄中的經歷,其中敘及他兩次被地藏菩薩召見事。地藏菩薩召見李思元要他宣揚幽冥報應之事,謂曰:「汝見此間事,到人間一一話之,當令世人聞之,改心修善。汝此生無雜行,常正念,可復來此。」李思元因未履行承諾而被再次召入冥府,受到責備,「怒思元曰:『吾令汝具宣報應事,何不言之?』將杖之,思元哀請乃放。』」

第五,因陰間事務之需而被招入冥,如主持宴席、女紅,為冥府送信等。

《太平廣記》卷三三七「韋璜」記韋璜家一女一婢被召入冥間,見閻羅王及親屬,為泰山府君嫁女作妝及染紅,其女自言:「太山府君嫁女,知我能妝梳,所以見召。明日事了,當復來耳。」明日,又云:「我至太山,府君嫁女,理極榮貴。令我為女作妝,今得胭脂及粉,來與諸女。」「因而開手,有胭脂極赤,與粉,並不異人間物。又云:『府君家撒帳錢甚大,四十鬼不能舉一枚,我亦致之。』因空中落錢,錢大如盞。復謂:『府君知我善染紅,乃令我染。我辭已雖染,親不下手,平素是家婢所以,但承己指揮耳。府君令我取婢,今不得已,暫將婢去,明日當遣之還。』」

《太平廣記》卷三零四「淮南軍卒」、《太平廣記》卷三二八「王懷智」入冥當差,為冥王持書送信。

第六,違犯佛教戒律及其他惡行被召入冥受罰。《太平廣記》卷一零四引《報應記》「姚待」因宰羊食肉入冥受到責罰。《太平廣記》卷一〇四引《廣異記》「田氏」因好殺生畋獵暴卒被追入地府。《太平廣記》卷一零四引《報

應記》「姚待」因宰羊食肉入冥受罰。《太平廣記》卷一○九引《冥祥記》「李氏」因「行濫沽酒，多取他物」入冥中受罰。

第七，女姓因妒被冥府招入受懲後再返回。一些明清小說中的妒婦如《醋葫蘆》中的都氏、《聊齋誌異》《馬介甫》中的尹氏、《邵九娘》中的金氏、《閻王》中的李久常嫂等都因悍妒被冥府召入受冥罰後被送回人間。

第八，因有冤案主動入冥告狀申冤，或因對世間事抱不平而入冥府。《聊齋誌異》中《席方平》席方平父被冤死後在冥間同樣得不到昭雪，席方平憤而入冥為父申冤，冥間賄賂風行，黑暗腐敗，最後遇二郎神，冤案得以平反，陷席父入獄而死的羊氏受到嚴懲。馮夢龍《古今小說》中《遊酆都胡毋迪吟詩》胡毋迪讀秦檜《東窗傳》和文山丞相遺稿後憤而怒罵天道不公，被冥府使者請入酆都，引他參觀地獄，他親眼目睹了秦檜等人正在遭受可怕的刑罰，才明白天道皇天的公平不爽。這類入冥的情況還有馮夢龍《古今小說》（《喻世明言》）卷三一有「鬧陰司司馬貌斷獄」等。

以上這些遊冥故事的入冥的緣由較多而複雜，表明隨著遊冥故事的發展演變，越來越多的人因為各種各樣的原因進入冥府，故事的描述也越來越細緻，故事性增強，並非單一的宣教色彩。這很符合文學的發展規律，一種文學形式的產生最初可能是為了某種需要，而漸漸地，隨著文學本身的發展，內容已突破了形式的束縛，遊冥故事的故事內容與內涵已突破了故事的框架與遊冥的模式。

（二）曲折艱辛的復甦與向佛向善的還陽指向

在遊冥故事中，在冥界接受審判、遊歷地獄後返回人間。隨著冥界之旅的結束，返回陽間的過程總是令人關注的，遊冥之人和讀者也在期待著地獄遊歷的人能夠順利回到充滿陽光的人間世界。

在多數遊冥中，出冥回到陽世的過程並不像入冥那樣方便快捷，生命復甦的過程充滿了曲折艱辛。回到陽間的方式主要有以下幾種：

第一種，表現形式為「遂活」或「幾日而蘇」。在南北朝的一些遊冥故事中，故事描述簡單，篇幅短小，缺少細緻周詳的情節，人物在冥界的遊歷也較簡單，出冥的過程也很簡單。多是某人暴卒，後復甦，自言被追入冥府，或因信佛或有善舉被放還。復生回歸陽世的過程寥寥幾筆，如「遂活」、「驚寤」等，如是而已。如《宣室志》「邵惠連」、《幽明錄》「師舒禮」、「盧貞」等。

　　第二，被送回家中，入屋見屍，身入屍中而活。在多數以宣揚佛教地獄觀念以勸教為主旨的遊冥故事裏，出冥的情節常見這樣的模式：某人遊歷地獄後被放還人世，回家見屍，心甚厭之，久久不肯相就，最後被人推入屍中而活。如《冥祥記》「陳安居」、「程道惠」、「唐遵」、「劉薩河」、「石長和」、「沙門智達」、「王氏四娘」，《廣異記》「盧氏」、「劉鴻漸」、「李及」等。這樣的細節反映了佛教對於現實生命的觀點：人的肉體不過是人的「皮囊」、「衣服」、「房舍」而已，世間萬物皆為無常，如鏡花水月，包括人的生命和一切有生命的個體，在未獲得解脫之前，都在六道中生死流轉，永無終期。

　　第三，回歸途中，落入黑坑或被推入坑中而活。在遊冥故事比較集中的南北朝、隋唐時期，這種回歸模式隨處可見。如《廣異記》「張御史」、「崔明達」、「霍有鄰」、「鄧成」、「河南府史」、「阿六」等。這種復生方式可能與中國古代漢民族的土葬習俗有關。

　　第四，從高處跌落而復生。這種復生方式有的是從高牆、高山墮落而蘇，如《冥報記》「孫回璞」、「宋行質」，《冥報拾遺》「梁氏」、「裴則子」；有的墮入河中、井中而活，如《冥報拾遺》「支法衡」、《冥報記》「周頌」；有的驚墮、跌倒而活，如《廣異記》「郜澄」驢驚墮而活，《太平廣記》卷三八一「趙裴」跌倒復甦。

　　這些遊冥故事的復生似乎很像人們夢中作惡夢而驚醒，而這些遊冥的經歷就像在夢中，不管夢境如何奇幻驚心動魄，總會夢醒，夢醒了，死亡之旅也結束了。而在出冥的剎那間總能令人感到心驚膽顫。「入冥與出冥時表現出的這種描寫上的差異，也許正是『死』很容易而『蘇生』極難這一現實體驗的反映。而且這一點也與六朝志怪中常見的思維方式相類似。」〔註44〕

　　復生的方式並不是一個模式，而復生的原因也不是唯一的。考察遊冥故事的復生原因，主要有下面幾種：

　　第一，因冥府誤招被放回。這種復生原因較多。既然是冥府誤召，「算未盡」、「未合來」，送歸陽世也是情理中的事，所以多數因誤召入冥府之人在冥界澄清後被順利送歸人世。

　　第二，由於遊冥之人的極力哀求，或遇冥官是所識故人，求情請託行賄得以回陽，如《廣異記》「李進士」、「李強友」，《幽明錄》「吉未翰」、《太平

〔註44〕〔日〕小野四平·中國近代白話短篇小說研究·佛教「說話研究」·上海古籍出版社，1997：139。

《廣記》卷三五零「浮梁張令」等。

第三，由於佛或僧人的救助憐憫得以還陽復生，如《冥報記》「張法義」、《廣異記》「張瑤」、《冥祥記》「張應」等。

第四，被召入冥府的人由於曾誦經禮佛、禮敬僧像等所謂宗教修福行為被冥王放回。這是多數以宣教為主旨的遊冥故事中復生的主要原因，如《廣異記》「盧氏」、「田氏」、「孫明」、「劉鴻漸」、「魏恂」、「李洽」、「張御史」等。

第五，設法逃回人間。這種復生原因是遊冥故事中最少的，入冥者存在某種偶然性，由於某種特殊的機緣得以還陽復生。《聊齋誌異》中《耿十八》病死後在去往冥府的路上，躲過押解之人，從貼在押解犯人的小車上的名單撕掉自己的名字，從「望鄉臺」上跳下逃回，入室而蘇。故事曲折有趣，充滿了民間色彩的想像力。

出冥的方式與復生的原因是遊冥故事的最後一個環節，復生總是令人欣喜的。但多數故事還有一個「光明的尾巴」，故事還要強調復生後的結果，那就是絕大多數遊冥之經歷過恐怖難忘的地獄之旅與令人心驚肉跳的生命回歸過程後，不信佛的人信佛了，信佛的人更加虔誠了，潛心修福、善良的人長壽了、富貴了，作惡之人受到懲罰改惡遷善了，悍妒之女一改悍妒本性變為符合封建女德的賢惠淑女了，違犯佛教戒律不信守諾言的人被再次召入冥府再也回不來了——故事宣教勸善的意圖達到了。其實，返回陽世的過程，也就是靈魂回歸肉體的過程，也是精神上向佛教皈依的過程，行為上改惡向善的過程。

（三）溝通陰陽的使者

閱讀遊冥故事，有時候總有一種兩個世界難分彼此的感覺，很多時候，從另一個世界走回來的人並非「瀟灑走一回」，總會有一種異樣的感覺，總會帶來另一個世界的消息。陰陽兩界、生死之間並非陰陽阻隔，彼岸世界無不充滿著人間世界的印跡。

1、冥界官吏任職者的人間化

多數遊冥故事中，冥界選官常從人間挑選，這個選官傳統從漢魏晉遊冥故事即已開始，「蔣濟亡兒」故事中，孫阿被召為「泰山令」。其後，冥府的主簿、判官等各類官職都要從人間挑選。我們上文提到的不少冥界官吏如判官、主簿等都是由這個世界的普通人來擔任的，冥界選官的標準亦與人世無

異。《廣記》卷三七七引《宣室志》「郤惠連」記載了冥界從人間挑選閻羅王「冊立」典禮儀式「主持人」的故事：

> 大曆中，山陽人郤惠連，始居泗上，以其父嘗為河朔官，遂從居清河。父歿，惠連以哀瘠聞。廉使命吏臨弔，贈粟帛。既免喪，表授漳南尉。一夕獨處於堂，忽見一人，衣紫佩刀，趨至前，謂惠連曰：「上帝有命，拜公為司命主者，以冊立閻波羅王。」即以錦紋箱貯書，進於惠連曰：「此上帝命也。」軸用瓊鈿，標以紋錦。又像笏紫綬，金龜玉帶，以賜。惠連且喜且懼，心甚惶惑，不暇顧問。遂受之。立於前軒，有相者趨入，贊曰：「驅殿吏卒且至。」已而有數百人，繡衣紅額，左右佩兵器，趨入，羅為數行，再拜。一人前曰：「某幸得為使之吏，敢以謝。」詞竟又拜。拜訖，分立於前。相者又曰：「五嶽衛兵主將。」復有百餘人趨入，羅為五行，衣如五方色，皆再拜。相者又曰：「禮器樂懸吏，鼓吹吏，車輿乘馬吏，符印簿書吏，帑藏廚膳吏。」近數百人，皆趨而至。有頃，相者曰：「諸岳衛兵及禮器東懸車輿乘馬等，請使躬自閱之。」惠連曰：「諸岳衛兵安在？」對曰：「自有所耳。」惠連即命駕，於是控一白馬至，具以金玉。其導引控御從輦，皆向者繡衣也。數騎夾道前驅，引惠連東北而去，傳呼甚嚴。可行數里，兵士萬餘，或騎或步，盡介金執戈，列於路。槍槊旗飾，文繡交煥。俄見朱門外，有數十人，皆衣綠執笏，曲躬而拜者。曰：「此屬吏也。」其門內，悉張帷帘几榻，若王者居。惠連既升階，據幾而坐。俄綠衣者十輩，各齎簿書，請惠連判署。已而相者引惠連於東廡下一院，其前庭有車輿乘馬甚多，又有樂器鼓簫，及符印管鑰。盡致於榻上，以黃紋帊蔽之。其榻繞四墉。又有玉冊，用紫金填字，以篆籀書，盤屈若龍鳳之勢。主吏白曰：「此閻波羅王之冊也。」有一人具簪冕來謁，惠連與抗禮。既坐，謂惠連曰：「上帝以鄴郡內黃縣南蘭若海悟禪師有德，立心畫一冊。有閻波羅王禮甚，言以執事有至行，故拜執事為司命主者，統冊立使。某幸列賓掾。故得侍左右。」惠連問曰：「閻波羅王居何？」府掾曰：「地府之尊者也。摽冠嶽瀆，總幽冥之務。非有奇特之行者，不在是選。」惠連思曰：「吾行冊禮於幽冥，豈非身已死乎？」又念

及妻子，快快有不平之色。府掾已察其旨，謂惠連曰：「執事有憂色，得非以妻子為念乎？」惠連曰：「然。」府掾曰：「冊命之禮用明日，執事可暫歸治其家。然執事官至崇，幸不以幽顯為恨。」言訖遂起。惠連即命駕出行，而昏然若醉者。即據案假寐，及寤，已在縣。時天才曉，驚歎且久。自度上帝命，固不可免。即具白妻子，為理命。又白於縣令。令曹某不信。惠連遂湯沐，具紳冕，臥於榻。是夕，縣吏數輩，皆聞空中有聲若風雨，自北來，直入惠連之室。食頃，惠連卒。又聞其聲北向而去，歎駭。因遣使往鄴郡內黃縣南問，果是蘭若院禪師海悟者，近卒矣。（出《宣室志》）

這個故事有幾點需要注意：

第一，與南北朝一些遊冥故事相比，這個故事雖然記述與陰間閻羅王有關之事，但故事的佛教色彩很淡，也較少涉及佛教觀念，冥界官吏體系雍腫，儀式程序繁複，官吏的名稱如禮器樂懸吏、鼓吹吏、車輿乘馬吏、符印簿書吏、帑藏廚膳吏等並不見於佛教典籍，也不見於史書記載，帶有漢唐以來官僚體制的某些特點。

第二，這個故事中，閻羅王的任職要由上帝任命，從人間挑選。因海悟禪師有德，被選為閻羅王。閻羅王為「地府之尊者也，摽冠嶽瀆，總幽冥之務。非有奇特之行者，不在是選」。地府冥王受上帝統管，在遊冥故事中有所體現。《太平廣記》卷三八五引《玄怪錄》「崔紹」中閻王亦由天帝任命。閻羅王由凡人擔任，可知在故事中冥王已由冥神過渡到人，亦具有人間色彩，亦可見閻羅王在民間的影響。

第三，閻羅王「冊立」儀式的主持人「司命主者」竟要從人間挑選，似乎這個職位在冥間很顯貴，有屬吏兵士萬餘，又有「具簪冕來謁」，言辭恭謹。至於何以惠連得任此職，用「具簪冕」者的話說，是因為他有「至行」，從文中看，他的「至行」應為「孝」。可見即使是冥間選官，孝行也是最為重要的一個參考標準。

第四，如此貴盛的職位，惠連並未見有喜色，想到身死，又念及妻子，「快快有不平之色」。這與漢魏晉時期的「蔣濟亡兒」故事中孫阿知道自己將為「泰山令」時的欣喜迥然不同。

第五，沒有南北朝時期遊冥故事的常見的陰鬱氣氛，故事華麗鋪張，完全像一個人間帝王冊立登基的儀式，陰陽兩界，合二為一。

考察遊冥故事，曾擔任過閻羅王的人〔註45〕有隋韓擒虎（《隋書》卷五二《韓擒虎傳》、敦煌寫本《韓擒虎話本》）、唐朝宰相杜黃裳（《古今圖書集成·神異典》卷二一九）、宋范仲淹（龔明之《中吳記聞》）、宋名相寇準（丁傳靖《宋人軼事彙編》卷五）、宋大臣蔡襄（褚人獲《堅瓠餘集》卷四）、宋人林衡（洪邁《夷堅丙志》卷一）、明大臣趙用賢（俞樾《茶香室叢抄》卷二十）、清大臣王士祿（王漁洋《池北偶談》卷二三）等。包拯「日理陽」為陽世官員，「夜理陰」為冥間閻王，見明人《龍圖公案》等包公題材的小說，已為人們所熟知。蒲松齡《聊齋誌異》卷三《閻羅》云，萊蕪秀才李中之，性直諒不阿，以生人為閻羅，同時張生，則以生人為其僚屬。同卷《李伯言》，云李「抗直有肝膽」，因暫代閻羅而死，後復活。清人袁枚《子不語》卷一六《閻羅升殿吞鐵丸》云，杭州閔玉蒼，一生清正，任刑部郎中時，每夜署理閻王之職。謝肇淛《五雜俎》卷十五「事部三」曰：「人有死而為閻羅王者，如韓擒虎、蔡襄、范仲淹、韓琦等，皆屢見傳記。而近日如海瑞、趙用賢、林俊，皆有人於冥間見之。人鬼一理，或不誣之。劉聰為遮須國王，寇準為浮提王，亦此類耳。」

對於這一現象，唐段成式《酉陽雜俎》前集卷三：「至忠至孝之人，命終為地下主者。」又五代孫光憲《北夢瑣言》卷五云：「世傳云，人之正直，死為冥官。」人們認為冥府的冥王、冥官，理所當然應正直無私、剛正不阿、德行高尚，在多數遊冥故事中也有確實如此。這種情況在明清小說中被顛覆，部分明清小說中的閻羅王及冥官腐敗貪婪，寡廉鮮恥。這種現象源於作者揭露人間官場腐敗的創作主旨，遊冥故事成為明清文人針砭現實的載體。

2、兩岸官員的溝通往來

冥王、冥官要從人間挑選，陰陽兩界的官員也互相往來，互通有無。有時候這種兩岸世界的溝通更像是不同地區官員的相互交流。《太平廣記》卷三零三「南纘」敘述陰陽兩界官員同期赴任並相遇交友的故事：

> 唐廣漢守南纘，常為人言：至德中，有調選同州督郵者，姓崔，忘其名字。輕騎赴任，出春明門，見一青袍人，乘馬出，亦不知其姓字，因相揖偕行，徐問何官。青袍云：「新受同州督郵。」崔云：「某新授此官，君且不誤乎？」青袍笑而不答。又相與行，悉云赴

〔註45〕趙杏根·論我國舊小說中的地獄和閻王·明清小說研究，2000，（3）。

任。去同州數十里，至斜路中，有官吏拜迎。青袍謂崔生曰：「君為陽道錄事，我為陰道錄事。路從此別，豈不相送耶？」崔生異之，即與聯轡入斜路。遂至一城郭，街衢局署，亦甚壯麗。青袍至廳，與崔生同坐。伍伯通胥傳僧道等訖，次通詞訟獄囚，崔之妻與焉。崔生大驚，謂青袍曰：「不知吾妻何得至此？」青袍即避案後，令崔生自與妻言。妻云：「被追至此，已是數日，君宜哀請錄事耳！」崔生即祈求青袍，青袍因令吏促放崔生妻回。崔妻問犯何罪至此，青袍曰：「案家同州，應同州亡人，皆在此廳勘過。蓋君管陽道，某管陰道。」崔生淹留半日，請回，青袍命胥吏拜送曰：「雖陰陽有殊，然俱是同州也，可不拜送督郵哉？」青袍亦餞送，再三勤款揮袂，又令斜路口而去。崔生至同州，問妻，云病七八日，冥然無所知，神識生人才得一日，崔生計之，恰放回日也。妻都不記陰道，見崔生言之，妻始悟為夢，亦不審記憶也。（出《玄怪錄》）

在這個故事中，陰陽兩界的地名相同，同為「同州」；官職相同，同為督郵，一為陽世之官，一為陰府之職；同期騎馬赴任，陰陽兩官相遇，「相揖偕行」，人間官員崔生竟沒有陌生之感，如同現實世界的官員遇到同時赴任的同僚。陰陽兩界的分界處是「斜路中」，崔生入冥的方式極其便捷，與陰官「聯轡入斜路」即進入冥界。崔生入冥後發現妻子被追入冥府受審，因為與崔生與陰府督郵「青袍」的「同官」之誼，在崔的祈求下崔妻被放回。而崔生出冥的路線仍是那個「斜路口」。「斜路口」已成為陰陽分界的標誌，這在此前的遊冥故事中並未曾見。

　　《太平廣記》卷二九七引《冥報記》「睦仁蒨」亦記載了一個在路上遇冥界官員並與之交友的故事。另一則兩地官吏互相溝通的故事是《太平廣記》卷三零四「淮南軍卒」記一軍卒臨時為冥府召去送信的故事。軍卒趙某赴京師「遺公卿書」，途中被請至泰山冥府，冥王曰：「吾有子婿，在蜀數年，欲馳使省覲，無可為使者。聞汝善行，日數百里，將命汝使蜀，可乎？」並付書信一封，曰：「持此為我至蜀郡，訪成都蕭敬之者與之。吾此吏輩甚多，但以事機密，慮有所洩，非生人傳之不可。汝一二日當疾還，無久留。」因以錢一萬遺之，趙拜謝而行。其間趙亦目睹了冥界審判等。趙到成都，訪蕭敬之，以書付之，敬之謂趙曰：「我人也，家汝鄭間。昔歲赴調京師，途至華陰，遂為金天王（筆者按：泰山王）所迫為親。今我妻在，與生人不殊。向者力

求一官，今則遂矣。故命君馳報。」

這個故事可見遊冥故事的人間性、世俗性。這種陰陽兩界互通信件的故事在遊冥故事中多有體現。在漢魏晉時期的遊冥故事「臨淄蔡支」就是比較早的陰陽兩界書信往來的故事，此外如《太平廣記》卷三八四引《廣異記》「阿六」寫阿六死後入冥遇故人並為其寄書家人，復活後手中得書。這個情節是遊冥故事中比較常見的細節：遊冥之人在冥中遊歷之時，常能看見所識故人，代囑為其傳信並作功德，甦醒後，手中會常有書信一封，或者是其他的信物。故事的這個細節證明，陰陽兩界的溝通是實有的，有書信為證，足以證明地獄並非虛妄，地獄果報親歷親見。這樣的細節亦可見創作者的良苦用心，一為取信於人，二為勸誡教化。

3、傳語陽間的代言人

佛經中有關地獄的描寫很多，但都大同小異；作惡之人，為善之人，死後要受到相應的報應。造惡者在地獄所受的刑罰之殘酷超乎人們的想像。然而人死後所受到的報應、地獄的其景其事人們是如何得知呢？佛經中的地獄描寫，主要有兩類：一是通過無所不知的佛或神人之口作以介紹，並無人物的經歷及故事的情節；二是通過「死而復生」之人的親口描繪，如《經律異相》、《六度集經》、《佛說弟子死復生經》等佛教典籍中記載的一些故事。兩相比較，後者有人物，有情節，有懸念，效果自然不可同日而語。

多數遊冥故事中，遊冥之人經歷了死而復生的經歷，親眼見證了冥界審判，目睹了善惡之人的不同果報，回到人世後，把自身經歷述說給世人，這個過程本身就是對佛教觀念的宣傳。更多的時候遊冥之人作為溝通陰陽的使者，成為彼岸世界傳語陽間的代言人，承擔著溝通陰陽傳達彼岸世界的某些思想觀念的重任，其實也就是作者借遊冥之人之口孜孜不倦地宣說著某種宗教觀念與道德觀念。

入冥之人作為溝通陽陽的使者，作為經歷過另一個世界的代言人，其還陽的使命和傳播的觀念有哪些呢？

第一，地獄不虛，果報不爽。

佛教傳入後，以遊冥故事形式傳播佛教地獄觀念。故事更加借助遊冥之人之口強化宣說地獄觀念。南北朝、隋唐時期，大量以宣教為主旨的遊冥故事中，人物在親歷了地獄報應之後，本人確信了地獄的實有，並向世人傳播。

《太平廣記》卷一百「李思元」，記唐天寶五載，左清道率府府史李思元

暴卒，經二十一日復甦，醒後訴說其在地獄中的經歷，其中敘及他兩次被地藏菩薩召見事。地藏菩薩召見李思元要他宣揚幽冥報應之事，謂曰：「汝見此間事，到人間一一話之，當令世人聞之，改心修善。汝此生無雜行，常正念，可復來此。」李思元因未履行承諾而被再次召入冥府，受到責備：「怒思元曰：『吾令汝具宣報應事，何不言之？』將杖之，思元哀請乃放。』」類似的故事還有《太平廣記》三八一「鄧成」、《太平廣記》卷一零二「趙文昌」等。

　　第二，作功德以修福，免受地獄之苦。

　　《太平廣記》三二八「王懷智」云：「唐坊州人上柱國王懷智……有一人失其姓名，死經七日，背上已爛而蘇，云：『在地下見懷智，見任太山錄事。』遣此人執筆，口授為書，謂之曰：『汝雖合死，今方便放汝歸家，宜為我持此書至坊州。訪我家，白我母云：懷智今為太山錄事，幸蒙安太。但家中曾貸寺家木作門，此既功德物，早償之。懷善將死，不合久住。速作經像求助，不然，恐無濟理。』此人既蘇，即齎書特送其舍。所謂家事，無不暗合。至三日，懷善暴死。合州道俗聞者，莫不增修功德。鄜州人勵衛侯智純說之。」

　　《太平廣記》三八零「王璹」敘王璹入冥見故人宋行質，宋「謂璹曰：『吾被官責問功德簿，吾平生無受此困苦，加之饑渴寒苦不可說，君可努力至我家，急語令作功德也。』如是殷勤數四囑之」。類似的情節在遊冥故事中隨處可見。故事強調的是「急語令作功德」，而這些都是借死而復生之人之口所說。

　　第三，積德行善，免受陰遣。

　　《幽明錄》趙泰故事中，趙泰在遊歷地獄復生後「請僧眾大設福會，命子孫改意奉法。時人多來訪問，皆奉法」。可見趙泰的宣傳非常成功，時人聞之後皆奉法，效果立見。《冥祥記》唐遵故事中，唐遵遊歷地獄，遇見先亡從叔，將歸陽間之際，從叔囑咐道：「汝得坐還，良為殊慶。在世無幾，倏如風塵。天堂地獄，苦樂報應，吾昔聞其語，今睹其實。汝宜深勤善業，務為孝敬，受法持戒，慎不可犯。一失人身，入此罪地，幽苦窮酷，自悔何及……」《夷堅丙志》卷八「黃十翁」記黃入冥見故人，謂之曰：「汝當再還人世。若見世人，但勸修善。敬畏天地，孝養父母。歸向三寶，行平等心。莫殺生命，莫愛非己財物，莫貪女色，莫懷疾妒，莫謗良善，莫損他人。造惡在身，一朝數盡，墮大地獄，永無出期。受業報竟，方得生於餓鬼畜生道中。佛經百種勸誡，的非虛語。」

在這些溝通陰陽的入冥之人傳播的觀念中，不難看出，儒家傳統道德觀念對佛家地獄觀念的滲透，「敬畏天地，孝養父母」等儒家思想利用遊歷地獄模式進行宣說強調，體現了佛教地獄觀儒化的趨勢。而這些溝通陰陽的死而復生之人，把佛教的地獄觀果報觀念傳播開來，把傳統的儒家道德觀念進行強化，利用死而復甦的現身說法，自然比繁瑣枯燥的說教效果要好得多。有了溝通陰陽兩岸的使者，利用遊冥之人作為彼岸世界的代言人，遊冥故事傳播宗教觀念與道德觀念的目的也就達到了。

四、遊冥故事的人間情懷

（一）遊冥故事的惡死樂生情結

成熟的遊冥故事發端於佛教，與佛教關係密切。佛教認為，人生是痛苦的，以「苦」為「四聖諦」之首，《阿含經》便多次宣揚人生「諸受皆苦」。人生的各種感情是痛苦的根源，因此要求悟「空」、破「執」，超越生死，把幸福的期望寄託來世，以尋求人生的解脫為最終目的。但是在遊冥故事中，看不到對彼岸世界的嚮往，看不到這種超脫人生的死亡觀，更多的卻是對人生的眷戀，對死亡的恐懼。這種恐懼可能源於死後世界每個人所接受的對人生善惡果報的檢驗，對地獄慘烈酷刑的本能的畏懼，對於下一世輪迴的未知的茫然。在遊冥故事的歷史演變中，除極少數故事外，貫穿始終的是一種強烈的惡死樂生情結。也正是因為這種情結，使遊冥故事始終充滿著濃鬱的人間氣息。

1、對死亡的恐懼與對人生的眷戀

在早期漢魏晉遊冥故事裏，對死亡的恐懼並不很強烈。漢代的死後世界觀〔註46〕與佛教傳入後死後世界觀有很大不同。當時的人們普遍認為死亡是人間生活的延續，只是地點搬到了地下（或是泰山下），雖然生死兩隔，畢竟另一個世界也還與人世相差無多。所以在反映泰山冥府的遊冥故事裏，故事的總體風格、敘事的語調並無恐怖陰森的色彩。《列異傳》「蔣濟亡兒」故事中，蔣濟妻夢見亡兒託夢：「今太廟西謳士孫阿，今見召為泰山令。願母為白

〔註46〕 漢代的死後世界觀詳見余英時《東漢生死觀》（上海古籍出版社，2005 年）、蕭登福《先秦兩漢冥界及神仙思想探源》（臺灣文津出版社，1990 年）、蒲慕州《墓葬與生死——中國古代宗教之省思》（中華書局，2008 年）等書的相關論述。

侯屬阿，令轉我得樂處。」蔣濟「於是乃見孫阿，具語其事。阿不懼當死，而喜為泰山令，惟恐濟言之不信也。乃謂濟曰：『若誠如所言，某之願也。不知賢郎欲得何職？』」孫阿不懼卻喜，一則是因為要當官的喜悅，二則可能認為死亡並不可怕。在漢魏晉遊冥故事裏，這種情緒畢竟不多。

雖然死亡是在另一個世界里人生的延續，但終究是「死生異路」。多數遊冥故事都籠罩著陰慘的死亡的愁緒。《太平廣記》二八一「邵元休」記邵入冥，見故人潘某，潘對之曰：「幽冥之事，固不可誣。大率如人世，但冥冥漠漠愁人耳。」《太平廣記》卷一零一「許文度」記文度「夢有衣黃袍數輩與俱行田野，四望間，迴然無雞犬聲，且不知幾百里。其時天景曛晦，愁思如結。有黃袍者謂文度曰：『子無苦，夫壽之與夭，固有涯矣，雖聖人安能逃其數。』文度忽悟身已死，恐甚。」《太平廣記》卷一零三「高紙」敘紙「唐龍朔二年，出長安順義門，忽逢二人乘馬，曰：『王喚。』紙不肯從去，亦不知其鬼使，策馬避之，又被驅擁。」《太平廣記》三八零引《廣異記》「金壇王丞」敘王甲入冥見故人謂甲曰：「知此是地府否？」「甲始知身死，悲感久之。」

這種對死亡的恐懼複雜的情緒在遊冥故事裏隨處可見。即使在並未受佛教地獄觀影響的早期遊冥故事裏，也仍然有所流露，如《搜神記》「胡毋班」故事記胡入泰山冥府，「見其父著械徒，作此輩數百人。班進拜流涕問：『大人何因及此？』父云：『吾死不幸，見遣三年，今已二年矣。困苦不可處。』」南北朝遊冥故事已經很鮮明地表達出樂生惡死的情結。《冥祥記》等所記入冥再生，歷觀諸獄而重回人世，無不以再生為喜。至唐，很多遊冥故事中，入冥之人，即使是做顯赫的冥官，也多推辭拒絕。有的入冥之人，千方百計請託行賄，尋求「歸路」。唐臨《冥報記》「馬嘉運」（《太平廣記》卷一三二記為「張公瑾妾」）「素有學識，知名州里」，冥中東海公請為記室，馬卻願「貧守妻子，不願為官，得免幸甚」。東海公只好另請高明，又追綿州陳子良，陳子良也不願意，「辭不識文字」；最後，只得再追吳人陳子良，這回應是沒推辭成，陳子良卒。《宣室志》「郤惠連」（《太平廣記》卷二七七）被上帝請為叩封閻王的「司命主者」，地位顯赫，卻「念及妻子，怏怏有不平之色」。《冥報記》「柳智感」記冥王請柳智感作判官，「智感辭以親老，且自陳福業，未應便死」，實在無法推辭，只好權宜從事，以生人判冥，最後還是在三年後，「已得隆州李司戶，授正官以代公」，他才得到解脫。馬嘉運、郤惠連是無職無位的民間賢達，柳智感不過是長舉縣令，可他們卻並不以冥中顯官為喜，

只願在人間過普通人的生活。

多數遊冥故事裏，這種對死亡的恐懼、拒絕，對人生的眷戀、對生命的渴望表現得非常強烈。《青瑣高議》後集卷三「程說」記程說被府君召入冥府，見罪人受苦，「說方悟身死，泣涕謂吏曰：『說守官以清素，決獄畏懼，無欺於心，自知甚明，何罪而死也？吾家世甚貧，薄寄都下，此身客死，家無所依。』乃慟哭。」

「中國佛教不是把彼岸世界作為生命追求的歸宿，而是以肯定此世界為前提的。這就是決定了中國古代幻想藝術具有強烈的重生意識和現實功利觀念，也決定了它的基本形式是以神人交通為特徵的。」〔註47〕雖然佛教宣揚的彼岸世界是無比美好的，但在現實大多數人的心中，即使貧困的「生」也是令人眷戀的。得成正果也好，往生極樂也好，如果要以「死」來作為連接此岸與彼岸兩個世界的橋樑，那就絕不是樂事了。

2、遊冥故事總以再生為冥界遊歷的結果

儘管遊冥故事總是籠罩著死亡的陰慘愁緒，地獄之旅也總是讓人心驚膽寒，但結果卻總是讓人有如釋重負之感。儘管遊冥故事寫入冥，寫地獄，寫死亡，卻總是和「再生」聯繫在一起。入冥之人的重生總是讓人欣喜不已，絕大多數遊冥故事都是以「再生」為故事的圓滿結局。也有一部分遊冥故事，入冥之人不可能再生，那是因為故事的本意就是懲戒那些「該死」之人。對冥府、對人而言，最大的獎勵是生，是「放還」，是「延壽」、是「展年」。最大的懲罰是「死」，是不得再託生為人。這種「再生」式的結局，不僅是為強調故事的徵實可信，在故事的篇末作親見其說的「實證」，而是實實在在地反映了人們對生死的看法。彼岸世界的幸福畢竟縹緲虛幻，而生卻是實實在在地「活著」，「生」在人間是快樂的，「死」在冥間是痛苦的有罪的，對生命的渴望眷戀永遠是地獄世界的主旋律，而「生」與「死」成了最簡單的獎善懲惡的手段與善惡報應的結局。

《太平廣記》三三八「盧仲海」故事，敘因盧的多次呼喊使從叔從死亡之途回到人間：

> 大曆四年，處士盧仲海與從叔纘客於吳。夜就主人飲，歡甚，
> 大醉。郡屬皆散，而纘大吐，甚困。更深無救者，獨仲海侍之。仲

〔註47〕劉書成·論佛教文化影響下古代小說的三大功能·社科縱橫·2000，（3）。

海性孝友，悉篋中之物藥以護之。半夜續亡，仲海悲惶，伺其心尚煖，計無所出。忽思禮有招魂望反諸幽之旨，又先是有力士說招魂之驗，乃大呼續名，連聲不息，數萬計。忽蘇而能言曰：「賴爾呼救我。」即問其狀，答曰：「我向被數吏引，言郎中命邀迎。問其名，乃稱尹。逡巡至宅，門闥甚峻，車馬極盛，引入。尹迎勞曰：『飲道如何，常思囊日破酒縱思，忽承戾止。浣濯難申，故奉迎耳。』乃遙入，詣竹亭坐。客人皆朱紫，相揖而坐。左右進酒，杯盤炳曜，妓樂云集，吾意且洽，都亡行李之事。中宴之際，忽聞爾喚聲。眾樂齊奏，心神已眩，爵行無數，吾始忘之。俄頃，又聞爾喚聲且悲，我心惻然。如是數四，且心不便，請辭，主人苦留，吾告以家中有急，主人暫放我來，當或繼請。授吾職事，吾向以虛諾。及到此，方知是死，若不呼我，都忘身在此。吾始去也，宛然如夢。今但畏再命，為之奈何？」仲海曰：「情之至隱，復無可行。前事既驗，當復執用耳。」因焚香誦咒以備之。言語之際，忽然又沒，仲海又呼之，聲且哀厲激切，直至欲明方蘇。曰：「還賴爾呼我，我向復飲，至於酣暢。坐僚徑醉，主人方敕文牒，授我職。聞爾喚聲哀厲，依前惻怛。主人訝我不始，又暫乞放歸再三。主人笑曰：『大奇』。遂放我來。今去留未訣。雞鳴興，陰物向息，又聞鬼神不越疆。吾與爾逃之，可乎？」仲海曰：『上計也。』即具舟，倍道並行而愈。（出《通幽錄》）

這個故事一點也沒有多數遊冥故事的沉重壓抑之感，讀來讓人既感動又欣喜，面對死亡之際的聲聲呼喚，能把親人從死亡之旅拉回人間，冥府主人也笑曰「大奇」。叔侄二人的具舟而逃並最終而愈，讓人有如釋重負、心生愉悅之感，盧仲海的一聲聲呼喚，是親情的呼喚，是生命的呼喚，是生與死的較量中「生」的勝利。

（二）遊冥故事體現出對眾生的關愛

1、對生存處境的關注和對人生苦難的傾訴

　　遊冥故事以冥界主要表現空間，但冥界亦如人間。遊冥故事在表達作者勸教勸善主旨的同時，在客觀上卻表現了苦難的現實生活，表達作者對社會現實人生的感受。

　　在不少游冥故事中，芸芸眾生的生存處境艱難，徘徊在死亡線上的民眾苦不堪言。他們的筆下，自然災害與社會災難交相發生，眾生在戰爭、殘殺、貪婪、愛憎、孤獨、生、老、病、死等苦海中躁動不安，也感受到了他們在各種困境下的無奈與掙扎。在對人現實生存的關注中，故事中的各色人等咀嚼、品味著人生不如意的種種憂傷與沮喪。

　　《廣異記》「楊再思」（《太平廣記》卷三八零）故事記中書令楊再思死後在冥王處接受審判，楊言己無罪，王令取簿，「有黃衣吏持簿至，唱再思罪云，如意元年，默啜陷瀛檀等州，國家遣兵赴救少，不敵。有人上書諫，再思違諫遣行，為默啜所敗，殺千餘人。大足元年，河北蝗蟲為災，丞人不粒。再思為相，不能開倉賑給，至今百姓流離，餓死者二萬餘人。宰相燮理陰陽，再思刑政不平，用傷和氣，遂令河南三郡大水，漂溺數千人。如此者凡六七件，示再思，再思再拜伏罪。」這個故事的主旨是為官者戒，客觀上卻再現了民生的艱難。民眾生活在戰爭、蝗災、水災的困境之下，「殺千餘人」，「餓死者二萬餘人」，「漂溺數千人」，「如此者凡六七件」，這一幅幅慘痛的圖景遠比地獄中受酷刑要慘烈得多。這則故事，閱讀重心已不是楊再思在冥府受到的酷刑，讀者的焦點更多地關注於水深火熱中苦難深重的民眾，故事所傳達的地獄觀念與善惡報應反倒退居其次。

　　敦煌變文《黃仕強傳》是唐代比較典型的遊冥故事。黃仕強被誤捉入冥，放還之時，冥吏索賄，又要求黃復生後「訪寫《證明經》三卷，可得壽一百二十歲」，仕強云：「家內燋煎，不能得三卷！仕強身充衛士。一弟捉安州公廨本錢，一弟復向嶺南逃走。」寫三卷經可得壽一百二十歲，竟不能，不得不漸寫取足，亦可見黃仕強日常生活的艱難。

　　明清時期，很多遊冥故事暴露了社會的黑暗吏治的腐敗，《輪迴醒世》、《聊齋誌異》、《螢窗異草》等對普通民眾的生存處境與生活的艱難摹寫得尤為真實深刻，其對苦難眾生描繪遠遠超過了作者的創作主旨。作為超現實的遊冥故事達到了最深刻最現實的批判效果。

2、對生命的憐憫和關愛

　　遊冥故事的表現形式是超人間的，在客觀上一方面表現了民眾生存的困境與人生的苦難，另一方面也表現了對生命的悲憫和關愛。故事創作者有一種深刻的社會憂患感和根植於心靈深處的入世精神，充溢著現實的人生關懷。

　　遊冥故事對生命的悲憫與關懷多體現在入冥之人在已知身死之際的感懷，且多以人間的骨肉親情拒絕冥王的相召，如《幽明錄》「琅邪人」（《太平廣記》卷三八二）：

> 琅邪人，姓王，忘名，居錢塘。妻朱氏，以太元九年病亡，有三孤兒。王復以其年四月暴死。時有二十餘人，皆烏衣，見錄云。到朱門白壁，狀如宮殿。吏朱衣素帶，玄冠介幘。或所被著，悉珠玉相連接，非世中儀服。復將前，見一人長大，所著衣狀如雲氣。王向叩頭，自說婦已亡，餘孤兒尚小，無相奈何。便流涕。此人為之動容。云：「汝命自應來，為汝孤兒，特與三年之期。」王訴云：「三年不足活兒。」左右一人語云：「俗屍何癡，此間三年，是世中三十年。」因便送出，又活三十年。

　　《廣異記》「周頌」（《太平廣記》三八二）記周入冥：「初頌雖死，意猶未悟。聞道地獄，心甚淒然。因哽咽悲涕，向乘云：『母老子幼，漂寄異城，奈何而死。求見修理。』」這個故事中的冥王是遊冥故事中最具人情味的冥王，一向冷面冷心冷酷以懲罰死者為己任的地獄主宰者竟能「為之動容」。周頌辭歸的理由是「母老子幼」，竟然也得到了滿足。雖然也有「未嘗非理受財」方面的原因，但冥王放歸的主要動機似乎還是念及周頌「母老子幼」。多數入冥之人辭歸的理由也是「母老子幼」，而這種理由一般都能得到「批准」。宋《括異志》卷八「黃遘」敘黃死而入冥，見到冥官後，「遘號慟叩頭，拜曰：『念母老無兄弟，遘若死，母必餓殍，乞終母壽。』遘叩階，額血濺地。紫衣顧左右索籍視之，久乃謂曰：『汝母壽尚有十餘年，念爾至孝，許終母壽。』紫衣以筆注其籍，命左右速奏覆。」《夷堅志》「蔣堅食牛」，蔣因食牛肉入冥府，因事母甚謹，冥王態度溫和並沒深責，而是「笑曰：『予亦知汝孝於母，特放汝還，從今不得再食牛矣。』」

　　《聊齋誌異》中《席方平》描寫席方平被鋸解：「鬼乃以二板夾席，縛木上。鋸方下，覺頂腦漸闢，痛不可禁，顧亦忍而不號，聞鬼曰：『壯哉此漢！』鋸隆隆然尋至胸下。又聞一鬼曰：『此人大孝無辜，鋸令稍偏，勿損其心。』遂覺鋸鋒曲折而下，其痛倍苦。……一鬼於腰間出絲帶一條授之，曰：『贈此以報汝孝。』受而束之，一身頓健，殊無少苦，遂升堂而伏。」類似情節的描寫主旨在於宣揚封建孝道觀念，但在客觀上表現了彼岸世界的情誼。小鬼被席方平所感並贈其絲帶，隱約可見人世間下層衙役或獄卒

的影子。陰間的小鬼，充滿世間人情溫馨，冷漠的地獄世界裏透出一絲陽光的溫情。

《法苑珠林》「袁廓」（《太平廣記》卷三七七）記袁被冥府召為主簿：

> 廓意知是幽途，乃固辭凡薄，非所克堪。加少窮孤，兄弟零落，乞蒙恩放。主人曰：「君當以幽顯異方，故辭耳。此間榮祿服御，乃勝君世中，甚貪共事。想必降意，副所期也。」廓復固請曰：「男女藐然，並在齠齔，僕一旦供任，養視無託。父子之戀，理有可矜。」廓因流涕稽顙。主人曰：「君辭讓乃爾，何容相逼？願言不獲，深為歎恨。」就案上取一卷文書，勾點之。

《太平廣記》卷三八零「鄭潔」敘李氏入冥，冥使對李言曰：「布施者，不必造佛寺，不如先救骨肉間飢寒。如有餘，即分錫類。更有餘，則救街衢間也。其福最大。」

還有的故事中對苦難的眾生施以救助，教以治生之法。《太平廣記》卷三一三「趙瑜」：

> 明經趙瑜，魯人，累舉不第，困厄甚。因遊太山，祈死於嶽廟。將出門，忽有小吏自後至曰：「判官召。」隨之而去。奄至一廳事，簾中有人云：「人所重者生，君何為祈死？」對曰：「瑜應鄉薦，累舉不第。退無躬耕之資，湮厄貧病。無復生意，故祈死耳。」良久，聞簾中檢閱簿書，既而言曰：「君命至薄，名第祿仕皆無分。既此見告，當有以奉濟。今以一藥方授君，君以此足給衣食。然不可置家，置家則貧矣。」瑜拜謝而出。至門外，空中飄大桐葉至瑜前，視之，乃書巴豆丸方於其上，亦與人間之方正同。瑜遂自稱前長水令，賣藥於夷門市。餌其藥者，病無不愈，獲利甚多。道士李德陽，親見其桐葉，已十餘年，尚如新。

這樣的故事並不多，但卻足以體現遊冥故事的救世精神。救度苦難眾生本是佛教倡導的主導思想之一，幫助受諸苦難的芸芸眾生。救人於病痛生死之際，本是人間的善行，但卻是違背佛教本義的。佛教追求的是徹底解脫，起死回生治病救人不僅妨礙修行正果，還有違佛教本義。但很多遊冥故事並非是對佛教教義的通俗講解，它是人們對擺脫人生苦難的願望的間接反映，是中土人民希求長生安樂的折射。正是因為遊冥故事對人生苦難的深切的關注，對人類普遍情感的反映，才使得這種反映地獄冷酷的遊冥故事有了人間的溫暖

和人間的情感，也使得這類故事得以在民間生生不息地流傳。

（三）彼岸世界的人生情誼

1、陰陽兩岸的友情

遊冥故事是連接陰陽兩岸的故事，人間的各種人情世故必然與地獄世界發生各種各樣的關聯。在冷酷無情的地獄世界裏，同樣也有著溝通兩岸世界的情感紐帶，不少游冥故事反映了兩岸世界的友情，是人間情感的真實反映。

很多遊冥故事在字裏行間透露出兩岸世界的情感，亦如人間的情誼。不少冥吏亦有人情。《太平廣記》卷七一「竇玄德」記竇玄德赴任途中，恰遇追索己命的冥吏：

> 　　發路上船，有一人附載。竇公每食餘，恒啗附載者，如是數日，欲至揚州，附載辭去。公問曰：「何速？」答曰：「某是司命使者，因竇都水往揚州，司命遣某追之。」公曰：「都水即是某也，何不早言？」答曰：「某雖追公，公命合終於此地，此行未至，不可漏泄，可以隨公至此。在路蒙公餘食，常愧於懷，意望免公此難，以報長者深惠。」公曰：「可禳否？」答曰：「彼聞道士王知遠乎？」公曰：「聞之。」使者曰：「今見居揚州府。幽冥間事甚機密，幸勿泄之。但某在船日，恒賴公賜食，懷愧甚深。今不拯公，遂成負德。

這位冥吏知恩圖報，指點竇玄德求拜道士王知遠而免於被追，「春秋六十九而卒」。《太平廣記》卷百零三所記「竇德玄」故事與此相似，主人公姓名亦相似，只是沒有拜求道士王知遠的情節，應為同一故事在流傳過程中的變異。

遊冥故事有不少反映陽世之人與陰間之神或冥吏交友的故事。《冥報記》「睦仁茜」（有的版本為「睦仁蒨」，《太平廣記》卷二九七）記睦與冥官成景的友誼，二人的友情始於路上的相逢以及成景的「相慕」：睦仁茜「於見一人，如大官，衣冠甚偉，乘好馬，從五十餘騎。視仁茜而不言。後數見之，經十年，凡數十相見。後忽駐馬，呼仁茜曰：『比頻見君，情相眷慕，願與君交遊。』」睦與冥官成為好友後，「景因命其從騎常掌事以贈之，遣隨茜行。有事則令先報之，即爾所不知，當來告我，如是便別。掌事恒隨，遂如侍從者。每有所問，無不先知。」後來因泰山府君欲召睦為泰山主簿，睦病困不起。成景雖然希望睦能成為「泰山主簿」，但仍然幫助睦免於被召入冥。後來睦所在縣為賊所陷，也是由於成景的幫助，睦竟以獲全。

《冥報記》另一篇故事與此相似。「兗州人」(《太平廣記》卷二九七)敘張生在詣京赴選途中遊歷泰廟,偶見四郎塑像「儀容秀美」,不禁由衷而祝曰:「但得四郎交遊,賦詩舉酒,一生分畢,何用仕宦!」沒想到「及行數里,忽有數十騎馬,揮鞭而至,從者云是四郎。曰:『向見兄垂顧,故來仰謁。』」張生與四郎相交後,多次得到四郎的相助,並曾有救命之恩。四郎引張生拜見其父泰山府君,泰山府君亦如人間慈父,命侍從宣曰:「汝能與我兒交遊,深為善道,宜停一二日宴聚,隨便好去。」二位好朋友「至一別館,盛設珍羞,海陸畢備,絲竹奏樂,歌吹盈耳,即與四郎同室而寢」,又「遊戲庭序,徘徊往來」,完全是人間的人慾享樂,是人世間的兄弟友愛之情。張生在冥府見其妻被追,又是四郎的幫助,張生與妻同歸。

《玄怪錄》「南纘」故事與「兗州人」故事有異曲同工之妙,也是由於路上的相逢,崔督郵與冥官同期赴任而結成好友,同樣去冥府「作客」見妻被追,最後也是由於冥官好友的幫助,攜妻而歸。而這位冥官「青袍」也是情意深重,「青袍亦餞送,再三勤款揮袂」,儼然一幅人間離別之景。

這種人神、人鬼之間的情誼在明清小說中更為多見,《聊齋誌異》「王六郎」亦演繹了一段漁夫與水鬼之間的友情故事,只是故事發生地點移為人間而非冥府。

2、地獄中的人間真情

遊冥故事中,入冥之人常常會見到死去的親朋故舊,親人相見總有一種生離死別的悲戚之感。亡故之人常常涕淚交流,表現出對自己所處之境的痛楚,對曾經所做之事的懺悔,對人生的留戀,對骨肉親情的難捨,對世間情事的難以忘懷。這種骨肉難離生死相別的場面很難想像是發生在地獄之中,而亡故親人的殷殷勸囑一如身邊親朋的諄諄教誨,字裏行間發露出的情感亦如日常生活中的情意。

《宣室志》「張汶」(《太平廣記》卷三七八)故事記張汶被亡兄引入冥間:

> 初汶見亡兄來詣其門……兄泣曰:「我自去人間,常常屬念親友,若瞽者不忘視也。思平生歡,豈可得乎?今冥官使我得歸而省汝。」……行十數里,路曛黑不可辨,但聞馬車馳逐,人物喧語。亦聞其妻子兄弟呼者哭者,皆曰:「且議喪具。」汶但與兄俱進,莫知道途之幾何。因自念,我今死矣,然常聞人死,當盡見親友之歿者。今我即呼之,安知其不可哉。汶有表弟武季倫者,卒且數年,

與汝善，即呼之。果聞季倫應曰：「諾。」既而俱悲泣。汝因謂曰：「令弟之居，為何所也？何為曠黑如是？」季倫曰：「冥途幽晦，無日月之光故也。」又曰：「恨不可盡，今將去矣。」汝曰：「今何往？」季倫曰：「吾平生時，積罪萬狀。自委身冥途，日以戮辱。向聞兄之語，故來與兄言。今不可留。」又悲泣久之，遂別。呼親族中亡歿者數十，咸如季倫，應呼而至。多言身被塗炭，詞甚淒咽。汝雖前去，亦不知將止何所，但常聞妻子兄弟號哭及語音，歷然在左右。

張汝亡兄「囑念親友」、「思平生歡」，冥中與表弟的相見也是「俱悲泣」、「悲泣久之」。悲哀的氛圍籠罩全篇，令人沉重壓抑。這種冥中親人相見的場景在遊冥故事中很常見。這種設計一方面是要襯托地獄的苦楚，另一方面要表現亡故之人對生前行為的懺悔，藉以傳語世人禮佛行善，以脫離地獄之苦。而這種情感的表現是故事在敘述過程中的自然流露，是客觀上達到的意想不到的效果。可能作者本意並非要表現這種人類最為樸素的情感，卻正因為這人間真情的自然流露，使本來壓抑沉重的遊冥故事透露出人性的光輝，渲染出人性美好的一面。

《玄怪錄》「杜子春」（《太平廣記》卷十六）故事中，杜子春為一道士守丹爐，牢記道士「慎勿言」之語，承受了惡鬼、猛獸的凌辱折磨，不置一語。在地獄中，杜子春見妻受盡酷刑，竟不顧之，杜遍受地獄苦刑，心念道士之言竟不呻吟。轉生為女人後終不失聲。其夫恨其無語，擲二歲兒「以頭撲於石上，應手而碎，血濺數步。子春愛生於心，忽忘其約，不覺失聲云：『噫……』」杜子春能夠忍受將軍的殺戮、毒蟲猛獸的噬咬和雷電洪水的襲擊，也能夠忍受配偶生命的威脅，卻終於沒能忍受失去愛子的痛苦。杜子春終於沒能經受成仙的考驗，道士所言「吾子之心，喜怒哀懼惡欲皆忘矣，所未臻者愛而已」，是因為心中還有愛，有人性，有著人類最美好最永恆的感情。也正是這一抹愛的光輝，使這個故事充滿著人性的魅力，成為遊冥故事中最精彩的篇章，也是唐代小說的典範之作。

《冥報記》「兗州人」（《太平廣記》卷二九七）敘張生與泰山府君四郎的一段友情。在四郎的幫助下，張生攜妻同歸，妻忽不見，張「走至家中，即逢男女號哭，又知已殯，張即呼兒女急往發之。開棺見妻，忽即起坐，輒然笑曰：『為憶男女，勿怪先行。』」張妻這燦爛的一笑，迸發出一種強烈的人

間情感，與杜子春的一聲歎息並無二致，真讓人感到人性的光輝與人間真情的美好，遊冥故事那種沉悶壓抑的氣氛蕩然無存。

清代小說集《子不語》卷二十四《吳生兩入陰間》〔註 48〕敘丹徒舊家子吳某與妻子「琴瑟甚篤」，「其婦暴卒」後「吳返思不已」，因私問朱長班陰司事。朱介紹常媽，許以重金攜吳某入地獄，見吳妻處於「血污池」內，「吳痛哭相呼，妻亦近岸邊，妻淚與語，並以手來拉吳入池」，被常媽「力挽」，「從原路歸」。「月餘，吳思妻轉甚，走至嫗家，告以欲再往看之意。常甚難之，許以數倍之資，始為首肯。」吳陰間路上偶遇祖父，被「手批其頰」，喝令輿夫送其返家，吳生無奈結束了與妻子的地獄相會。雖然生死不渝的愛情終因地獄這道屏障而生死阻隔，地獄隔斷了愛人的相見，卻隔不斷思念的情感。

人間情感使得冥界題材的遊冥故事始終充滿濃鬱的人間情味，充溢著現實的人生關懷。作為表現宗教觀念的遊冥故事，始終有人間世界的痕跡。「一切宗教都不過是支配人們日常生活的外部力量在人們頭腦中的幻想的反映，在這種反映中，人間的力量採取了超人間的力量的形式。」〔註 49〕也就是說，一切宗教，雖然其表現形式是超人間的，其根柢則依然在人間世界的人生體驗之中。遊冥故事以宗教為外殼，其宗教意識和宗教情感的落腳點依然是現實人生，所敘內容大都不出日常生活，基本目的是揚善懲惡，它傾訴的是人類情感，寄託了創作者的人文關懷。唯其如此，使不少游冥故事始終充溢著難以磨滅的人間情感，有著不可抗拒的魅力。

〔註48〕 袁枚·子不語·卷二十四，上海古籍出版社，1998：491。
〔註49〕 馬克思恩格斯選集·第 3 卷，人民出版社，1972：354。

第二章　遊冥故事的歷史演變

一、漢魏晉遊冥故事：傳統冥界觀的再現與遊冥故事的雛形

（一）遊冥故事以復生故事為基礎

人的生命只有一次，死亡也只有一次。從科學的角度來說，死亡是人和生命有機體的生命活動和新陳代謝的終止，死亡是生的結束。先秦至漢魏晉時人們普遍認為生命的旅程是單維的，人死不可復生、一生盛時不再是人們對於生命意識的共識〔註1〕。這種人死不可復生、人生一世的觀念在佛教傳入以前並沒有大的改變。但是有趣的是，在漢魏晉南北朝時期筆記小說中記載了大量的復生故事，這些復生故事成為早期志怪小說中的一個重要內容。

1、復生故事的類型

復生故事，指人死後復活的故事，故事一般包括兩部分：一是人死而復活，二是復活後言及自己死後經歷及復活後的一些故事。劉楚華把魏晉南北朝時期志怪書中的復生故事分為四種類型，即陰陽異化、巫術仙道、倫理人

〔註1〕《禮記·祭義》曰：「眾生必死，死必歸土，此之謂鬼。」劉向《新序·雜事五》載下和因獻璧被誤以為石，兩次遭刖刑，楚共王即位後得知此事，說：「惜矣！……夫死者不可生，斷者不可屬，何聽之殊也？」《漢書》卷五十一《路溫舒傳》載其上書主張尚德緩刑，云：「夫獄者，天下之大命也，死者不可復生，絕者不可復屬。」漢魏詩歌中也多有「人生如寄」等表達人生短暫的話語。如《古詩十九首》「人生寄一世，奄忽若飄塵」，「人生非金石，豈能長壽考。奄忽隨物化，榮名以為寶。」班固《答賓戲》中有「朝為榮華，西為憔悴」。魏明帝《月重輪行》詠歎的「夫地無窮，人命有終。立功揚名，行之在躬。」葛洪著《抱朴子內篇》中《地真》言：「死者不可生也，亡者不可存也。」

情及因果感應〔註2〕。張慶民《魏晉南北朝志怪小說通論》〔註3〕把魏晉南北朝佛教志怪小說復生範型分為六種情況，這六種情況的復生故事有很大一部分是遊冥故事：

第一種情況，主人公 A 臨死，預言當復生。死後果復生。如《列異傳》陳留史均，《搜神記》卷十五亦載，記作「史姁」。

第二種情況，主人公 A 與天曹、冥府有著特殊關係，藉此關係，A 死後得復生，或者藉此關係，A 死去的親人得以復生。如《異苑》卷八臨海樂安章沉、《列異傳》臨淄蔡支。

第三種情況，主人公 A 因愛情而死，死復因愛情而生。如《搜神記》卷十五王道平、河間郡男女。《幽明錄》賣胡粉女子。

第四種情況，主人公 A 死，乃因冥府誤召，壽未盡，A 遂復生。這種情況最多。遊冥故事多是這種情況。

第五種情況，主人公 A 死，後復生。故事簡單明晰，復生僅作為天人感應之兆表現。如《搜神記》卷六「漢獻帝初平中，長沙有人姓桓氏，死，棺斂月餘，其母聞棺中有聲，發之，遂生。占曰：「至陰為陽，下人為上。」其後曹公由庶士起。」

《搜神記》卷十五「吳，臨海松陽人，柳榮，從吳相張悌至揚州，榮病，死船中，二日，軍士已上岸。無有埋之者，忽然大叫，言：「人縛軍師！人縛軍師！」聲甚激揚。遂活。人問之。榮曰：「上天北斗門下卒，見人縛張悌，意中大愕，不覺大叫言。何以縛軍師？」門下人怒榮，叱逐使去。榮便怖懼，口餘生發揚耳。其日，悌即死戰。榮至晉元帝時猶存。」

第六種情況，主人公 A 死，後復生，並因之而受秘術，備異能。《搜神記》卷十五術士戴洋復活故事。同卷還載有賀瑀復生的故事。

魏慶民的分類比較詳細，對魏晉南北朝時期的志怪小說復生範型基本全部概括在內，但魏慶民的上述分類中有很多復生故事並非佛教志怪小說，也與佛教並無關聯。本書以《太平廣記》再生類故事為研究對象，作了分類整理。《太平廣記》卷三七五至三八六卷為「再生類」，記載了大量的死而復生的故事。共 12 卷的再生類故事總計 128 條，這些故事可分為四種類型：

〔註2〕劉楚華・志怪書中的復生變化・見黃子平編《中國小說與宗教》・香港中華書局，1998：9～29。

〔註3〕張慶民・魏晉南北朝志怪小說通論・首都師範大學出版社，2000。

第一，因開棺或盜墓，發冢而人復生。六朝時此類故事頗多。如《太平廣記》卷三七五「漢宮人」、「杜錫家婢」。這類故事在128條再生故事中近四分之一的比例，約有30條之多。

第二，中國早期冥界觀念影響下的復生故事，因命未合死，誤召而被有司或冥界主者放回復生。這種情況不在少數。

第三，佛教地獄觀念影響下的人死後因有奉佛等宗教行為或有善舉並遊歷地獄後復生。這類故事在再生類故事中最多。

第四，其他特殊情況下的復生，如《太平廣記》卷三七五「劉凱」條劉凱復生後自言在幽途「為北酆主者三十年，考治幽滯，以功業得再生。」

第一種情況多是人已入棺殯殮數年，有的多達幾十年甚至百年。因為外界的盜墓或某種特殊原因的發冢而復活。復活後多如常人。作者強調的是起復如常，並可以如常人般嫁娶生子。人們對於復生之人的態度多數是好奇，極少數拒納，如《太平廣記》卷三七五「崔涵」，記崔復生後其父母對其畏懼驚走，並拒絕其還家。

第二、三種情況人處於假死狀態，並未入棺殯葬。第二、三種情況也即是本書所要探討的遊冥故事。死而復生之人在復生後結果多是美滿的，或遷善改過，或奉佛益恭，或得長壽，或得到世俗公認的富貴榮華。

以上分析了復生故事的幾種情況。中國的遠古神話傳說也有再生故事，如《括地圖》無啟民百年復生、《蜀王本記》鱉靈屍復生等，但復生者均非平常人，而平常人復生當以放馬灘秦墓竹簡中丹的復生為早〔註4〕。

《博物志》卷七記有三個死人復生故事，第一個是「漢末關中大亂，有發前漢時冢者，人猶活。既出，平復如故。魏郭後愛念之，錄著宮內，常置左右，問漢時宮中事，說之了了，皆有次序。後崩，哭泣過禮，遂死焉。」此事又見郭璞《山海經·海內西經》注、《藝文類聚》卷四0引《吳志》、《三國志·魏志·明帝記》注引顧愷之《啟蒙注》、《宋書·五行志五》，是西晉流行的一個有名傳說〔註5〕。

其餘二事為范友女奴、奚儂恩女復生事。

> 漢末發范友明冢，奴猶活。友明，霍光女婿。說霍光家事廢立
> 之際多與《漢書》相似。此奴常遊走於民間，無止住處，或云尚在，

〔註4〕李劍國·唐前志怪小說史·天津教育出版社，2005：312。
〔註5〕李劍國·唐前志怪小說史·天津教育出版社，2005：261。

余聞之於人，可信而目不可見也。（《太平廣記》卷三七五記）

> 大司馬曹休所統中郎謝璋部曲義兵奚儂恩女，年四歲，病沒故，埋葬五日復生。太和三年，詔令休使父母同時送女來視。其年四月三日病死，四日埋葬，至八日同墟入採桑，聞兒生活。今能飲食如常。

《漢書》卷二十七《五行志下之上》記載了平帝元年朔方女子趙春病死殮棺六日又復活的故事。

《搜神記》記載的復生故事較多，卷六「人死復生」、「恒氏復生」、「陳焦復生」條，卷十五「河間郡男女」、「賈文合」、「李娥」、「賀瑀」、「戴洋復生」、「柳榮張悌」、「史姁」等條。這些復生故事中，較好的有河間男女、賈偶、李娥等。「賈偶」記賈偶不當死，太山冥府放還，道逢一少女，亦係放生者。賈悅而求愛，女不肯私合而拒之。復生後兩家為之配合。「李娥」寫李娥被誤召入冥而復生，並代冥中所遇外兄傳書，而其復生方式是盜發其墓，與河間男女類似。這類復生故事為後世相承。這類復生故事與旨在弘佛的佛教入冥故事迥然不同。復生傳說六朝極多，《博物志》前，《列異傳》已有史均復生（亦載《搜神記》卷十五）故事。晉戴祚《甄異記》有「安樂章沈」、「沛國張伯遠」等條。

2、遊冥故事與復生故事的異同及復生故事衰落原因

關於漢魏晉時期的這些復生故事，吳海勇認為，古人的死亡概念不夠科學，魏晉小說中不少復生故事實際上是人假死後自然復甦的事例〔註6〕。而實際上很多復生故事是當時的傳聞，而且這類故事並不少見。從敘事的語氣看，當時的人們是相信這類故事的真實性的。以今天的科學常識，我們知道，在醫學上被稱為死亡的人是不能復生的。大量的古代復生故事可能源於個別情況下人的「假死」，即植物人狀態。植物人的醒來是有可能的，而這種情況在當時的醫學落後的條件下是很難解釋令人難以置信的，當然是奇聞。一些好事者加以傳播並記載下來。絕大多數的復生故事以今天看來則幾乎沒有可能。探究傳聞的真實性是沒有意義的。

其實，無論是復生故事還是遊冥故事，都是活人講鬼話，姑妄言之姑聽之。而其後的遊冥故事則與這類復生故事不同，故事的創作者或曰編造者有

〔註6〕吳海勇·中古漢譯佛經敘事文學研究·學苑出版社，2004：604。

著強烈的主觀意圖，早期的創作意圖是宣教，宋以後則主要是勸善，明清時期則主要作為小說敘事手段，並非好事者因新奇怪異而記之。這是遊冥故事與復生故事最大的不同。此外，漢魏晉時期的復生故事有一部分就是早期的遊冥故事，這些故事都與佛教無關，係當時的一些傳聞被記載下來，未見有對佛家地獄觀的反映，也未提過閻羅王等。遊冥故事是復生類故事，而復生故事卻並不都是遊冥故事。遊冥故事是以復生為表現形式的。

無論何種類型復生故事，都是對生命對死亡的思考，是人類對延長生命長度的一種希冀。

漢魏時期的大量的復生故事，一直延續到南北朝時期，在唐以後卻不多見。唐以後的小說戲曲中的人物復生多為還魂復生，發冢開棺復生故事已很少。而復生故事中的遊歷地獄後再生的故事即遊冥故事卻大量產生，普遍存在於中國小說戲曲中。

至於何以後來復生故事越來越少了呢，筆者推測原因有下幾點：

第一，隨著人們思想意識的成熟，這類簡單的死而復生故事已對人們失去了吸引力，人們更加關注的是人死後復生前的經歷。遊冥間故事把故事的敘述重點放在了復活前的地獄遊歷上，這滿足了人們對彼岸世界的想像期待。

第二，中國小說觀念的日漸成熟完善，記載奇異故事演變為有意的小說創作，單純的復生故事滿足不了創作主體的創作需要。

第三，佛教傳入後，佛教成熟的地獄觀念豐富充實了中國傳統冥界觀，遊冥故事情節繁複，震攝人心的地獄觀念和故事所附加的道德倫理色彩契合人們的心理需求，遊冥故事大為流行，很自然，復生故事讓位於遊冥故事，漸漸淡出人們的視野。

（二）以泰山治鬼信仰為核心的傳統冥界觀的再現

根據多數學者的考證和論述〔註7〕，中國本土早期的傳統冥界觀簡述如下：

第一，春秋時代，人死後去地下黃泉，是相當普遍的觀點。

〔註7〕關於中國古代早期冥界觀的論述詳見余英時《東漢生死觀》（上海古籍出版社，2005年）、蒲慕州《追尋一己之福》（上海古籍出版社，2007年）、蒲慕州《墓葬與生死——中國古代宗教之省思》（中華書局，2008年）、蕭登福《先秦兩漢冥界及神仙思想探源》（臺灣文津出版社，1990年）等。

第二，戰國時代，死後世界的觀念有所謂「幽都」，《楚辭·招魂》有「幽都」和「土伯」，分別指死後世界和其中的統治者。

第三，漢時，地下世界觀漸漸發展明晰，中國本土的幽冥觀念得到進一步發展。這種發展主要表現在三個方面：其一，比照地上世界，構建出幽冥世界的官僚系統。其二，冥界對漢人而而言，實是陽世生活的另一種延續。其三，確立了泰山在幽冥世界中的統治地位。

先秦兩漢三國西晉是中國小說史上的源頭時期，也是中國小說的萌芽時期，這一時期不僅產生了最初的小說概念、最初的小說作品，而且有了最初的官方對小說的記載。從小說的種類上看，志怪、志人、史傳、雜俎等都產生於這一時期。後世（主要是魏晉南北朝）小說的種類沒有超出這些範圍。同時，由於佛教觀念的影響，這一時期出現了表現佛教觀念的小說，如《搜神記》中的少數作品。從藝術上來說，這一時期的小說大都比較粗糙，多為「殘叢小語」式的簡單記錄，只有少數作品達到一定高度。漢魏以前還沒有完整的遊冥故事，早期遊冥故事主要存在於中國漢魏晉時期的幾部志怪小說中，如曹丕《列異傳》、干寶《搜神記》等。

《列異傳》，三國魏志怪小說集，曹丕撰，一說西晉張華撰，南朝宋裴松之《三國志注》、北魏酈道元《水經注》、東魏賈思勰《齊民要術》已引有此書，未著撰人。唐宋時《隋書·經藉志》、《北堂書鈔》、《初學記》、《後漢書注》、《通志·藝文略》皆有著引，題魏文帝曹丕撰。兩《唐志》、《冊府元龜》題張華撰。清姚振宗《隋書經藉志考證》曾推測「意張華續文帝書而後人合之」〔註8〕，今人多採是說。原書宋後佚失，魯迅《古小說鉤沉》輯佚文 50 條。

《列異傳》〔註9〕記有遊冥故事 2 條：「蔣濟亡兒」、「臨淄蔡支」。

「蔣濟亡兒」故事又見於《搜神記》卷十六：

> 蔣濟為領軍，其妻夢見亡兒涕泣曰：「死生異路。我生時為卿相子孫，今在地下為泰山伍伯；憔悴困辱，不可復言。今太廟西謳士孫阿，今見召為泰山令。願母為白侯屬阿，令轉我得樂處。」⋯⋯
> 後月餘，母復夢兒來告曰：「已得轉為錄事矣。」

這則故事，提到泰山是人死後的歸處，泰山冥府有勞役之苦，有職位的高低，

〔註 8〕劉世德·中國古代小說百科全書·中國大百科全書出版社，2006：299。
〔註 9〕本書所據魯迅《古小說鉤沉·列異傳》，齊魯書社，1997 年。

泰山令能自由任免改變冥府的職位，泰山令可以由生人死後擔任，當時信仰中的冥界之主是泰山府君。這個故事以鬼神為實有，意在宣揚靈驗，客觀上也暴露了社會上請託風氣之盛。蔣濟史有其人，《三國志‧魏書‧蔣濟傳》記有此事。

「臨淄蔡支」，《太平廣記》三百七十五有記：

> 臨淄蔡支者，為縣吏。曾奉書謁太守。忽迷路，至岱宗山下，見如城郭，遂入致書。見一官，儀衛甚嚴，俱如太守。乃盛設酒肴畢，付一書。謂曰：「掾為我致此書與外孫也。」吏答曰：「明府外孫為誰？」答曰：「吾太山神也，外孫天帝也。」吏方驚，乃知所至非人間耳。掾出門，乘馬所之。有頃，忽達天帝座太微宮殿。左右侍臣俱如天子。支致書訖，帝命坐，賜酒食。仍勞問之曰：「掾家屬幾人。」對父母妻皆已物故，尚未再娶。帝曰：「君妻卒經幾年矣？」吏曰：「三年。」帝曰：「君欲見之否？」支曰：「恩唯天帝。」帝即命戶曹尚書敕司命，輟蔡支婦籍於生錄中，遂命與支相隨而去。乃蘇歸家，因發妻冢，視其形骸，果有生驗。須臾起坐，語遂如舊。

這個故事記臨淄蔡支，至岱宗山下迷路入城郭見一官自言為泰山神，請蔡支為其致書於天帝，並言其是天帝外孫。蔡支至帝廷後返回人間，其已死三年之亡婦小再生。這個故事中，蔡支入泰山冥府非常偶然，因奉書謁太守，因迷路而入泰山冥府，泰山冥府與天帝有著密切的關係，天帝掌管人間的「生錄」、「死錄」。由於蔡支送書有功，天帝「命戶曹尚書敕司命，輟蔡支婦籍於生錄中」，蔡支妻的復生是由於「人情」，與本人生前的行為無任何關聯。

《列異傳》的這兩個故事反映了當時人們對死後世界的基本想像，即死後要歸入泰山，泰山成為管理人死後亡靈的地方。

其後，晉時干寶《搜神記》記有遊冥故事。《搜神記》是東晉著名的鬼怪小說集，也是魏晉南北朝時期志怪小說的代表作。東晉令史干寶撰。《晉書》卷八十二《干寶傳》謂寶「撰集古今神祇靈異人物變化，名為《搜神記》，凡二十卷」。干寶（約286～336），東晉著名史學家，小說家，唐房玄齡《晉書》卷八十二、許嵩《建康實錄》卷七有傳。《晉書》卷八二《干寶傳》記載了干寶父侍婢死而復生事。

寶父侍婢死而復生事又見《孔氏志怪》，寶兄死而復甦事又見《文選抄》，《十二真君傳》亦載此事。《晉書》的這段文字就是漢魏晉時期的常見的復生

故事，可見干寶及當世時人都對這類復生故事信以為真。《搜神記》中記有許多復生故事，一部分是遊冥故事。這些故事已具備遊冥故事的基本形態，並開始把故事敘述的重點放在復活前的經歷上。

《搜神記》有遊冥故事 8 條：胡毋班、賈充、徐泰、賈文合、李娥、賀瑀、戴洋、蔣濟亡兒等。

胡毋班故事見於《搜神記》卷四：

> 胡毋班，字季友，泰山人也。曾至泰山之側，忽於樹間，逢一絳衣騶呼班云：「泰山府君召。」……少頃，便見宮室，威儀甚嚴。班乃入閣拜謁，主為設食，語班曰：「欲見君，無他，欲附書與女婿耳。」……遂於長安經年而還。至泰山側，不敢潛過，遂扣樹自稱姓名，從長安還，欲啟消息。須臾，昔騶出，引班如向法而進。因致書焉……。忽見其父著械徒，作此輩數百人。班進拜流涕問：「大人何因及此？」父云：「吾死不幸，見遣三年，今已二年矣。困苦不可處。知汝今為明府所識，可為吾陳之。乞免此役。便欲得社公耳。」班乃依教，叩頭陳乞。府君曰：「生死異路，不可相近，身無所惜。」班苦請，方許之。於是辭出，還家。歲餘，兒子死亡略盡。班惶懼，復詣泰山，扣樹求見。昔騶遂迎之而見。班乃自說：「昔辭曠拙，及還家，兒死亡至盡。今恐禍故未已，輒來啟白，幸蒙哀救。」府君拊掌大笑曰：「昔語君：死生異路，不可相近故也。」即敕外召班父。須臾至，庭中問之：「昔求還里社，當為門戶作福，而孫息死亡至盡，何也？」答云：「久別鄉里，自忻得還，又遇酒食充足，實念諸孫，召之。」於是代之。父涕泣而出。班遂還。後有兒皆無恙。

這個故事了記錄關於泰山冥府的故事，故事中胡毋班扣樹即有使者引入入泰山冥府，似乎更像人世間的敲門進入人家宅院。胡毋班在泰山冥府見到了已亡三年的父親，其父「困苦不可處」也可見泰山冥府有難言的苦處，與「蔣濟亡兒」故事中泰山府治下的「憔悴困辱」有共同之處。這個故事與《列異傳》的兩個故事相比，篇幅漸長，已有了較細緻的描寫，人物情態語言較為生動形象，「府君拊掌大笑」描寫較為傳神。

賈文合故事與李娥故事（《搜神記》卷十五）提到的冥界主宰是「司命」，這是漢魏之際民間的「司命」信仰的反映。

賀瑀故事（《搜神記》卷十五）：

> 會稽賀瑀、字彥琚，曾得疾，不知人，惟心下溫，死三日，復
> 甦。云：「吏人將上天，見官府，入麴房，房中有層架，其上層有印，
> 中層有劍，使瑀惟意所取；而短不及上層，取劍以出門，吏問：『何
> 得？』云：『得劍。』曰：『恨不得印，可策百神，劍惟得使社公耳。』」
> 疾愈，果有鬼來，稱社公。

戴洋故事中的涉及的最高主宰也是「天」：「天使其為酒藏吏，授符籙，給吏從幡麾，將上蓬萊、崑崙、積石、太室、廬、衡等山，既而遣歸。」

蔣濟亡兒故事與《列異傳》所記相同。

分析《列異傳》和《搜神記》中的幾則遊冥故事的記載，可以傳達出泰山冥府的一些信息：

第一，泰山冥府在泰山的深處，冥府的主宰是泰山府君，冥界的組織結構並不明確。

第二，泰山冥府有宮室的威嚴，有勞役之苦，泰山府君有權改變勞役者的地位。

第三，泰山冥府沒有地獄，沒涉及到審判，沒有懲罰，冥府的勞役似也與本人生前的行為並無關聯。

第四，這個泰山府冥界，沒有可怕黑暗的感覺，胡母君父勞役之處，並沒有說明是黑暗之地。

可以看出，這些故事體現的冥界觀念是漢魏晉時期民間信仰，冥界之主是泰山府君，再現了中國本土固有的冥界觀念，此間種種，與人世並無不同，只不過是陽世的投影。這些故事都並未提及地獄，還沒有明確的地獄觀念，只是言及泰山冥府的苦役，似乎有地獄的影子，如「著械」、「憔悴困辱」等，但還難以說明是佛教地獄觀念影響的痕跡。

從總體上看，這一時期遊冥故事中都沒有地獄的出現，冥界並不像佛教的地獄，它不是宣傳佛教觀念的載體，也不是進行道德審判和懲罰罪惡的場所。冥界僅僅是人死後靈魂的歸宿，它具有如人間社會般的組織結構和生活需要，但卻簡單模糊、支離破碎，同時又充滿著世俗性和人情味。在很長一段時間內，這種遊冥故事能滿足古代中國人對他界信仰的追求，唯其如此，在佛教傳入中土相當長的一段時間內，獨具特色的中土冥界並沒有被佛教地獄所代替。

佛教自東漢明帝傳入以來，經過一百多年的翻譯和傳播，至漢末逐漸流

傳開來，至魏晉時期已經在社會上產生很大影響，佛教的地獄輪迴、因果報應等思想也漸為人們所熟悉接受，這對於鬼怪故事、遊冥間故事起了一定的促進作用。一種思想意識或觀念，要在社會各階層普遍扎根，尚須一個漫長的階段，反映於文學，也必然滯後。對於佛教地獄觀念也同樣如此。在佛教傳入中土相當長的時間內，佛教地獄觀才在文學上有所反映。《搜神記》能看出佛教的影響，還沒有反映地獄觀念的故事。文學作品中首次反映地獄觀念的作品是《幽明錄》〔註10〕。這是佛教地獄觀在魏晉時期的文學作品裏僅依稀可見、南北朝時才多有反映的主要原因。

（三）開啟後世遊冥故事的基本框架與情節模式

《列異傳》「蔣濟亡兒」故事中，蔣濟妻夢見亡兒的述說，本人並沒有夢到冥府，泰山冥府的基本信息是通過亡兒的轉述，與後世遊冥故事本人夢入冥府還有一段距離，還不具備遊冥故事的基本形態，但已隱約可見後世遊冥故事的基本結構。

《列異傳》「臨淄蔡支」故事中，蔡支入泰山冥府非常偶然，因迷路而入泰山冥府，後復生回到現實世界。蔡妻的復生方式是「發冢」，這一復生方式是復生故事的基本形態。蔡支入冥府後又返回人世及其妻的復生，開啟了遊冥故事的基本框架，即某人死，進入幽冥世界，後因某種原因復生而回到現實世界。

《搜神記》卷四「胡毋班」故事中，胡毋班在泰山冥府見到了已亡三年的父親，這一細節開啟了後世遊冥故事在冥中經常見到亡故多年的親朋故舊這一情節模式。而「忽見其父著械徒，作此輩數百人」這一細節也似乎有後世遊冥小說中常見的囚徒無數被押解、驅趕、苦不堪言的影子。

賈充故事（載《搜神記》卷九）：

> 賈充伐吳時，常屯項城，軍中忽失充所在。充帳下都督周勤時晝寢，夢見百餘人，錄充引入一徑。勤驚覺，聞失充，乃出尋索。忽睹所夢之道，遂往求之。果見充行至一府舍，侍衛甚盛，府公南面坐，聲色甚厲，謂充曰：「將亂吾家事者，必爾與荀勖……。若不悛慎，當旦夕加誅。」充叩頭流血……言畢命去。充忽然得還營，顏色憔悴，性理昏錯，經日乃復。至後，謚死於鍾下，賈后服金酒

〔註10〕孫昌武·佛教與中國文學·上海人民出版社，2007：217。

而死，賈午考竟用大杖終。皆如所言。

這個故事情節較為複雜，已是後世遊冥故事的雛形，即某人入冥，見冥王（此處是泰山府君）審案，後復生，所見皆驗。

徐泰故事（《搜神記》卷十）：

> 嘉興徐泰，幼喪父母，叔父隗養之，甚於所生。隗病，泰營侍甚勤。是夜三更中，夢二人乘船持箱，上泰床頭，發箱，出簿書示曰：「汝叔應死。」泰即於夢中叩頭祈請。良久，二人曰：「汝縣有同姓名人否？」泰思得，語二人云：「張隗，不姓徐。」二人云：「亦可強逼。念汝能事叔父，當為汝活之。」遂不復見。泰覺，叔病乃差。

在這一時期的遊冥故事中，多數學者都對「蔣濟亡兒」、「胡母班」故事有所關注，「徐泰」這個簡短的故事為大多數研究者所忽略。其實這則故事，卻對中國古代遊冥故事有著非同尋常的意義。這則故事有幾個「第一」：

第一，「徐泰」故事中，徐泰因侍叔父甚孝謹，使得叔父以免死。儒家孝行的倫理觀念在遊冥故事中首次得到反映。

第二，故事中索命的是兩位冥吏，而後世遊冥故事中冥吏索命也多是兩位。冥吏持簿書示人的情節與後世遊冥故事也基本相同。這一冥吏索命情節開啟了後世遊冥故事中冥吏索命的基本情節模式。

第三，故事首次出現了同名之人代死的情節，這在後世遊冥故事中屢屢出現，成為遊冥之人出離冥界的一個常見模式。

第四，文中首次出現「簿書」，即其後遊冥故事中常見的「生死簿」。以後的遊冥故事增加了「善惡簿」、「富貴簿」，遊冥之人對「簿」的好奇及冥吏查簿書的細節是後世遊冥故事中的常見情節。

魏晉小說與地獄有關的要數葛洪《神仙傳》「董奉」（《太平廣記》卷一二載）。該條敘交州刺史杜燮得毒病死已三日，因董奉給藥救活，追憶在冥間的遭遇，雖與佛家地獄不同，但畢竟言及冥間地獄。此條中的冥間牢獄極可能是受佛經地獄的啟發，對南朝釋氏輔教類小說相關地獄條文的結構具有示範意義〔註11〕。

魏晉小說對後世遊冥故事具有啟示意義的還有《搜神後記》卷六「竺法師」條。該條敘沙門竺法師與王坦之因死生罪福報應之事茫昧難明，相約若

―――――――――――――
〔註11〕吳海勇‧中古漢譯佛經敘事文學研究‧學苑出版社，2004：606。

有先死者，當相報語，後竺法師先死，果見竺法師來告罪福報應，言「罪福皆不虛」（又見《晉書‧王坦之傳》）。僧祐《出三藏記集》卷一三《竺叔蘭傳》載，西晉時竺叔蘭無病暴亡，三日而蘇，自言被驅入竹林中，見獵伴為鷹犬所齧，流血號叫。又見牛頭人慾叉之，因其是佛弟子，得以救免。這裡也沒有明確說明地獄，但已很清楚地顯示了業報罪罰、冥界報應觀念。這些故事是遊冥故事的雛形，傳統的死而復生故事與地獄觀念相結合，也就形成了後世的地獄遊歷故事即佛教觀念影響下的遊冥故事。

北魏《洛陽伽藍記》首次出現閻羅王〔註 12〕。卷二「崇真寺條」：「崇真寺比丘惠凝死，七日還活，經閻羅王檢閱，以錯名放免。」〔註 13〕這是遊冥故事的基本結構形式，「以錯名放免」也開啟了後世遊冥故事「誤捉放歸」的情節模式。此後，閻羅王在文人筆記、小說、戲曲中頻頻亮相，勢頭漸壓泰山府君，影響日盛，甚至超過十殿閻王及佛教幽冥教主地藏菩薩，成為民眾信仰中根深蒂固的冥界之主。

二、南北朝遊冥故事：傳統冥界觀與佛教地獄觀的合流

（一）佛教地獄觀念的傳播與遊冥故事的勃興

志怪小說的勃興始自魏晉，為敘述的方便及配合遊冥故事的分期，本文把一般治小說者對小說習慣分期的魏晉南北朝分為漢魏晉時期和南北朝時期兩個時期加以論述。而南北朝時期的歷史背景及宗教發展情況又與魏晉時期密不可分。雖然遊冥故事在南北朝時大量湧現，但佛教小說卻始自魏晉，故涉及到南北朝佛教的發展狀況時本書把南北朝時期與魏晉時期作為同一歷史時期加以敘述。

1、南北朝時期的佛教發展與佛教地獄觀念的傳播

魏晉南北朝的歷史是紛亂的、沉重的，是中國歷史上封建社會自秦漢大一統模式確立以後分裂動亂持續最長的一段歷史時期，政變頻繁不斷，戰爭連綿不絕，經濟發展停滯，田園荒蕪，人命危淺，朝不慮夕。現實生活中的苦難無望成為滋生宗教的溫床，人們迫切需要一種精神上的支持，宗教便成為人們的精神支柱。東漢初期即已傳入我國的佛教，此期迅速地發展和壯大。

〔註 12〕〔日〕前野直彬‧冥界遊行‧前田一惠譯，見《中國古典小說研究專集 4》‧臺北聯經出版社，1982 年。
〔註 13〕楊衒之‧洛陽伽藍記‧上海古籍出版社，1978。

佛教宣傳因果報應，戒殺生，勸說統治者少殺戮，為來世積功德，對當時文化落後、嗜殺成性的上層貴族來說容易接受，對當時飽受苦難的下層民眾來說，也可以從中得到某種精神安慰和「來世」幸福的虛幻許諾，因此得到比較廣泛的傳播機會。

佛教作為一種外來宗教，在兩漢之際傳入中土後，經歷了一個從上層到民間的相當漫長的傳播過程，這個傳播過程就是佛教中國化的過程，也是佛教地獄觀念影響和改變中國傳統冥界觀的過程。根據湯用彤的研究，東漢佛教流佈的地域並不廣泛，主要是在彭城、洛陽等幾個相對集中的地區。降至曹魏，仍是如此，故此後來佛教徒在追溯這一時期時說：「漢魏佛法未興，不見其記傳。」〔註14〕

三國西晉時期，佛教主要在北方傳播，影響尚小。據唐代釋法琳《辯證論‧十代奉佛篇》記載，西晉時全國僧尼共三千七百人，翻譯出的佛經數為七十三部；至東晉，佛教發展迅速，全國僧尼數已達二萬四千人，譯出的佛經有二百六十三部。東晉的一些皇帝如明帝、哀帝、簡文帝、孝武帝、恭帝等也加入了信佛的行列。

南北朝時，佛教有很大的發展，各地寺宇林立，佛徒數量不斷增加。南朝的一些統治者對佛教採取了大力提倡的態度〔註15〕。南朝的很多帝王及皇室成員佞佛崇佛。南朝佞佛的帝王有劉宋時的文帝劉義隆、孝武帝劉駿、明帝劉彧，齊時的高帝蕭道成、武帝蕭賾、宣王蕭子良，梁時的武帝蕭衍、元帝蕭繹，陳時的武帝霸先、宣帝頊、後主叔寶等，他們或公開讚美佛教、撰著佛學著作，或大量建造佛寺、扶植寺院經濟，或捨身廟宇佛寺、親吃齋飯素食等。如宋文帝劉義隆就曾建造天竺寺、報恩寺，並延請當時的名僧如慧觀、法瑤、道獻、慧琳等參與朝政，又公開褒獎謝靈運、顏延之、宗炳等人寫作的佛學著作。齊高帝蕭道成造建元寺，齊武帝蕭賾造齊安寺、禪靈寺、集善寺，又造釋迦佛像。齊宣王蕭子良手抄佛經七十一部，又招致名僧，講論佛法。梁武帝蕭衍更是崇佛到了極點，他不僅撰有很多佛學著作，廣建佛寺，大量施捨財物給寺院，而且還帶頭吃素長齋，先後四次捨身同泰寺。

〔註14〕《高僧傳》卷一三《釋法獻傳》‧中華書局，1992。
〔註15〕南北朝佛教發展情況及南北朝帝王與佛教的關係詳見湯用彤《漢魏兩晉南北朝佛教史》（中華書局，1983 年）、任繼愈《中國佛教史》（中國社會科學出版社，1981 年）等書相關章節的論述。

統治者及社會上層貴族的大力提倡，社會上下充溢著佛教的氛圍。隨著佛教的發展，佛教地獄觀念得到廣泛傳播。據侯旭東的考證〔註 16〕，東晉南北朝時，佛教地獄觀念的傳播主要有三種途徑：

一是講經。據日本學者道端良秀研究，佛教經典傳譯之初，譯出地獄經典頗多，梁僧祐《出三藏記集》卷四《新集續撰失譯雜經部》就收有《鐵城泥犁經》等 21 種失譯的地獄經典〔註 17〕。此外，現存如安世高譯《罪業應報教化地獄經》之類的地獄經典亦不少。通過宣講這類經典，天堂地獄觀念傳入民間。

二則是唱導。唱導目的在於「應機悟俗」，「宣唱法理，開導眾心，」換言之，即勸眾發心招徠信徒。慧皎稱，導師經常宣講的內容有無常、地獄、因果等。語地獄常常使聽眾「怖淚交零」〔註 18〕震撼人心。據《高僧傳》卷十三唱導科，宋僧釋道照為宋武帝宣唱，講「苦樂參差，必由因召」。齊僧釋道儒出家後「凡所之造，皆勸人改惡修善」，都少不了天堂地獄說的內容，與該說的流行關係密切。

三則是借助圖像宣傳地獄之苦。6 世紀以後，地獄觀念具體化，感觀化，刻於碑或圖於寺壁，太昌元年（532）六月立於陝西富平的樊奴子造像及年代不明的吳標造像均刻有地獄圖像，可使觀者觸目驚心，起到宣揚天堂地獄觀念的效果。

多種途徑的傳播宣傳，地獄觀念已深入到社會各階層。佛教地獄觀與中國傳統冥界觀融合交匯，影響改造了中國傳統的冥界思想，反映於佛教文學，就是出現了大量的遊冥故事。

2、佛教志怪小說的發展與遊冥故事的勃興

對於中國小說史而言，南北朝是中國小說史的一個非常重要時期。南北朝小說數量大，種類多，成就高。這個時期最突出的對中國小說史影響深遠的是志怪小說的發展。這些大量的志怪小說既是古代宗教信仰下鬼神怪異之談長盛不衰、遞相傳承的結果，也是道教、佛教傳佈的產物。明人胡應麟《少

〔註16〕 侯旭東‧東晉南北朝佛教天堂地獄觀念的傳播與影響——以遊冥間傳聞為中心‧佛學研究‧1999。

〔註17〕 〔日〕道端良秀《中國佛教思想史研究‧第 93 頁，平樂寺書店。轉引自侯旭東《東晉南北朝佛教天堂地獄觀念的傳播與影響——以遊冥間傳聞為中心》，《佛學研究》，1999 年。

〔註18〕 《高僧傳》卷十三，中華書局，1992：521。

室山房筆叢・九流緒論下》稱：「魏晉好長生，故多靈變之說；齊梁弘釋典，故多因果之談」。魯迅說：「中國本信巫，秦漢以來，神仙之說盛行，漢末又大暢巫風，而鬼道愈熾；會小乘佛教亦入中土，漸見流傳。凡此，皆張皇鬼神，稱道靈異，故自晉訖隋，特多鬼神志怪之書」。〔註19〕這些鬼神志怪之書的創作動機就在於「自神其教」、「以震聳世俗，使生敬信之心」。鬼神志怪之書有的是古代民間信仰下的產物，有的是為宣傳道教、佛教而作。有些志怪小說中的宗教思想較為單一純淨，更多的志怪小說思想混合駁雜，很難說就是某種純淨的思想，往往是古代民間信仰與佛道思想的雜融。因此，考察這些作品只能以其主導思想為依據。

志怪小說中以佛教類志怪小說為主。南北朝時很多的遊冥故事就存在於佛教類志怪小說中。佛教志怪小說隨著佛教的廣泛傳播而產生，是宣揚佛教神奇靈驗、記錄佛陀神通廣大及神奇之事的志怪小說，也就是魯迅所說的「釋氏輔教之書」。據魯迅《中國小說史略》：「釋氏輔教之書，《隋志》著錄九家，在子部及史部，今惟顏之推《冤魂志》存，引經史以證報應，已開混合儒釋之端矣，而餘則俱佚。遺文之可考見者，有宋劉義慶《宣驗記》，齊王琰《冥祥記》，隋顏之推《集靈記》，侯白《旌異記》四種，大抵記經像之顯效，明應驗之實有，以震聳世俗，使生敬信之心。」〔註20〕輔教之書的出現，使遊冥故事得以大量產生並在社會廣泛傳播，佛家地獄觀念流傳日廣。

在魯迅提到的釋氏輔教書中，南朝齊王琰的《冥祥記》〔註21〕是眾多「釋氏輔教之書」中的代表作。《冥祥記》記載遊冥故事最多。魯迅輯錄的《冥祥記》，除自序外的 131 條中，有遊冥故事 20 餘條，分別是：趙泰、支法衡、史世光、張應、孫稚、李清、唐遵、程道惠、惠達、石長河、陳安居、僧規、李旦、阮稚宗、王胡、曇典、蔣小德、智達、袁廓、王氏等，約占總數的六分之一，而且篇幅大都比較長，結構整齊，故事形態成熟，有的故事描寫細緻，情節婉曲，已開始有人物性格的刻畫。

《宣驗記》，即魯迅提到的釋氏輔教書，南朝志怪小說，宋劉義慶撰。《隋書・經籍志》雜傳類著錄十三卷，《古小說溝沉》輯 35 條（李劍國《唐前志怪小說史》言有遺漏）。其中記有遊冥故事，如「程道慧」寫程奉道不信佛而

〔註19〕魯迅・中國小說史略・人民文學出版社，1976：29。
〔註20〕魯迅・中國小說史略・人民文學出版社，1976：39。
〔註21〕本文所據版本為魯迅《古小說鉤沉》，齊魯書社，1997 年。

死，入冥見閻王受後始知當奉佛法。

除輔教書中記載有遊冥故事外，《幽明錄》也記載不少游冥故事。魯迅提到的釋氏輔教書並沒有《幽明錄》。《幽明錄》思想駁雜，佛道雜融，是受佛教影響較顯著的一部志怪小說集，其中言及入冥、閻羅的故事有 12 條：干慶、巫師舒禮、盧貞、陳良、王文度、吉未翰、趙泰、蒲城李通、康阿得、琅琊王姓、石長和、甲者等，已經是框架齊備結構完整的遊冥故事。

《幽明錄》、《冥祥記》所記遊冥故事比較集中，南北朝還有一些遊冥故事散見於志怪小說中。如《祥異記》，南朝志怪小說，梁闕名撰，未見著錄。《太平廣記》引四條，魯迅《古小說溝沉》收二條。其中記有遊冥故事一條「元稚宗」，以元恍惚入冥間受到陰森恐怖教訓，宣揚佛家殺生之戒。《神鬼傳》或作《神鬼錄》，南朝志怪小說，梁闕名撰，未見著錄。《太平廣記》引九條。《太平廣記》卷三八二「僧善道」條記新野某人死三日，見佛弟子因懈怠而在地獄受苦，復生後遂投寺事佛。

與漢魏晉時期數目有限的遊冥故事相比，南北朝時期的遊冥故事可謂多矣，體現了地獄觀念的傳播日廣。佛教志怪類小說的發展也促進了遊冥故事的勃興，南北朝遊冥故事發展也預示了唐代遊冥故事高峰的即將來臨。

（二）傳統冥界觀與佛教地獄觀的合流

南北朝時期，佛教地獄與中國冥府漸趨融合，以表現佛教地獄觀、描繪地獄的遊冥故事大量湧現，這些遊冥故事在總體上呈現出與魏晉遊冥故事不同的特色，最為鮮明突出的一點是，佛教地獄觀影響的痕跡日深，同時，中國本土固有的冥界觀仍具有一定影響，呈現出傳統的泰山治鬼觀念與佛教地獄觀合流的趨勢。對於這一點，以這一時期最有代表性的兩部小說集《搜神記》和《冥祥記》為例作以說明。

1、受佛教影響、思想駁雜的《幽明錄》遊冥故事

《幽明錄》是南朝志怪小說集，宋劉義慶撰，最早著錄於《隋書·經藉志》雜傳類，二十卷，《新唐書·藝文志》列為小說類。魯迅說：「其書今雖不存，而他書徵引甚多，大抵如《搜神》、《列異》之類。然似皆集錄前人撰作，非自造也。」﹝註22﹞唐劉知幾《史通·採撰》云：「晉世雜書，諒非一族，若《語林》、《幽明錄》、《搜神記》之徒，其所載或詼諧小辯，或鬼神怪物，

﹝註22﹞魯迅·中國小說史略·人民文學出版社，1976：39。

其事非聖，揚雄所不觀，其言亂神，宣尼所不語。皇朝新撰晉史，多採以為書。」可知《幽明錄》在唐盛行一時。《幽明錄》不少故事發生於劉宋一代，似據當代傳聞寫成，不見於此前的志怪之書。

　　《幽明錄》是劉義慶晚年之作，劉義慶是佛教信徒，晚年更為佞佛。《幽明錄》是首次體現佛家地獄之說的志怪小說，很明顯受佛教影響。但其思想駁雜，佛道雜融，僅冥界思想就有死後升天、魂歸泰山、北斗主生和閻羅治鬼等觀念，顯示出神仙、道教、方術與佛教拼湊雜融的色彩，這些故事涉及太山冥間、太山府君、冥司福舍、閻羅王、鐵城、燒床、刀山劍樹、食素轉經、拔濟、復活等地獄狀況，體現了佛家地獄觀念與中國本土冥界觀合流的狀態。

　　《幽明錄》有遊冥故事 12 則，詳見下表：

《幽明錄》遊冥故事一覽表（計 12 條）

時間、人物	冥界之主	冥中遇舊及所見	冥中受審	冥中觀獄	復生後果
晉、干慶	王	術士吳君救之。	吳君北面陳釋斷之，王遂救脫械令歸。	十數人來，執縛桎梏到獄。	
晉永昌元年、巫師舒禮	泰山府君	見數千間瓦屋，為冥司福舍。	府君言禮佞神殺生，其罪應上熱熬。	牛頭人身，捉鐵叉，叉禮著投鐵床上，宛轉身體焦爛，求死不得。	不復作巫師。
晉太元五年、盧貞		上司之子為冥官。已亡鄰居為太山門主，傳語其妻昔藏錢處。	冥王召為冥官，辭不作，推薦龔穎。		鄰居妻掘之，果得錢如數，為女市釧。龔穎亡。
太元九年、瑯琊王姓	一人長大	二十餘人，皆烏衣，見錄。	干言婦亡兒幼，為之動容。		又三十年，王果卒。
大元中、陳良	一老人執朱筆	見友人李舒，言其家中狸怪。			焉伏罪。舒家伐樹殺狸，怪絕。
吉未翰	泰山府君		鬼延期召為泰山主簿。		遂死。

晉王文度			召為冥官。		王尋病薨。
宋泰始五年、趙泰	府君	父母一弟在獄中受苦。見佛度惡道及諸地獄中人。	府君以次呼名，問生時行事罪福。檢泰年紀之籍。	泥犁地獄、受變形城、地中。	奉佛，為祖、父母及弟懸幡蓋、誦《法華經》作福。
蒲城李通		沙門法祖為閻羅王講首楞嚴經。	道士王浮身被鎖械，求祖懺悔。		
康阿得	府君	亡伯、伯母、亡叔、叔母，皆著杻械，身體膿血。事佛後入福舍。		見鐵床獄、「七沙「獄，刀山劍樹，抱赤銅柱。	
石長和	閤上人	人群走棘中。和獨行平道。先死之孟承夫妻，孟不精進掃地。其妻精進，晏然與官家事。			
晉元帝世甲者	司命		算曆未盡，不應枉召，發遣令還。		

注：據《古小說溝沉》，齊魯書社，1997年。

　　《幽明錄》12則遊冥故事中，「干慶」、「巫師舒禮」、「趙泰」、「李通」、「康阿得」、「石長和」六則故事明顯是佛教地獄觀影響下的作品，其中有對地獄的描繪。「石長河」雖未言及地獄，但宣揚了奉佛功德；「盧貞」、「吉未翰」、「王文度」三則是因冥府欲召為冥官而入冥的故事，是傳統的泰山治鬼觀念的反映；「甲者」、「瑯琊王姓」、「陳良」是先秦以來民間信仰的遺存，可見其思想的混雜。以「康阿得故事」為例：

　　　　康阿得死三日，還蘇，說：初死時，兩人扶腋，有白馬吏驅之。
　　不知行幾里，見北向黑暗門；南入，見東向黑門；西入，見南向黑
　　門；北入，見有十餘梁間瓦屋。有人皂服籠冠，邊有三十餘吏，皆
　　言府君，西南復有四五十吏。阿得便前拜府君。府君問：「何所奉事？」
　　得曰：「家起佛圖塔寺，供養道人。」府君曰：「卿大福德。」問都

錄使者：「此人命盡耶？」見持一卷書伏地案之，其字甚細，曰：「余算三十五年。」府君大怒曰：「小吏何敢頓奪人命？」便縛白馬吏著柱，處罰一百，血出流漫。問得：「欲歸不？」得曰：「爾。」府君曰：「今當送卿歸，欲便遣卿案行地獄。」即給馬一匹，及一從人。東北出，不知幾里，見一城，方數十里，有滿城土屋。因見未事佛時亡伯、伯母、亡叔、叔母，皆著杻械，衣裳破壞，身體膿血。復前行，見一城，其中有臥鐵床上者，燒床正赤。凡見十獄，各有楚毒。獄名「赤沙」、「黃沙」、「白沙」，如此「七沙」。有刀山劍樹，抱赤銅柱。於是便還。復見七八十梁間瓦屋，夾道種槐，云名「福舍」，諸佛弟子住中。福多者上生天，福少者住此舍。遙見大殿二十餘梁，有二男子、二婦人從殿上來下，是得事佛後亡伯、伯母、亡叔、叔母。須臾，有一道人來，問得：「識我不？」得曰：「不識。」曰：「汝何以不識我？我共汝作佛圖主。」於是遂而憶之，還至府君所，即遣前二人送歸，忽便蘇活也。

這個故事可注意者有三處：

第一，故事有對地獄恐怖之狀的詳盡描繪，有地獄名稱的介紹，有「福舍」（趙泰故事亦言及「福舍」），這在魏晉時期的遊冥故事中是不曾見的。

第二，故事中的冥界主宰是泰山府君，泰山府君讓康阿得「按行地獄」。中國傳統的冥界之主泰山府君的「公署」不在「老家」泰山，卻搬到有地獄的新型冥府，並親自當起了冥界審判的主審大人。這與魏晉時期反映泰山冥府的故事迥然不同。

第三，康阿得因曾「家起佛圖塔寺，供養道人」（佛教初傳時，被理解為道術的一種，佛教徒亦稱為「道人」）被府君稱為「卿大福德」，這儼然是閻羅王的口氣，故事也傳達了佛教的「福德觀念」。

以上分析可以看出，《幽明錄》描繪佛教地獄的遊冥故事，一個突出的現象是，雖然反映了佛教地獄觀念，但冥工卻是中國本土的冥界之主泰山府君，而不是佛教地獄之主閻羅王。可知南北朝時期雖佛教地獄觀得到廣泛傳播，但傳統的冥界思想仍有一席之地，出現了佛教地獄觀與中國傳統冥界思想融會合流的趨勢。

《幽明錄》遊冥故事中，其中趙泰的故事〔註23〕最為詳細、生動。多數

〔註23〕趙泰故事亦見於《冥祥記》。

學者認為趙泰的故事是我國文學史上第一篇完整的遊歷地獄的作品，後代小說戲曲民間文學中所表現的地獄形貌，這裡已大體齊備。在以後的小說中，冥界遊歷成為一個重要題材。後世唐太宗入冥、孫悟空鬧地府及《聊齋誌異·席方平》諸篇地獄描寫，均與此有關。

「趙泰」中故事趙泰忽心疼而死，被冥吏捉入地獄，親眼目睹了地獄的恐怖景象：有被貫舌者，有被赤銅鐵燒者，有被沸水煮者，有被刀劍割首者。這些人皆因生前犯有各種罪過，故死後要在地獄裏遭受各種酷刑。不僅如此，這些亡魂在重新投胎時，還不得投胎為人，要變作蜉蝣、豬羊、鶴鶩獐麋、鵄梟鵂鶹、驢騾牛馬等動物，以償還為人時犯下各種罪過所欠之債。而要消除這些罪過，唯一的辦法就是事佛。故事告誡人們奉佛不可犯禁，多行善事，否則死後及來世要遭受各種惡報。文中反映的冥界觀念是融合了佛教、道教及民間傳說而寫成的。文中冥界之主是泰山府君，所述泥犁地獄等為佛教觀點。趙泰先任「水官監作吏」,「後轉水官都督，總知諸獄事」。蕭登福認為其中「水官」源於漢世道教冥河及謫作河梁的思想〔註 24〕。

2、以宣傳佛教地獄觀為主旨的《冥祥記》遊冥故事

南北朝時記載遊冥故事最多的是王琰的《冥祥記》，也是南北朝宣佛小說最高成就的作品。王琰〔註 25〕，太原（今山西太原）人，約生於南朝宋孝武帝孝建元年（454）。幼年在交趾從賢法師受五戒，後還都建康。明帝泰始末（471），移居烏衣巷，曾遊江都。順帝昇明末（479），遊峽表。齊高帝建元元年（479），還都。仕齊為太子舍人，在職三載。後仕梁為吳興令。卒年不詳。著《宋春秋》二十卷、《冥祥記》十卷。

《冥祥記》最初著錄於《隋書·經籍志》雜傳類。此後,《法苑珠林》、《三寶感通錄》、兩《唐志》、《通志·藝文略》皆有著錄。宋後不見載，當佚。魯迅《古小說鉤沉》輯得佚文 131 條及《自序》一篇，大都輯自《法苑珠林》和《太平廣記》。據《序》知，王琰在從賢法師受戒時，曾得賢法師所贈觀世音像一尊，因夢得觀世音像，後來此像屢屢顯靈，「循復其事，有感深懷，沿此徵覼，綴成斯記」。因此，本書是弘揚佛法之作。有些故事選自《搜神記》、《幽明錄》、《觀世音應驗記》等志怪書，本書乃根據諸書記載及王琰本人見

〔註 24〕蕭登福·漢魏六朝佛道兩教之天堂地獄觀·第 365 頁，臺灣學生書局，1989：365。

〔註 25〕劉世德·中國古代小說百科全書·中國大百科全書出版社，2006：356。

聞雜記而成。王琰是佛門信徒，本書是「釋氏氏輔教之書」，內容多因果報應之說，主要是觀音神驗、菩薩神異、佛經佛器神靈、信佛免禍、毀佛遭殃、殺生得惡報、穢行遭禍殃、生死輪迴等，可見本書內容廣博，佛教故事流傳之廣泛。

《冥祥記》的遊冥故事 20 條，詳見下表：

《冥祥記》遊冥故事一覽表（計 20 條）

時間 人物	冥界之主	冥中遇舊及所見	冥中受審	冥中觀獄	復生後果
晉泰始五年、趙泰	府君	祖父母及二弟在獄中受苦。見世尊度人出地獄。	主者問何罪過。讓傳語世人皆令作善。	比《幽明錄》所記略詳。	大設福會，命子孫奉法。時人多訪，皆奉法。
晉初、支法衡		見亡師法柱講經，讓其複道還去。	失道以法應斬。	鐵輪轉駛翻還，數人碎爛。	出家持戒，晝夜精思。
晉、張信「史世光條」		見史世光因支和尚為其轉經，入天門上樂處。		世光言其舅在獄中受苦，傳語舅母轉經免脫。	
晉、李清		死三十年之阮敬，求為料理其家。告之求僧人相救。			營理敬家。歸心三寶，勤信佛教。
咸康二年張應				見有鑊湯刀劍，楚毒之具。	三日後卒。
孫稚	泰山府君	勸父兄修福作功德。			
晉、唐遵		從叔告以在地獄受苦，囑為作功德。			勸示親識，並奉大法。
晉太元十五年、程道惠		解縛行平路上，其餘罪人行荊棘中。逢一比丘為之申理。與一銅物，免厄。		行至諸城，城城皆是地獄。人眾巨億，悉受罪報。飛鳥入人口，骨落血至。	後為廷尉，免厄。頃之遷為廣州刺史，六十九歲卒。

晉惠達（劉薩荷）		見兩沙門，觀音大士，	一人執筆北面立，問殺生事。	見鐵城，寒冰獄、刀山地獄、人數如沙，獄中受苦。與經說相符。惠達因殺生入鑊湯受苦。	奉法精勤，遂即出家。太元末尚在京師，後不知所終。
晉咸和時趙石長和	閣上人	見孟生時不精進，在冥府為掃除之役	因尊經持戒得以還陽。		支法山聞和所說，遂定入道之志。
永積元年、宋陳安居	府君	貴人與其父有舊。貴人傳語其家人，修功德。安居拔卻死名。	見府君審三案。	遍至諸地獄，備觀眾苦。略與經文相符。	訪受冥審之人，悉驗。九十三終。
永初元年沙門僧規	赤衣人	至帝宮，帝勸其精勤，廣設福業。一衣冠人為其度脫。	以量罪福之秤量之。		
元嘉三年李旦	府君		府君教示以地獄，令世知。	群罪人受諸苦報，呻吟號呼，不可忍視。	常勸化，作八關齋。
元嘉十六年、阮稚宗	府君	僧眾供養，不異於世。		取稚宗皮剝臠截，又納於水中鉤口剖解，又鑊煮爐灸。	遂斷漁獵。
王胡				備見罪福苦樂之報。	
元嘉、宋沙門釋曇典		二道人是其五戒本師。告其作沙門修道業。		使舂米，伴輩有數千人，晝夜無休息。	後出家，元嘉十四年亡。
大明末年、宋蔣小德	王	見新寺難公言飲酒被召受報。	王囑作功德，七日後復來。		難公於是日死，小德七日後卒。
宋元徽三年、宋沙門智達	朱衣貴人	地獄中見從伯母。	令送置惡地，勿令太苦。沙門受輕報。	見地獄，黑暗、火燒達身，痛不可忍。鐵鑊煮罪人。	達今猶存，齋戒愈堅，祥誦彌固。

元徽中、袁廓	主者	生母羊氏、嫡母王夫人獄中受報。父憑案坐。		城門木盾立，蓋图图也。	廓今太子洗馬。
永明三年、王氏四娘	一沙門	先死奴子倚高樓上，投一馬鞭與之，自知行路。奴新婦，正被苦譴。		聞左右受苦之聲。無行眾僧破齋犯戒，獲苦報呼叫聲。	其人今尚存。

注：據《古小說溝沉》，齊魯書社，1997 年。

　　這 20 個故事〔註26〕，有 14 個故事言及地獄，其中 13 個故事具體描繪了地獄的恐怖苦楚，「李清」、「孫稚」、「石長和」、「沙門僧規」、「王胡」、「蔣小德」6 個故事雖沒有涉及地獄，但都提及罪福報應觀念，並且都有作功德免受罪罰思想。這些故事的宣佛主旨都非常明顯，對地獄的描寫基本上根據佛典加以敷衍，來證說地獄之不虛妄，主旨大抵在於「發明神道之不誣」（干寶《搜神記》序）。

　　這 20 個故事有幾點很令人回味的現象：

　　一是，這 20 個故事都體現了地獄觀念及佛教罪福報應思想，但是明確提到的冥界之主卻是「府君」即泰山府君，如「趙泰」、「孫稚」、「陳安居」、「李旦」、「阮稚宗」，而「石長和」中的冥界主者是「閣上人」，「沙門僧規」中是「赤衣人」、「沙門智達」中是「朱衣貴人」，「蔣小德」中是「王」，「袁廓」中是「主者」，這幾個冥界的主宰似應是閻羅王，其餘的幾個故事未提及冥界之主。於此可見，《冥祥記》遊冥故事雖是體現佛教地獄觀念，但閻羅王還沒有正式地「粉墨登場」，泰山府君仍作為冥界主宰在故事中出現，顯然延續了中土固有的「太山治鬼」之說，亦可見傳統冥界思想與佛教地獄觀念的合流。「閻羅王」一詞僅見劉義慶《宣驗記》之「程道惠」條。南北朝時佛教雖已盛行，而佛教的閻羅王卻沒有被當時志怪小說普遍運用。由此可知，南北朝時已開啟了閻羅王演變成民間神祇的進程，但太山府君此時仍然是冥間的主宰。

　　二是泰山府君或其屬吏以佛教的善惡標準、戒規來審判進入冥府的亡魂。府君的審判相比以前接受別人請託、授人以恩惠的行為，相對公正嚴明。

――――――――――
〔註26〕本文所引為魯迅《古小說鈎沉・冥祥記》，齊魯書社，1997 年。

「陳安居」故事寫宋人陳安居在冥府見府君審理二起案件，皆合情合理。審判陳安居時，府君言：「此人事佛，大德人也。其伯殺害無辜，訾訑百姓，罪宜窮治，以其有小福，故未加之罪耳，今復謗訴無辜，敕催錄取來。」這是以佛家的標準來行使其職權。其他故事也有這種現象，如「趙泰」故事、「阮稚宗」、「李旦」等。

三是，為了突出地獄冥判的公正性，「沙門僧規」故事中出現了可以量人罪福的「秤」，用以稱量死者在世時的善惡罪福，善惡相抵，如「福少罪多」則要受到懲罰。這在前期遊冥故事中並未出現，很有中國特色。這個「秤」與唐以後遊冥故事中可照人罪福善惡的「業鏡」有相似之處〔註27〕。

比之《幽明錄》，《冥祥記》遊冥故事的佛教色彩鮮明突出，故事所傳達的宣教意圖非常明顯，對地獄的描繪也更詳細、更恐怖。這可能有作者宗教信仰方面的原因。地獄輪迴、因果報應故事的描繪，是佛徒宣揚佛教的方式之一。佛教傳入中國，有關地獄的故事在南朝豐富起來，這從本書中一系列地獄故事中可以看出。考察《幽明錄》與《冥祥記》二書中的地獄條文，基本上可以見出地獄觀念在南朝日漸深入人心的傳播趨勢，亦可見出佛教地獄觀對傳統冥界觀的融合改造。

（三）由宗教宣傳品到遊冥小說的發展趨勢

漢魏晉時期的遊冥故事與佛教並無關聯，南北朝時期，佛教徒為宣傳佛教地獄觀與因果報應思想，借用漢魏晉遊冥故事的框架，遊冥故事開始與佛教結下不解之緣，成為佛教徒的宣傳品，如《幽明錄》中的一些故事。

作為宗教宣傳品的遊冥故事，一般有兩個特點：

一是重視教育功能，故事的宣教主旨非常鮮明突出，如《幽明錄》、《冥祥記》的一些遊冥故事。

二是一般篇幅不長，多為「叢殘小語」「粗陳梗概」式的簡單記錄，情節不太完整，形象也不甚鮮明，往往三言兩語，勾勒成篇，不少故事缺少人物形象的刻畫。

〔註27〕唐代《北夢瑣言》「僧彥先」故事（《太平廣記》卷三八五有記）、《酉陽雜俎》「趙裴」故事（《太平廣記》卷三八一有記）中出現了「業鏡照人善惡」情節。宋《夷堅甲志》卷十九「毛烈陰獄」亦有業鏡照人情節。關於業鏡的佛教起源詳見夏廣興《佛教與隋唐五代小說》（陝西人民出版社，2004 年）第 235 頁第五章「隋唐五代小說對佛經故事的襲用」相關論述。

　　《幽明錄》遊冥故事一般結構完整，涉及到泰山冥府、泰山府君、冥司福舍、鐵城、燒床、刀山劍樹，救贖、復活等，與漢魏晉時期的遊冥故事呈現出不同的特色，佛教色彩漸濃，多數遊冥故事的基本框架都已完備，即入冥—冥界審判—遊歷地獄—復活。與魏晉時期的遊冥故事框架，入冥—冥府經歷—復活相比，復活前的經歷更加複雜，添加了審判及地獄情節。

　　與《幽明錄》相比，《冥祥記》遊冥故事數量多，結構模式更加成熟。陳洪曾說，《冥祥記》描寫地獄故事的大量、完備的出現，標誌著中古遊冥小說類型的成立〔註28〕。這裡，陳洪所言，是小說而非故事。故事是簡單的，而小說則相對複雜得多。故事是某個異聞傳說的記錄，而小說則是作者充滿個性的創造。《冥祥記》已經開啟了南北朝遊冥故事由宗教宣傳品而為遊冥小說的發展趨勢。

　　《冥祥記》故事敘述婉曲，情節曲折，並開始注意語言的文學性和場景描寫的生動細緻，已經突破了宗教宣傳品，很多故事可以視作成功的小說作品。具體表現如下：

　　其一，漢魏晉時期的遊冥故事都很短，《幽明錄》中的遊冥故事也不長，一般在二三百字左右。而《冥祥記》中的遊冥故事篇幅大大加長，多數在五百字以上，「趙泰」、「惠達」（即劉薩荷事）、「陳安居」字數在一千字以上。與前期故事相比，已開始突破「粗陳梗概」的狀況而初具規模。

　　其二，隨著篇幅的增加，情節更加曲折複雜，描寫敘述更加細緻具體，有些故事非常「好看」有趣。如「趙泰」、「惠達」、「陳安居」故事，「置於唐傳奇中亦不算遜色」。〔註29〕

　　《冥祥記》遊冥故事比較注意情節的曲折複雜，在故事的每個環節上都增加了一些新的「看點」，故事一波三折，引人入勝。「惠達」寫入冥經歷，尤為真切透迤，諸凡所見景物，所歷諸事，刻意渲染，娓娓動聽。

　　「陳安居」故事中，開頭寫陳安居死而復甦：

　　　　經三年，病發死，但心下微暖，家不敢殮。至七日夜，守者覺屍足間，如有風來，飄動衣衾，蘇而有聲。家人初懼屍蹶，皆走避之。既而稍能轉動，仍求水漿。家人喜，問從何來，安居具說所經。

這段復甦的描寫改變了以往遊冥故事寥寥數語的概括寫法，用筆細密，歷歷

〔註28〕陳洪·佛教與中古小說·上海：學林出版社，2007：2。
〔註29〕李劍國·唐前志怪小說史·天津教育出版社，2005：43。

可睹。故事然後寫陳安居自言在冥中的遭遇，先是被使者呼去，有冥吏欲縛之，使者言此人有福，不可縛。到了「城府」，未遇府君，先遇「貴人」，告之其伯父事巫俗之罪，又領其遍觀地獄。遊歷未竟，府君傳喚。至門，見府君審案。己未受審，卻先見府君審的兩宗案：一男棄妻娶女弟子案與黃水婦人案。中間穿插了這兩起案件的來龍去脈，敘述了這兩個小故事。然後陳安居接受府君審判，因有「福」，陳被「拔卻死名」。又見「貴人」，囑以勸善之語。

陳安居的復生過程也不順利：

> 以三人力士送安居，出門數百步，傳教送符與安居，謂曰：「君可持此符，經關戍次，以示之，勿輒偷過，偷過有罪謫也。若有水礙，可以此符投水中，即得過矣。」安居受符而歸，行久之，阻大江不得渡，安居依言投符，矇然如眩，乃是其家庭中也。正聞家中號慟，所送三人，勸還就身，安居聞其身臭穢，曰：「吾不復能歸。」此人乃強排之，仆於屍腳上。安居既愈，欲驗黃水婦人，特往冠軍縣尋問，果有此婦。相見依然，如有舊識，云：「已死得生，舅即以其日亡。」說所聞見，與安居悉同。安居果壽九十三也。

在前期遊冥故事中，復生過程一般非常簡單，多為「遂活」、「幾日而蘇」。陳安居的復活驚心動魄，復生後還不忘去驗證一下冥府案件的主角。

從《搜神記》到《幽明錄》，再到《冥祥記》，遊冥故事實現了由敘述異聞到有意為小說的充滿個性的文學創造的過程。當然，唐宋至明清都有簡短的記述異聞式的遊冥故事，但是一個總的趨勢是，越來越具有小說的質素，愈加脫離佛教地獄觀念的束縛，遊歷地獄模式，成為小說作者針砭現實、表達創作理念的有效工具和載體。

三、唐代遊冥故事：冥界觀念的定型與遊冥故事的世俗化

（一）地獄說的流行與遊冥故事的發展高峰

1、唐代地獄說的流行及原因

佛教東傳，經過幾百餘年的弘傳，發展到唐代已達到全盛。儘管在唐初三十多年中，佛教受到了來自儒士及道教徒激烈的攻擊，高祖、太宗都對佛教採取抑制政策。至七世紀中葉唐高宗繼位，情況發生改變，佛教勢力大大發展。高宗及其二子中宗、睿宗均崇信佛法，禮玄奘，迎佛骨，造佛寺。武

則天時期則崇佛抑道，詔令僧尼居道士及女冠前，鑄造經像，獎崇譯經〔註30〕。至八世紀，佛教已成為唐代第一大宗教，各大宗派紛爭，俗講風行一時，佛教漸次向民間滲透，大量漢譯佛典完備譯出，誦經信教已成時尚，在唐代政治生活與社會生活中享有很高的地位。

隨著佛教的興盛，佛家地獄說得到前所未有的廣泛傳播。至中晚唐，地獄說的傳播達到高峰，地獄觀念大為流行，不僅佛教徒講說地獄故事，文人也廣泛地涉足此領域，地獄說被文人遊刃有餘地用於文學作品中。

佛教地獄說隨佛教傳入中土至唐已四五百餘年，未能充分反映於小說中，而是到了中晚唐才達到它的發展高峰。對於這一現象，夏廣興在《佛教與隋唐五代小說》中有較客觀的分析〔註31〕，認為有四個方面的原因：

一是漢魏時期，佛教並未從道教的依附中解脫出來，對地獄的理解仍囿於傳統冥界觀念。南北朝時期，佛教得到新的發展，佛教徒利用小說弘教，地獄說進入小說中。

第二，南北朝釋氏輔教之書的餘續，為中唐地獄說的流行打下基礎，地獄說被文人自由地運用於小說中。

第三，唐初流行民間的很多有關地獄的俗講變文的影響對地獄說傳播有推波助瀾之功，如唐初民間流行的以地獄為主題的俗講文——變文，如《目連緣起》（伯 2193 號）、《大目乾連冥間救母變文》並圖一卷（斯 2614 號）、《地獄變文》（期 543 號）等，都對民眾有很深的影響。

第四，當時佛教壁畫的流行，很多地獄變相、地獄繪圖的廣泛流傳，前所未有的視覺刺激，對民眾的心理產生了強烈的震撼。

筆者認為還有一個最為根本的原因，就是小說自身發展的因素。漢魏晉時期是中國小說的萌芽期，小說反映滯後，不可能迅速地捕捉社會上的思想意識。南北朝時期是小說發展的轉折期，小說開始對地獄觀念有所反映。而唐代是「有意為小說」的時代，小說反映社會生活的深度和廣度超過以往任何　個時代，佛教地獄觀念的傳播與文人有意識的創作非常有機地結合在一起，使地獄說得以廣泛地反映於小說中。

〔註30〕有關唐代佛教及唐代各位君主與佛教的關係，詳見湯用彤《隋唐佛教史稿》（江蘇教育出版社，2007 年）、任繼愈《中國佛教史》（中國社會科學出版社，1981 年）等書的相關論述。

〔註31〕夏廣興·佛教與隋唐五代小說·陝西人民出版社，2004：302～306。

2、遊冥故事的發展高峰

中晚唐是佛教發展的興盛期，是地獄說的黃金期，也是遊冥故事發展的高峰期。地獄觀念的流行與小說自身發展的興盛，使遊冥故事無論從數量上還是故事本身的創作水準都達到了新的高度。

唐代，遊冥故事激增。初唐，地獄說以釋氏輔教書使用為主，兼及部分文人作品，遊冥故事所表現出的宣教意圖等文化內涵基本是對南北朝遊冥故事的繼承。中晚唐，遊冥故事廣泛分布在各類筆記小說集中，創作主體多以文人為主。唐臨《冥報記》、郎餘令《冥報拾遺》、戴孚《廣異記》等主要記載果報故事，其中游冥故事較多，牛僧孺《玄怪錄》、李復言《續玄怪錄》、段成式《酉陽雜俎》、陳邵《通幽記》、張讀《宣室志》、《定命錄》等也多記載遊冥故事。此外，唐僧人道世據梁朝僧人寶唱所編佛教類書《經律異相》，編成《諸經要集》二十卷，後又擴展為大型佛教類書《法苑珠林》一百卷，在廣採博集經、律、論之後的《感應錄》裏，徵引了包括《冥報記》等在內的大量佛教小說，也記有遊冥故事。唐代敦煌敘事文學中也出現了遊冥故事。敦煌敘事文學中具有代表性的獨立成篇的遊冥故事有五篇:《唐太宗入冥記》、《黃仕強傳》、《懺悔滅罪金光明經傳》、《目連變文》、《道明還魂記》。這五篇篇幅較長，敘事較婉轉細緻，人物性格較鮮明，是唐代遊冥故事的典型代表，也是遊冥故事中的成功之作，對後世的小說和戲曲產生極其深遠的影響，其中「目連文學」成為獨立的一個研究領域（「目連文學」本書不涉及過多，只作簡單提及）。

唐臨《冥報記》、戴孚《廣異記》是唐代遊冥故事的代表性篇章。《冥報記》〔註32〕有遊冥故事近 20 篇，分別是沙門慧如、大業客僧、江都孫寶、睦仁蒨、孫回璞、李大安、鄭師辯、李山龍、周武帝、張公謹妾、參軍孔恪、王璹、張法義、柳智感等。《冥報記》之後，戴孚《廣異記》是唐代記載遊冥故事最多的小說集。《廣異記》有遊冥故事 40 餘條，比較有代表性的有劉鴻漸、王琦、鉗耳含光、李強友、隰州佐史、崔明達、費子玉、楊再思、霍有鄰、六合縣丞、河南府史、李及、張瑤、周頌、盧弁、支法衡、郜澄等。這些遊冥故事與《冥報記》在宗教因素、懲戒色彩、世俗性等方面多有相同之處，較《冥報記》略少文采。《玄怪錄》中，有遊冥故事杜子春、崔環、董慎、

〔註32〕本文所據方詩銘輯校《冥報記》（與《廣異記》合訂），中華書局，1992 年。

南纘、吳全素等，對地獄酷刑的描寫也較多。

伴隨著唐代佛教發展的全面興盛，大量的遊歷地獄故事成為唐代小說中一個比較重要的題材領域，除了佛徒釋子的有意宣教，文人的文學創造更使唐代遊冥故事從整體上呈現出全新的特徵，成為唐代小說創作一個比較引人注目的現象。

（二）冥界觀念的定型與閻羅王主宰地位的確立

唐代遊冥故事較之《冥祥記》等前期遊冥故事在很多方面呈現出新的變化。從故事反映的冥界觀念而言，由於唐代地獄說的流行及閻羅王在民間影響的不斷擴大，遊冥故事中閻羅王的主宰地位得以確立。冥界主宰地位的確立，標誌著冥界觀念的基本定型，閻羅王成為絕大多數民眾幽冥信仰中的冥界之主。

對遊冥故事進行分期的一個主要標準是故事中冥界之主的演變。魏晉南北朝時期遊冥故事中冥界的主宰是泰山府君，至唐時，泰山府君已較少露面。唐代遊冥故事中冥界之主是閻羅王，故事對地獄的描繪較比前期遊冥故事更為豐富具體。以遊冥故事比較集中的《冥報記》、《廣異記》遊冥故事為例，說明冥界之主在唐代小說的反映。

《冥報記》有遊冥故事近 20 條，《廣異記》有遊冥故事 40 餘條，有的故事沒有提到冥界之主，明確提到的冥界之主的故事詳見下表：

唐代遊冥故事冥界之主一覽表

《冥報記》	冥界之主	《廣異記》	冥界之主	《廣異記》	冥界之主
沙門慧如	閻羅王	盧氏	王	梅先	閻羅王
李山龍	王	田氏	王	楊再思	王
周武帝	王	孫明	王	縣丞王甲	王
參軍孔恪	王	劉鴻漸	王	霍有鄰	王
張法義	王	蔡策	冥司	薛濤	王
柳智感	王	王琦	官長	鄧成	王
睦仁蒨	閻羅王	李知禮	閻羅王	費子玉	地藏菩薩
李旦	泰山府君	張御史	王	張瑤	貴人

《玄怪錄》杜子春	閻羅王	李洽	閻羅王	河南府史	王
崔環	軍將	席豫	王	周頲	王
董慎	太山府君	張縱	王	盧弁	王
蘇履霜	舍利王	呂諲	王	李及	官
《冥報拾遺》		李進士	紫衣人	阿六	王
裴則子	王	李迴秀	朱衣	郜澄	王
李知禮	閻羅王	韋廣濟	閻羅王	崔明達	王
《宣室志》		李強友	泰山府君		
郄惠連	具簪冕者				
《黃仕強傳》	閻羅王				
《唐太宗入冥記》	閻羅王				

　　從上表可以看出，與南北朝遊冥故事相比，泰山府君在中國本土的冥界主宰地位已讓位於閻羅王。40 餘則明確提及冥界主宰的故事中，泰山府君只在《冥報記》「李旦」故事、《玄怪錄》「董慎」故事、《廣異記》「李強友」三條故事中出現，而在「睦仁蒨」故事中，泰山府君已屈居閻羅王之下成為閻羅王的輔臣，作者借鬼吏成景之口說：「天帝總統六道，是謂天曹。閻羅王者如人間天子，泰山府君如尚書令錄，五道神如諸尚書，若我輩國，如大州郡。每人間事，道士上章請福，天曹受之，下閻羅王……閻羅敬受而奉行之，如人之奉詔也。」其他大量故事中的冥界之主是「王」，應該就是佛教地獄之主閻羅王，「紫衣人」、「朱衣」似也是閻羅王。唐代遊冥故事上，佛教的冥王「已如人間天子」。佛教地獄說經過四五百餘年的傳播，至此已完全中國化了〔註33〕。換一個角度說，唐朝時期是中國人關於幽冥世界的想像與佛教地獄觀融合最為充分並最終定型的時期，中國傳統的冥界思想至唐已發生了革命性的變化，自此開始了閻羅王一統「地下」的時代。另一方面，從小說對冥界之主的反映看，對閻羅王仍然較少直接的描寫，冥界之主仍然是一個符號，故事所傳達的宗教思想與道德觀念才是創作者最為關注的焦點。

〔註33〕范軍在《唐代小說中的閻羅王——印度地獄神的中國化》（《華僑大學學報》2007，（1 期）一文中認為，在閻羅王信仰中國化的過程中，唐初沙門藏川所撰《佛說地藏菩薩發心因緣十王經》《佛說閻羅王受記令四眾逆修生七齋功德往生淨土經》等經典，對於進一步提高閻羅王的地位起到了非常關鍵的作用。

（三）唐代遊冥故事的世俗化

從文學史的發展而言，遊冥故事經歷了從簡單照搬佛教地獄觀念到「有意為小說」的一個過程。南北朝時期遊冥故事的主要特徵是宣教色彩，而唐代遊冥故事增加了世俗色彩，人間情味漸濃。

遊冥故事是伴隨著強烈的宗教宣傳目的而產生的。南北朝時期，遊冥故事成為佛教徒宣傳地獄思想的載體，故事的思想內涵比較單純，故事的重點是宣說地獄的存在，勸導人們信教禮佛，免受地獄之苦，如趙泰故事、師舒禮故事等，宣教勸教是故事的最終目的。至佛教鼎盛的唐代，隨著佛教宣傳的深入廣泛，其中一部分遊冥故事宣教主旨沒有太大的改變，在繼承南北朝「輔教之書」的特點上，但卻增加了一些新的質素。隨著遊冥故事自身發展的日益成熟，故事的內涵也越加豐富，較為單純的宣教故事人間情味漸濃，世俗性增強。

《冥報記》〔註 34〕是初唐時期一部佛教志怪小說集〔註 35〕，是今日可見最早的唐代志怪小說集，約成書於唐高宗永徽四年（653）。原書二卷，不存，佚文多見《太平廣記》、《法苑珠林》。作者唐臨在自序中曾提到六朝蕭子良《冥驗記》、王琰《冥祥記》等書，謂：「臨既慕其風旨，亦思以勸人，輒錄所聞，集為此記。」顯然，唐臨所作有南北朝輔教之書的影響，同時，唐臨亦言：「徵明善惡，勸誡將來，實使聞者深心感悟。」可見本書的創作主旨是以報應思想行勸善之苦心。李劍國《唐五代志怪傳奇敘錄》對其篇目作了詳細考證，認為：「唐臨此作亦為佛法鼓吹，觀其捏造謊說以謗傅奕等人，偏執近狂，正與法琳輩相呼應。至其淵源，則祖《應驗》、《宣驗》、《冥驗》、《冥祥》等記，南北朝釋氏輔教書之流緒也。」〔註 36〕《冥報記》有遊冥故事 20 條，本書擇

〔註 34〕本文所據為《冥報記》‧方詩銘輯校，中華書局，1992 年。

〔註 35〕佛教志怪集可考者約有三種：「唐臨《冥報記》二卷，殘，輯本三卷 53 條並序，李劍國補遺 19 條，高宗永徽四年（653 年）成書。郎餘令《冥報拾遺》，殘，佚文 44 條，高宗龍朔三年（663 年）成書。闕名《地獄苦記》，佚，佚文 1 條，時間不詳，當在《冥報記》之後。」（據李劍國《唐五代志怪傳奇敘錄》，196～199 頁，南開大學出版社，1993 年）此外，高宗顯慶四年（659 年），道世據梁朝僧人寶唱所編佛教類書《經律異相》編成《諸經要集》二十卷也是佛教志怪之作。總章元年（668 年），道世再據《諸經要集》擴展為大型佛教類書《法苑珠林》一百卷，徵引了包括《冥報記》等在內的大量佛教小說，可以說也是當時的一部佛教小說總集。

〔註 36〕李劍國‧唐五代志怪傳奇敘錄‧南開大學出版社，1993：201。

取 10 條作表說明故事的基本情況（見本章後附表）。

《廣異記》是唐代前期一部重要的志怪傳奇小說集，戴孚事蹟見於中唐顧況《戴氏廣異記序》，李劍國先生據以推斷該集成書約在貞元五至九年間或此前〔註37〕。

顧況序云：「譙郡戴君孚幽賾最深……此書二十卷，用紙一千幅，蓋十餘萬言。雖景命不融，而鏗鏘之韻，固可以輔於神明矣。」卷帙之浩，唐稗鮮有。其中神仙、冥報、狐、鬼事最眾，情事大都新異，趣味頗足。《廣異記》有遊冥故事 40 餘條，擇取 20 條故事作表說明（見本章後附表）。《冥報記》、《廣異記》的遊冥故事大致能夠反映唐代遊冥故事的基本面貌。兩部小說集大量的遊冥故事中，有一部分承繼南北朝遊冥故事餘續，故事強調誦經禮佛，主旨仍是宣教勸教。另一有部分故事在宣教勸誡主旨基礎上，內涵比南北朝遊冥故事略加豐富，增加了人情世故的演繹，世俗性趣味性更加突出，世俗化傾向明顯。

唐代遊冥故事世俗化有兩個重要標誌：一是故事的陰森恐怖色彩弱化，充滿著世俗人情與欲望；二是冥吏索賄情節成為後世遊冥故事的情節模式。

1、唐代遊冥故事世俗化標誌之一：冥界陰森恐怖色彩的弱化

南北朝時期的遊冥故事，對於地獄情景的描繪和佛法的宣揚常常是故事的主體部分，極盡渲染地獄的恐怖慘忍，有極強的震懾人心的力量。而唐代有不少游冥故事中，地獄、閻羅不再表現得陰森恐怖，地獄也日益本土化、世俗化，人性化，充滿世俗情調和人間趣味。

唐代小說《河東記·崔紹》中，冥界全無陰森恐怖色彩：「街衢人物頗眾，車輿合雜，朱紫繽紛，亦有乘馬者，亦有乘驢者，一似人間模樣。此門無神看守。更一門，盡是高樓，不記間數，竹簾翠幕，眩惑人目。樓上盡是婦人，更無丈夫，衣服鮮明，裝飾新異，窮極奢麗，非人寰所睹。」令人恐怖和厭惡的地獄充滿了人間氣息，充滿世俗誘惑，一如繁華的人間都市。

唐代遊冥故事的敘事語調也已經不再是「輔教之書」那種充滿虔誠和敬信的說教式語調，常常是充滿了揶揄和幽默，並在這中間表達出一種世俗的人情世故。《冥報記》「兗州人」故事中，兗州人張某與泰山府君的四子有一

〔註37〕李劍國·唐五代志怪傳奇敘錄·南開大學出版社，1993：311～313。

段充滿人情味的交遊，行俠仗義的四郎不但搭救張某於強賊劫掠之中，還幫助他的妻子死而復生。《廣異記》「韋璜」故事中，周混之妻韋璜及其婢擅長作妝和染紅，泰山府君嫁女，二人被招入冥，事畢被送回。張讀《宣室志》「張汶」故事中，張汶被已作了冥吏的兄弟誤召入冥，「但聞馬車馳逐，人物喧語，亦聞其妻子兄弟呼者哭者」，見到表弟，「悲泣久之」。《河東記》（《太平廣記》卷一五七）「李敏求」故事中，李敏求入冥遇故人柳十八郎為泰山府君判官，握別之時，謂敏求曰：「此間甚難得揚州氈帽子，他日請致一枚。」這裡，冥界官吏不再是冷漠的神祇，也像人世間一樣有兒女親戚、婚喪嫁娶，也有著普通人的倫常親情和友誼。類似與親人在地獄相見悲苦交加的情節在遊冥故事中非常多，至唐而更加普遍。

冥界既有著世俗的人情世故，自然免不了人間社會風氣的薰染。冥府裏充滿了請託之風。遊冥故事中的請託情節濫觴自漢魏時期的《蔣濟亡兒》，自唐而幾成模式，很多本該判處「死刑」的人因有熟人的請託幫忙而再回人世。《廣異記》「鄧成」、張讀《宣室志》「崔君」等篇章中，由於崔君的朋友是冥官、鄧成的表丈是判官，所以崔君因朋友之力，得兩年廩祿豐厚的假職；而鄧成則由於親戚的料理得返陽間。《紀聞》「屈突仲任」靈魂被追至地獄，其姑父張安為地獄判官，向其他判官求情，屈突得救，返還人間。入冥受罰的人只要在冥界有親戚或者朋友做官就可以獲得開脫和通融。如此充滿世俗味的描寫是當時社會生活的折射。在這些故事中，人情世故才是讀者在欣賞作品時的亮點。這是遊冥故事的一個進步，即向著充滿審美趣味和情感震撼的文學小說的進步。也正是這些社會生活內容的增加，使得這些遊冥故事充滿了多姿多彩的藝術魅力。

2、唐代遊冥故事世俗化標誌之二：冥中索賄情節的泛濫

冥吏索賄情節在唐以前的遊冥故事中是很少見的。南朝志怪小說集《述異記》（祖沖之）中「庾某」（又見載於顏之推《冤魂志》，《太平廣記》卷三八二引，言出《還冤記》），記庾鬼魂出陰司為門吏索錢，有意拖延不放行，幸一新死女子脫釧行賄門吏方得放行。這一冥吏索物是遊冥故事中首次出現的情節。南朝小說集《異苑》卷八「臨海樂安章沉」中，章沉復生，是因為其外兄為天曹主者。憑這種關係，吳縣女子徐秋英託章沉行賄，亦得復生。

冥間貪污賄賂之事盛行，恰與人世間一些封建官吏貪贓枉法等醜惡行徑

相照應。《冥祥記》「袁炳」故事記袁炳夢中入冥，遇其友人對其言曰：「吾等平生立意理論，常言生為馳役，死為休息。今日始定不然矣。恒患在世有人務馳求金幣，共相贈遺，幽途此事，亦復如此。」

冥吏索物索賄情節在南北朝時也並不多見，至唐臨《冥報記》遊冥故事中也僅見於「李山龍」、「王璹」。《廣異記》而幾成泛濫之勢。《廣異記》近40條遊冥故事中具冥吏索賄情節的故事有「劉鴻漸」、「張御史」、「隰州佐使」、「崔明達」、「裴齡」、「六合縣丞」、「周頌」等。《唐太宗入冥記》、《黃仕強傳》也出現類似情節。自《廣異記》冥吏索賄情節之後，後世遊冥故事中的冥吏索賄幾成遊冥故事的一個要素，至明清遊冥故事達到高峰，冥吏索賄成為現實世界的映像，成為作者揭露人世社會風氣敗壞官場黑暗腐敗的一個創作手段。

牛僧儒《玄怪錄》卷三《吳全素》中寫吳全素還陽時，被鬼吏索錢五十萬，吳身無分文，鬼便唆使他去姨夫家索錢，以託夢之法得錢千緡。《玄怪錄》卷二《崔環》中兩個冥吏所受賄賂之多，竟無暇收取：「某等日夜事判官，為日雖久，幽冥小吏，例不免貧。各有許惠資財，竟無暇取，不因送郎陰路，無因得往求之。」

這些鬼吏不僅敲詐勒索，還貪戀美色。《廣異記・六合縣丞》中，入冥後應被無罪放還的揚州譚家女，因為貌美而被門吏「曲相留連」。譚家女以千貫相奉，請與還陽的六合縣丞同行，六合縣丞請已作判官的同鄉劉明府幫忙，劉判官答應幫忙，但是要求和其子分得千貫酬金中的四百貫。《廣異記・隰州佐史》裏的佐史生算未盡，受罰完畢理應放還，冥吏將佐史送回人世前，「索錢一百千文」，經討價還價，降至五十千文。佐史因家貧無力辦得，冥吏就逼他竊取胡兒五十千錢，交付後，才得以放還人間。

這些故事影射諷刺俗世的官場腐敗，曾經法度森嚴的閻羅殿，徇私舞弊，貪賄風行，充斥著骯髒的權錢交易，表現了強烈的批判意識，具有深刻的思想內涵。「反映了隋唐以降中國民眾信仰的特點：以人性來建構神性。以宗法關係為根基的中國社會是一個人情社會，身處人情社會的國人，相信神的世界也如同世俗世界一樣，閻羅與小鬼也與俗人一樣有名姓、妻妾、親戚和朋友，與俗人一樣喜歡美色和貪財受賄。正由於以人性來建構神性，使得中國的閻羅地獄的信仰少了些神聖和莊嚴，多了些世俗功利的色彩；民眾對地獄

的神明也就少了些虔誠與敬畏，多了些戲謔與嘲弄。」〔註38〕

（四）遊冥故事「有意為小說」的藝術創作

　　遊冥故事的世俗化是其脫離「輔教之書」的宗教附屬地位而走向獨立的小說創作的開始。「中國宗教文學世俗化、藝術化的趨向表現為形式和內容的雙軌跡演進。第一，形式上表現出對文學審美的復歸。……第二，內容上表現出對宗教的離異。」〔註39〕這種世俗化趨勢自南北朝時期即已開始，至唐，隨著傳奇小說的發展成熟，唐代很多遊冥故事突破南北朝小說發明神道不誣、宣揚地獄報應的「實錄」模式，開始了「有意為小說」藝術創作，馳騁文采和想象，描繪繽紛多彩的人情與世態。從文學史的發展而言，遊冥故事經歷了從簡單照搬佛教地獄觀念到「有意為小說」的一個過程。唐代遊冥故事已經發展為明顯的藝術創造，具備了小說文體的自覺，在故事情節、人物形象刻畫、審美情趣等很多方面都與南北朝時有顯著不同，很多遊冥故事就是優秀成熟的小說。從唐代遊冥故事比較集中的小說集《冥報記》、《廣異記》、《玄怪錄》中所記遊冥故事可以看出小說創作的趨於成熟，這體現在以下幾個方面：

　　其一，篇幅進一步加長。唐以前遊冥故事一般在三五百字左右，《冥祥記》中「沙門惠達」、「趙泰」、「陳安居」三篇字數將近一千三百字，但也僅此三篇。至唐，較長篇幅的遊冥故事並不少見，《冥報記》中「眭仁蒨」、「張公謹」、「王璹」、「柳智感」4篇均在1000字以上，最長的一篇「眭仁蒨」達1800餘字，都較前期作品有較大增長。牛肅《紀聞》「屈突仲任」（《太平廣記》卷一百）、《河東記》「李敏求」（《太平廣記》卷一五七）《玄怪錄》「董慎」（《太平廣記》卷二九六）、《太平廣記》卷三百「杜鵬舉」（出《處士蕭時和作傳》，又出《朝野僉載》）字數均在1300字以上。《通幽記》中的「皇甫恂」字數近兩千字，《河東記》「崔紹」（《太平廣記》卷三八五記出《玄怪錄》，《說郛》卷四引作出《河東記》）一篇達3500餘字。

　　其二，此前遊冥故事內容單一，也不大講究文采的絢麗和情節的曲折，情節簡單，篇幅多用在對地獄的描寫和佛法的宣揚上。隨著小說自身的發展

〔註38〕范軍・唐代小說中的閻羅王——印度地獄神的中國化・華僑大學學報・2007，
　　　（1）。
〔註39〕趙建新・論宗教文學在中國文化史上的作用和地位・蘭州大學學報・1990，
　　　（1）。

的影響，由於唐傳奇的出現，中國古代文言小說在唐代走向成熟，唐代遊冥故事已逐漸克服六朝時的刻板說教和單調渲染，情節更為複雜委曲，描寫更為細緻生動，故事情節模式比前代更加豐富多樣，一波三折，引人入勝。

從對地獄的描寫來看，最早反映佛教地獄說的遊冥故事只是觀念的吸收與消化，還缺乏對地獄環境的具體描述。當時遊冥故事對地獄的描寫，一般是簡單模仿照搬佛經，有的故事略加提及地獄慘狀。而唐代遊冥故事對地獄的描繪更加形象具體，並有意地加工虛構和改造，充滿想像力，如《冥報記》「李山龍」、「周武帝」，《廣異記》「田氏」、「盧弁」等，《玄怪錄》「崔環」中的地獄竟名為「人礦院」。

因字數的增多，篇幅的加長，唐代很多遊冥故事情節更為曲折，人物的入冥、冥中遊歷及復生的每個環節都有多個情節段落，故事一波三折，人物經歷跌蕩起伏，很多故事非常精彩有趣。《冥報記》「王璹」（《太平廣記》卷三八零）故事中，王璹因冥中訴訟對事入冥，經過一番波折，冥官終於分辨是非，放他回陽。在復生還陽這一環節串連了多個情節段落，首先是僧印璹臂，勘驗臂印出了三重門。至四重門驗印出門後遇故人宋行質，中間穿插了宋行質的故事，及宋對他的囑託。辭別宋後又被呼回，因無故至囚處被官人責罵。王璹又至一門，門吏挑其耳中物後驗印放出。黑暗前行之際，向者追璹冥吏從門來，向其索錢一千，且要「白紙錢」，十五日後來取。王璹復甦後因忘記冥吏索錢之事，復病，冥吏怒罵，被驅入冥，「璹拜謝百餘，遂即放歸，又蘇。璹告家人，買紙百張，作錢送之。明日，璹又病困，復見吏曰：『君幸能與我錢，而錢不好。』璹辭謝，請更作，許之。又蘇。至二十日，璹令用錢，別買白紙作錢，並酒食。自於隆政坊西渠水上燒之，既而身輕體健，遂平復如故。」王璹在答應了冥吏的索「千錢」復生後，三次「送錢」才使冥吏滿意不再糾纏。

像「王璹」這樣的故事，結構完整，故事曲折，描寫細緻，已經不再是搜奇記異的簡單記錄，而是具有較高文學價值的唐代小說了。這一類複雜曲折、具有傳奇小說意旨的作品，在《冥報記》裏是頗有數量的。在《玄怪錄》裏也有數目不少的成功之作。李劍國在《唐稗思考錄》中總結唐代小說「初興期」的創作情況之後就說：「《冥報記》中的《睦仁蒨》一篇也是情節曲折、描寫精細的傳奇體。本來冥府故事在《冥祥記》中已表現出傳奇化的趨勢，這同佛教敘事文學的影響大有關係。因而《睦仁蒨》的出

現，又表明了佛教敘事文學對於唐傳奇形成的一定作用。」他在敘錄《冥報記》之後也說：「然《睦仁蒨》、《柳智感》、《兗州人》、《皇甫兄弟》等篇，文筆曲折細緻，乃見傳奇之意，《冥祥》地獄之作已尚形容，至此尤劇矣。」〔註40〕

其三，人物形象的塑造。

唐代以前的遊冥故事，多數是簡單的搜奇誌異，情節簡單，粗陳梗概，較少有人物性格的刻畫，人物形象單薄。唐代的不少游冥故事都有人物形象的刻畫，注重語言描寫、細節描寫，注意勾勒人物的神態、動作、性格，不少人物形象的塑造還是比較成功的。

遊冥故事中冥吏形象群體是比較突出常見的「人物」群體，最早的冥吏應為《搜神記》卷十「徐泰」故事中的冥吏二人。徐泰「夢二人乘船持箱，上泰床頭，發箱，出簿書示曰：『汝叔應死。』」其後，南北朝時期遊冥故事中的冥吏多為「黃衣」、「黃衫人」、「持帖來追」，缺少人物性格的刻畫，少有人物形態的細節描寫。唐代，隨著小說自身發展的成熟，遊冥故事中的冥吏形象突破了簡單的符號式人物的描寫，有了人物的形態、語言、動作等細節的刻畫，人物開始「活」了起來，人物性格也躍然紙上。

《河東記》〔註41〕「辛察」（《太平廣記》卷三八五）故事中的冥吏比較有代表性。故事記辛察被「黃衫」索命，辛察已經隨之出門，「黃衫人踟躕良久，謂察曰：『若未合去，但致錢二千緡，便當相捨。』」寫出了黃衫索賄前的心理活動。待辛察回家向妻子要錢的方法不當時，「黃衫哂曰：『如此，不可也。』乃指一家僮，教察以手扶其背，因令達語求錢」。其家燒紙化為銅錢後，「黃衫乃次第抽拽積之。又謂察曰：『一等為惠，請兼致腳直送出城。』」連續幾個動作描寫，一個功於心計、深沉老到的官吏形象刻畫得非常生動傳神。

在唐代遊冥故事中，最為人熟知最為成功的冥官形象應是《唐太宗入冥記》〔註42〕變文中的判官崔子玉。這位崔判官利用自己手中職權的便利，

〔註40〕李劍國‧唐五代志怪傳奇敘錄‧南開大學出版社，1993：211。

〔註41〕《河東記》，唐薛漁思撰，是晚唐時期的一部小說集，亦記有遊冥故事，本文亦有提及。作者自序「亦記譎詭事，序云續牛僧儒之書」。書中不少故事發生於唐大和年間，書中一些故事及風格與《玄怪錄》近似。原書失傳，《太平廣記》等書引有佚文。

〔註42〕李時人‧全唐五代小說‧第四冊‧陝西人民出版社，1998：2541。

為唐太宗多添得十年壽命，自己也撈到了「蒲州刺史兼河北廿四州採訪使，官至御史大夫，賜紫金魚袋，賜輔陽縣庫錢二萬貫」的好處。變文細緻刻畫了崔子玉的心理活動，「心口思惟，良久不語」，待自己的要求得到滿足後，「下廳拜舞」。一個利用職權徇私舞弊的貪官形象鮮明生動地展現在讀者面前。

唐代遊冥故事小說性的增強表明，很多優秀的唐代遊冥故事脫離了佛教觀念的束縛，成為獨立的小說創作，作品的宗教色彩淡化，冥界故事成為文人的創作題材，不復成為宗教宣傳的工具。「自唐代以後，用小說宣揚佛教教義的小說偶能見到，但更多的是借助佛教觀念來組織情節，或達到勸懲的目的。這一方面是因為佛教教義逐漸深化，另一方面是因為小說觀念不斷發展，佛教影響小說的方式也隨之發生了變化。」〔註43〕唐以後，大部分遊冥故事與佛教觀念疏離，與儒家傳統道德結合，成為道德勸誡的載體，並漸漸成為小說敘事的手段，更多地成為文人針砭現實、完成小說創作理念的工具，在明清小說中發揮著新的功能。

《冥報記》部分遊冥故事一覽表

時間人物	入冥原因方式	冥中遇舊	冥中受審	冥中觀獄	復生原因方式	復生後果
隋大業中沙門慧如	坐禪修定被閻羅王請	二故人，一人為龜，一人在火獄		獄門前觀舊人受罰，迸火燒腳。	行道七日滿，開目而活。	其腳燒瘡，百餘乃愈。得閻王絹三十匹。
隋大業中客僧	夜誦經見神引入冥，神稱其為師。	見同學僧在獄中		多見廟獄，一人火中號呼，血肉焦臭。	天將曙，而未死	為獄中故人寫法華經，已脫免，生人世。
隋末江都孫寶	少時死而身暖，經四十日蘇，言被收，詣官曹。	見母受禁，因吏失案，配生樂堂母子。遊樂堂，見伯父。	主司引見官，無罪放出。問罪福業報，為母申訴。		未合死。伯父以瓶水灌之指一空舍。令寶入中。既入而蘇。	其灌水不遍之處。肉遂糜爛墮落。至今見骨。

〔註43〕王平・古代小說與宗教文化・古典文學知識・1998，（1）。

武德中李山龍	暴病亡，七日而蘇。	有囚數千人。或枷鎖。或杻械。皆北面立。	王問何善業，因誦經稱其為法師，升座誦經。眾囚聞經獲免。	大獄有分隔。諸人各隨本業，赴獄受罪。一大鑊猛湯，二人罪報入之。	誦法華經兩卷，持王放書，歸家，入屍活。	
開皇中、周武帝、監膳儀	暴死，心尚暖、為周武帝吃雞子事作證。	見周武帝獄中受苦，並傳語做功德以消其滅佛罪。	王問為帝作食，武帝食雞子數。	帝臥鐵床。牛頭獄卒用鐵梁押之。帝脅割裂，裂處，雞子全出。	無罪。有人引至穴口中。	文帝救天下人。出一錢。為追福
北齊梁姓富豪之奴	富豪死殉葬，四日而蘇。	其主被鎖。嚴兵守衛。見官問守衛人，壓脂多少。對曰。得八升。官曰。更將去。押取一斛六斗。主即被牽出。				
武德初參軍孔恪	因殺牛事入冥	見弟訴殺牛事。	王問殺生事。因罪受罰		放歸七日追福。遣人送出得蘇。	大集僧尼。行道懺悔。七日命終。
永徽二年、宋行質、王璹	官追勘問。	見侍郎宋行質，受罪，傳語令做功德。	問改籍事。	遙見北門外。昏暗。多有城。城上皆女牆。似是惡處。	無罪放還。推牆倒入戶而蘇。	身體輕健遂愈。
貞觀十九年張法義	病死七日而蘇。	見舊識僧，僧請王筆書義掌作。又請王印之。	王審其張目罵父事。		僧救之。使者推入家中而活。	掌中所印之處為瘡。終莫能愈。今尚在。
貞觀初柳智感	暴死。王追任冥官。夜判冥事，晝臨縣職。	見興州司倉參軍之婦，官攝來證其夫事。為其解脫。		所殺禽獸來索命，苦毒之甚不可勝記。	自陳福業，未應死，權錄判事。	作冥官三年，能預知人事。今尚存。

《廣異記》部分遊冥故事一覽表

時間人物	入冥原因方式	冥中遇舊及所見	冥中受審	冥中觀獄	冥中索賄	復生原因方式	復生後果
開元中盧氏	二黃衫自云里正，奉帖追。	至一城，乃王國。見表兄為御史大夫。		見數十衣冠，因罪重受苦，為之誦經得脫往生。		因頌《金剛經》算未盡。吏送至舍見屍入而活。	
天寶中田氏	殺生，遇疾暴卒。追至地府	諸鳥獸向其徵命。誦經，禽獸不復見。	王問罪福	吏以一丸擲口中，烈火遍身須臾灰滅，俄復成人。		誦《金剛經》	誦經二千遍，延十五年壽。
唐上元年劉鴻漸	二吏奉太尉牒追。北行至大城。	見舊識勸讀經之僧。	為王跪誦《金剛經》	道旁有水，乃人膏，飲之不得還。	鬼得錢乃去。	持經，算未盡。回至舍見屍，鬼推入之活。	
天寶中張御史	黃衫吏來追，厚待之。	吏教轉《續命經》，即《金剛經》。	因誦經，王延十年壽。		鬼乞二百千錢。	誦經。冥然如落坑活。	十年後卒。
李洽	吏持閻羅王帖追，厚待之。	吏教寫《金光明經》。見舊識城主元昌。	王閱簿，因新造光明經，得延算。			造經，未合死。令人送回，得活。	
李迥秀、靈貞	誤追	李為將軍，言祀絕，傳語季友，寫《法華經》				歸而蘇。	李諸子被誅，竟絕種嗣。

隰州佐史	閻羅王追為典史。		王問殺一犬一蛇事。受罰。		吏索錢百千文，至其家強索胡兒五十千。	辭，算未盡。放歸。	胡兒病未愈，後經紀折五十錢。
崔明達	二牛頭卒引至一大城。被邀入冥講經。	王下階迎，跪聽經。見其祖崔尚書。窺祿籍。			二吏各求五百千。持錢而去。	吏推入坑活。	病癒。
天寶中費子玉	合死，為閻羅王召。	見地藏菩薩，囑勿食肉。	王怒，問姓名，為菩薩苦論，且釋。	見數人罪福不明，不得託生。		持誦《金剛經》地藏菩薩求情得免。	三年後食肉死，菩薩怒。重生後斷量血。
神龍元年「楊再思」中書供膳	所由引至王所問事。	王審楊做官不為民，致民死多。再思伏罪。		手大如床，毛鬣可畏，攫再思，血流，騰空而去。		無過，放回。	再思卒。供膳活，向人言，為中宗所聞。
開元末霍有鄰	生取羊腎，被召。	狄仁傑為御史大夫過案，李適之為相。給一丸藥。	王問，言段使君殺羊，不由己。王令送歸。			至一坑，吏推落，遂活。死經七日活。	以藥摩身體壞處，愈。段死，李果拜相。
開元中皇甫恂	暴卒。食牛肉事被追。	舊識僧，求為追福。言將託生豬。	言僧送牛肉不知而食。無事。	牛頭人以股叉僧頸去。		得放還。	僧患頭痛死。恂為僧追福，有豬來謝，死。
開元中裴齡	暴疾，二黃衫吏持牒追。殺一驢事。	見白衣居士，為其開託。	市吏殺，不關其事。吏求齋度寫經。	見牛頭卒以叉刺人，隨業受罪。	吏求金銀錢各三千貫。	無事放回。至舍，見家人哭，開視遂活。	造經像及燒錢，十數日平復如常。

開元中六合縣丞	羊數被相訴被拘至判官。	判官為六合劉明府。一女無罪放回，吏非難，奉千貫求隨行。	分辯非己罪，判官罵羊。		判官言，「千貫我得二百，我子得二百，余六百屬君。」	行十餘里，分路各活。訪女得錢。	丞得錢，與劉明府子，兼為設齋功德等
鄧成	以殺生事被捉至地獄。	判官是表丈黃麟，拔頭上簪與成，囑為其做功德。眾畜生相逼來噬。	王問罪福。為其救衛得免。	一牛頭卒，持火燒黃麟，麟成灰滅，尋以復生。		算未盡。令成合眼，推人坑中，遂活。	造功德。以簪還黃氏，黃賣莊造經。
張瑤	以殺生事被追。合死。	見所殺眾生來對。見所供養僧。僧以印印其股。	所司查司命簿、泰山簿。	遍見受罪，火坑鑊湯，無不見有。		僧救之。以功德放生。	既活，印甚分明，至今未滅。
河南府史	好酒。被追見王。	見秦將白起，每三十年一斬其頭。	王令以竹杖染水，點其足上。	至糞池地獄。其妻池中受苦。見火城，數千人受苦。		不孤負他人，算又未盡。推坑中，遂活。	腳上點處，成釘瘡，痛不可忍。後七年方死。
永泰中周頌	夜暴卒，為地下有司追。	逢吉州刺史梁乘，為其請託。	王問橫取人財。檢簿。令送歸。		所追吏大罵，索五千貫。	吏推頌落井而活。	
盧弁	夢見二黃衣吏追。	見其伯母因妒嫉罪，磨中受苦。囑為誦經。		大磨十枚自轉，牛頭卒以大箕抄婦人置磨孔中，隨磨而出，骨肉粉碎。		各歸就活。	伯母得重生。

| 郜澄 | 枉追。 | 至中丞理冤屈院。妹夫裴氏將千餘人西山打獵。 | 中丞審，索賄。郜許之，判放。 | 審案時，中丞後舉一手，求五百千。守門者求錢。 | | 算未盡。騎驢至舍，驢驚澄墮地，因爾遂活。 | |

四、宋代遊冥故事：勸懲主旨與宗教色彩的淡化

（一）宋代佛教的儒化與宋代文言小說的勸懲意識

1、宋代佛教的儒化傾向〔註44〕

佛教初傳，並未普及於民間，在當時不過是一種神仙方術。進入魏晉，佛教經典翻譯日增，魏晉佛教與魏晉玄學相表裏，表現為佛教玄學化。以老莊玄學比附佛教教義，即「格義」。到了南北朝，佛教開始了獨立發展的時期，開始出現不同的佛教學派。隋唐時期，中國封建社會進入鼎盛時期，佛教的發展也在中國封建史上達到達頂峰。中晚唐以後，中國佛教由盛而衰，到了宋代，「儒佛融化達到高峰。……佛教儒化的過程，並不是到了宋代就中止了，宋以後，它仍隨著歷史的進程而繼續發展著。」〔註45〕由於宋代理學的發展興盛，儒家的道德理念的強化，使宋代佛教文化與儒家文化關係融合。「宋代的佛教，已由佛而入儒，因禪宗而產生了理學，這是中國文化史上必然的演變，也是佛教文化與中國文化融會的結果。」〔註46〕

宋代佛教與儒家文化融合的一個重要表現是宋代佛教具有儒化、倫理化傾向〔註47〕。宋佛教儒化指宋佛教在與儒家文化接觸過程中，吸收儒家心性觀念、「忠孝節義」、「天下國家」、「忠君憂時」等倫理觀念，融合儒家文化，更加關注現實人生、倫理道德等的特徵。佛教文化的倫理化傾向，「主要是指佛教作為一種出世型宗教，在宗教主張上、在宗教實踐過程中，表現出的對人的問題的關懷，對道德問題的關心，對世俗倫理的關注。」〔註48〕具體表

〔註44〕本節部分內容參考了「中國優秀碩士學位論文全文數據庫」《宋代文言小說魂遊地獄母題描寫》一文。

〔註45〕郭朋‧宋元佛教‧福建人民出版社，1981：176。

〔註46〕南懷瑾‧中國佛教發展史略‧復旦大學出版社，1996：93。

〔註47〕有關宋代佛教的儒化傾向詳見南懷瑾《中國佛教發展史略》（復旦大學出版社，1996 年）、王月清《中國佛教倫理研究》（南京大學出版社，1999 年）、方立天《中國佛教與傳統文化》（上海人民出版社，1988 年）等書的相關論述。

〔註48〕王月清‧中國佛教倫理研究‧南京大學出版社，1999：219。

現在三個方面：

第一，對「孝」的重視。「中國佛教和印度佛教在倫理道德學說方面的區別主要表現為中國佛教重視忠孝，尤其是集中表現在以戒為孝、戒即孝的獨特格式上。簡言之，以孝道為核心，調和儒家倫理，就是中國佛教區別於印度佛教倫理的根本特徵。」〔註49〕

第二，對仁、義、禮、智等的關注。契嵩《鐔津文集》卷八《寂子解》中言：「吾之喜儒者，蓋取其與吾道有所合而為之耳。儒所謂仁、義、禮、智、信者，與吾佛曰慈悲，曰布施，曰恭敬、曰無我慢、曰智慧，曰不妄言綺語，其目雖不同，而其所以立誠修行、善世教人，豈異乎哉？」〔註50〕以儒家仁義等附會佛家慈悲、布施，從而肯定儒家之仁義禮智。

第三，對忠君愛國的強調。智圓言：「非仲尼之教，則國無以治，家無以寧，身無以安。國不治，家不寧，身不安，釋氏之道，何由而行哉？故吾修身以儒，治心以釋，拳拳服膺，罔敢懈慢。」〔註51〕國家之安寧、天下之太平、吾皇之安康等成為僧人關注的對象，體現了宋代佛教對現世的關注。

從以上分析可見，佛教文化在宋代呈現出儒化、倫理化、調和儒道等特點，關注人間的倫理秩序，日益滲透到社會生活的道德倫理中。這些變化必然對文人的創作產生了深遠影響。「倫理型的中國文化，不講或少講脫離倫常的智慧，齊家、治國、平天下皆以『修身為本』，倫理成為出發點和歸結點。以致中國文學突出強調『教化』功能。」〔註52〕宋代文人一般多受佛教影響，文人的創作受傳統的「文以載道」觀念的支配，又潛移默化地接受著這種倫理教化思想，使得大部分作品儒佛互滲，教化思想觀念濃厚。文人的教化思想表現於小說，一個重要方面就是宋代小說呈現出的勸懲風格。

2、宋代文言小說的勸懲意識

宋代是中國小說史上發生重大變遷的階段。文言小說經過了唐代的興盛，至宋風光不再。魯迅曾言，宋之小說「既失六朝之古質，復無唐人傳奇之纏綿」〔註53〕。宋代文言小說在文采上、小說藝術技巧上確難與唐代文言小說

〔註49〕方立天·中國佛教與傳統文化·上海人民出版社，1988：284。
〔註50〕郭朋·宋元佛教·福建人民出版社，1981：161。
〔註51〕石峻·中國佛教思想資料選編·第三卷第一冊，中華書局，1987：125。
〔註52〕馮天瑜·中國文化史綱·北京語言學院出版社，1994：10。
〔註53〕魯迅·中國小說史略·人民文學出版社，1976：79。

相抗衡，但宋代文言小說表現出一個與唐代文言小說不同的突出的特點，即宋代文言小說呈現出的勸懲意味。

小說勸懲意識並不自宋代始。南北朝至唐代一些文言志怪小說集記載的遊冥故事，除宣教勸教外，勸善懲戒也是其創作主旨。唐代文言小說中，不少作品對勸懲教化的創作動機有清楚的表述。不少小說所記載的故事本身就有勸懲意義。李公佐的《謝小娥傳》篇末寫道：「君子曰：『誓志不捨，復父夫之仇，節也。傭保雜處，不知女人，貞也。女子之行，唯貞與節，能終始全之而已。如小娥，足以儆天下逆道亂常之心，足以觀天下貞夫孝婦之節。』余備詳前事，發明隱文，暗與冥會，符於人心。知善不錄，非《春秋》之義也。故作傳以旌美之。」其他的唐傳奇小說也有的於篇末點明勸懲之旨意，蘊涵了作者勸懲教化的創作動機。

宋代小說受唐宋古文運動「文以載道」思想以及理學的影響，小說中的勸懲教化色彩更為濃重。魯迅先生曾就此指出：「唐人大抵描寫時事；而宋人則多講古事。唐人小說少教訓；而宋則多教訓。大概唐時講話自由些，雖寫時事，不至於得禍；而宋時則諱忌漸多，所以文人便設法迴避，去講古事。加以宋時理學極盛一時，因之把小說也多理學化了，以為小說非含有教訓，便不足道。」〔註54〕南宋羅燁的《醉翁談錄‧小說引子》談到小說的勸誡作用時曰：「言其上世之賢者可為師，排其近世之愚者可為戒。言非無根，聽之有益。」〔註55〕

在小說創作實踐上，宋代小說作家也有意地把勸懲作為小說創作的主旨。因此，無論是志怪還是傳奇，無論是歷史題材還是愛情題材，小說的勸懲意味都比較突出。《楊太真外傳》的篇末作者論曰：「夫禮者，定尊卑，理國家。君不君，何以享國？父不父，何以正家？有一於此，未或不亡。唐明皇之一誤，遺天下之羞，所以祿山叛亂，指罪三人。今為外傳，非徒拾楊妃之故事，且懲禍階而已。」〔註56〕《流紅記》篇尾，作者談到勸誡之意：「流水，無情也。紅葉，無情也。以無情寓無情而求有情，終為有情者得之，復與有情者合，信前世所未聞也。夫在天理可合，雖胡越之遠，亦可合也。無理可合，則雖比屋鄰居，不可得也。悅於得，好於求者，觀此，可以為誡也。」〔註57〕

〔註54〕魯迅‧中國小說史略‧中國小說的歷史的變遷‧人民文學出版社，1976：286。
〔註55〕丁錫根‧中國歷代小說序跋集（中），人民文學出版社，1996：585。
〔註56〕李劍國‧宋代傳奇集‧中華書局，2001：33。
〔註57〕李劍國‧宋代傳奇集‧中華書局，2001：154。

《括異志》卷四《楊郎中》敘楊郎中欲殺對門民家一醜陋小兒，結果並未得逞而楊受「速報」。《睽車志》卷三第一則記一農夫因偽稱旱災免賦而於第二年獨受蝗災。類似的報應故事在宋代文言小說中非常多，都體現出程度不同的勸懲意味。

「有意識的道德勸懲是宋代志怪中最醒目的思想傾向。」〔註 58〕不少宋代文言小說的作者都明言其目的在於勸懲，如《野人閒話自序》說「警悟於人」，《玉照新志自序》說「為善者固可以為韋弦，為惡者又足以為高抬貴手」，《墨莊漫錄序》說「所書者必勸善懲惡之事，亦不為無補於世」，孫光憲《北夢瑣言自序》：「非但垂之空言，亦欲因之勸誡。」章炳文在《搜神秘覽序》指出，即使是搜神纂異，博採妖祥一類，「則造詭怪之理者，亦屬於勸懲之旨焉」〔註 59〕，等等。志怪小說集《勸善錄》、《惡戒》、《樂善錄》、《為政善報事類》從題目即可看出其勸善懲惡的主旨，這些小說更多地關注現實生活中的道德準則與善惡報應，表現出明確的道德傾向與道德評價。

《夷堅志》是宋代志怪小說的代表之作，《夷堅志》追求實錄，但在記錄異聞中，注重與社會現實生活相聯繫，不失時機地加以議論勸誡。程毅中在《宋代小說研究》第五章談到《夷堅志》時說「志怪小說本來是離現實生活很遠的，而《夷堅志》卻和現實生活接得很近」。把志怪與現實生活聯繫起來加以勸誡是《夷堅志》的勸誡手段。而葉祖榮在作序中將其分為忠臣、陰德、貪謀、善惡之類也是強調其中的勸懲內容。《夷堅志》的道德勸懲範圍極廣，諸如忠主孝親、敬兄信友、夫忠妻貞、樂善好施、誠信守約等關於社會和家庭的種種道德理想都可以在其中找到對應。在《夷堅志》的道德勸懲中，以地獄冥罰類故事即遊冥故事最為突出。

宋代文言小說數量巨大，自覺的道德勸懲意識只在一部分小說中表現出來，同時勸懲觀念也有不同時期的變化，但從總體來看，注重勸懲是宋代文言小說的一個突出特徵。

（二）宋代遊冥故事勸懲主旨的突顯

宋代遊冥故事〔註 60〕主要集中在《夷堅志》、《青瑣高議》、《稽神錄》、《括

〔註58〕許軍・論宋元小說的道德勸懲觀念・廣西社會科學・2003，（11）。

〔註59〕丁錫根・中國歷代小說序跋集（上）・人民文學出版社，1996：342。

〔註60〕值得一提的是，宋代出現了我國文學史上以遊冥為題材的長篇敘事文學《玉曆至寶鈔》，記載遼國僧人淡癡以親身入冥經歷地獄十殿來警醒勸誡世人棄惡

異志》、《搜神秘覽》等文人筆記、志怪小說集中。《夷堅志》記載宋遊冥故事
比較集中，約有 50 餘條。本書主要以《夷堅志》及《唐宋傳奇集》所記遊冥
故事（詳見本節後附錄）為例探討宋代遊冥故事的勸懲主旨。

　　遊冥故事的勸懲主旨並不自宋代始。南北朝時期、唐五代時期，絕大部
分遊冥故事是為宗教目的而作，為佛教張目，勸人禮佛信教，是這類遊冥故
事的創作主旨。但是不少故事本身也具有勸懲意義，客觀上突破了宗教目的。
唐代唐臨在《冥報記》自序中提到《觀世音應驗記》、蕭子良《冥驗記》等書
都是「處明善惡，勸誡將來，實使聞者深心感悟」之作，故「慕其風旨，亦
思以勸人，輒錄所聞，集為斯記」。這些遊冥故事在創作意圖上，宣教勸教，
勸善勸懲，難分彼此。

　　到了宋代，發生了細微的變化，即遊冥故事的創作由宣教勸教而為勸善
勸懲，勸善勸懲是其主旨，宣教勸教退居其次，甚而與宗教目的無關，遊歷
地獄只成為故事的外殼。原本發端於佛教的遊冥故事中亦充滿了儒家思想和
道德觀念，充滿了濃濃的道德勸懲與教化色彩。這既是宋代佛教儒化的影響，
也是宋代理學昌盛的輻射，更是文人自覺承擔起道德宣傳教化的使命感與責
任感的一種外在表現。

　　宋代遊冥故事的勸懲色彩表現為倫理道德方面的勸善懲惡，體現在很多
方面：

1、地獄受罰者多為違背儒家道德規範之人

　　與南北朝時遊冥故事中的地獄中人相比，宋代遊冥故事中的地獄中人，
毀僧謗佛之人少了，更多的是不忠不仁等違背傳統儒家道德規範之人。

　　第一，不忠不孝不仁之人。如《宋代傳奇集》中《毛烈傳》，陳祈入陰間
證明毛烈之罪行。所見地獄，大抵皆囹圄。冥吏指著囹圄說：「此治殺降者，
不孝者，巫祝淫祠者，謗誣佛事者。」《細類輕故獄》中許顏夢中被召入陰間，

從善，敘述細緻，情節繁複，是以善書為表現形態的大型遊冥故事，明清以
後在民間影響廣泛，民間書坊多有刊刻，一般書前有序，並配有圖，極大地
影響了後世中國民眾的冥界觀念。《玉曆至寶鈔》是中國民間流傳很廣的一部
勸善書，被中外學者普遍視為民眾道教的經典。段玉明認為《玉曆至寶鈔》
是佛教思想運動的產物，它的編撰傳世亦標誌了佛教勸善運動的開始。就其
規模和影響而言，由《玉曆至寶鈔》所帶動的佛教勸善運動並不遜於道教。
見段玉明《〈玉曆至寶鈔〉：究係誰家之善書》（《宗教學研究》，2004 年第 2
期）。

冥王對其言：「大赦雖時有，但不忠不孝之人，不沾恩宥。」《出神記》中，余嗣被召入冥，問冥府使者：「人世何事為重罪？」使者答曰：「不孝為大，欺詐次之，殺生又次之。」這裡，不孝被置於重罪的首位，儒家孝行觀念在宋代遊冥故事得到空前的強化。

第二，殺生作惡之人。如《溷獄記》記丘信入冥證南樵二郎殺羊豕十二隻之事，見殺生者二郎面色醜惡，吏曰：「殺豬羊蹄數萬，此苦滿數千歲方受生。」《夷堅乙志》「趙善廣」亦記因殺生被追入冥府受罰事。《孔之翰》中王倫因殺一家七人被攝入地獄。《夷堅甲志》卷十《蔣堅食牛》中蔣堅因嗜食牛肉被召入冥受到冥王責備。

第三，貪利欠債之人。如《宋代傳奇集》中《劉元八郎》中記劉入冥府作證，遊歷地獄，復甦後自言：「（地獄）大抵類人間牢獄，而被囚禁者皆本郡城內及屬縣人。有荷枷拼縛者，有訊決刑杖者，望我來各各悲泣，更相道姓氏居止，囑我還世日為報本家，或云欠誰家錢，或云欠誰家租，或云借誰家物，或云妄賴人田產，皆令妻兒骨肉方便償還，以減冥罪。」《宋代傳奇集》中《柳勝傳》敘柳勝家老僕死後復生，自言柳勝因賺鄉里人錢，在陰間被鞭笞。《毛烈傳》中毛烈亦因吞騙田產錢財死而入地獄受罰。

第四，近世某些達官貴人及貪官污吏。《夷堅乙志》卷第一「變古獄」記：「大觀初，司勳郎官郭權，死而復生，言遍至陰府，多見近世貴人。其間一獄，囚繫甚眾。問之，曰：此新所立變古獄也。陳方石說。」《夷堅乙志》「張文規傳」記張入冥目睹冥間斷案之公及地獄情狀，冥吏言：「凡貪淫殺害嚴刑酷法、殘害忠良、毀敗善類，不問貴賤久近，俱受罪於此。」《夷堅丙志》「碓夢」記某官之子夢其父做官受陰譴在地獄中受苦。

第五，淫蕩之人、性妒之女。如《夷堅丙志》「聶從志」敘黃靖國入冥見聶從志因拒絕美而淫的邑丞妻李氏的誘惑，被冥府延壽一紀，「見獄吏捽一婦人，持刀剖其腹擢其腸而滌之。傍有僧語曰：『此乃子同官某之妻也，欲與醫者聶生通，聶不許。見好色而不動心，可謂善士。其人壽止六十，以此陰德，遂延一紀，仍世世賜子孫一人官。婦人減算，如聶所增之數。所以蕩滌腸胃者，除其淫也。」《宋代傳奇集》中《陳生》記陳因淫被逮入冥府受罰。《夷堅甲志》「曹氏入冥」記曹氏入冥見「兩廊間皆繫囚，呻吟聲相屬」。見其先姑長女以妒殺婢媵，久繫幽獄。

宋代遊冥故事中的地獄中人大抵如此，與南北朝及唐五代遊冥故事上的

地獄中人有明顯不同。前期遊冥故事中，地獄裏更多的是毀僧謗佛之人，違犯佛教戒律之人、殺生作惡之人，宋代遊冥故事把儒家的道德規範置於非常重要的位置。

2、地獄遊歷環節的勸懲

「在中國文化背景中，善惡是中國傳統倫理的一對重要範疇，是指人們對一定的道德行為的肯定或否定的評價。凡是符合一定的道德原則和規範便稱之為善，相反為惡。」〔註61〕善在宋代遊冥故事中的具體表現即是指符合儒家傳統道德規範的行為，如孝、仁、正直、誠信等行為，反之則為惡。這種觀念融入遊冥故事的每個環節，使故事充滿了濃鬱的勸懲意味。

為了突出故事的善惡報應，傳達出故事創作者的倫理道德觀念，增強故事的勸懲效果，宋代遊冥故事在故事的每個環節都強化這種勸懲意圖。入冥與復生有其道德因素，地獄遊歷之中，又不失時機、見縫插針地予以勸誡。

宋代遊冥故事中入冥之人遊歷地獄，無論是所遇的故人、接受冥罰的罪人，還是冥王冥吏，反覆強調勸誡的主要有兩點：

第一，不可殺生作惡、冤冤相報等去惡向善之善惡倫理觀念。

《孔之翰》中，孔入冥證王倫殺人事，遇胡判官，乃其舅，臨別之時，胡戒之曰：「天堂地獄，世人有信之者，有不信之者，信之者雖信而不明，不信者妄生端倪，其報愈重，其業愈深。汝今皆目擊之矣，當自勉勵，去惡就善。」張因曾斷案雪冤獄活十性命，不僅復生且延一紀壽命。《張文規》中，張文規在地獄中，見「廊下各有獄，凡貪淫殺害、嚴刑酷法、殘害忠良、毀敗善類，不問貴賤久近，俱受罪於此」。張文規入冥亦因曾活人命得以復生。《黃十翁》遊冥之人目擊地獄的目的就是為了「當自勉勵，去惡就善」。

《劉元八郎》中劉因為正直，陰府增其一紀壽而復生。《夷堅志》中《鄭升之入冥》鄭亦因有陰德曾活人命被冥府延壽復生。《夷堅乙志》卷十六「沈傳見冥吏」中沈傳因為是「善人」，「多行善事」被冥府放回。《夷堅甲志》《衛達可再生》中衛因病入冥府，冥中一少年告之曰：「心善者惡輕，心惡者惡重。舉念不正，此即書之，何必真犯。」「世人之冤慎勿復，復之後勢，如索鉤焉，若有適萬千生不能解者」（《陳明遠再生傳》）。

〔註61〕王月清・中國佛教倫理研究・南京大學出版社，1999：14。

第二，「盡忠盡孝」、「孝養父母」等儒家倫理觀。

遊冥故事最早體現儒家孝道觀念的是《搜神記》「徐泰」故事，徐泰因侍叔勤謹使叔父重以免死。南北朝、唐代遊冥故事都對儒家孝道觀念有所反映。五代徐鉉《稽神錄》「陸泊」（《太平廣記》卷二七九）故事中，陸泊因「三世為人，皆行慈孝」被授為冥官。宋代遊冥故事中孝道觀念得到空前強化。《蔣堅食牛》中蔣堅因食牛肉入冥受到冥王「溫柔」的責備是因其至孝。同樣因食牛肉入冥的另一則故事中入冥之人受到的冥罰卻極為慘忍。《春渚紀聞》卷三《牛王宮鐺飯》，其寫張覿家人夢中見到姨母因生前多食牛肉而在「牛王之宮」受苦。

《括異志》中《黃遵》黃「事母篤孝」，因「算盡」而入冥府。在遵「乞終母壽」的請求下，冥官言之：「汝母壽尚有十餘年，念爾至孝，許終母壽」。〔註62〕《出神記》中，余嗣被召入冥，問冥府使者：「人世何事為重罪？」使者答曰：「不孝為大，欺詐次之，殺生又次之。」《齊東野語》卷七「洪端明入冥」寫洪入冥，問冥官「人間何事最善？」一「綠衣人」「舉手加額曰：『善哉問！忠孝為先，繼絕次之，戒殺又次之。』」

除了地獄中人的反覆強調，地獄中的所見所聞也是服務於勸懲的需要。《劉元八郎》在復生後自述遊歷地獄時見到是場景極富勸誡效果：「既見，大抵類人間牢獄，而被囚禁者皆本郡城內及屬縣人。有荷枷拼縛者，有訊決刑杖者，望我來各各悲泣，更相道姓氏居止，囑我還世日為報本家，或云欠誰家錢，或云欠誰家租，或云借誰家物，或云妄賴人田產，皆令妻兒骨肉方便償還，以減冥罪。」

為了警示人心，達到勸懲的目的，宋代遊冥故事繼承了南北朝時期遊冥故事對地獄恐怖慘烈之狀的描寫，極盡描寫之能事，把地獄的陰森可怖、報應的慘痛酷烈，寫得細緻入微，使人有身臨其境之感。《青瑣高議》後集卷二《程說》寫程說看到地獄中的景象是：「左右皆大屋，下有數千百床，床下有微火，或滅或燃，床上或臥或坐，呻吟號呼，形色焦黑，蒼然不可辨男子婦人。……人莫知其數，皆體貫刃，有蛇千百條周旋於罪人間，或以尾或尾口銜其刃，刃動則號呼，所不忍聞。」《夷堅丙志》卷十六「碓夢」寫某達官之子夢中入冥「聞大聲起於前，若數百鼓隱隱然。漸近疑為大兵來，趨避諸路旁士室，而密窺於牖間。既至，乃數百鬼負大磨，旋轉不已。有人頭出磨上，

〔註62〕李劍國·宋代傳奇集·中華書局，2001：364。

流血滂。諦視之，蓋乃翁也。方驚痛，則復有聲如前，近而睨之，又其母夫人。」地獄的種種慘狀，令人膽戰心驚。這種具體而逼真的描繪，使人彷彿看見了血肉淋漓的慘狀，聽到了輾轉凄厲的呼號，讓人有毛骨悚然之感，不由不生怵惕之心。

3、充滿勸誡意味的敘事語言

勸誡式的敘事語言一直是遊冥故事的語言風格。這種語言風格在南北朝遊冥故事就很明顯地體現出來。遊冥之人在回歸陽間之際，冥王或地獄中所遇故人，總會有一番充滿勸誡的囑託之語。如《冥祥記》唐遵故事中，唐遵遊歷地獄，遇見先亡從叔，將歸陽間之際，從叔囑咐道：「汝得生還，良為殊慶。在世無幾，倏如風塵。天堂地獄，苦樂報應，吾昔聞其語，今睹其實。汝宜深勤善業，務為孝敬，受法持戒，慎不可犯。一去人身，入此罪地，幽苦窮酷，自悔何及……」像這樣赤裸裸的類似的警勸語言在遊冥故事中極為常見。

在宋代遊冥故事中，這種倫理說教性的勸誡語言更為突出，幾乎就是遊冥故事的「點睛之語」，作者的良苦用心都在這諄諄告誡之中。而地獄的一番遊歷，似乎只為獲得這幾句「金玉良言」。

《夷堅丙志》卷八《黃十翁》寫黃入冥，見到與之素厚的王恂，臨別之際，王恂有一番語重心長的囑咐：「汝當再還人世。若見世人，但勸修善。敬畏天地，孝養父母。歸向三寶，行平等心。莫殺生命，莫愛非己財物。莫貪女色，莫懷疾妒。莫謗良善，莫損他人。造惡在身，一朝數盡。墮大地獄，永無出期。受業報竟，方得生於餓鬼畜生道中。佛經百種勸誡，的非虛語。」《衛浦民》中衛入冥證殺人事，遇比鄰錢道人，對之言曰：「殺生以一償一，業果不可量也」《孔之翰》中，孔入冥見胡判官，對之言曰：「天堂地獄，世人有信之者，有不信之者。信之者雖信而不明，不信者妄生端倪。其報愈重，其業愈深，汝今皆目擊之矣，當自勉勵，去惡就善。」諄諄的勸導之心溢於言表，傳遞出作者以道德宣傳教化為己任的強烈的社會關懷與責任感。

宋代遊冥故事中，幾乎每篇都有關於善惡報應、孝道等的對話。大量的勸誡說教語言，充分展示了儒佛倫理的融合，成為作者勸世婆心與殷殷勸誡的載體。

（三）宋代遊冥故事宗教色彩的淡化

宋代以降的遊冥故事，從總體上看，宗教色彩淡化，宣揚佛教地獄觀念已不是故事的最終目的，創作者的懲惡勸善意圖成為遊冥故事的突出特徵。從中國小說史的整體上看，至宋而宗教色彩淡化也是一個比較明顯的特徵。這既與佛教在中國的傳播歷程相關，也與中國小說自身的發展成熟有關。關於這一點，錢穆有過論述：「中國在宋以後，一般人都走上了生活享受和生活體味的路子，在日常生活上尋求一種富於人生哲理的幸福與安慰。而中國的文學藝術，在那時代，則盡了它的大責任大貢獻。因此在唐以前，文學藝術尚是貴族的宗教的，而唐興以來則逐漸流向大眾民間，成為日常人生的。」〔註63〕

與前期遊冥故事相比，宋代遊冥故事在總體上呈現出宗教色彩相對淡化的特點，具體表現在以下幾個方面：

第一，遊冥故事反映的冥界觀念的變化。

宋代遊冥故事中的冥界觀念不如唐代遊冥故事明晰，故事中的冥界之主很多時候並不明確，呈現混雜並存的狀態。

唐代遊冥故事，尤其是中晚唐，閻羅王是冥界的主宰，出現的頻率高於任何一位冥王，泰山府君、地藏菩薩都難與之抗衡。宋代遊冥故事中，冥界之主的閻羅王雖時有出現，但多數故事中的冥界之主為「王」、「王者」、「主者」、「紫衣人」、「貴者」、「緋衣人」、「金紫人」等，這在遊冥故事較集中的《夷堅志》中體現得非常明顯。另外，有的故事中的冥界之主為「地府十王」，如《夷堅甲志》卷六「俞一郎放生」等。有的遊冥故事中的冥界系統為酆都陰府，如《北夢瑣言》卷七「王氏子入冥」事等。有的故事中的冥界之主是地藏菩薩，如《東坡志林》「佛教」卷「李氏子再生說冥間事」等。同時，泰山府地獄在小說中仍有體現，如《夷堅乙志》卷四「張女對冥事」、《夷堅乙志》卷七「西內骨灰獄」等。

宋代遊冥故事中的冥界之主混雜並存的狀態，並不能說明閻羅王地位的下降。在大量的宋代遊冥故事中，出現最多的是「王者」，也應是閻羅王。作為一種冥界信仰，不會隨著朝代的更替而迅速地改變。這種現象的出現，只能說明這些故事的作者似乎並不關心冥界之主的身份，冥王只是一個符號。作者也只是在敘述一個故事，而故事承載的道德倫理觀念才是作者關注的重心。

〔註63〕錢穆・國史新論・中國傳統文化之演進・三聯書店，2001：367。

　　第二，遊冥故事創作的主體的變化。

　　南北朝遊冥故事，創作者大多數為佛徒釋子，也有一部分篤信佛教的文人，如《幽明錄》作者劉義慶、《冥祥記》作者王琰等。唐代遊冥故事的創作者有部分是僧人，如《法苑珠林》的作者道世等。也有很多創作者是文人，但大部分作者深受佛教影響，如《冥報記》作者唐臨、《廣異記》作者戴孚等。宋代時期，絕大多數遊冥故事的創作者為文人，僧人創作的這一類故事已很少〔註64〕。在大量的文人筆記中，記載著很多遊冥故事，這些故事的作者有些是當時文壇有名的文學家，如《夷堅志》作者洪邁、《愛日齋叢抄》作者葉寘、《北夢瑣言》作者孫光憲、《東坡志林》作者蘇軾、《甲申雜記》作者王鞏、《括異志》作者張師正、《齊東野語》作者周密等。這些文人以倫理教化為己任，利用遊冥故事進行道德勸誡，使故事的宗教色彩大為淡化。

　　第三，冥界審判依據標準的變化。

　　宋代大多數遊冥故事中冥界審判的依據發生了改變，主要由前期對亡者生前宗教行為的考察逐漸演變為主要對亡者的道德評判。

　　冥界審判依據是對遊冥故事分期的一個重要標準，這種審判依據主要是對亡者的宗教態度與宗教行為的判別。依此標準，遊冥故事以宋為界可分為兩個大的階段，宋以前以宗教觀念浸潤程度的深淺分為：未有佛教觀念的漢魏晉遊冥故事、為佛教張目的南北朝輔教類遊冥故事、宗教觀念成熟並具有世俗化特徵的唐代遊冥故事。宋以後，可視為宗教色彩淡化期，明清時期則與宗教觀念更為疏離。在中國遊冥故事的發展演變軌跡中，宋代是一個重要的分水嶺。這種演變的原因非常複雜，唐代以來三教合一思潮至宋而達到高峰，宋代理學的昌盛，中國古代小說自身發展的因素，都對遊冥故事的發展產生潛移默化的影響。

　　前期的遊冥故事中冥界審判的依據主要是亡者生前對佛教的態度等宗教行為，如是否禮佛、敬僧、崇經像，是否觸犯佛家戒律「五戒」、「十善」等，以佛教戒規和佛家善惡是非標準作為冥界審判的依據，如《冥祥記》、《冥報記》、《廣異記》、《宣室志》等記載的遊冥故事。宋以後遊冥故事的冥界審判依據依然有不少對亡者宗教行為的關注，但多數故事主要是對亡者的道德評判。其道德評判的標準是當時社會一般民眾所奉行的道德觀念，帶有儒家道

────────────

〔註64〕目前本人僅知的僧人所作遊冥故事為遼國僧人淡癡所作善書《玉曆至寶鈔》。

德色彩，如是否孝親，是否有善行，是否篤實不欺，是否貪淫等，如《夷堅乙志》卷四「張文規」、《夷堅乙志》卷十六「雲溪王氏婦」、「沈傳見冥吏」，《夷堅丙志》卷二「聶從志」、《括異志》卷八「黃遵」等。

宋代遊冥故事所承載的倫理教化與懲戒功能相比前期大為加強，創作者念念不忘的是其所信奉的道德觀念的傳播。作者目的是完成善惡倫理的勸誡，使讀者在超現實的報應中體會倫理力量的強大。

第四，遊冥故事中僧人形象的變化。

南北朝至唐時的遊冥故事中，常常能見到僧人形象。這些僧人分兩類，一類是違犯佛教戒律的僧人，在地獄中接受懲罰，如《太平廣記》卷三九九「法慶」、《太平廣記》卷三八二「僧善道」等。另一類僧人是以救贖者的身份出現在地獄中的，他們能夠主動庇護冥間的佛弟子們，對於禮佛敬僧之人也常以施以救助。這一類僧人在冥界非常活躍，地位很高，擁有一定的權力，其中部分僧人直接動用權力，對罪人實施報應處罰，對曾誦經禮佛之人實行救贖。這些僧人似乎搶奪了冥王的行政權力，但冥王卻對其禮敬有加。描繪有這一類僧人形象的故事有《冥祥記》「支法衡」、「張應」、「李清」、「程道惠」、「曇典」、「王四娘」，《冥報記》「鄭師辯」、「張法義」、「王璹」，《冥報拾遺》「盧元禮」等。

宋以後遊冥故事中，在地獄中擁有崇高權力的僧人形象已很少見，具有僧人救贖情節的故事，以筆者目力所及，僅見兩條：一為《墨莊漫錄》卷一零「陳明遠再生記」〔註65〕，陳得疾而死入冥，見舊日曾授已經書的僧人，僧「過門見明遠，植杖而立，意若哀憫」。因為此僧的解救及陳曾誦讀經書，陳明遠免受冥罰。僧引領陳歷觀地獄，並順便救助了地獄中受罰的陳明遠表舅鄭生。另一則僧人救贖故事是《東坡志林》佛教卷「李氏子再生說冥間事」，記李氏子被誤召入冥，是一位僧人的解救使李復生。篇末作者猜測這位僧人可能為地藏菩薩。明清小說中，這類僧人形象幾乎絕跡，除地獄中的罪人、訴訟的「證人」、遊歷的「客人」外，閻王與判官小鬼是陰曹地府的永遠的「主人」。

〔註65〕李劍國・宋代傳奇集・中華書局，2001：183。

《宋代傳奇集》遊冥故事一覽表

篇名	入冥原因方式	冥王冥吏	冥中經歷	復生原因方式後果
《張文規傳》	病中，有公吏三四輩曰：「攝官人照證事。」至冥間	王	廊下各有獄，凡貪淫、殺害、嚴刑酷法，譖讒忠良、毀敗善類，無問貴賤久近，俱受罪於此。見導冥和尚。見女子託作功德。	雪冤獄活十人，延一紀。登舟，抵岸，送者推出遂寤。
《張女對冥事》	病心痛，有人持符來追，陰府追證父殺人事。	王者	親歷冥間斷案。廊下各室榜云鑊湯地獄剉碓地獄等。見故姻家母相望而笑。見呂相公貴人狀。	見多間地獄供狀畢，與己無關，追者將其送回。
《劉元八郎》	病後死去，「為兩個公吏追去，行百里抵官府」因夏主簿被冤枉至死，劉元入冥證明其冤。	王	見到地獄「大抵類人間牢獄，皆本郡人……望之來各各悲泣，或云欠誰家錢等」，望其回後令妻兒方便償還，以減冥罪。	因其正直，陰府增其一紀壽而回。
《瀏獄記》	丘信復活，云「初見一吏，望其屍，又一吏曰：「無令氣絕，此但對事耳，留一魂守屍。」		證明陰間南樵二郎殺羊豕十二隻之事，見殺生者二郎面色醜惡，吏曰：「殺豬羊蹄數萬，此苦滿數千歲方受生。」	吏告丘信曰：「子無罪，當回」
《毛烈傳》	入陰府訴狀告毛烈吞己田券。	袞冤人（主者）	烈赴獄受罰，託作佛果相救。殺降者，不孝者，巫祝淫祠者，逋誑佛事者，囹圄受罰。	證事畢，抵其家而寤。
《鄭超入冥記》	黃衫吏召之，言「東嶽第八司生死案喚。」	東嶽主者	因誦《金剛經》，主者囑其「管人間生死案，正直無私，汝還世，說與人不妨」	因其誦《金剛經》，為人正直無私。
《柳勝傳》	柳勝家老僕死後，入陰間	王者	勝家僕死復生，言柳勝因賺鄉里人錢，在陰間被鞭笞。	見證柳勝之罪後返回人間。
《陳明遠再生》	得疾死	府君	見其季父，問其家事。囑咐「爾歸」，「持尊勝七俱胝咒，祈以免我。」又告誡人不能冤冤相報，否則無法解脫。	僧人解救。涉水驚呼而蘇。

《出神記》	夢中	司命真君	余問，「人事何為重罪？」吏曰：「不孝為大欺詐次之，殺生又次之。」囑咐注意修行，念《金剛經》。	慈仁。獨行出城，足跌而寤。
《金源洞》	夢登山入一洞中	羅浮天王	遇到舊時相識朱慶，領之參觀其中房屋，見到受刑之人。請求他，「汝到人間，為吾誦《金光明經》」「吾能報汝。	失足墮河而寤。
《閻羅城》	夜夢入大城	閻羅天子	列囚甚眾，其妻受杖。無過。緋衣人救之。	舊路回，跌水寤。妻腰生巨瘡，二十日方愈。
《細類輕故獄》	許顏夢中被召入陰間	王	遇先君，乃冥間王，以大王之親而觀諸間地獄，告訴他冥間「大赦雖時有，但不忠不孝之人，不沾恩宥。」	夢醒而回
《蔣堅食牛》	蔣堅因殺牛，在病中見數人出文牒，曰：「奉命來拘。」蔣隨之去。	王	以嗜食牛肉被冥王責備。	因其孝，答應許其回，但今後不得食牛事母甚謹。
《程說》	病中。	府君	冥府疑其殺生遇舊交胡某，言地獄罪惡不復私飾，見王便直陳其事，慎勿隱諱，領程觀地獄之恐怖，有萬人呼救。	殺生為犒軍。
《孔之翰》	冥府疑其殺生被追入冥。	朱衣王者	判官對其言：「天堂地獄……信之者雖信而不明，不信者妄生端倪。其報愈重，其業愈深，汝今皆目擊之矣，當自勉勵。」	家貧清者，願得還生，以卒侍養。
《衛浦民》	晝見為黃衣童來逋證殺人事。	官	遇比鄰錢道人，言，「殺生以一償一，業果不可量也。」庭下繫者甚眾，鄰有兼併善訟者亦在繫中。	被誣告殺妻，澄清而回
《黃十翁入冥記》	病中為黃衣童呼出門。	王者、總管司、紫衣吏	總管司長為故人，勸其修善，囑家為其作功德。火山劍樹獄，地獄之眾受苦。	數未盡誤追。曾活人命並持經造像。青衣童引出過橋失足而寤。

| 《高俊入冥記》 | 登山遇一人披髮執杖出符示之曰受命追汝。 | 黃綬主者 | 一女前生妄費膏油、一女生前因好搖唇鼓舌受罪。寧江都將及部下因生前賊殺無辜。所識眾人。 | 誤追，放歸。驚寤。 |

注：李劍國輯校·宋代傳奇集〔M〕·北京：中華書局，2001，上表所列遊冥故事 18
　　條，其中大部分亦見於《夷堅志》。

《夷堅志》遊冥故事一覽表

卷數篇名	入冥原因方式	冥王冥官	冥中經歷	復生原因方式後果
甲志卷一《天台取經》	復甦後言數人追，赴冥差。	服緋綠人		辭以家貧多幼累，遣人送歸。
甲志卷四《鄭鄰再生》	夢二史追之，曰大王召。	王	殿下鐵柱繫人甚眾。五木被體，羸瘠裸立，絕無人狀。	誤追，放回。
甲志卷四《水府判官》	得疾，夢人持文書，冥王請為水府判官。			約以明年正月十三日死。
甲志卷六《俞一郎放生》	病危困，為二鬼卒拽出。	地府十王、判官	至河，眾皆涉水，己獨從橋到彼岸。	以放生增二紀，押回。童引至牆，推背使過。
甲志卷七《張佛兒》	暴死，二使追。欠錢千五百		遭鐵錐擊背。	曾隨母聽般若，得恕。二使擲水中而活。
甲志卷十一《蔡衡食鱠》	寢時，被人召。食魚。	主者獄吏	問以殺生事。	主者為太師門人，教以施物飯僧自贖。
甲志卷十三《鄭升之入冥》	轎中遇急足持文書追。當死	主者	兩廊皆囚，而以泥泥其首。己以好飲受罰。	有陰德，曾活人命。展年放還。
甲志卷十三《黃秀才女十一娘》	立簾下，一急足直入曰，官追汝。	三人坐，乃其父。	誤捉之吏威脅若實言當捶殺之。「王法無親，今日卻有親。」	誤追。放還。
甲志卷十三《范友妻》	有數鬼來，問其蹤跡。	判官		因生人來，又十日竟死。

甲志卷十四《楊暉入陰府》	夢追入陰府。	主者	數百人披三木繫庭下。問與齊述為亂事。	無干涉，誤追，放還。
甲志卷十四《衛達可再生》	因病入冥府。	四人坐堂上	查簿善惡。「心善者惡輕，心惡者惡重，舉念不正，此即書之，何必真犯。」	曾上疏諫免工事。遣人導歸。
甲志卷十六《郁老侵地》	病熱疾死。		見郁老因侵張翁宅地被訴，不得受生，託語還地於張。	有司云當復生。
甲志卷十七《張德昭》	得傷寒疾，為黃衣人持符逮去，至幽府。	王者	求知壽祿幾何。逢一婢。	抵深谷邊，足跌而寤。
甲志卷十八《邵昱水厄》	夢數人荷轎至，邀入府。	主者	素積陰德主者責吏妄追。	道者相救。送昱回，轎行至深岸，足跌驚寤。
甲志卷十八《東庭道士》	士人陳某夢至官府。		見所識道士因取穀釀酒，受罰化為水牛。	驚寤。
甲志卷十九《玉帶夢》	夢青衣人引至大寺。		熟人為主僧，見故父母。	遂寤。
甲志卷十九《誤入陰府》	病中魂遊。	右判官、左判官	判官為之檢籍，有官祿。	左右判官符共押之，用印畢，送歸。蹶寤。
甲志卷二十《太山府君》	病中見人持書來召。	坐上緋綠人數十。	冥府召為泰山府君。入冥中作證，申冤。	欠伸而寤。
甲志卷二十《曹氏入冥》	病卒。二婦人來請，先姑要錢為女行賄。	南步軍司、金冠絳袍者，紫衣白衣人。	兩廊間皆繫囚，呻吟聲相屬。先姑長女以妒殺婢媵，久繫幽獄，獄吏邀賄。囑經救女。	送車歸家，疾愈。送者求金，凡兩焚錢始去。
乙志卷一《變古獄》	死。		多見近世貴人，一獄囚繫甚眾，為新所立變古獄。	死而復生
乙志卷七《西內骨灰獄》	病死至泰山府。	主者	見發洛陽古冢焚骨之人受罪罰。	因諫止發冢。歸後棄家為苦行道者。

乙志卷七《孫尚書僕》	遇黃衣卒持藤棒驅牽舡		舡行運河中，被押挽之。	偷從故道歸，入身中而窹。
乙志卷九李孝壽	暴疾。		見金紫貴人為府尹，受屠割焚炙，備極慘楚。	被逐而出復生。
乙志卷十五《趙善廣》	夢人持符追之曰府主喚。	主者	主者追趕殺孕婦者。	誤追。還家，念法華經入身窹。
乙志卷十六《雲溪王氏婦》	二吏率以去。		殺五子之婦受罪罰，吏傳事世人切勿妄殺子。	誤追。送出推墮河中遂窹。
乙志卷十六《沈傳見冥吏》	得傷寒疾，一黃衣持藤棒，一綠袍欲入未入。		綠袍取筆展簿勾去一行而去。	善人，多行善事。驚懾而，窹。以壽終。
乙志卷二十《徐三為冥卒》	暴死被追至冥府，使為獄卒。	主者判官	立殿下棰囚。判官為其故主翁。判官託語其家，焚錢百錢百萬。	未當來此，求判官得歸。判官手書牒而還，登高山跌窹。
丙志卷一《文氏女》	夢黃衣人領至官曹。	王者判官	判官言陰間錯了公事，起大獄，王判改正。有人持湯飲之。	出門而窹，化為男子。
丙志卷二《聶從志》	黃靖國病，陰事例逮入冥證事。		見婦人被獄卒持刀剖腹撋腸，聶因見好色不動心延壽一紀，賜子孫官。	既蘇，訪聶，
丙志卷七《周莊仲》	夢至殿下，一人持令書押。		陰間請作閻羅王。	覺而不樂，後果卒。
丙志卷九《酆都宮史》	夢迎入官府。請作冥官。	酆都宮使	吏出文牒，辭不得，乃書名。	遂窹，後卒於舟中。
丙志卷九《泰山府君》	夢人持書類漕如檄。	泰山府君	其舅死為泰山府君。	徐讀之竟，迨窹。
丙志卷十一《張二子》	夜半為黃衫人呼去。		被逼入浴室，四周皆火，身不得出。	欻然而窹。設誓不飲酒，改故態。
丙志卷十二《李主簿》	夢就逮冥司。	主者	問前身推妻墮水事，言妻失足。遣山川神共證。	常病腰痛，鬼氣染漬所致。

丙志卷十六《碓夢》	夢中		其父作官受陰譴。鬼負大磨旋轉，其父頭出磨上。	大哭遂寤。以錢數百千作醮。
丁志卷一《左都監》	夜為地吏追至官府。	主者	主者審姓名，對事。	因姓名錯，誤碼率捉，放還。
丁志卷七《龔不顯》	夢入大官局	王者判官	神人出黃牒細書其爭論婚姻事。受陰譴未登科。	慍而寤，憮然不樂。竟不達而卒。
丁志卷十二《聶進食厭物》	病中見青衣人喚。	一人皆王者服	因喜食犬雁之屬受責，自言斷食。	吏送歸，推入屍而蘇。後得官。
丁志卷十七《王積不飲》	發背疽，被呼至官府對狀。	主者	主者閱文案查罪。吏戒勿飲酒。	無罪放歸。及寤，背瘡遂愈。戒飲。

注：《夷堅志》所記入冥故事很多，據筆者統計，約有六十餘條，選取取有代表性的
　　遊冥故事40條作以分析。上表所列遊冥故事與《唐宋傳奇集》所收重合處未加收
　　錄。

五、明清遊冥故事：遊冥故事蛻變為小說敘事手段

（一）明清時期遊冥故事的繁榮

　　伴隨著中國古典小說的全面繁榮，明清時期，中國古代遊冥故事迎來了
又一個發展的黃金時期，無論是文言小說還是白話小說，無論是短箋筆記，
還是中長篇小說，「地獄」隨處可見。在文人的靈感和創作裏，「地獄」顯示
出越來越旺盛的生命力。

　　明清時期，尤其是清代，是遊冥故事發展的第二個高峰，遊冥故事的創
作達到了全盛時期。把明、清遊冥故事放在同一時段加以論述，是因為明、
清遊冥故事在總體上有大致相同的特徵。不僅是因為時段的漫長，明清遊冥
故事無論在數量的龐大、分布的普遍，創作主體的人數之眾與層次之高，還
是從篇幅、藝術技巧、美學風格、思想內涵等方面，都是空前的。明清遊冥
故事分布極為廣泛，在文人筆記和小說中俯拾皆是。這種分布不像南北朝、
唐、宋時期多集中於志怪小說集，而是散見於普遍的小說創作中。為了敘述
的方便，把遊冥故事分為獨立成篇的遊冥故事和中長篇小說的遊冥情節兩部
分，來考察明清遊冥故事的繁榮。

1、獨立成篇的遊冥故事〔註66〕

從南北朝始，每一個時代都有一部分遊冥故事是為宣教勸教弘揚佛法而作，這部分遊冥故事基本都承前代餘緒。明清時期也是如此，一部分仍然按照南北朝唐時的故事軌跡發展，本身沒有大的改變。但明清時期這類遊冥故事已經很少，真正代表明清遊冥故事風格的並不是這一類故事。

作為獨立成篇的遊冥故事，主要集中於文言志怪小說集、文人筆記及白話短篇小說集。作為明代文言小說集的代表，「剪燈系列」中的遊冥故事雖然是傳統的遊歷地獄模式，卻給人以耳目一新之感。《剪燈新話》遊冥故事以《令狐生冥夢錄》最有代表性。《令狐冥夢錄》寫剛直之士令狐生見鄰居烏老為富不仁，病死後，因家人廣做佛事，三日後復甦。令狐生忿而賦詩揭露地府的不公，被召入冥府。冥王感其剛直，特許放還。《剪燈餘話》以《何思明遊酆都》為代表，敘何思明不喜佛老，並作文批之，被鬼捉到酆都，遍歷「勘治不義之獄」、「勘治不睦之獄」及「閻浮總獄」，見種種世間「不恭友兄弟」、「輕滅人倫」、「不能和順閨門，執守婦道」、「謗毀君子」、「招權納賄，欺世盜名」者等，備受種種酷刑〔註67〕。「剪燈」系列故事承繼了傳統的懲惡揚善主題，卻賦予遊冥故事新的思想內涵，揭露「公私隨處可通門」的社會現實。在行文的表達上寄予了生與死、愛與憎的深切情感。故事所描繪的冥府是作者對現實的無情剖析與深刻反思，從某種程度上說是作者對人世百態的生動寫真。

「剪燈」系列遊冥故事分布

瞿祐《剪燈新話》		李昌祺《剪燈餘話》	
卷二	《令狐生冥夢錄》	卷一	《何思明遊酆都》
卷三	《富貴發跡司志》	卷四	《泰山御史傳》
卷三	《永州野廟記》	邵景詹《覓燈因話》	
卷四	《修文舍人傳》	卷一	《桂遷感夢錄》
	《太虛司法傳》		

〔註66〕唐代很多遊冥故事就是成功的遊冥小說。南北朝以來文人筆記中有很多非常簡短的遊冥故事，還不能稱之為小說，而中長篇白話小說中的遊冥情節也不能稱為小說，只能是作為小說情節的故事。本書為敘述的方便，一律稱為遊冥故事。

〔註67〕瞿祐·剪燈新話·上海古籍出版社，1981：153。

　　明初另一部很有影響的傳奇志怪小說集趙弼《效顰集》有兩篇很有影響的遊冥故事:《酆都報應錄》和《續東窗事犯傳》。《酆都報應錄》敘渝州士人李文勝夢遊酆,見北陰酆都大帝審判漢代七國之亂、漢不法外戚及王莽篡漢等忠奸鬥爭中的各色人等,使忠節者託生貴室,姦佞者為奴為畜,以明示「既有吉凶消長之理,豈無善惡報應之機」。這個故事對明清一部分以冥判為結構框架的歷史演義小說如《三國因》等有啟發意義。馮夢龍《鬧陰司司馬貌斷獄》的冥判框架與此相似,應是沿用此文的冥判模式。《續東窗事犯傳》敘元時秀才胡毋迪為人剛正無私,一日偶讀《秦檜東窗傳》和《文山丞相遺稿》,心頭不平,大醉後被閻王召入地府,遍遊地獄,目睹秦檜、王氏等姦佞之輩受盡酷毒,淪為牛羊豬犬,而忠臣之士居瓊樓玉宇,享盡天樂,或轉生為王侯將相,為明君所用。方知天地無私,鬼神明察。該篇為《古今小說》卷三十二《遊酆都胡毋迪吟詩》的本事,《大宋中興通俗演義》有關秦檜受報的情節完全採錄《續東窗事犯傳》〔註68〕,《說岳全傳》第七十三回亦本此而寫。

　　此外,明代如周靜軒《湖海奇聞》、田汝成《西湖遊覽志餘》等代文言志怪小說集記有遊冥故事。明人編刊的文言小說總集《國色天香》、《說郛》、《續說郛》、《古今說海》、《稗史彙編》、《稗海》等,多有遊冥故事。

　　白話小說集「三言」「二拍」有不少出色的遊冥故事,如《拍案驚奇》卷三十七《屈突仲任酷殺眾生　鄆州司馬冥全內侄》,《警世通言》卷四《拗相公飲恨半山堂》、《二刻拍案驚奇》卷十六《遲取券手烈賴原錢　失還魂牙僧索剩命》,卷二十《賈廉訪贋行府牒　商功父陰攝江巡》,《喻世明言》卷三十一、三十二、三十七《遊酆都胡毋迪吟詩》、《鬧陰司司馬貌斷獄》、《梁武帝累修歸極樂》等。

　　遊冥故事發展至清代,出現了又一個高峰,大量的遊冥故事出現在眾多文人筆記小說中,地獄在小說中大放異彩,這種現象和中國文言小說的發展軌跡是相一致的。《聊齋誌異》及「仿聊齋」小說、《虞初新志》及「虞初體小說」等文言小說的興盛使遊冥故事又一次呈現了新的發展契機。《聊齋誌異》、《子不語》、《諧鐸》、《閱微草堂筆記》、《夜雨秋燈錄》、《夜譚隨錄》、《醉茶志怪》等文言小說集有大量的遊冥故事。《聊齋誌異》涉及遊冥情節的約 30 篇,其中優秀的較有影響的有《席方平》、《三生》、《李伯言》、《閻王》、《考弊司》等。

〔註68〕薛亮·明清稀見小說匯考·社會科學文獻出版社,1999:47。

2、中長篇白話小說中的遊冥情節

明清時期是中國白話小說的成熟時期，遊冥故事進入中長篇白話小說中，很多小說家遊刃有餘地運用遊歷地獄模式來構建小說結構，推動情節發展。遊冥故事脫離了宗教的束縛，由宣教而為勸誡，再而為小說創作手段，功能發生了本質性的改變，這是遊冥故事的新變，也是小說創作技巧的成熟。

明清時期大量的遊冥故事作為情節單元分布在各類白話小說中。明代世情小說《醋葫蘆》敘臨安府白圭之妻都氏不育且生性喜妒，虐待妾、婢。第十四、十六、十七回，都氏被無常勾取，打入十八層地獄，罰受種種極刑，後抽去脊樑上的妒筋，轉回陽世，從此妒心全無。

世情小說《山水情》第六回「攝尼魂顯示阿鼻獄」寫尼姑了凡因淫蕩被攝入地府受到責罰並遊歷地獄後復生。《姑妄言》以遊冥模式作為構架全書的引子，第一回敘閣漢到聽（寓道聽途說之意）醉臥城隍廟，目睹衰冤王者對漢朝至嘉靖年間閻王所決疑案，按情節輕重，再判至人間輪迴受報，對主要人物一一作出交待。李林甫轉世為阮大鋮，秦檜生為馬士英，永樂皇帝生為李自成，等等。小說以南京瞽女錢貴和書生鍾情之婚姻，以及宦萼、賈文物、童自大這四個家庭為主線，以魏忠賢專權、李自成攻入北京、直至清軍蕩平江南這段史實為背景，描繪了廣闊的社會生活畫面。明末小說《輪迴醒世》十八卷以「今生受，今生造」的佛教輪迴宗旨、以遊冥模式作為小說框架記敘了 183 則故事，每一則以閻羅王審案為結，點出兩世因果緣報，讓閻羅王為人世的公案主持公道，卻並非「記經像之顯效，明應驗之實有」，宣揚的是傳統儒家道德，表達作者對現實世界的失望與對社會公正清明的企盼，形象地刻摹了晚明斑駁陸離、五色紛呈的社會眾生群像。公案小說如《海公案》、《龍圖公案》等更有不少冤魂告狀、溝通陰陽、查訪冥界之類故事。此外如《老殘遊記續集》、《金瓶梅》續書、《紅樓夢》續書等都有大量的遊冥情節，作為小說創作手段，在推動情節發展、完成小說主題、實現小說的大團圓結局等方面起到了關鍵性作用。

明清小說中，出現遊冥情節最多的是神魔小說。神魔小說中，各類神鬼仙魔活動於二界之中，冥界是其主要活動場所。「四遊記」中除《東遊記》外都有遊冥情節。《西遊記》第三回「孫悟空鬧地府」和第九回「唐太宗魂遊地府」是人們熟知的故事。明余象斗撰《五顯靈官大帝華光天王傳》（《南遊記》）敘火神華光之母范氏係吉芝陀聖母附體，以吃人為事，被打入酆都。華光探

尋母親，鬧東嶽、闖陰司，降諸妖。華光酆都救母，顯然受目連救母故事影響。《西遊補》裏寫唐僧師徒取經西行經過火焰山之後，孫悟空化齋進入鯖魚氣袋中被迷，在青青世界萬鏡樓中見古今未來之世，並當了半日閻羅天子。《三寶太監下西洋記》中，寫鄭和在碧峰長老和張天師協助下擒妖伏怪，也有描寫地獄的情節。明清神魔小說遊冥情節分布詳見下表：

作　品	回　數	回　目
《西遊記》	第三回	四海千山皆拱伏，九幽十類盡除名
	第十一回	遊地府太宗還魂，進瓜果劉全續配
《西遊補》	第八回	一入未來除六賊半日閻羅決正邪
《三寶太監西洋記通俗演義》	第八十八回	崔判官引導王明，王克新遍遊地府
《後西遊記》	第三回	力降龍虎，道伏鬼神
《北遊記》	第十一回	關羽夜管酆都冥府
《南海觀世音菩薩出身修行傳》	第十三回	妙善魂遊地府
《華光天王傳》	第三回	華光鬧陰司
《咒棗記》	第十一回	薩真人往豐都國，真人遍遊地府中
《韓湘子全傳》	第十六回	入陰司查勘生死，召仙女慶祝生辰
《東度記》	第十九回	清寧觀道副投師，輪轉司元通閱卷
《濟顛大師醉菩提全傳》	第六回	秦相夢中見鬼神，濟公夜來施佛法
《海遊記》	第三十三回	似人似鬼孽滿受諸刑，半是半非書終成一夢

此外，還出現了大量全書以鬼為主要描寫對象、以冥府為主要活動場景、揭露社會黑暗抨擊時弊的中長篇小說，如《何典》、《醒遊地獄記》、《鍾馗全傳》（包括《斬鬼傳》和《平鬼傳》）、《地下旅行》、《新鬼世界》、《憲之魂》，晚清李妍人的小說就以《活地獄》命名。這些小說成為晚清社會的真實寫照。

作為中國古代敘事文學的一個敘事類型，不少優秀的遊冥故事文采斐然，藝術成就突出，人物刻畫生動，描寫精彩，在中國古代小說史佔有重要的地位，對中國古代小說史產生的影響是難以估量的。如果沒有這些奇幻的充滿想像力的「上天入地」，沒有了閻王判官小鬼，中國的小說世界將會遜色很多，少了幾分光彩和神奇。

遊冥故事經過一千多年的發展，在明清達到全面的繁榮，其原因是多方

面的。隨著佛教的中國化歷程，佛教的世俗化儒化及三教合一思潮在明清時期達到高峰，反映到小說領域裏，就是小說中的三教合一現象。成熟的遊冥故事發端於佛教地獄觀的傳播，從南北朝始，就受到佛教地獄觀的規定和束縛。遊冥故事的產生發展興盛與佛教的中國化有著不可分割的關係。遊冥故事經過宋代宗教色彩的淡化期以後，與佛教觀念日漸疏離，開始脫離宗教觀念的束縛。而至明清，遊冥故事開始了徒具宗教外殼的獨立的發展道路。

更為重要的原因是小說自身的因素。作為遊冥故事的載體，中國古代小說在經歷了先秦、兩漢、魏晉的草創、唐代傳奇和宋元話本小說的發展，明清時期，已發展成為一種與正統詩文相提並論的獨立的文學體裁，達到了中國古典小說的全盛時期。在長篇章回小說和白話小說空前繁榮的背景下，文言小說也到了最後的輝煌時期。在這樣的背景下，遊冥故事顯示出旺盛的生命力，直到晚清，也仍然成為文人揭露社會黑暗官場腐敗的工具。

（二）明清遊冥故事成為小說敘事手段

明清遊冥故事與前期遊冥故事相比，一個最突出的特徵是遊冥故事創作主旨上的蛻變。大多數遊冥故事不是以宣教勸善為主要宗旨，而是作為一種敘事手段，進入到小說中，以實現小說家的創作理念。

遊冥故事中，溝通陰陽，地獄人間，融為一體，這為小說設計情節、展開矛盾、彌補漏洞，提供了極大的方便。明清時期，很多小說家把遊冥故事作為一種創作手段，把地獄閻王遊刃自如地運用於小說中，在推動小說情節發展、構架小說結構、完成小說主題等方面起到了關鍵性的作用。

1、作為情節鏈條的連綴推動情節發展

在不少明清小說中，遊冥故事作為小說的一個重要情節要素，作為情節鏈條，在推動小說情節發展方面承上啟下、勾環聯結，成為不可或缺的關鍵性環節。這種遊冥情節的設計使小說可以跨越不同時空領域，將彼此獨立的事件，連綴成一系列因果相連的情節整體和形象實體，並統一於整體故事敘事之中。

《西遊記》第三回「四海千山皆拱伏，九幽十類盡除名」，寫孫悟空鬧地府，勾去生死簿上的名字：「另有個簿子，悟空親自檢閱，直到那魂字一千三百五十號上，方注著孫悟空名字，乃天產石猴，該壽三百四十二歲，善終。悟空道：『我也不記壽數幾何，且只消了名字便罷，取筆過來！』那判官慌忙

捧筆，飽揆濃墨。悟空拿過簿子，把猴屬之類，但有名者一概勾之。扔下簿子道：『了帳，了帳！今番不伏你管了！』一路棒打出幽冥界。」〔註69〕這一回在情節發展上有兩個作用：第一，在刻畫孫行者形象上，突出了孫行者「跳出三界外、不在五行中」灑脫不羈蔑視權威的性格。第二，為以後的情節發展做鋪墊。沒有這一回的「銷名」，孫悟空的神奇本領可能要受到限制，更多的情節可能要無法展開，孫行者被壓五行山下五百年等其他的情節便缺少了因果邏輯上的支持。

《西遊記》第十回「二將軍宮門鎮鬼，唐太宗地府還魂」是聯結取經前後的最為關鍵的一回。太宗看到地府中「哄哄人嚷」，「盡是枉死的冤業」，「都是孤寒餓鬼」，所以在唐太宗臨還魂之時，崔判官便告誡唐太宗：「陛下到陽間，千萬做個『水陸大會』，超度那無主的冤魂，切勿忘了。若是陰司裏無報怨之聲，陽世間方得享太平之慶。」當唐太宗回陽之後，招集天下僧尼，設無遮大會超度亡魂，並由此引出了唐僧取經故事。太宗的還魂，為唐僧作為取經團隊領袖的出場醞釀了情節上的準備，唐僧在小說的出場水到渠成。太宗還魂這一環節，也是作為「齊天大聖」的孫行者到護送唐僧西天取經的孫悟空的重要轉折，既是整個故事的主要情節之一，又是取經故事的引子，為下文創設了情節動因。作為關鍵的情節鏈條，這是一個承上啟下的樞紐。此外如《南海觀世音菩薩出身修行傳》中，如果沒有妙善公主冥中遊歷情節，妙善公主死後的故事就無法繼續；沒有妙善公主在冥府中的誦佛修行，妙善也就不能說完成了真正意義上的修行。遊冥故事為小說情節發展起到了推波助瀾的作用。

2、成為情節鏈條斷裂時的補救法寶

在不少明清小說創作中，在小說情節發展過程中，在有些關鍵時候，在情節鏈條發生斷裂、矛盾不可調和之際，遊冥故事成為推進情節進展、解決矛盾的補救法寶。這在明末清初一部分以表現妒婦題材的小說中比較明顯。

以明末世情小說《醋葫蘆》為例，女主人公都氏遊歷地獄是小說一個非常重要的情節因素，具有不可替代的功能。小說十四、十六、十七回都有遊冥情節。因為都氏的悍妒不育，夫妻反目，都氏無奈之下給丈夫成珪娶一石女為妾。成珪與侍婢翠苔偷歡，都氏發覺後將翠苔毒打昏死。在家人的幫助

〔註69〕吳承恩·西遊記·嶽麓書社，1987：21。

下，侍婢隱於成珪之友家，並生下一子。都氏過繼侄兒為子，反受其害。一系列的家庭變故使女主人公病死身亡。都氏遊歷地獄受罰復生後變得賢惠而通情達理，接子與妾回家團圓，認祖歸宗，夫妻和好，妻妾和順，父慈子孝，家業振興。這一切都歸功於遊冥情節的設計，而情節發展的轉折點則是都氏死而復生的冥府遊歷過程。

小說中都氏的冥府遊歷情節，也是主人公性格發生改變的轉折點。都氏患病以前，性格乖戾偏執，兇悍善妒，給丈夫制訂種種不近人情的清規戒律，出門限時，歸家嚴禁丈夫與婢女接近，把家裏婢女全換成老醜之女，嚴加防範丈夫與任何女性接觸。日常生活中，揪耳、拔鬚、頂臺、罰跪、抓膚、摑臉、摘腮、咬鼻等視為常態，此外，陷夫枉受官棒，焚香防刻、打印關防，妒態種種，令人可恨可笑。

兇悍奇妒的都氏，在經歷繼子都飆、女兒女婿的貪利無情後，幾近病死，昏迷中魂遊地府，接受了十殿閻王關於她一生妒行的審判與懲罰，罰受極刑，打入地獄。此時的都氏性格開始發生變化，「舉目無親，身不由己，心下才悔道：「原來那些王侯鬼判，口口聲聲，只恨我欺夫罪大，到今日教我怎生悔得！」被抽去妒筋後，帶著《怕婆經》的都氏從陰間被放回，自此妒性全無。復生後，主動接翠苔還家，家庭團圓。

這一類小說中的地獄遊歷情節，不僅是解決矛盾的手段，也是人物性格改變的契機。在一些公案小說中，當案情無法進展，故事情節難以開展下去之時，地獄遊歷情節很自然被小說家派上了用場，成為推動案情進展、解決小說矛盾、實現案情破譯的契機和轉折點。如《海公案》、《包龍圖判百家公案》等公案小說中，就有不少冤魂告狀、溝通陰陽、查訪冥界之類的情節，入地獄查訪案情是解決矛盾瞭解案情的重要情節。早期的包公案故事就有包公為查案情魂入地府見閻王的故事。明人小說《包公演義》第二十九回《判除劉花園三怪》，寫包公為斷疑案，靈魂脫離肉體進入地獄，向閻羅察訪案情，終使疑案得斷，兇手得懲。安遇時編《包龍圖判別白家公案》卷三，第二十六回、第二十九回等也有類似情節。

此外，在一部分明清小說中，在這些小說大團圓結局的實現手段上，遊冥常常是作者的一大法寶，地獄、閻王是完成作者理想設計的工具和執行者，幫助實現了小說的團圓結局〔註70〕。

〔註70〕詳見本書第三章「遊冥故事與中國古代小說大團圓結局」一節的論述。

（三）遊冥故事成為明清文人針砭現實的載體

從南北朝始，遊冥故事在宣教主旨下表達作者的勸善意圖，這也是表達創作理念的一種方式，借遊歷地獄故框架表達創作者的主觀思想在明清時期則更為普遍。明清時期的很多小說家利用遊冥模式揭露社會黑暗官場腐敗，針砭現實，表達社會理想和忠奸觀念，是明清遊冥故事一個比較突出的現象。

1、地獄是人間官場的對照——地獄是清平世界

在一部分以「發明神道之不誣」為創作宗旨的遊冥故事中，冥府公正嚴明，閻羅王鐵面無私，所有人間的不公，所有的善惡都會在冥府得到最為公平的清算。是非分明的冥府審判寄託了人們對執法者的尊敬和對公平正義的呼喚，這是作者對現實世界的失望，對社會公正清明的企盼，也是一種最為美好的人生理想。

這一類故事中，地獄是人間的對照，人們所向往的清平世界只能在陰曹地府中存在，這也是對人間黑暗的揭露。

明清時期一部分遊冥故事繼承了這一傳統。在這些故事中，多數情況下是主人公自身正直無私，對某些社會不公平現象非常氣憤不滿，為證明善惡有報，死後世界的公平，使其相信果報不爽，主人公夢中入冥，見到一系列的善惡報應。這類故事主觀上有宣揚因果報應勸善懲惡之意，客觀上卻在一定程度上揭露了人間社會的黑暗和不平。

明初趙弼《效顰集》所記《續東窗事犯傳》敘錦城「性志倜儻」「好善惡惡」的胡迪，魂遊地獄所見秦檜夫婦及歷代禍國殃民的姦佞權臣在「普掠之獄」受刑；貪官酷吏、為害百姓者在「奸回之獄」得懲；而忠臣義士、愛國為民者在「忠賢天爵之府」享受優裕的生活，表現了作者鮮明的愛憎觀念和對現實社會律法不公、吏治腐敗的不平之心。通過描寫主人公魂遊地獄所見地獄井然有序的統治、賞罰分明的吏治、公正合理的法制來影射現實社會忠奸不辨、賢愚不明、官府徇私、法律失衡的失常現象。《效顰集》另一篇遊冥故事《酆都報應錄》與此相似，以「冥判」方式把漢代七國之亂及王莽篡漢的忠奸鬥爭作以解釋，忠節者託生貴室，姦佞者為奴為畜，表達自己的忠奸觀念。

瞿祐《剪燈新話》所記《令狐生冥夢錄》、李昌祺《剪燈餘話》所記《何思明遊酆都錄》與這兩則故事有異曲同工之妙。《何思明遊酆都錄》寫酆都地獄中「懲戒贓盜」門中的受懲戒者，皆「人間清要之官，而招權納賂，欺世

盜名，或於任所陽為廉潔，而陰受苞苴，或於鄉里恃其官勢，而吩咐公事，凡瞞人利己之徒，皆在其中。」李昌祺身處官場，且又清廉自守，對社會政治的黑暗看得更為深入透徹，他的小說「意皆有所指，故一時搢紳，多有心非者」。〔註71〕明末《喻世明言》卷三十一《鬧陰司司馬貌斷獄》、卷三十二《遊酆都胡毋迪吟詩》及「二拍」卷二十《賈廉訪贗行府牒 商功父陰攝江巡》故事模式亦與此相同，故事所傳達的思想觀念也相似，都以地獄的忠奸報應、陰府的公正來映襯人世的不公。

　　《聊齋誌異》卷三《李伯言》記李伯言病死，在陰司為閻羅王。李在審理同邑王某被婢父訴盜占生女一案時，因王是李伯言姻家，「李見王，隱存左袒意，忽見殿上火生，焰燒梁棟。李大駭，側足立。吏急進曰：『陰曹不與人世等，一念之私不可容。急消他念，則火自息。』李斂神寂慮，火頓滅。」蒲松齡在「異史氏」中表達了對人世間營私舞弊、以權謀私等現象的憤慨：「陰司之刑，慘於陽世；責亦苛於陽世。然關說不行，則受殘酷者不怨也。誰謂夜臺無天日哉？第恨無火燒臨民之堂耳！」

　　這一類遊冥故事並沒有擺脫懲戒惡揚善的固有主題，但寫作目宗旨卻與前期的遊冥故事迥然不同。作者在故事中寄予了生與死、榮與辱、愛與憎的深切情感，良苦用心凝聚於字裏行間。「公之天性，好善惡惡。每見古今善者而天不祐之以福，惡者而天不報之以禍，故假佛老之說作為傳記，發之詩章，以泄不平，亦褒善貶惡《春秋》之意也。」（趙弼五代孫趙子伯《效顰集後序》）「（趙弼）性好善嫉惡，嘗於授經之暇，摘取忠良、邪佞、廉暴、淫慝、與乎儒釋仙幻之談，撰為傳記。或立言以著其節行，或寫事以斥乎奸回，或託辭以明乎報應，或據理以辯乎異同。其類不一，而足褒善貶惡，彰顯闡幽，皆得乎好惡之正。」（潘文奎宣德六年《效顰集序》）。趙弼有如此情懷，瞿祐、李昌祺、馮夢龍亦同樣此心。

2、地獄是人間官場的映像──地獄是黑暗世界

　　小說家一方面利用冥府作為人間世界的對照，以映襯人世間的昏庸無道黑暗腐敗。更多的時候，幽冥世界是人間世界的真實寫照，小說通過揭露冥府的黑暗，傳達對現實世界的不滿，使地獄成為人間官場的映像。

〔註71〕王利器．元明清三代禁燬小說戲曲史料．第三編．上海古籍出版社，1981：
　　　　227。

　　利用地獄影射人間世界的寫法在唐代遊冥故事中已較普遍，《冥報記》、《廣異記》中的不少游冥故事記冥間賄賂風行，冥吏索賄厚顏無恥。明清小說中，這種寫法被明清小說家運用得純熟自如，遊冥情節被小說家信手拈來，見縫插針地安排於小說的各個環節之中，所寓含對人世黑暗現實的揭露譴責、評擊諷刺超過了以往任何時代。一些白話小說和《子不語》、《續子不語》、《諧鐸》、《聊齋誌異》、《閱微草堂筆記》等清代文言小說集的很多遊冥故事，記冥間官場貪賄成風，影射現實，折射人間社會不良風氣。這種現象在晚清小說中尤為突出，《何典》、《醒遊地獄記》、《斬鬼傳》、《地下旅行》、《新鬼世界》、《憲之魂》等中長篇小說中的地獄描寫，成為晚清社會的真實寫照。

　　明末小說《輪迴醒世》〔註72〕十八卷以遊冥故事作為結構框架，記敘了183個故事，利用閻王審案的「冥判」模式，形象地刻摹了晚明斑駁陸離、五色紛呈的社會眾生群像。《輪迴醒世》對人世的揭露全面而又具體，將王公貴族、達官顯宦、忠臣孝子、貪官墨吏、騷人墨客、佞臣賊子、商賈巨盜、販夫走卒、奴婢閨秀、門子衙役、官吏地主、秀才舉子、三姑六婆、地痞無賴等社會各色籠於一書，並深入到人性的各個側面，廉慈貪酷、慷慨吝嗇、貞潔卑污、俠豪吝嗇、貴賤貧富、忠奸賢愚都在故事敘述的進程中表現出來。在一個個駭人聽聞的故事中，具體形象地刻摹了一個地獄般的現實社會。

　　《聊齋誌異》卷六《考弊司》敘陰府考弊司「司主名虛肚鬼王，初見之，例應割髀肉」，「不必有罪，此是舊例，若豐於賄者，可贖也」。一秀才因貧未能賄賂，被反手捆綁，「一獰人持刀來，裸其股，割片肉，可駢三指許。秀才大噪欲嗄。」對此，作者發出了「慘慘如此，成何世界」控訴。《聊齋誌異》卷十《席方平》對司法黑暗的揭露更為深刻，以犀利的文字，通過對「冥府」黑暗的描寫，表達了對現實世界的憤慨和反抗。席方平父與富室羊某有隙，羊某先死，賄囑冥使，使席父被冥吏殘酷拷打而死。席方平憤而入冥，欲替父申冤。由於羊某的「內外賄通」，席方平「備受械梏，慘冤不能自舒」，大喊「受笞允當，誰教我無錢也！」席方平因不肯行賄冥王，幾次入冥告狀，均因獄吏、城隍、冥王的徇私舞弊被維持原判。第四次告狀，因遇到二郎神而洗雪父親冤情，父子雙雙還陽。作者借二郎神的判詞「金光蓋地，因使閻魔殿上，盡是陰霾；銅臭薰天，遂教枉死城中，全無日月」，痛快淋漓地揭示了人間官場腐敗黑暗貪贓枉法、地獄般的現狀。此外，冥界高級官僚惡貫滿

〔註72〕薛亮・明清稀見小說匯考・輪迴醒世・社會科學文獻出版社，1999：43～46。

盈（《續黃粱》），下級官吏鄙瑣貪婪（《梅女》），衙門公役則「無有不可殺者」（《伍秋月》），地獄成為人間官場黑暗腐敗的寫照。

在清代的文言小說中，沈起鳳《諧鐸》中的遊歷地獄故事對貪官酷吏的抨擊尤為激烈深刻。卷六《森羅殿點鬼》冥王稽鬼籙，唱名點簿。點餓鬼簿之時，一吏稟告，因地獄前鬼門關守者，失於防檢，諸餓鬼乘機逃去偷生陽世，「大半作縣令」。冥王歎曰：「若輩埋頭地獄，枵腹垂千百年。今一得志，必至狼餐虎噬，生靈無噍類矣！」《諧鐸》中的類似作品還有卷六《香粉地獄》、卷八《棺中鬼手》等。

晚清小說《地下旅行》利用遊歷地獄十殿影射當時的社會現實。地獄十王殿第一殿「魂魄製造所」中，官員魂魄乃「採取世上惡濁，再到血污池中提煉十次始成」，商人魂魄為金黃色，心為黑色且生於腋下，士兵心生後背而膽倒掛。造心所中，利心、名心、黑心俱全而獨無良心。五官製造所中，造舌原料為柳葉，可以隨風而變。所造眼中皆有磁石，見金銀而灼灼不捨。這種描述深刻透骨，字裏行間亦見出作者的憤世嫉俗之情。

明清時期這類以地獄暴露人間黑暗現實的作品，是在沒有言論自由的封建時代，有正義感的作家用以抨擊時政、表達自己對社會觀感的一種隱喻手段。一些文人慾述政之污濁、民之勤苦，然而「為了文字獄，使士子不敢治史，尤不敢言近事」〔註73〕。故而借地獄以影射社會現實的黑暗，借「鬼神造化之理，以覺斯世之昏迷」〔註74〕，而遊冥故事恰恰是這種創作需求最好的載體。

3、地獄成為明清文人傳達思想觀念的工具

利用遊歷地獄模式表達思想觀念，是小說家們較為常用的創作手段。上文提到的借地獄以寫現實揭露社會黑暗，既是創作手段，也是作者觀念的表達，是作者對社會人生的思考。在明清小說中，地獄與閻羅王常常是作者表達某種思想傳達某種理念的工具。

趙杏根在《我國舊小說中的地獄和閻王》〔註75〕一文中談到楊衒之《洛陽伽藍記》「惠凝入冥」故事，是我國作者成功利用閻羅王在人們心中的權威地位表現其思想觀念的最早例證。

〔註73〕魯迅全集・第六冊・人民文學出版社，1981：157。
〔註74〕陶輔・花影集・程毅中校點・吉林大學出版社，1995：1。
〔註75〕趙杏根・我國舊小說中的地獄和閻王・明清小說研究・2000，（3）。

明初瞿祐《剪燈新話》中的《修文舍人傳》對封建的選官制度提出質疑，主人公夏顏對陰間與陽間的用人制度做了比較：「冥司用人，選擇甚精，必當其才，必稱其職，然後官位可居，爵祿可致。非若人間可以賄賂而通，可以門第而進，可以外貌而濫充，可以虛名而攫取也。……今夫人世之上，仕路之間……驥驥服鹽車而駑駘厭芻豆，鳳凰棲枳棘而鴟鴉鳴戶庭，賢者槁項黃馘而死於下，不賢者比肩接跡而顯於世，故治日常少，亂日常多，正坐此也。冥司則不然，黜陟必明，賞罰必公……。」〔註76〕以陰間公平、公正的用人制度對人世間賢者無能當其位的用人制度提出質疑。清代《螢窗異草》中《考勘司》寫刑部官員多公夢陰間「考勘司」查證其近日所辦案件，以此警戒現實生活中一些審案隨心所欲、徇私枉法的官吏，同時也表明作者對人間吏治的思考，希望現實中也能設立監督吏治的機構。

清代不少小說家用遊冥模式借地獄閻羅王之口表達自己思想觀點的，以《聊齋誌異》、《子不語》和《閱微草堂筆記》為最具代表性。

《子不語》卷九「地藏王接客」中地藏王訓斥副榜裴生：「自稱能文，不過作爛八股時文。看高頭講章，全不知古今來多少事業學問，而自以為能文，何無恥之甚也！」表達了袁枚對時文的看法。《子不語》卷一「仲孝廉」，地獄「烏紗冠南向坐者」認為，無力葬父母，淫婢狎妓，都是小罪，「有口過，好譏彈文章」，其罪更小。《續子不語》卷十有《淫諂二罪冥責甚輕》中袁枚借判官之口，為一有淫行而託生富室的女子辯護，表達自己的觀點：「男女帷薄不修，都是昏夜間不明不白之事……閻羅王乃尊嚴正直之神，豈肯伏人床下而窺察人之陰私乎？況古來周公制禮，以後才有『婦人從一而終』之說。試問未有周公以前，黃農虞夏一千餘年史冊中，婦人失節者為誰耶？至於貧賤之人，謀生不得，或奔走權門，或趨蹌富室，被人恥笑，亦是不得已之事。所謂『順天者昌』，有何罪過而不許其託生善地哉？況古人如陳太丘弔張讓而解黨禍，康海見劉瑾以救李崆峒，貶其身而行其仁，功德尤大，上帝錄之入菩薩一門，且有善報矣。至於因淫而釀成人命，因諂而陷害平人，是則罪之大者，陰間懸一照惡鏡，孽障分明，不特冤家告發也。」袁枚為人輕佻刻薄，女弟子頗多，袁因於男女方面的言行及常好譏彈別人的詩歌文章，常受人譏嘲詬病。袁枚此論，似有為自己辯護之意。

〔註76〕瞿祐·剪燈新話·上海古籍出版社，1981：94。

　　《閱微草堂筆記》《灤陽消夏錄》卷一，記一官入冥，神情昂然，稱自己所至但飲一杯水，不愧鬼神。閻羅王曰：「設官以治民，皆有利弊之當理，但不要錢即為好官，植木偶於堂，並水不飲，不更勝公乎？」官又辯云：「某雖無功，亦無罪。」閻羅王云：「公一生處處求自全，某獄某獄，避嫌疑而不言，非負民乎？某事某事，畏煩重而不舉，非負國乎？三載考績之謂何？無功即有罪矣。」閻王關於為官的一番議論，當是紀昀針對當時官場風氣而發，批判了朝廷官員明哲保身、但求無過的中庸思想，表達了對為官為政的思考。

第三章　遊冥故事對中國古代小說的建構

一、遊冥故事與古代小說敘事模式

「敘事」就是講故事，對一個或幾個真實或虛構事件的敘述。敘事的關鍵是採取何種方式把鬆散的事件和人物聚合在一起，而使事件和人物形成為有某種聯繫的形象整體。敘事過程關涉到三點：記述活動者即敘事人；記述的活動即敘述行為；故事或事件本身的特點即所敘之事。敘事時間、敘事角度和敘事結構是構成小說敘事模式的三大要素〔註1〕。敘事視角、敘事結構本身就是敘事的主體，如何編織故事就是敘事的主要任務。遊冥故事要達到勸教勸善的目的，真實性是敘事過程中必須解決的一個問題。而遊歷地獄在現實生活中不可能發生，因此，遊冥故事在敘述策略上，就必須考慮如何才能使原本屬於虛構的故事變得真實可信。遊冥故事無論在敘事時間、敘事視角還是敘事結構，都是為使敘事達到「真實可信」的目的。本節擬從敘事結構、敘事視角兩方面對遊冥故事進行分析研究，探尋遊冥故事在敘事模式方面的某些規律和特點，並試圖勾勒遊冥故事對中國古代小說敘事模式的影響。

（一）因果相屬的連環套式結構形態

遊冥故事的結構形態多為一些研究者所忽略，有的學者看到了遊冥故事「暫死入冥—接受冥判—遊歷地獄—復生」這一結構框架，但並未進行更加

〔註1〕陳平原‧中國小說敘事模式的轉變‧上海人民出版社，1988：4。

深入地研究〔註2〕。在這一框架基礎上，本節力圖對遊冥故事的結構形態作全面立體的透視，以還原遊冥故事的結構形態。

結構是一種功能框架，是組成作品的脈絡和紋理，是作者對小說情節在其發展過程中所實施的一種藝術處理。通過結構，原本處於自在狀態的故事被編織整理成一系列情節。在情節運動變化的鏈條中，作品結構內部常常呈現出互為因果互為表裏相互交融的狀態。

中國古代小說的結構有很多共同點，在很大程度上是相似的。「文學作品的結構與人的思維方式有關。一個民族的文學創作在結構上有某些共同點，往往是民族性格民族精神的具體體現。」〔註3〕中國古代小說一般都有頭有尾，有因有果，結構完整，並且多數都有一個令人滿意的大團圓結局。這與中國傳統文化福善禍淫的善惡觀念及佛教因果業報觀念密切相關，符合中國人的審美思維特點。一般小說中必有正反兩面鮮明的人物陣線，必有完滿的結局。在浩如煙海的中國古代小說裏，從整體來看，善惡交織、正邪兩賦的複雜型人物性格並不多（明清時期有少數優秀的性格複雜的小說人物），無法調和、不可解決的矛盾也是不存在的，在情節發展到一定階段需要解決矛盾糾葛時，必有某種偶然或某種超自然力量的出現。可以說，結構的完整與結局的圓滿是中國敘事文學的一個突出的特徵。

遊冥故事作為中國敘事文學的一個重要類型，絕大多數遊冥故事基本結構相同，情節模式相似，其結構上的共同點也是非常明顯的。除結構完整與結局圓滿外，還有其獨特的個性特徵。

遊冥故事在結構上體現為因果相屬的連環套式結構形態，這種連環套式結構形態包含有兩方面的特點，一是以因果相屬的環形結構為基礎框架，二是環形結構基礎之上的故事套故事的層級連環。

1、以因果相屬的環形結構為基礎框架

佛教對中國小說的影響，一個重要的方面就是，小說在結構上因果完整的特點〔註4〕。成熟的遊冥故事發端於佛教地獄觀念，其受佛經文學的影響是

〔註2〕王青·西域冥府遊歷故事對中土的影響·新疆大學學報（社科版），2004，（1）。

〔註3〕孫昌武·佛教與中國文學·人民文學出版社，2007：215。

〔註4〕孫昌武認為佛教觀念影響了小說的構思，體現為一是敘述徵實的特點，二是因果完整的特點。見孫昌武《佛教與中國文學》，第215頁，人民文學出版社，2007年。

顯而易見的。多數學者認為，佛經文學在佛教因果觀念支配下具有因果完整的敘事特點。佛經因果敘事的思維方式「給中國輸入了敘事文學的結構和模式」〔註5〕。

因果敘事的思維方式深刻地改變了中國小說的敘述特點。佛教影響中國小說以前，中國古代保存在子、史中的傳聞及神話，重在轉述街談巷議的奇聞異事，比較缺乏完整的故事情節和鮮明的人物形象，基本屬「殘叢小語」式的簡單記錄，在本質上說，只能算作是「故事」。而「故事」與「情節」是有很大的差別的。故事「是按照時間順序來敘述事件的」，而情節則「特別強調因果關係」〔註6〕。六朝是中國小說發展的重要階段，小說受佛教因果思維影響，往往以人物命運為綱組織情節、謀篇布局。這使得人物的興衰際遇、事件的起因結果，皆有頭有尾，形成一個個因果鏈，實現了小說依從情節與人物行為的內在因果性而形成的敘述結構。

遊冥故事受到佛教地獄觀的強烈規定，受佛教因果觀影響，因果敘事的思維模式貫穿於整個遊冥故事的敘事之中。無論是相對複雜的遊冥故事還是小說的遊冥情節，因果敘事的思維模式始終潛藏於遊冥故事之中。

遊冥故事因果敘事的思維模式體現為因果相屬的環形結構，依憑佛教因果觀，來建構故事內在的邏輯秩序，在敘事時空呈現「現實世界—幽冥世界—現實世界」的環形敘事結構。具體表現為某人因某種原因暫死入冥，在冥中接受審判，遊歷地獄後返回人間，後或奉佛或從善而得善終（極少數人復甦後因未接受勸誡不得善終），實現由生入死、死而復生的循環，即「暫死」—「遊冥」—「復甦」這樣一個簡單的環形結構。

「暫死」—「遊冥」—「復甦」，這是故事大的結構框架，在這個框架內，在「遊冥」這一環節，可能會增加一些情節，穿插一些小故事，表現為「冥判」、「觀獄」等。幾乎每個遊冥故事都是在這樣的結構框架下展開情節的，如《報應錄》「李質」（《太平廣記》卷一一七）故事：

> 唐咸通中，吉州牙將李質，得疾將死忽夢入冥。見主吏曰：「當出七人性命，合延十四年。」吏執簿書，以取上命。久之，出謂質曰：「事畢矣。」遂命使者領送還家，至一高山，推落乃寤。質潛志其事，自是疾漸平愈，後果十四年而終。

〔註5〕普慧．南朝佛教與文學．中華書局，2002：221。
〔註6〕福斯特．小說面面觀．花城出版社，1984：75，70。

這是一個最為簡單的遊冥故事，冥中經歷部分並沒有展開複雜的情節，沒有遊觀地獄的內容，只有受審的簡單情節，故事要傳達的觀念是，善有善報。李質因疾而死，又因曾活人命而生，從現實世界到幽冥世界轉了一圈又回到起點。這裡，作為現代敘事文的六要素，即時間、地點、人物、事件、起因、後果，都已齊備，故事環形結構清晰，因果完整。

2、環形結構基礎之上的層級連環套式結構

在很多遊冥故事中，尤其是唐以後遊冥故事，隨著故事篇幅的加長，情節的曲折，冥界經歷的豐富，故事的結構在環形結構基礎上已開始分層敘述，出現了故事套故事的連環套式層級結構敘事。在多數遊冥故事中，「暫死」—「遊冥」—「復甦」是故事總的環形框架，是故事結構的第一層。在這個環形框架之下，「遊冥」這一環節則又有更為複雜的故事情節，是遊冥故事的主體部分。這是故事結構的第二個層面。在這一層面，敘述死而復生之人的遊冥經歷，以主人公的冥界活動為線索，會串聯起一系列看似不相干的小故事。

在故事結構的第二層「遊冥」，主人公的冥界遊歷過程可能會經歷多個「站點」，每一個「站點」還可能串聯起新的小故事，這新的小故事的敘述就成為故事的第三個層面。這樣以主人公為線索就形成了故事套故事、小故事套更小故事的連環套層級敘事結構。一般的遊冥故事有兩層敘述，部分篇幅較長的遊冥故事達到了三層敘述。

在「遊冥」這一層面包含冥界遊歷的多個環節，遊冥之人可能會經歷「入冥」—「冥判」—「閱簿」—「遇舊」—「觀獄」—「索賄」多個環節。在這一層面上，除「入冥」外，順序沒有先後。有的遊冥故事冥界經歷的環節可能多一些，有的則經過較少的環節。多數遊冥故事的冥界經歷是「冥判」和「觀獄」。

「入冥」是冥界之旅的第一程，《幽明錄》「石長和」故事、《廣異記》「程道惠」故事的入冥旅途就插入佛弟子與普通入冥之人的不同待遇。而多數冥界之旅的第一程非常簡單，有的甚至直接進入冥界「中央」機構接受審判。

「冥判」是冥界「旅遊」的「重點站」，這是絕大多數遊冥故事的主要環節。遊冥之人（嚴格地說是魂靈）會見到冥界機構及冥府官員，會接受冥府的審判。在「冥判」這一環節，常常會串聯起新的小故事。有時入冥之人會作為證人去見證審判，也會耳聞目睹一些新的故事。《法苑珠林》「陳安居」

（《太平廣記》卷一一三）故事中，陳安居的冥界審判經歷就非常複雜，陳在等待審判時，旁聽了冥王主審的兩宗案件：一件是一男子與女弟子成姦並棄妻娶女弟子之案；一件是一女因眠嬰兒於灶上、嬰兒糞污爨器被舅姑責罵事。這兩個小故事與陳安居毫不相干，但通過陳安居的「旁聽」被有機地串聯起來，增加了故事的容量，強化了善惡報應觀念。

　　「觀獄」也是遊冥故事的主體部分，佛教地獄觀念與因果報應觀念通過對地獄的描寫巧妙地傳達出來。遊冥之人在遊歷地獄時可能會遇見死去的親人或故友正在地獄受苦，也會穿插這些親朋故舊的小故事。有時「遇故」的地點並不在地獄中，「故人」還有可能擔任冥府某職，因著這種「便利」便有了「請託」情節，也有可能串聯起新的故事。

　　有的遊冥故事有「閱簿」環節，指查看簿書——富貴簿、善惡簿或壽算簿，在「閱簿」過程中可能會查看到自己或別人的某些不可洩露的「天機」，這就為串聯起新故事增加了機會。

　　「索賄」多發生在遊冥之人被放回陽間過程中，多數會遭遇到冥吏索賄，在答應並奉上「錢」物若干後，返回人間。

　　以上是冥界遊歷的常見環節，這些環節串連搭建起遊冥故事的層級連環套式結構。有的故事篇幅長，冥中經歷複雜，環環相套，遊歷的「站點」多一些。有的則非常簡單，但在簡單的環節中有時也會出現故事套故事的情況，如《廣異記》「阿六」（《太平廣記》卷三八四）：

> 饒州龍興寺奴名阿六，寶應中死，隨例見王。地下所由云：「汝命未盡，放還。」出門，逢素相善胡。其胡在生，以賣餅為業，亦於地下賣餅。見阿六欣喜，因問家人，並求寄書。久之，持一書謂阿六曰：「無可相贈，幸而達之。」言畢，堆落坑中，乃活。家人於手中得胡書，讀云：「在地下常受諸罪，不得託生，可為造經相救。」詞甚悽切。其家見書，造諸功德。奴夢胡云：「勞為送書得免諸苦。今已託生人間，故來奉謝，亦可為謝妻子。」言訖而去。

這是個最為簡單的連環套結構。這個故事的第一個環形層面是阿六入冥因「命未盡」被放還死而復生的故事，阿六在冥界遇到了賣餅為業的「素相善胡」，引出了第二個故事，胡的故事是敘事結構的第二個環形層面。其實這個遊冥故事中，胡的故事是作者敘述的重點，阿六只是一個「線人」。「線人」的作用在遊冥故事中非常重要，很多重要的情節、若干不相關的故事都是通過「線

人」連綴成統一的整體。

遊冥故事這種大故事中套有小故事、小故事又套有更小故事的連環套式結構形態與佛經文學敘事非常相似。有學者曾稱佛經文學的敘事結構為「葡萄藤式」結構〔註7〕。此種敘事結構在唐前的子書、史傳中所見甚少，而在印度古典文學和佛經中則是一種常見結構。「這種大故事套小故事，小故事又套更小故事的結構形式，是印度文學及中東文學所慣用的，如印度《五卷書》、《故事海》及阿拉伯《一千零一夜》等等的結構都是如此。」〔註8〕遊冥故事作為佛教地獄觀與因果觀念的載體，受佛經文學的影響是顯而易見的。吳海勇在談到佛經文體特徵時說：「多級層面的講述始可謂是佛經講述文體最具特色的內涵。經首語中的『我』是第一講述者，『如是我聞』以下盡為其所述，此構成佛經的第一敘事層。第一敘事層一般首先交待一時佛在某地，隨即引出說法緣起，此後詳記佛陀說法。……佛陀所述就成為第二級敘事層，其中故事似可稱之為元故事，一般具有解釋說明佛經緣起事件的功能。作為元故事的講述者，佛陀顯然也就是第二講述者。」〔註9〕遊冥故事的復生後「自云」與佛經文學的「如是我聞」在結構上確有很多相似之處。這種環形結構為基礎的連環套式結構為中國小說家們所承繼和借鑒，對中國小說敘事結構產生了深遠的影響，《西遊記》、《老殘遊記》等小說似乎能看到這種影響的痕跡。

（二）敘述視角的靈活轉換

敘事是要把故事和人物講述出來，而構成作品中的故事和人物總是根據某種眼光、某個觀察點呈現出來。敘事視角，是指一部作品觀察、反映世界的特殊眼光和角度，是敘述形態的核心樞紐。「在敘事文學中，敘事者與故事的關係是一種最本質的關係，但這種關係又是異常複雜的。」〔註10〕一般說來，在敘事文學的敘述行為中，洋溢著藝術靈性的敘事視角可以帶來敘事結構、敘事時間以及敘事節奏等一系列新變，從而使文本充滿勃勃生機與活力。

敘事視角一般包括全知視角和限知視角，第一人稱和第三人稱。唐前小

〔註 7〕糜文開・印度文學欣賞・臺灣三民書局，1970：10～17。

〔註 8〕李宗為・唐人傳奇・中華書局，2003：50～51。

〔註 9〕吳海勇・中古漢譯佛經敘事文學研究・學苑出版社，2004：418～419・吳海勇認為佛經講述體如此分級敘述，正與西方敘事學理論所說的「框架敘述」近似。所謂「框架敘述」，「即在第二或第三層次中一個完整故事在其中被講述的敘事文本」。

〔註10〕羅鋼・敘事學導論・雲南人民出版社，1994：158。

說的敘事視角大多採用第三人稱全知視角，這是一種「直錄」式的客觀敘述，即敘述者把自己隱蔽起來，不會中斷情節站出來說話。全知視角便於展現廣闊的生活場景，自由展示人物、事件在歷史運轉中的價值和地位。限知視角是指敘事中敘事者放棄全知的權利，只是通過故事中某個人物的視野觀察事物，敘述者知道的和人物一樣多，人物不知道的事，敘述者無權敘說。

作為表現幽冥世界超現實內容的遊冥故事，在故事的敘述視角上，多採用第三人稱全知視角、第三人稱限知視角。隨著中國小說發展及小說敘事技巧的成熟，敘事視角發生了由全知視角到全知、限知視角的相互轉換，敘事人稱由第三人稱到第三人稱、第一人稱交替運用的變化。隨著視角的轉換與敘述人稱的改變，敘述人把讀者帶入了陰陽變換交織的場景中，使故事充滿了「真實」與奇幻的完美融合。

從敘事時間上來說，按照事件發生的先後順序，一般分順敘、倒敘和插敘，遊冥故事使用最多的是倒敘和順敘。

1、倒敘式全知視角與限知視角的相互轉換

絕大多數遊冥故事中，敘事視角都不單純是孤立的一種視角進行敘述。敘述者的目的非常明確，就是把一個出入冥界的故事敘述出來，使讀者相信確實發生了這樣一個故事。為此在故事的敘述中除第三人稱全知視角外，敘述中開始加入第一人稱限知視角。所謂「第一人稱限知視角」是指「敘述者就像其他人物一樣，也是故事中的一個人物，人物的世界與敘述者的世界完全是統一的」〔註11〕。這類故事中，行為者、敘述者作為故事中的一個角色直接進入故事世界，成為敘述者和經歷者的統一體。作品敘述者的所見、所聞、所思、所感構成作品的全部內容。第一人稱限知視角的出現，標誌著小說敘事視角的更加多樣化、豐富化。遊冥故事第一人稱限知視角多以故事發生的當事人用第一人稱進行轉述冥界遊歷的過程。這種敘述方式的開頭常常是某人死，後復生，「自說云」，然後敘述自己的冥中經歷。

這種敘述方法在早期漢魏晉遊冥故事就開始運用，直到明清時期不少遊冥故事依然用這種方法進行敘述。漢魏晉遊冥故事除《搜神記》「胡毌班」故事相對較長以外，多數故事屬於「粗陳梗概」式的簡單記錄，情節較為單純。但即使是這樣簡短的故事，敘述也採用了雙重視角的敘述。比較典型的是「賀瑒」故事（《搜神記》卷十五）：

〔註11〕羅鋼·敘事學導論·雲南人民出版社，1994：158。

> 會稽賀瑀、字彥琚，曾得疾，不知人，惟心下溫，死三日，復
> 甦。云：「吏人將上天，見官府，入麴房，房中有層架，其上層有印，
> 中層有劍，使瑀惟意所取；而短不及上層，取劍以出門，吏問：『何
> 得？』云：『得劍。』曰：『恨不得印，可策百神，劍惟得使社公耳。』」
> 疾愈，果有鬼來，稱社公。

在這個故事的敘述中，對於賀瑀的基本情況及賀瑀死三日復甦這一事件的介紹是全知敘述，在這裡，作者作為敘述人對於賀瑀的情況是無所不知的，然而賀瑀的入冥經歷並非敘述人親聞親歷，作者只能通過賀瑀的自我描述而轉述出來。待主人公敘述完自身經歷後，敘述人作為全知全能的身份又出場加以敘述：「疾愈，果有鬼來，稱社公。」通過當事人的自我轉述，加強了故事的可信性。

遊冥故事的敘述中，冥中所見所聞是故事的主體部分，是通過故事主人公即當事人以倒敘方式敘述出來的。冥界中的經歷只能是當事人自己的親歷，別人無從得知。在這種情況下採用當事人的轉述是最為方便有效的方法，這就使故事敘述視角由全知敘述到限知敘述，再到全知敘述，而限知視角的敘述成為故事的重點。這種敘述視角的轉換成為以後遊冥故事基本的敘事模式。

隨著遊冥故事的不斷發展成熟，故事在當事人講述限知視角的敘述部分，篇幅不斷加長，內容不斷增加，情節設計更加曲折，這一切都要通過當事人轉述「親歷親聞」的方式敘述出來，這就加大了敘述內容的含量。但情節怎樣曲折，事件如何複雜，敘述者都能把視角固定在故事的當事人身上，通過當事人的活動及所見所聞，有條不紊地講述出來。限知視角造成了一種驚奇感，還達到了「實錄」敘事的表面效果。這種出入冥界的故事也是常人難遇，具有很大的獨特性、偶然性，唯有少數人有緣親歷。作為見證人，那些幸運者的口述觀察最具權威性，把事件中觀念的虛幻，轉換成文本的真實，以敘述行為的直錄，達到敘述內容的「真實」，最終實現「傳實傳真」的敘事目的。

《冥祥記》「趙泰」故事是被學者引用次數最多的遊冥故事，因為這個故事不僅是完整的最早的遊歷地獄故事，也非常典型地再現了遊冥故事的地獄觀念、敘述技巧、結構形態等多方面的信息。我們看一下故事中敘述視角的轉換：

　　　趙泰字文和，清河貝丘人。……公府辟不就，精進典籍，鄉黨
　　稱名，年三十五。宋泰始五年七月十三日夜半，忽心痛而死，心上
　　微暖。身體屈伸。停屍十日，氣從咽喉如雷鳴，眼開，索水飲，飲
　　訖便起。說初死時，有二人乘黃馬，從兵二人，但言捉將去。二人
　　扶兩腋東行，不知幾里，便見大城，……府君西坐，斷勘姓名。復
　　將南入黑門，一人絳衣，坐大屋下，以次呼名前，問生時所行事，
　　有何罪過；行功德，作何善行。言者各各不同。……復到泥犁地
　　獄，……見父母及一弟，在此獄中涕泣。……見泰山府君來作禮。……
　　復見一城，云：「縱廣二百餘里，名為受變形城。」云：「生來不聞
　　道法，而地獄考治已畢者，當於此城，受更變報。」入……又見一
　　城，縱廣百里，其瓦屋安居快樂，云：「生時不作惡，亦不為善，當
　　在鬼趣千歲，得出為人。又見一城，廣有五千餘步，名為地中。罰
　　謫者，不堪苦痛，男女五六萬，皆裸形無服，饑困相扶，見泰叩頭
　　啼哭。……主者又召都錄使者，問趙泰何故死來。使開滕檢年紀之
　　籍，云：「有算三十年，橫為惡鬼所取，今遣還家。」由是大小發意
　　奉佛，為祖及弟，懸幡蓋，誦法華經作福也。（《太平廣記》卷一零
　　九，出《幽冥錄》）

故事開頭介紹趙泰自然狀況及死而復生事件是第三人稱全知敘述，結尾介紹
趙復生後奉佛的情況也是全知敘述，而故事的主體部分，大量的篇幅敘述趙
泰在地獄的遊歷過程，是限知敘述。在這裡，從南門絳衣人檢索眾生名單，
依生時功德、善罪而定所受苦痛，或鐵燒鑊煮，或刀山劍樹，到依罪入「受
變形城」變形受報，這一切都是通過趙泰耳聞目睹。正是通過趙泰對地獄的
觀察，詳盡展示了幽冥世界對地獄觀念、因果相報的執行程序。通過這種「親
歷親聞」的轉述，地獄觀念及因果報應觀念借閻王之口傳達出來，敘述者的
目的也就達到了。李劍國指出：「趙泰」等故事，「多從人物的角度敘述，展
示其所見所聞，在人物視野的變遷中，表現種種人事及地獄場景的推移，故
能造成一種身臨其境、真切自然、感同身受的審美效果。這種敘事藝術影響
深遠，見諸歷代小說，至《水滸傳》、《紅樓夢》則已絢爛至極，其武松醉打
蔣門神，林黛玉、劉姥姥進榮國府，便是這種敘事藝術的典範之作，堪稱中
國小說一絕。」〔註12〕

〔註12〕李劍國・唐前志怪小說史・南開大學出版社，1981：271。

在這一類故事的敘述中,冥中經歷是通過主人公倒敘的形式進行敘述的,先敘某人死而復生,再通過復生之人的講述敘述冥界經歷。由於當事人以限知視角自敘親身經歷,故能造成如見其人、如聞其聲、如臨其境、真切自然的審美效果。

這種全知視角、限知視角相互轉換的敘述方式,一直是絕大多數遊冥故事敘述的主要方式,明清時期仍有不少故事以此方式來敘述遊冥經歷。《三寶太監西洋記通俗演義》第八十八回「崔判官引導王明 王克新遍遊地府」中王明妻死而復生後自述在冥中被崔判官強逼為妻的經歷,就是這種敘事方式。

2、順敘式全知視角與限知視角的靈活運用

這種敘事方法是指在敘事的時序上按照故事發生的時間進程依次敘述,也稱為正敘,在敘述當中以第三人稱全知視角與第三人稱限知視角交互變換,敘述線索清晰,層次分明,平鋪直敘,一氣呵成,在視角的操作變換中,使文本敘事煥發出獨具審美魅力的奇幻色彩。在這類敘事中,第三人稱限知視角是敘述的主體部分,「敘事者往往放棄自己的眼光,而採用故事中主要人物的眼光來敘事」〔註13〕。「讀者只能跟故事中的人物一樣逐步地去認識其他人物」〔註14〕。採用這種限知視角敘事,敘述者所說的比作品人物知道的少。敘述者不知道的事情,讀者也無從得知,這樣就產生一種懸念,增強了作品的神秘感,給讀者留下了想像的空間,易激發讀者的好奇心。全知視角注重敘事內容的真實、客觀,限知視角強調故事的細節與奇特,用順敘的方式一一敘述出來,就使故事顯出搖曳多姿、真幻交融的藝術魅力。遊冥故事中,這一類敘述方式運用得也較普遍,越到後期技巧越加成熟,明清遊冥故事多數是這種敘事模式。

南北朝至唐代的遊冥故事,敘事方式主要以倒敘方式敘事為主,這一類順敘式敘事方式並不多,以《幽明錄》「師舒禮」(《太平廣記》卷二八三)為代表:

> 巴丘縣有巫師舒禮,晉永昌元年病死,土地神將送詣太山。俗常謂巫師為道人。初過冥司福舍前,土地神問門吏:「此云何所?」門吏曰:「道人舍也。」土地神曰:「舒禮即道人。」便以相付。禮

〔註13〕申丹·敘述學與小說文體學研究·北京大學出版社,2001:222。
〔註14〕申丹·敘述學與小說文體學研究·北京大學出版社,2001:229。

> 入門，見千百間屋，皆懸簾置榻。男女異處，有念誦者，吹唱者，自然飲食，快樂不可言。禮名已送太山，而身不至。忽見一人，八手四眼，提金杵逐禮，禮怖走出。神已在門外，遂執禮送太山。太山府君問禮：「卿在世間何所為？」禮曰：「事三萬六千神，為人解除祠祀。」府君曰：「汝佞神殺生，其罪應重。」付吏牽去。禮見一物，牛頭人身，持鐵叉。捉禮投鐵床上。身體燋爛，求死不得。經累宿，備極冤楚。府君主者，知禮壽未盡，命放歸。仍誡曰：「勿復殺生淫祀。」禮既活，不復作巫師。

在這個故事中，敘述者完全是按照事件發生的順序作以敘述的，表現為某人死，經歷了一系列冥中的見聞，然後復生。故事主人公的冥界經歷並非是本人自說的，而是通過作者代言的。故事的開頭、結尾都是第三人稱全知敘述，而舒禮在冥界的經歷「見千百間屋」、「道人舍」、太山府君的問話等是限知視角。故事敘述自然清晰，一目了然。宋代遊冥故事中，這一類敘事模式以《夷堅乙志》卷十六「沈傳見冥吏」為代表：

> 鄱陽士人沈傳，早遊學校，鄉里稱善人，家居北關外五里墩之側。年四十餘歲，得傷寒疾，八九日未愈。方困頓伏枕，正黃昏時，一黃衣持藤棒，徑從外入，直至床前，全類郡府承局，端立不語。時時回顧寢門外。又一人黑幘而綠袍，捧文書在手，欲入未入。黃衣搖手謂曰「善善。」綠袍於袖中取筆展簿，勾去一行，兩人遂繼踵而去。傳驚愕良久，問妻子皆無所睹，怖愈甚，即時汗出如洗，越一日乃瘳。後以壽終。

這個故事中，完全以時間為線索敘述沈傳的經歷。兩位冥吏的動作言談是沈傳所見所聞，是限知敘述。而沈傳其他情況的介紹則是全知敘述。明清遊冥故事中，這類敘事方式最多，《續東窗事犯傳》、《遊酆都胡毋迪吟詩》、《聊齋誌異》遊冥故事等，多是這種順敘式兩種敘述視角的融合。這種敘述中，線索清晰，一條單線自由延展，同時由於視角所限，敘述者在講述故事時往往迂迴隱蔽，給讀者留下寬闊的閱讀空白、豐富的想像空間，刺激讀者的獵奇心理，使讀者在閱讀的過程中隨著敘述者的進程一張一弛，產生懸念，增強神秘氣氛，在懸念的不斷製造和解答中獲得某種閱讀快感，增強了故事的傳奇性與吸引力。

　　遊冥故事中，敘述視角的作用非常重要，常以入冥之人為視角，非常獨

特而巧妙地用入冥之人的眼睛來觀察和審視冥間世界。入冥之人的特殊作用還不止於此，他同時作為溝通幽明兩岸的使者，成為傳遞彼岸世界信息的代言人。入冥之人傳達給世人的不止是幽冥世界的景象、所見所聞，還有佛教觀念、因果報應的印證、地獄的威嚴、地獄受罰的見證。冥遊者這一視角並非全知全能，但總能觀察出傳達出人們最關注和最想知道的一些事情。

《清代筆記小說類編‧神鬼卷》引潘綸恩《道聽途說》中《走無常》一則故事，故事全以走無常者蔡某的視角敘述富商某及其姬死後入冥所歷的種種冥罰酷刑。富商生時為富不仁，對有恩之人冷酷無情，致人自經而死。其姬暴戾不情，殺婢逐師。二人死後赴冥途中遭遇不一，寵姬歿時富商尚在，因有「地方鬼已為姬扛送冥資數籠，轎馬各一，騶子輿夫俱備。」而富商死入冥途中，因押解之人正是其逼死的仇家，被喝打得滿背鱗鱗傷痕血漬，膚肉如腐。而這一切都是在蔡某眼中所見。故事以蔡某為線索，串聯起境遇不同的兩個故事，故事敘述條理自然，情景分明。文尾作者說：「蔡除鬼籍後，所言陰曹事不一，難以盡誌，此特其詳盡言之者，然雖述其情形，並不露其姓氏也。」〔註15〕

敘事視角的單調與靈活，往往意味著文本生命是枯寂還是鮮活。遊冥故事的敘事視角一般都是兩種視角的靈活運用。敘事角度的轉換傳遞，使閱讀的效果更加耐人尋味，陰陽兩界融為一體，既加強了故事的真實性，又強化了故事的奇幻色彩，顯示出故事敘述主體自覺意識的增強。

（三）「冥判」對中國古代小說敘事結構的影響

本書在「明清時期遊冥故事」一節中，談到了作為小說敘事手段的遊冥故事對明清小說情節設置、完成主題等方面的某些影響。事實上，遊冥故事在很多方面都對中國古代小說產生了深遠的影響，本節擬從「冥判」這一角度分析和探尋遊冥模式對中國古代小說敘事結構的某些影響。

在遊冥故事中，其所體現的佛教地獄觀念、因果報應觀念、三世輪迴觀念是融為一體的。佛教觀念認為，人的前生、今生和來世都是互為因果的。在生命輪迴過程中，前世為因，今世為果；今世為因，來世為果，「欲知過去因者，見其現在果；欲知未來果者，見其現在因。」〔註16〕「善惡之報，如

〔註15〕清代筆記小說類編‧神鬼卷‧黃山書社，1998：305。
〔註16〕丁福保：佛學大辭典‧「三世因果」條，福建莆田廣化寺印行，1990。

影隨形，三世因果，循環不失。」〔註17〕最能體現這種報應觀念與輪迴觀念的就是「冥判」環節。

遊冥故事的「冥判」環節是冥界遊歷的重要環節。明清以前遊冥故事中的冥判多是對入冥之人進行冥判，入冥之人因為某種善因或奉經等宗教行為得以重生，故事多以人物的重生、「壽終」為結束。明清時期，隨著小說的繁榮，小說想像力的豐富，小說技巧的純熟，小說完成創作主旨的需要，小說利用冥判模式使人物的「生命」長度延長，人物不止於今生，前世、今生和來世通過「冥判」連接起來，以完成對歷史事件、對人物命運的解釋，並融進作者的善惡忠奸觀念。

「冥判」進入明清小說中，常常勾連起人物的前因後果、前世今生，並同時進行人物今生與來世的轉接，按照因果報應規律，人物的未來或者說是下一世的命運得到重新安排。而這種溝通陰陽、連接今生來世的自由轉換功能為小說家拓展情節、傳達創作理念提供了極大的方便。隨著小說技巧的成熟，一些小說把「冥判」嫁接入小說的結構設置中，為實現小說的創作宗旨、完成小說的功能起了結構小說框架、統馭全篇的作用。

孫遜在《中國古代小說的「轉世」與「謫世」》一文中，談到佛教轉世觀念對中國古代小說的影響，「這種影響不僅表現在它為中國古代小說提供了一種最為廣泛而普遍的主題，同時也為中國古代小說找到了一種常見的結構形式」〔註18〕。實際上，這種轉世與冥判的設計在本質上相同的，都是對人物命運進行因果報應式的解說。

1、以「冥判」引領全書格局

明清時期，一些小說利用「冥判」模式進行結構布局、實現創作理念。在有些歷史演義小說中，「冥判」成為一種結構範式，以實現小說家對歷史的一種解釋。

遊冥故事較早採用冥判模式對歷史事件和歷史人物進行前因後果式地重新安排，是趙弼《效顰集》中的《酆都報應錄》〔註19〕。該文敘渝州士人李

〔註17〕《大般涅槃經‧後分卷上‧遺教品第一》，轉引自孫遜《中國古代小說的「轉世」與「謫世」》，見黃子平主編《中國小說與宗教》，第179頁，香港中華書局，1998年。

〔註18〕孫遜‧中國古代小說的「轉世」與「謫世」‧見黃子平主編《中國小說與宗教》，第179頁，香港中華書局，1998年。

〔註19〕趙弼‧效顰集‧上海古籍出版社，1957：51～57。

文勝因母病向北陰酆都大帝祈母病痊，入冥見北陰酆都大帝審勘漢代七國之亂、外戚專權、王莽篡漢等積案。北陰大帝對於漢武帝太子被江充誣以巫蠱自經、晁錯被袁盎以私怨譖殺案，判太子生於某公卿家為冢嫡，江充生其家為奴，受鞭笞四十年後仍以罪誅之。晁錯與袁盎偕生於某處為子，仍同遊官，後以計謀殺之，以報昔年之怨；對於漢外戚呂史竇梁四家專權國事，判生生世世為夷狄。對於史高與弘恭、石顯陷死蕭望之案，判蕭生於某官家，史、弘生於其家為妾，二人後被其殺，石顯則生為羊豕者十次以償其冤；對於「王商王章馮野王鄭崇王嘉翟義」等漢之良臣被王鳳、王莽等圖陷案，北陰大帝判王鳳受七世畜生之報，王莽生為水族類，三百年後生夷狄為女人身。這種忠節者託生貴室、佞惡者為奴為畜的冥判方式，既是宣揚因果報應，也表達了作者的善惡忠奸觀念。

利用「冥判」模式對歷史進行重新演繹並以此來結構小說，最具代表性的是司馬貌斷獄故事。司馬貌斷獄的故事在《新編五代史平話‧梁史平話》卷上，已有一個模糊的影像，以天帝判韓信、彭越、陳豨分別託生為曹操、孫權、劉備，三分劉邦天下，作為三國的起因。這個故事到了元代《三國志平話》〔註20〕，基本骨架已經定型。《三國志平話》敘司馬仲相被請至陰間為閻君，韓信、彭越、英布三人狀告劉邦。司馬仲相斷漢高祖劉邦有負功臣，讓三人共分天下。韓信轉生為曹操，彭越為劉備，英布為孫權，劉邦為漢獻帝，蒯通為諸葛亮，仲相為司馬仲達，從此展開了三國分合的情節。在結構上，司馬仲相折獄成為歷史小說的引子，以此來引出一段紛繁複雜的三國歷史。

馮夢龍《古今小說》（《喻世明言》）卷三一《鬧陰司司馬貌斷獄》，在該文中對三國歷史進行安排的是司馬貌，司馬貌因對人世種種是非不分的現象憤憤不平，借酒澆愁，寫詩洩憤，聲稱「我若作閻羅，世事皆更正」。此事驚動天地諸神，玉帝決定由司馬貌暫作閻羅行陰司之權，審理疑難積案。在三國局面的安排上，與《三國志平話》司馬仲相的安排大致相同，只是增加了幾個人物扶助劉備，蒯通為諸葛亮，許復為龐統，樊哈為張飛，項羽為關羽，紀信為趙雲，而丁公則投胎為周瑜等。司馬貌故事對後世的歷史小說影響深遠。清代有通俗小說《半日閻王傳》，正文另題「司馬貌斷獄」，另有《三國因》一回，清醉月山人編，清又有醉月山人編《新刻三國因》，此書仍是馮夢

〔註20〕鍾兆華校注‧元刊全相平話五種‧巴蜀書社，1990。

龍「鬧陰司司馬貌斷獄」的單行本。依據現存的文獻資料，除了平話小說《鬧陰司司馬貌斷獄》、《三國因》以外，清初徐石麟撰《大轉輪》、嵇永仁撰《續離騷·憤司馬夢裏罵閻羅》雜劇，也都演司馬貌斷獄故事〔註21〕。

　　從司馬仲相折獄到司馬貌斷獄，二者都是對歷史進行一種超越現實的解釋。這種冥判式的對歷史的重新安排有很強烈的主觀色彩，將歷史事件納入因果報應的思想體系，站在道德評判的立場上，通過遊冥模式的框架表現對歷史的認識和對現實的道德感受，雖然消解了複雜歷史的嚴肅性，但卻是人們在當時歷史條件下對歷史所能作的最「合理」的解說。這種解說進入歷史演義小說，很自然地成為了結構小說的框架，作為小說統馭全篇進行結構安排的一種手段，它與小說的整體構思聯繫在一起，成為一種常見的歷史演義小說的敘述模式。

　　歷史演義小說《混唐後傳》，同樣以「冥判」模式來構架小說，作為小說的引子。該書第一回「長孫后遣放宮女，唐太宗魂遊地府」，其中敘及貞觀十三年，太宗得病，魂遊地府。此時，閻王尚未審結隋煬帝一案，唐太宗得知隋煬帝將投胎轉世為楊家女，隋煬帝的宮女朱貴兒將投胎轉世做皇帝，二人做夫婦，將會受用二十餘年〔註22〕。唐太宗魂遊地府的情節成了書中唐明皇與楊玉環故事的話頭，也為李楊故事找到了佛教三世因果報應的解釋。署「竟陵鍾惺伯敬題」的《混唐後傳序》稱：「昔有友人曾示余所藏逸史，載隋煬帝、朱貴兒為唐明皇、楊玉環再世因緣，事殊新異可喜，因與商酌，編入本傳，以為一部之始終關目。」〔註23〕小說作者將唐太宗遊地府的故事插入李楊故事中，作為小說結構上的一種安排，成為小說的創作手段。

　　清代豔情小說《姑妄言》〔註24〕第一回，敘閼漢到聽（寓道聽途說之意）醉臥城隍廟，目睹衰冕王者對漢朝至嘉靖年間閻王所決疑案，按情節輕重，各判再世受報應，對主要人物一一作出交待。李林甫轉世為阮大鋮，秦檜生為馬士英，永樂皇帝生為李自成等等。另外又有白氏女子及四個男子的懸案。此五人分別被判投生為南京著妓錢貴、書生鍾情、貴公子宦蕚、進士賈文物和財主童自大。小說以錢貴和鍾情之婚姻，以及宦蕚、賈文物、童自大這四

〔註21〕石昌渝·中國古代小說總目（白話卷），山西教育出版社，2004：291。
〔註22〕混唐後傳·五代殘唐·華夏出版社，1995：3～5。
〔註23〕混唐後傳·五代殘唐·卷首，華夏出版社，1995。
〔註24〕三韓曹去晶·姑妄言·刪節本，中國文聯出版社，1999。

個家庭為主線，以魏忠賢專權、李自成攻入北京、直至清軍蕩平江南這段史實為歷史背景，描繪了廣闊的社會生活畫面。小說以冥判模式作為全書結構的引子，既對人物的淵源因果作以解釋，又巧妙地與全書的構思融為一體，在紛繁的歷史事件和錯綜複雜的頭緒中，因果起伏、組織嚴密，形成一個巨大的因果網絡構架。

以「冥判」作小說結構的引子，在小說結構上起到引領全篇的作用，並在總體上為小說定下一個基調，使讀者先入為主，能夠以一種平靜的態度面對小說情節的發展，接受歷史既定的格局，使全書渾然一體，結構完整嚴謹。

2、以「冥判」為結收束全文

以「冥判」來結構小說還有另一種情況，即以「冥判」作為小說結尾，對小說人物和事件作以因果報應式的總結和解釋，「冥判」處於情節的收束部分即作為人物事件的結果。熊大木《大宋中興通俗演義》第七十四、七十五回，以明代趙弼《效顰集・續東窗事犯傳》為結，敘書生胡迪偶讀《秦檜東窗傳》，因不平奸臣秦檜謀害岳飛，憤而吟詩罵冥。胡迪於夢中應閻王之召魂遊冥府，親睹冥王審判，秦檜在「普掠之獄」所受懲罰，以及那些「妒害忠良，欺枉人生」、「貪污虐民、不孝於親、不友兄弟、悖負師友、姦淫背夫、為盜為賊、不仁不義者」，所受「或烹剮剜心，或挫燒舂磨」等酷刑，而且有的還「變為牛羊犬豕，生於凡世，使人烹剮而食其肉」，作惡甚者「萬劫而無已」，忠良義士則生活於「雲氣繽紛、天花飛舞」的「忠賢天爵之府」〔註25〕。這種冥判式的結尾，強化的是嚴峻的歷史感，讓歷史在不受先入為主的觀念制約下按照本來面目發展，使歷史最終得到一種超越現實的解釋。

明末世情小說《輪迴醒世》十八卷 183 則故事，每一則故事以閻羅王審案為結，點出兩世因果緣報，讓閻羅王為人世的公案主持公道，對紛繁複雜的社會家庭現象用「冥判」的形式作結收束全篇，使得小說結構非常嚴謹整齊。這一開頭一結尾的「冥判」模式，我們可以看到同類描寫的不同藝術功能。

「冥判」對小說結構上的影響，有積極的方面，它使小說結構框架清晰謹嚴，形成組織嚴密的因果網絡構架，試圖對歷史、對社會現象作以解說。

〔註25〕熊大木・大宋中興通俗演義・第七十四回、七十五回，中國文史出版社，2003。

但這種構架和解說以佛教因果報應作為思維邏輯的依據，事實上，對於複雜嚴肅的社會歷史來說這種解釋太對於輕巧，不是簡單的因果報應就能解釋得了的。同時也使作品從一開始就蒙上了濃濃的宿命色彩，弱化了本該嚴峻的歷史感，這對中國古代小說的負面效應也是不容忽視的。

二、遊冥故事與古代小說團圓結局方式

（一）中國古代小說團圓結局的實現方式

在絕大多數中國古代小說中，無論故事怎樣曲折，情節怎樣發展，都有一個令人滿意的結局，給人一種心靈的滿足和慰藉。這種大團圓式的結局在中國古代敘事文學中非常普遍，很多學者對中國敘事文學的大團圓現象有深入的關注和研究。在中國小說中，《韓憑夫婦》（干寶《搜神記》）、《孔雀東南飛》是大團圓結局的過渡形式。本來是悲劇性的故事，韓憑夫婦生未能長相守，死亦未能合冢，相望的二冢竟長出合抱的「相思樹」。《孔雀東南飛》的結尾出現了化蝶雙飛的浪漫結局。這種結局沖淡了故事的悲劇氣氛，給讀者一絲心靈的安慰。大團圓結局的真正成熟始自唐傳奇〔註26〕。《任氏傳》任氏與韋崟的化敵為友，《柳毅傳》柳毅與龍女的悲離歡合，《李娃傳》李娃與鄭生私相戀愛終封汧國夫人。《長恨歌傳》李、楊二人仙界重會。宋元以後的小說話本中，大團圓結局比比皆是，明清小說中，只有極少數小說突破了這種大團圓模式，多數沿用這種大團圓結局的俗套。

分析中國古代小說的大團圓結局，不外是夫妻團圓、父子團聚、妻妾和睦，家業振興，歷經苦難金榜題名、幾經周折有情人終成眷屬，忠信有德之人終得好報，不義作惡之人終得報應，等等。這些結局主要可歸結為三種模式的團圓：

第一，一心行善終得好報的團圓。這種團圓模式是中國古代小說中最為普遍的模式。「三言二拍」等明清多數小說中的結局是這種模式。

第二，惡有惡報式的結局。這種團圓模式主要存在於公案小說、俠義小說、復仇題材小說、世情小說的結局。如《王魁傳》等癡情女子負心郎類的小說、《包公案》《海公案》等公案小說、《兒女英雄傳》《聊齋誌異》「俠女」等復仇題材小說。這些小說中，冤案終會昭雪，惡人終會受到應有的懲治，

〔註26〕謝桃坊·中國市民文學史·四川人民出版社，1998：118。

即使生不能手刃仇人，死後冤魂也會報仇雪恨，讀者會有一種大快人心、快意恩仇的暢快。世情小說中，這類惡有惡報式的結局也很普遍，如「三言二拍」《木棉庵鄭虎臣報冤》、《沈小霞相會出師表》等。

第三，有情人終成眷屬式的團圓。多數婚戀題材的小說是這種結局，如宋元以來的《青瑣高議》中的《書仙傳》、《張浩》，《剪燈新話》中的《翠翠傳》、《金釵記》及其附錄《秋香亭記》，《鍾情麗集》、《懷春雅集》、《劉生覓蓮記》等中篇傳奇，《醒世恆言》中的《蘇小妹三難新郎》、《吳衙內鄰舟赴約》，《鼓掌絕塵》中的風集、雪集。明末清初，自《玉嬌梨》、《平山冷燕》開始的才子佳人大團圓結局。這種結局是絕大多數愛情題材的小說戲曲最為常見的結局模式，有一定的積極意義，「曾遭到很多人抨擊的大團圓的結局，是才子佳人小說對長期的愛情悲劇命運的突破。」〔註27〕

對於這種種的大團圓結局，小說家們在結構小說之時，總要予以安排。考察很多小說團圓結局的實現，並非是小說主人公本人行為或情節邏輯發展的必然結果，多數帶有偶然性或超自然力作用的結果。中國古代小說團圓結局的實現方式主要有以下幾種方式：

第一，某種超自然的力量。這種超自然的力量可能是上天的護祐，如《聊齋誌異》「金永年」，因「善」的力量，天帝使七旬老嫗得以產子延嗣；可能是主人公偶遇鬼神、仙人，因其幫助，或得愛情，或得富貴，總之是滿足了幻想中的心理期待。一些神魔志怪小說的團圓結局固然離不開仙人的神力，不少以表現世俗生活為主要內容的小說美滿結局也是靠神仙等超凡神力的祐助，如「三言二拍」《疊居奇程客得助》、《勘皮靴單證二郎神》，《聊齋誌異》「伍秋月」、「素秋」、「俠女」、「宮夢弼」、「白於玉」等，「濟公」系列小說、遇仙題材小說等。

第二，某種特權的力量。很多小說中團圓結局是依靠權力得以實現的，這種權力可能是一些有正義感的清官、一些有能力的官員等，如公案小說中的包公、海瑞等，表現為邪惡橫行，良民遭殃，昏官無道，黑白顛倒，終逢青天，惡懲善揚。世情小說中如「三言二拍」中《三現身包龍圖斷案》、《萬秀娘仇報山亭兒》、《陳御史巧勘金釵鈿》、《沈小官一鳥害七命》等；有些時候是最高權力的執行者皇帝，如才子人小說中的皇帝賜婚等。

〔註27〕林辰‧明末清初小說述錄‧春風文藝出版社，1988：64。

　　第三，某種偶然性因素。因為偶然的機緣，以情節的誤會或巧合來導向「大團圓」的結局。這種偶然性的團圓結局在偶然性的表象中蘊含了善惡有報的必然結果，寄託了作者懲惡揚善的勸善意圖。在「三言二拍」中這種因偶然性的因素而實現大團圓結局的最為普遍，如《宋小官團圓破氈笠》、《范鰍兒雙鏡重圓》、《轉運漢巧遇洞庭紅》、《呂大郎還金完骨肉》、《施潤澤灘闕遇友》等及《聊齋誌異》中的偶遇藏金模式的美滿結局等。

　　第四，通過科舉改變了個人命運，實現了人生的圓滿。科舉是封建社會下層士人改變人生命運的一條捷徑，然而現實生活中這種通過科舉改變命運的畢竟只有少數幸運兒。而很多小說中，科舉成了解決矛盾的一個主要途徑，通過科舉，才子們改變了個人的命運，獲得了愛情、家庭的幸福。《西廂記》等部分才子佳人小說，沒有才子的金榜題名，花好月圓的美滿幸福是不可能的。

　　這些種種的大團圓，是一種對美好幸福的憧憬和期許，是現實生活中不如意不幸福的心理補償。其實，大團圓並不是我國獨有的文學現象，在世界各民族的文學創作中，尤其是在民間文學創作中，大團圓式的結局並不少見，但中國民族對大團圓的偏愛尤甚，在中國古代敘事文學，五彩紛呈、萬變不離其宗的大團圓形式可稱得上中國文學史上的一大景觀。很多學者也對於中國古代小說中的這種大團圓結局現象的成因都予以揭示，主要的原因有中國古代哲學思想中崇「圓」的因素、中國傳統的審美心理習慣、善惡有報的民間信仰、民族傳統文化心理對「圓」、「和」的崇尚、文人的創作補償心理、受眾的審美接受心理、儒家勸懲教化的需要等。

　　在形成中國敘事文學大團圓結局傳統的原因中，孫昌武談到了佛教因果報應思想對中國小說的影響：「中國小說一般有頭有尾，結構完整，並多是大團圓結局。這與佛教因果報應思想有關。從印度譬喻故事到中國的感應冥報傳說，一定是好人得福，壞人得惡。按佛教觀點看，一切人的行為都是善惡分明的，鼓勵人改惡從善，『放下屠刀，立地成佛』，善惡分明，果報顯著，表現在小說中，正反必有鮮明陣線，故事一定有完滿的結果。在中國小說中，善惡交織的人物、不可解決的矛盾是不存在的，也不會有西方文學那種命運悲慘的觀念。即使是悲劇，也要加上一個喜劇的結尾。」〔註28〕佛教中的「因果報應」思想能夠滿足人們在艱難的生存狀態中的心理需求，它宣揚了好人

〔註28〕孫昌武‧佛教與中國文學‧上海人民出版社，2007：215。

最終會有好結局、惡人最終會受懲罰的命運，反映於小說，自然就形成大團圓結局。這無疑安慰了民眾的心靈，讓他們在對美好願望的寄託中得到心理自足。

（二）遊冥故事的團圓結局方式

作為中國古代敘事文學的一個重要類型，遊冥故事深受佛教觀念的薰染，注重因果敘事的完整性，故事從起因到結局形成了一個嚴密的整體，並都有一個圓滿的結局。幾乎所有的遊冥故事，無論是短篇的小故事，還是中長篇小說中的遊冥情節，無論是多麼痛苦的地獄受罰，還是曲折複雜的死亡、復生之旅，其結局都是按照人們心理預設的期待的軌跡發展演進。這種團圓結局的結構安排，既是故事因果敘事的自然結果，也是故事傳達宗教觀念、道德觀念的創作宗旨的必然要求，更是所有創作者的心理期待。

遊冥故事給人們的初步印象總是那麼陰森恐怖，一個「冥」字總會讓人們產生對死亡的聯想。而實際上，遊冥故事確與死亡有不解之緣，但幾乎每個遊冥故事都準確無誤地把結局指向了再生。經過了恐怖慘烈的地獄之旅，再回到陽光燦爛的人間世界，無論對故事的主人公還是對作者讀者來說，都是令人欣喜的。這些遊冥故事中，善因得善果而再生是一種圓滿，而一部分「惡人」長留地獄受苦、惡因得惡報是另一種圓滿。對於多數人的人生體驗而言，死而復生應是人生最大的幸事。在中國傳統觀念中，家庭幸福，愛情美滿，仕途通達，富貴綿長，人生得意，兒孫滿堂，都比不上生命長度的延長與人生命終時的「壽終正寢」，遊冥故事恰在這一點上達到了永恆的團圓。

遊冥故事結局的團圓在總體上體現為人物的復生，具體而言，有以下幾種結局方式：

第一，是入冥之人的再生，再生後因奉法精進而得善終。

南北朝遊冥故事中，絕大多數以入冥之人再生後，奉法精進得以善終。這與故事的創作主旨有關。再生之人本身擔負著向世人傳達宗教觀念、行勸教勸善之旨的使命，因此，其再生後的行為及結果也向世人證明了信教禮佛帶給人們的實際的「好處」，用人生最具誘惑力的「善終」來勸誘世人奉法信教。如南北朝最有代表性的《冥祥記》入冥之人復生後的人生結局（見下表）：

《冥祥記》遊冥故事結局（計 16 條）

時間、人物	復生後果
晉泰始五年、趙泰	請僧眾大設福會，命子孫改意奉法。時人多來訪問，皆奉法。
晉初、支法衡	出家持戒，晝夜精思。
晉、李清	營理敬家。歸心三寶，勤信佛教。
咸康二年張應	三日後卒。
晉、唐遵	勸示親識，並奉大法。
晉太元十五年、程道惠	後為廷尉，免厄。頃之遷為廣州刺史，六十九歲卒。
晉惠達（劉薩荷）	奉法精勤，遂即出家。太元末尚在京師，後不知所終。
晉咸和時趙石長和	支法山聞和所說，遂定入道之志。
永積元年宋陳安居	訪受冥審之人，悉驗。九十三終。
元嘉三年李旦	常勸化，作八關齋。
元嘉十六年、阮稚宗	遂斷漁獵。
元嘉、宋沙門釋曇典	後出家，元嘉十四年亡。
大明末年、宋蔣小德	難公果於是日死，小德七日後卒。
宋元徽二年、宋沙門智達	達今猶存，齋戒愈堅，祥誦彌固。
無徽中、宋袁廓	廓今太子洗馬。
永明三年、王氏四娘	其人今尚存。

注：據《古小說溝沉》，齊魯書社，1997 年。

　　《冥祥記》有遊冥故事 20 條，其中有 16 條明確提到復生後的結局，從上表看，絕大多數入冥之人復生後成為更加虔誠的佛弟子。故事的創作目的達到了，主人公也實現了人生的圓滿。

　　第二，地獄之人得到救贖，脫離地獄，或復生，或託生人世。

　　入冥之人在地獄遊歷之時，總能看到死去的親朋故舊，這些「故人」的命運也成為作者讀者關注的問題。冥界遊歷遇到「故人」的環節在遊冥故事中的作用有兩點：一是增加故事的內容和含量，使故事情節曲折有趣；二是通過這些「故人」的殷殷勸囑與親身經歷，強化了故事的勸誡力度與效果。這些地獄中人既遇見世上的親朋，命運則開始出現轉折，一種情況是因為有

了入冥之人的「傳語為作功德」，使得脫離地獄，轉生人世，開始了另一段的人生。在南北朝、唐時遊冥故事中的地獄之人，有幸遇見來自人間世界親朋好友的地獄之人，都會有這樣比較理想的結局，如《廣異記》「盧氏」、「鉗耳含光」、「鄧成」、「阿六」等。另一種情況則更幸運得多，因此得以重回人世，繼續原來的人生。《廣異記》「盧弁」中的盧的伯母因親人為之作功德，得以重生。《冥報記》「兗州人」與《玄怪錄》「南纜」故事情節很相似，兩個故事的主人公因與冥官成為好友，冥界「作客」遊歷之時，遇見了被追赴地獄受苦的妻子，由於冥官好友的幫助，攜妻而歸。既入冥界遊歷，又使配偶重生，雙雙回陽，該是多麼令人振奮的人生喜事。宋以後遊冥故事中，這一類的結局較少，可能源於故事創作主旨的轉變。宋以後的遊冥故事創作主旨並非以勸教宣教為主，故事更多的是倫理道德教化之旨，而入冥之人遊歷地獄也多是作為證人去見證人世的糾紛，去證實世上之人的因善惡不同而受到的不同報應。因作功德或親人請託而得以重生的結局自然也就少了，故事的結局轉為另一種模式即善惡有報式的結局。

第三，善惡忠奸各有報應式的結局。

遊冥故事中，歷史上的罪人被永遠地安排在地獄中忍受永無休止的苦楚，《法苑珠林》「趙文昌」、《廣異記》「河南府史」中秦將白起在地獄中永無託生之日。《效顰集》「續東窗事犯傳」、《古今小說》「遊酆都胡毋迪吟詠」、《說岳全傳》等小說中秦檜永遠在地獄中忍受慘烈的酷刑，承受自己陷害忠良所付出的慘痛代價。「曹操、王莽已在阿鼻獄中數百餘年，楊國忠已罰他作牛，安祿山已罰他變豬，凡活時遭受無限之苦，死時還要一刀，剝皮剉骨。」〔註29〕這一類遊冥故事的主旨是為強化忠奸觀念，強調善惡有報毫釐不爽，所以常常在故事中進行善惡忠奸報應的強烈對比。「不忠不孝受那凌遲碎剮、剝皮揚灰之刑；貪淫屠戮受那刀山劍樹之刑；拋棄五穀、輕回百物受那雅舂磨之刑；勢豪凌虐小民受那鐵床銅柱之刑；縱恣口腹食盡水陸受那沸湯油鍋之刑；搬唇弄齒、面是背非、讒譖陰狡受那抉目拔舌抽腸剖腹之刑；推人落水、坑人下井受那奈河水淹之刑；淹沒子女、觸污三光受那血湖血海之刑；恃強凌弱、將大壓小、以富吞貧、以貴欺賤受那石壓銼燒之刑；釣魚射鳥，投機騙詐受那鐵鷹、鐵犬、毒蛇、惡虎咬齧之刑。」〔註30〕明代小說《三寶太監西

〔註29〕劉璋．斬鬼傳．中華書局，1987：1333。
〔註30〕西大午辰．南海觀世音菩薩出身修行傳．中華書局，1991：67～68。

洋記通俗演義》中有個「賞善行臺」，分為八司，專門禮遇生前行善之人。「悌弟之府」中的人「都是善事兄長，能盡弟道的君子」。「忠節之府」中「都是為國忘家忠臣烈士」；「信實之府」中都是「如千里之遠，不爽雞黍之約的范巨卿一般言而有信的君子」；「謹禮之府」中都是「恭而有禮的」；「尚義之府」中都是「義重如山的君子」；「清廉之府」中的人「門無私謁，吏胥不得為奸，平日清白，平生不事產業，死無以為殮」；「純恥之府」中的人「嗜利之徒，恥與為友」。《聊齋誌異》「席方平」中的冥府儘管黑暗腐敗，席父受盡欺凌，最終父子重生，席父因二郎神「念汝子孝義，汝性良懦，可再賜陽壽三紀」九十餘歲而卒。「而羊氏子孫微矣，樓閣田產，盡為席有。」

　　這種善惡有報各得其所的結局在明清時期小說遊冥情節中最為常見，也成為中國古代小說大團圓結局的主要模式。這種大團圓結局往往在因果報應的宗教氣氛中，寄託著作家的道德理想，寄託了民眾對正義的渴望和對邪惡的懲罰，表達了人們嫉惡如仇的心理。讓歷史上的大奸大惡與生活中的不忠不孝邪惡讒諂之輩在地獄中忍受酷刑，對於平日受富豪勢要欺凌、愛憎分明的普通民眾來說，該是一件多麼大快人心的事，反映了人們最素樸的良好願望和期待。

　　遊冥故事的團圓結局主要為以上三種方式，無論哪一種方式都顯示出一種令人欣喜的圓滿態勢，這一方面體現了作者行勸教勸善之旨的良苦用心，一方面也在客觀上表達了人們對善惡有報期冀人生幸福的良好願望。

（三）遊歷地獄成為小說實現團圓結局的一種方式

　　大團圓結局成為中國古代小說創作的普遍現象，在小說大團圓結局的實現方式上看，有很大一部分小說大團圓的實現是依靠超自然的力量，在這些超自然力量中，地獄、閻王成為小說實現大團圓結局的創作手段。很多小說中，遊冥情節的設計成為小說家的一大法寶，遊冥故事成為完成小說家理想設計的工具和執行者。

　　中國古代不少小說大團圓結局的實現依賴於遊冥情節的設計。宋傳奇《柳勝傳》、《鄭超入冥記》、《孔之翰》、《毛烈傳》、《劉元八郎》、《衛浦民》等篇章〔註31〕，完滿結局的實現是靠遊冥情節來完成的。多數作品中人物靈魂遊歷地獄，不是為了宣揚地獄的恐怖，而是為了配合冥判去地獄作證，或

〔註31〕據李劍國《宋代傳奇集》，中華書局，2001年。

者去指證某一犯惡之人，使其終得惡報，或者去為某蒙冤之人雪冤。《毛烈傳》寫陳祈曾被毛烈騙去錢財，毛烈死後，陳祈於是通過暫死進入地獄去指證毛烈，遂使毛烈得到報應〔註32〕。《劉元八郎》則寫夏主簿遭受冤枉而死，劉元遂入地獄證明夏主簿之冤情，陰府為嘉獎劉元正直不阿，增其一紀之壽。

這一類入地獄作證的遊冥故事，進入公案小說幾乎成為一種情節模式，作為小說推動案情發展、解決小說矛盾、實現案情破譯的契機和轉折點。小說中游冥情節的設計完成了小說的主題，成為小說實現團圓結局的一個有效方式。明人小說《包公演義》第二十九回《判除劉花園三怪》，寫包公為斷疑案，靈魂脫離肉體進入地獄，向閻羅察訪案情，終使疑案得斷，兇手得懲。此外如安遇時編《包龍圖判別百家公案》卷三，第二十六回、第二十九回等。

世情小說中依靠遊冥情節的設計完成大團圓結局，以明末世情小說《醋葫蘆》為代表。《醋葫蘆》第十四、十六、十七回都有遊冥情節。女主人公的冥府遊歷成為小說實現團圓結局的關鍵環節。沒有主人公地獄受罰後悍妒性格的轉變，夫妻和好、妻妾和睦、家庭團圓、家業振興的美滿結局是不可能的。

依賴遊冥情節的設計，小說得以完成大團圓結局，這在《紅樓夢》續書中最為普遍。《紅樓夢》續書中有大量的遊冥故事，這些遊冥故事是續書的重要環節（《紅樓夢》續書遊冥情節詳見本節後附表）。通過遊冥情節的設計，大量的人物紛紛還陽復生或轉生，重新演繹作者理想中的紅樓夢故事，完成了作者心目中的團圓結局，實現了作者讀者良好的主觀願望。

在《紅樓夢》幾十種續書中，絕大多數都是寶黛結合、家道復興、婚姻幸福、妻妾和睦的大團圓結局。作於嘉慶四年的秦子忱《續紅樓夢》，林黛玉魂歸太虛幻境後，與在此前已到的諸姐妹金釧、晴雯、元春等相會。然後迎春、鳳姐、妙玉、香菱等也從人間死後來到太虛幻境。鳳姐在陰間受到懲罰，賈母等則在陰間，與城隍林如海、女兒賈敏等住在一起。寶玉則與柳湘蓮在大荒山修道。在渺渺大士、茫茫真人的幫助下。寶玉來到太虛幻境與林黛玉成親，柳湘蓮與尤二姐亦成眷屬。寶釵也與黛玉在夢中相通，互相諒解。最

〔註32〕毛烈事又見《夷堅甲志》卷一九「毛烈陰獄條」及《二刻拍案驚奇》卷十六《遲取券手烈賴原錢·失還魂牙僧索剩命》。

後，寶玉、黛玉諸人一起還魂，實現了在人間的大團圓。花月癡人所撰《紅樓幻夢》，寶玉中舉，光宗耀祖；黛玉還魂復生，健康富貴；皇帝賜宴，祝賀二人喜結良緣；晴雯借屍還魂，續完前情，還了相思債；妙玉回到大觀園，與寶玉重溫舊夢；柳湘蓮還俗，與三姐遂了心願；鴛鴦還在，襲人未走，與眾人同享人生之歡。嫏嬛山樵《補紅樓夢》、《增補紅樓夢》也採用了這一敘事模式，只是在太虛幻境和陰間的人們不再回到人間。《紅樓復夢》中亦有柏夫人遊地府、賈璉遊地府等情節，也都以大團圓為最後結局。《紅樓幻夢》中林黛玉復生，與寶玉成婚，林家因經營有方而成巨富，林黛玉弟林瓊玉也中了會元，寶玉亦中狀元。寶玉與黛玉、寶釵等共享幸福快樂的生活，等等。《綺樓重夢》、《紅樓圓夢》、《紅樓真夢》等續書也有不少游冥情節的設計，都有類似的大團圓結局。在這眾多的《紅樓夢》續書中，美滿的結局離開了遊冥情節的設計則無從談起，雖然庸俗，但的確滿足了眾多《紅樓夢》喜愛者的心理期待。

　　以遊冥情節完成的大團圓結局，是對中國小說結構模式的一種補充，它提供了明清小說家進行小說結構布局的一種手段。但這種模式對小說的負面影響也是不容忽視的。作為現實與非現實情節的結合，作為人為的勉強湊成的大團圓結局，往往忽視了生活的本來邏輯，而不是作品情節和人物性格的自然發展。為了調和現實生活的矛盾，實現作者創作的良好意圖，則不得不採取損害人物性格的整體和諧統一以「削足適履」，自然會導致藝術情節和人物性格的斷裂。《醋葫蘆》中都氏性格的轉變、《紅樓夢》續書中林黛玉性格的前後矛盾，都是這種勉強捏合而成的大團圓的必然結果。《紅樓夢》續書中鬧鬧嚷嚷的地府，離奇荒誕的情節，充斥全書的復生、託生，莫名其妙毫無理由的因果報應，描寫上更加瑣碎平庸，強化了續書的因果報應氛圍，這也是續書藝術成就低、思想平庸的一個重要原因，也成為《紅樓夢》續書被多數學者批評詬病的主要原因。「給故事加上一個完滿的結局，在一定意義上反映了人們的願望，往往體現了積極的思想意義；但是把矛盾歸結到勉強湊成的大團圓，往往忽視了生活的本來邏輯，而在湊成這個結局時，又求助於超現實的力量。魯迅所謂的『瞞和騙的文藝』，很重要的表現就在這裡。」
〔註33〕

〔註33〕孫昌武‧佛教與中國文學‧上海人民出版社，2007：215。

《紅樓夢》續書遊冥情節分布

時代	作者	書名	異名	回數	回序	回目	內容摘要
嘉慶四年	陳少海	紅樓復夢		100	第二回 第三回 第七十七回 第七十八回	為恩情賈郎遊地獄 還孽債鳳姐說藏珠 繫朱繩美人夢覺 服靈藥慈母病痊 戚大娘虛詞駭鬼 柳主事正直為神 老和尚周遊地獄 病夫人喜遇菩提	寶玉投胎鎮江祝家為夢玉，對家中眾女子十分親熱。兼祧三房，每房娶四妻室，一正三副，為鎮江十二釵，所有女子均係賈府中人投胎轉生。賈府後搬來金陵，兩家往來親密。寶釵等人助夢玉平廣州之亂，功勳不凡。眾人進京，重遊大觀園。
嘉慶四年	秦子忱	續紅樓夢	秦續紅樓夢	30	第三回 第四回 第十一回 第十二回 第十四回	黃泉路母女巧相逢 青埂峰朋友奇遇合 觀音庵鳳姐遇秦鍾 豐都城鴛鴦見賈母 酆都城賈母玩新春 望鄉臺鳳姐潑舊醋 張金哥攔輿投控狀 夏金桂假館訴風情 林如海任滿轉天曹 賈夫人幻境逢嬌女	黛玉魂歸太虛幻境，諸女先後來此。賈母死後往陰界而去，在酆都城遇婿林如海；寶玉、湘蓮在高人幫助下來到太虛幻境，陰、陽、天界人齊聚太虛幻境為寶、黛成婚祝福。天帝下旨，眾人重生，齊聚一堂。後太虛幻境改離恨天為補恨天，薄命司為鍾情司。
嘉慶十九年	臨鶴山人	紅樓圓夢	繪圖金陵十二釵後傳	31	第三回	孝女代懺釋重愆 仙妃行權判庶獄	芳官往仙女廟尋兄，逢妙玉得知賈府由否漸亨。上帝命黛玉還魂。黛玉帶珠八斗復生，為返賈家之資，寶黛奉旨完婚。黛玉得神授五雷陣法、三十六棍等技，救寶玉於危難。
嘉慶二十四年	歸鋤子	紅樓夢補	紅樓姐妹篇	48	第十五回	酆都府冤魂纏熙鳳 大觀園冷院感晴雯	黛玉魂歸太虛幻境，警幻仙子與女媧幫黛玉還魂。寶玉棄家入大荒山，寶釵傷心而逝，寶玉知黛玉還魂亦返人間。寶黛完婚，天降金銀，賈家重振。寶釵借

							屍還魂。書末，黛玉撕毀十二二釵圖，天降大石，寶玉驚醒，原來是紅樓一夢罷。
嘉慶二十五年	嫏嬛山樵	補紅樓夢	補石頭記紅樓補夢	48	第四回第五回第十七回第十八回第二十四回	賈夫人遇母黃泉路林如海覓女酆都城青埂峰湘蓮逢寶玉觀音庵鳳姐遇秦鍾賈母惡狗村玩新景鳳姐望鄉臺潑舊醋張金哥逢賈母喊冤夏金桂遇馮淵從良林如海升任轉輪王王熙鳳歸還太虛境	寶玉坐芙蓉城主位，眾人在太虛幻境分歸十二釵之後，史太君在陰界得知眾人成仙，魂遊榮府舊地與眾人相會。黛玉夢會寶釵，寶釵夢遊仙境，明白因果，書以賈雨村評紅樓夢續書而終。
道光二十三年	花月癡人	紅樓幻夢	幻夢奇緣	24	第一回	警幻仙情圓風世因絳珠女魂遊太虛境	改寫程甲本第98回，黛玉死後魂遊陰間及太虛幻鏡，後復生還陽，整頓賈家經濟，大有一番作為。寶玉中舉人、進士，官至侍讀學士，娶寶黛同為正室，更娶晴雯、紫鵑、鴛鴦、襲人等十餘位小妾，享盡人間富貴風流。
民國十九年	郭則沄	紅樓真夢	石頭補記	64	第二十回	省重闈義婢共登程拯幽獄小郎親謁府	寶黛等眾人同歸太虛幻境，寶黛得玉帝賜婚。賈府三界親眷同聚太虛幻境赤瑕宮，釵亦嫁寶玉，眾女子亦得成仙。

三、遊冥故事與古代小說勸懲模式

（一）古人對小說勸誡教化功能的認識

　　勸，是勸勉發揚。戒，是儆戒教訓。教化，即是教育感化。由於受儒家思想的影響，中國古代小說從產生之日起就擔負起道德教化的重任，小說家十分重視小說的功利作用，借助小說宣傳符合當時社會道德的人生準則，規範人們的倫理行為，在作品中通過褒揚善行、貶斥惡行對人心進行教化，這

是我國古代文人干預社會現實的重要方式，小說的「勸誡教化」功能也成為小說的主要功能之一。

與詩文相比，中國古代小說一向被視為難登大雅之堂的「小道」。小說最早的著錄是在班固《漢書·藝文志》。班固在《藝文志》中把小說排在「諸子略」的第十家，即最後一家，並說：「小說家者流，蓋出於稗官，……孔子曰：『雖小道，必有可觀者焉，致遠恐泥。是以君子弗為也。』然亦弗滅也。……此亦芻蕘狂夫之議也。」同時代的桓譚說：「若其小說家，合叢殘小語，近取譬論，以作短書，治身理家，有可觀之辭。」（《文選》卷三十一江淹詩《李都尉從軍》注）班固和桓譚的觀點代表了漢時人對小說的看法，小說雖然「小道」，雖然不入流，但確有一定的積極作用。這是中國古人對於小說教化功能最早的認識，而這種功能是和「治身理家」相聯繫的，已初步被納入儒家思想教化的軌道。

魏晉南北朝時期是文言小說的萌芽發展時期。大量釋氏輔教之書產生是此期小說史上突出的現象，但勸誡教化的動機依然很明顯。方士、宗教徒編撰小說的動機就在於借志怪小說「自神其教」、「以震聳世俗，使生敬信之心」。干寶編撰《搜神記》，其動機為「發明神道之不誣」，而讚賞的卻是儒家的忠孝節義（如「董永」故事、「東海孝婦」故事等）。顏之推《冤魂志》內容是冤魂復仇、因果報應的佛教故事，但作者藉此宣揚的卻是傳統儒家的善惡道德觀念，故魯迅評價其為「引經史以證報應，已開混合儒釋之端矣」〔註34〕。

唐代是文言小說發展史上的第一個高峰，在很多小說的創作中，勸誡教化的動機表述得非常明確。李公佐《謝小娥傳》篇末寫道：「君子曰：『誓志不捨，復父夫之仇，節也。傭保雜處，不知女人，貞也。女子之行，唯貞與節能終始全之而已。如小娥，足以儆天下逆道亂常之心，足以觀天下貞夫孝婦之節。』余備詳前事，發明隱文，暗與冥會，符於人心。知善不錄，非《春秋》之義也。故作傳以旌美之。」記載遊冥故事比較集中的唐臨《冥報記》自序中曾提到六朝蕭子良《冥驗記》、王琰《冥祥記》等書，云「臨既慕其風旨，亦思以勸人，輒錄所文，集為此記」。唐臨作《冥報記》也是為「徵明善惡，勸誡將來。實使聞者深心感悟」。其他一些作品如《任氏傳》、《長恨歌傳》、《鶯鶯傳》等，也有的於篇末點明勸懲之旨，或故事本身就具有勸懲意義，蘊涵了作者勸懲教化的創作動機。

〔註34〕魯迅·中國小說史略·人民文學出版社，1976：39。

　　宋代，隨著唐宋古文運動「文以載道」思想的廣泛影響和宋代理學的形成，小說的教化意味越來越濃，成為中國小說史一個非常突出的現象。「有意識的道德勸懲是宋代志怪中最醒目的思想傾向。」〔註 35〕宋代小說作家也有意地把勸懲教化作為小說創作的主旨。因此，無論是志怪還是傳奇，無論是歷史題材還是愛情題材，小說的勸懲意味都比較突出。《楊太真外傳》的篇末作者論曰：「夫禮者，定尊卑，理國家。君不君，何以享國？父不父，何以正家？有一於此，未或不亡。唐明皇之一誤，遺天下之羞，所以祿山叛亂，指罪三人。今為外傳，非徒拾楊妃之故事，且懲禍階而已。」〔註 36〕《流紅記》篇尾，作者談到勸誡之意：「流水，無情也。紅葉，無情也。以無情寓無情而求有情，終為有情者得之，復與有情者合，信前世所未聞也。夫在天理可合，雖胡越之遠，亦可合也。無理可合，則雖比屋鄰居，不可得也。悅於得，好於求者，觀此，可以為誡也。」〔註 37〕宋代文言小說中，這種勸誡式的語言非常多，體現出程度不同的勸誡教化意旨。很多文人有意識地把勸誡教化當作自己的責任，小說作品及序、跋、題辭中，懲勸教化的語句觸目皆是。魯迅曾指出：「唐人小說少教訓，而宋則多教訓。大概唐時講話自由些，雖寫時事，不至於得禍；而宋時則諱忌漸多，所以文人便設法迴避，去講古事。加之宋時理學極盛一時，因之把小說也都理學化了，認為小說非含有教訓，便不足道。」〔註 38〕

　　明清時期，白話通俗小說的興盛使小說創作達到高潮，同時由於理學思想在社會的統治地位，小說教化思想廣為流行，勸誡教化功能也被強化。蔣大器在《三國志通俗演義序》就說：「若讀到古人忠處，便思自己忠與不忠；孝處，便思自己孝與不孝。至於善惡可否，皆當如是。」凌雲瀚也說：「是編雖稗官之流，而勸善懲惡，動存鑒戒，不可謂無補於世。」（《剪燈新話序》）至馮夢龍更加明確闡明「三言」的勸懲治教化之意。「非警世勸俗之語，不敢濫入……」、「茲三刻為《醒世恒言》，種種典實，事事奇觀。總取木鐸醒世之意……」〔註 39〕《型世言》更取為世樹型之意。此外如《醉醒石》、《清夜鍾》、《歧路燈》等，也都透出一種教化意味。教化世人，勸誡人心，成了多數作

〔註 35〕許軍・論宋元小說的道德勸懲觀念・廣西社會科學・2003，（11）。
〔註 36〕李劍國・宋代傳奇集・中華書局，2001：33。
〔註 37〕李劍國・宋代傳奇集・中華書局，2001：154。
〔註 38〕魯迅・中國小說史略・人民文學出版社，1976：286。
〔註 39〕丁錫根・中國歷代小說序跋集（中）・人民文學出版社，1996：780。

家的共同選擇。

蒲松齡的《聊齋誌異》是文言小說集大成之作，被稱為「孤憤」之書，但其勸誡教化的創作動機則很明顯。其子蒲箬認為「大抵皆憤抑無聊，藉以抒勸善懲惡之心，非僅為談諧調笑已也。」（蒲箬《祭父文》）其孫蒲立德亦認為：「其體仿歷代志傳；其論贊或觸時感事，而以勸以懲。」（蒲立德《聊齋誌異跋》）蒲松齡的好友唐夢賚亦云：「今觀留仙所著，其論斷大義，皆本於賞善罰淫與安義命之旨，足以開物而成務。」（唐夢賚《聊齋異序》）〔註40〕

紀昀編撰《閱微草堂筆記》，自己在序中就明確說明自己的教化動機：「大旨期不乖於風教。」（《姑妄聽之序》）「街談巷語，或有益於勸懲。」（紀昀《灤陽消夏錄序》）在作品中亦多有闡發：「帝王以刑賞勸人善，聖人以褒貶勸人善。刑賞有所不及，褒貶有所弗恤者，則佛以因果勸人善。」（紀昀《如是我聞三》）其學生盛時彥，亦指出這一點：「大旨要歸於醇正，欲使人知所勸懲。」（紀昀《閱微草堂筆記序》）「雖託諸小說，而義存勸誡。」（紀昀《姑妄聽之跋》）《閱微草堂筆記》借紀錄鬼狐故事，以神道設教，欲以此補充法律行政、思想教育之不足，使人遠惡向善，維護封建統治的正常秩序。

小說勸誡教化的功能一方面提高了小說的地位〔註41〕，增強了小說的社會價值。另一方面，必然影響小說審美、娛情等方面的功能。忠孝節義的封建倫理道德觀念和生死輪迴、因果報應及神仙道化的宗教觀念揉合在一起，使有些小說作品格調低下庸俗，成為勸世、教化的工具。

（二）遊歷地獄是遊冥故事的勸懲模式

遊冥故事勸懲功能的完成依賴故事所寓含的宗教思想與道德觀念，而在遊冥故事中，勸懲的宗教觀念與道德觀念是合二為一的。宗教與道德都是人類文化的組成部分，大多數宗教總是把宗教信仰、宗教實踐與道德教化很自然地聯繫在一起。中國古代小說歷來是以道德教化為己任的，這與宗教對道德的重視形成認同，二者之合力就形成了小說道德教化功能。

漢魏晉時期的遊冥故事沒有勸懲色彩。佛教傳入後，南北朝、唐時的遊

〔註40〕丁錫根‧中國歷代小說序跋集（上）‧人民文學出版社，1996：137。
〔註41〕王青在《宗教傳播與中國小說觀念的變化》（《世界宗教研究‧2003，2期）一文中認為，「先秦兩漢時期，小說在中國處於一種十分卑微的地位，但由於小說是宗教宣傳的合適載體，佛道兩教在理論與實踐方面對小說的創作都表示了高度的關注，因此，中國小說地位的提高，宗教起了至關重要的作用。」

冥故事以傳播宗教觀念為其創作主旨，但是道德教化的主旨亦融入其中。宋以後遊冥故事漸以傳播道德觀念、勸善懲惡為主要創作動機，宗教目的退居其次，借宗教外殼行勸懲之旨。明清時期遊冥故事進入小說，成為小說敘事手段，勸懲教化意旨融入小說的整體敘事中。

1、地獄報應思想是遊冥故事的勸懲工具

「佛教地獄觀念之流行，從思想史的發展來看，是因為自六朝以來，中國人的善惡標準已由傳統的儒家價值標準所確立並得到普遍的認同，只不過，由什麼來判定人的『善』和『惡』並使人的『善』和『惡』得到監督，尚有佛教的空間，如果說，『善』和『惡』的倫理原則是由儒家來規定的，那麼使這一倫理原則得以施行的監督責任則基本上是由佛教完成的，而這種監督的最有力者就是『因果報應』的思想。」〔註 42〕遊冥故事實現勸懲教化的主要手段就是利用佛教地獄思想和因果報應思想，用遊歷地獄和因果報應及轉世敘述模式完成教化的目的。而實際上，在遊冥故事中，地獄、果報、轉世三者往往是結合在一起的，而以地獄思想和果報思想為主。地獄是實現勸懲的最終場所，果報借轉世得以實現完滿的勸懲結果，三者難以截然分開。這種勸懲手段的外殼是佛家的，而其內涵、報應的尺度、善惡的標準卻是儒家的道德倫理觀念。

佛教文化認為，人為善為惡，是有報應的。善得善報，惡得惡果，這是佛教文化最基本的觀念，具有倫理上的警戒作用，督促著每個人不可作惡業。東晉郗超在《奉法要》中說：「全五戒則人相備，具十善則生天堂……反十善者，謂之十惡，十惡畢犯，則入地獄。」十惡者，「一殺生，二偷盜，三邪淫，四妄語，五兩舌（新云離間語），六惡口（新云粗惡語），七綺語（新云雜穢語、語含淫意者），八貪欲，九嗔恚，十邪見。」〔註 43〕佛教的因果報應說傳入中國後，迅速融合了中國傳統文化中的一些固有觀念與中國本土的報應觀念，發展成為一種具有中國特色的因果報應思想，作為中國傳統文化中極為重要的一部分，長期而廣泛地影響著中國人的整個精神世界。「因果報應論」，由於「觸及了人們的神經和靈魂，具有強烈的威懾作用和鮮明的導向作用」〔註 44〕。因

〔註 42〕錢光勝·佛教地獄觀念與唐代的入冥小說·和田師範專科學校學報（漢文綜合版），2006，（4）。

〔註 43〕石峻·中國佛教思想資料選編·第一卷，中華書局，1981：16。

〔註 44〕方立天·中國佛教的因果報應論·中國文化·1993，（7）。

果報應思想滲透到人們的思想行為、民俗信仰乃至文化的各個層面，這其中自然也包括文學作品尤其是小說創作。

早期遊冥故事中沒有果報觀念，人死後在地下世界的處境看不出與生前行為有必然的聯繫。佛教傳入後，果報觀念與地獄思想融入遊冥故事中。故事的勸懲意圖是通過地獄報應思想而體現出來的。佛教地獄思想是佛教因果報應的一部分，即地獄報。遊冥故事的勸懲工具即是地獄報應思想。

2、遊歷地獄是遊冥故事的勸懲模式

南北朝、隋唐時期一些具有代表性的遊冥故事裏，在地獄裏接受懲罰的人大部分是觸犯佛教戒律「五戒」、「十善」，而被追入冥接受審判和懲罰。遊冥故事就是通過地獄報應對這些罪過進行審判與懲罰，來警誡世人謹守戒條，行善止惡。

劉義慶《幽明錄》「師舒禮」故事中，巫師舒禮病死後被土地神送詣太山，由於生前經常為人「解除祠祀，或殺牛犢豬羊雞鴨」，所以牛頭鬼吏用鐵叉叉上熱熬，「身體焦爛，求死不得」。由於尚有餘算八年，舒禮被放還陽，復生後再也不作巫師。王琰的《冥祥記》中的「阮稚宗」故事，稚宗「因好漁獵，被皮剝臠截，俱如治諸牲獸之法；復納於深水，鉤口出之，剖破解切，若為膾狀。又鑊煮爐炙，初悉糜爛，隨以還復，痛惱苦毒，至三乃止。」唐代唐臨的《冥報記》「孔恪」故事，孔恪因殺牛和食雞卵入冥受罰。《法苑珠林》中「齊士望」故事，齊士望因平生好燒雞子，入冥受熱灰城中燒灼之苦。《紀聞》中「屈突仲任」，因生前殺害千萬頭牲畜，入冥後受所殺牲畜亡靈的追訴，被裝入皮囊中棒打，「血遍流廳前，須臾血深至階，可有三尺」。明代馮夢龍所編白話小說集《初刻拍案驚奇》卷三十七《屈突仲任酷殺眾生，鄆州司馬冥全內姪》即依此而改編。因殺生而入冥受罰的故事在中古小說中還有很多，由於殺生是佛教五戒之首，所以小說中冥司對殺生的懲罰也最為嚴酷。

宋以後遊冥故事中，在地獄中接受懲治罰的多是違背封建道德的人，對不忠不孝的懲罰最為嚴酷。這些故事借助地獄懲罰的慘酷來警戒世人，來凸顯作者的道德觀念，以規範世人的道德行為。明清時期遊冥故事進入小說，利用地獄報應思想進行勸懲，宣揚倫理教化，在小說中運用得非常普遍。

明代小說《南海觀世音菩薩出身修行傳》中，「不忠不孝受那凌遲碎剮、剝皮揚灰之刑；貪淫屠戮受那刀山劍樹之刑；拋棄五穀、輕回百物受那舂磨之刑；勢豪凌虐小民受那鐵床銅柱之刑；縱恣口腹食盡水陸受那沸湯油鍋之

刑；搬唇弄齒、面是背非、讒譖陰狡受那抉目拔舌抽腸剖腹之刑；推人落水、坑人下井受那奈河水浧之刑；淹沒子女、觸污三光受那血湖血海之刑；恃強凌弱、將大壓小、以富吞貧、以貴欺賤受那石壓銼燒之刑；釣魚射鳥，投機騙詐受那鐵鷹、鐵犬、毒蛇、惡虎咬齧之刑，還有黑暗餓鬼阿鼻畜生種種刑具，不可勝數」〔註45〕。《海遊記》中的冥府「大如宮殿。殿階設油鼎，旁有蛇池，左設石磨，右設鐵鋸；前列三牌，牌下跪著無數的人」〔註46〕。殿上小鬼在宣布了死人的罪狀之後就會把惡貫滿盈之人用鋸鋸開，鋸了又磨成肉醬，放在油鼎煎枯，爆入池中被蛇吃盡。而《斬鬼傳》中「曹操、王莽已在阿鼻獄中數百餘年，楊國忠已罰他作牛，安祿山已罰他變豬，凡活時遭受無限之苦，死時還要一刀，剝皮剉骨」〔註47〕。

　　明清小說在強化地獄慘酷之狀的同時，還以「賞善」作對比，以達到勸善的目的。明代小說《三寶太監西洋記通俗演義》中有個「賞善行臺」，分為八司，專門禮遇生前行善之人。「悌弟之府」中的人「都是善事兄長，能盡弟道的君子」。「忠節之府」中「都是為國忘家忠臣烈士」；「信實之府」中都是「如千里之遠，不爽雞黍之約的范巨卿一般言而有信的君子」；「謹禮之府」中都是「恭而有禮的」；「尚義之府」中都是「義重如山的君子」；「清廉之府」中的人「門無私謁，吏胥不得為奸，平日清白，平生不事產業，死無以為殮」；「純恥之府」中的人「嗜利之徒，恥與為友」。冥府中的「賞善司」給人們樹立了各種善的榜樣，而這些「善」都是以儒家倫理道德為標準。通過「賞善司」的設置，勸導世人，為臣要盡忠報國，為子要孝順父母，為兄弟要友愛，為官要清廉正直。只有生前做善事，後世才能「每遇明君治世，則生為王侯將相，流芳百世；不遇明君治世，則安享陰府受天福」〔註48〕。

　　這種報應的天壤之別自然源於生前的善惡行為。以善惡報應的不同結果來警醒世人在遊冥故事中非常普遍。早在《冥祥記》趙泰故事裏就出現有「福舍」，只是「福舍」裏多是信教禮佛之人。設置「福舍」的目的是勸誘世人崇信佛教。明清時期小說中的「賞善司」則是為加強勸善的效果，使世人行善止惡。

〔註45〕西大午辰・南海觀世音菩薩出身修行傳・中華書局，1991：67～68。
〔註46〕信天翁・海遊記・上海古籍出版社 1990：230～231。
〔註47〕劉璋・斬鬼傳・中華書局，1987：13333。
〔註48〕羅懋登・三寶太監西洋記通俗演義・上海古籍出版社，1985：1129。

3、遊歷地獄的勸懲效果

佛教地獄觀念、果報思想使廣大民眾深信死後後世界是一個人間道德的裁判所，地獄裏明鏡高懸照遍善惡，無所藏匿，每一個善惡的行為在這裡都受到裁決。多數遊冥故事裏的「簿子」記載了人生前的所有善惡行為，如《冥祥記》趙泰故事中的陰司「六部都錄使者」專門在陽間記錄人們的善惡是非。地獄是人們死後算總賬的地方，所以地獄是可怕恐怖的，它要對亡魂作道德終審，並裁定其下一世的命運。當亡靈進入陰間時，他將面對一個無情而冷酷的世界，人無從得知自己的下一世會是什麼命運，他的心靈及在人世的所有行為會被放置在「業鏡」下展示，哪怕一點點小小的醜惡都會遭到難以承受的懲罰。清人魏禧《魏叔子文集》卷一《地獄論》曾言：「刑莫慘於求生不得，求死不得，莫甚於死可復生，散可復聚，血肉糜爛可成體，以輾轉於刀鋸鼎鑊之中，百千萬年而無已極。」表達了人們對地獄的恐懼心理。

佛教地獄說由於以因果報應和六道輪迴理論為基礎，將人死後的境遇與生前的善惡是非緊密地聯繫起來，建立了一套完整的報應觀念與正義邏輯，更具有實際可感的說服力，具有現實的可操作的社會教化意義。梁蕭琛曾說：「今悖逆之人，無賴之子，上罔君親，下虐儔類，或不忌明憲，而乍懼幽司，憚閻羅之猛，畏牛頭之酷，遂悔其穢惡，化而遷善，此佛之益也。」（《難神滅論》，載《弘明集》卷九）

對地獄觀念的特殊作用，一些從事傳教事業的僧人都有深切的體會。梁僧祐《出三藏記集》卷十三載，康僧會與孫皓討論佛意時曾說：「周孔雖言，略示顯近，至於釋教，則備極幽微。故行惡習則有地獄長苦，修善則有天宮永樂。舉茲以明勸沮，不亦大哉。」對地獄長苦的恐懼使得人們信佛禮佛。而僧徒也恰好利用民眾這種恐懼心理達到勸人信佛的目的。《高僧傳》卷十三載僧眾唱導之時「談無常，則令心形戰慄；語地獄則使怖淚交零。」《弘明集》卷六載東晉道恒《釋駁論》云：「世有五橫，而沙門處其一焉，何以明之？乃大設方便，鼓動愚俗，一則誘喻，一則迫脅，云行惡必有累劫之殃，修善便有無窮之慶，論罪則有幽冥之伺，語福則有神明之祐，敦勵引導，勸行人所不能行。」如此鼓動愚俗，用地獄觀念製造終極恐懼，其效果自然是使愚俗不敢行惡，虔誠禮佛。南朝宋時曾任司空、吏部尚書、中書令、散騎常侍等重要官職的何尚之，在與宋文帝討論佛教的社會作用的時候就說：「百家之鄉，十人持五戒，則十人淳謹矣。傳此風訓，以遍宇內，編戶千萬則仁人百萬

矣。……夫能行一善則去惡，一惡既去，則息一刑。一刑息於家，則萬刑息於國。……則陛下所謂坐致太平者也。」〔註49〕中國歷代統治階級之所以維護佛教，很大程度上也是由於佛教的這種道德教化作用。

　　遊冥故事是佛教地獄觀念傳播的主要途徑。這種傳播起到了很好的宣傳效果。「中國民間關於報應、地獄天堂、惡鬼的許多認識也常常來自於文學作品，特別是小說」〔註50〕。遊冥故事一般文字俚俗、具體形象，具有可感性和想像性，宣傳效果自然比佛經的講勸要好得多。《冥祥記》趙泰故事中，趙泰巡遊完地獄，主者告訴他：「奉法弟子，精進持戒，得樂報，無有譴罰也。」由於趙泰尚有餘算三十年，所以被放還陽。臨別，主者說：「已見地獄罪報如是，當告世人，皆令作善。善惡隨人，其猶影響，可不慎乎？」趙泰復活後，宣講他在地獄的經歷，很多人「莫不懼然，皆即奉法也」。

　　作為與佛教地獄觀念關係密切的遊冥故事，其所要達到的目的，主要有兩點：一是宣教勸教，二是懲惡揚善。考察從南北朝至明清的遊冥故事，故事的結果無一不是遵從創作者的主觀意圖。遊冥故事的結尾一般有三種情況：第一，主人公經過地獄的洗禮，無不虔誠地信教禮佛，從前不信佛的人開始信佛，從前信佛的人更加精進虔誠，不相信因果報應的人相信了果報不爽。第二，從前有惡行的人受到懲罰後痛改前非，改惡遷善，開始了從靈魂到行為的洗心革面的重新作人。第三，不信報應、作惡多端、死不改悔的人進入地獄受到了慘烈的酷刑，惡人得到懲治，大快人心。從遊冥故事的結尾看，利用這種地獄受罰模式進行勸懲，效果遠比單純的說教要好得多，因此地獄遊歷模式被小說家用來完成勸懲之旨，以達到教化世人的目的。

（三）地獄受罰是中國古代小說勸懲的主要模式

　　遊冥故事的勸懲手段一方面強化了中國古代小說的勸誡功能，另一方面，遊歷地獄模式也成為中國古代小說勸懲的主要模式。

1、中國古代小說勸懲教化模式之一：賞善，最具實際利益

　　中國古代小說實現勸懲教化功能的手段主要有兩種，一為賞善，一為懲惡。中國古代小說中的賞善，通俗的理解就是好人好報，表現為多數小說的

〔註49〕〔梁〕僧祐：弘明集．上海古籍出版社，1991：32．轉引自范軍《中國地獄傳說與佛教倫理》，《華僑大學學報》，2007年第3期。
〔註50〕孫昌武．佛教與中國文學．上海人民出版社，2007：201。

大團圓結局。以《聊齋誌異》為例，一般有幾種情況：

第一，賞以愛情。由於主人公的忠厚善良至誠專一，獲得愛情的幸福，如《阿寶》，《連城》等。

第二，賞以金錢。由於做生意的公道或為人正直友善獲得意外的好運氣，得藏金暴富，如《宮夢弼》、《二商》、《錢卜巫》等。

第三，賞以子嗣。最具代表性的是《聊齋誌異》「金永年」：「利津金永年，八十二歲無子，媼亦七十八歲，自分絕望。忽夢神告曰：『本應絕嗣，念汝貿販平準，賜予一子。』……無何，媼腹震動，十月竟舉一男。」《土偶》亦是神賜以子嗣，這是對善最大的獎賞，雖有悖生活邏輯，但是「天報善人，不可以常理論也」。

第四，賞以家庭的幸福。由於具備孝、悌等封建倫理道德，意外地獲得家庭團圓家業振興，如《聊齋誌異》「曾友於」、「張誠」、「陳錫九」等。《陳錫九》記書生陳錫九因至孝而獲天帝賜金萬斤。這裡給儒家所極力推崇的「孝道」給以「賜金萬斤」的獎賞。《張誠》寫張訥、張誠兄弟，手足情深，恪守孝悌，弟弟張誠因幫助哥哥砍柴而遇險，但最終卻能逢凶化吉；哥哥張訥因弟死而誓不獨生，以斧自刎，也由菩薩搭救而起死回生。最後父子兄弟團圓，重振家業。

第五，賞以功名。《聊齋誌異》中這方面的作品以《胡四娘》為代表。才子佳人小說中的主人公多會得到這樣的「獎賞」。以上的這些「獎善」與主人公的行為有必然的聯繫，小說中也極力強調這種因果關係。中國古代小說教化手段的賞善無外乎以上幾種，總之是把世俗社會所公認、最具實際意義的好處都給以獎賞，此來誘惑世人，行教化之旨。

2、中國古代小說勸懲教化模式之二：懲惡，以地獄受罰模式為主

中國古代小說中的懲惡則簡單得多，主要有兩種：一是現實生活的教訓。用現實生活真實的報應來作以懲誡，如世情小說、才子佳人小說中的「小人」、「惡人」最後的結局；另一種就是用超自然的力量實現對「惡」的懲治，最為常見的方式就是地獄受罰。因為地獄所具有的特殊的震懾力，所以很多小說家把懲惡的地點放在地獄中，用地獄的慘烈恐怖來達到懲惡的目的，以勸誡世人止惡向善〔註51〕。妒婦下地獄故事是這類懲惡方式最有說服力的例證。

〔註51〕這方面最具典型性的是秦檜死後受報故事，本書第四章詳述。

遊冥故事中有不少關於妒婦、惡婦下地獄的故事。《廣異記》「盧弁」(《太平廣記》卷三八二)，言盧弁夢入地獄：「吏領住一舍下，其屋上有蓋，下無梁。柱下有大磨十枚，磨邊有婦女數百，磨恒自轉。牛頭卒十餘，以大箕抄婦人，置磨孔中，隨磨而出，骨肉粉碎。痛苦之聲，所不忍聞。弁於眾中，見其伯母，即湖城之妻也，相見悲喜，各問其來由。弁曰：『此等受罪云何？』曰：『坐妒忌，以至於此。』」《南村輟耕錄》卷九記松江李子昭妻虐待側室致其流產而死，李妻受冥罰事。類似的故事還有《太平廣記》卷三七五「韋諷女奴」、《夷堅甲志》卷二十「曹氏入冥」等。這一類故事創作者的主旨多「以為世之妒婦勸」。

妒婦下地獄受罰的情節在明末清初的一些小說戲曲中屢屢出現，很多妒婦在地獄中受到懲罰，改變了性格，妒性全無。《醋葫蘆》是明末清初的一部以「療妒」為主旨的勸善類世情小說。小說敘成珪妻都氏奇妒，因無子嗣，無奈給丈夫娶一石女為妾。後丈夫與婢翠苔偷歡，翠苔被都氏毒打昏死。在家人的幫助下，隱於成珪之友家，並生下一子。都氏死後打入十八層地獄，罰受種種極刑，被抽去脊樑上的妒筋，轉回陽世，從此妒心全無，悔悟己過，接翠苔及其子回家，全家團圓。明萬曆年間的戲曲《獅吼記》，劇寫陳慥妻柳氏妒悍，對陳慥管束極嚴，後柳氏夢入冥間，閻王以其妒而問罪，命遊地獄，使之醒悟，屈從其夫。《獅吼記》中還根據類型將妒忌女性分別打入虎狼地獄、拔舌犁耕地獄、黑暗地獄、舂解地獄、鑊湯地獄、刀兵地獄，漢代呂后和袁紹妻等歷史中有名的悍婦就在其中受盡酷刑，遭受各種懲罰，從而給現世的悍妻妒婦以警戒。

《聊齋誌異》《馬介甫》中的尹氏、《邵九娘》中的金氏、《閻王》中的李久常嫂等妒婦也都曾因嫉妒在地獄裏受到酷刑復生後開始了悔悟和改變。

明清小說中妒婦下地獄的故事，一個較為普遍的現象是，妒婦在地獄受懲後一般都能夠復生回陽，重新回到原來的家庭生活中，依然作為家庭的女主人，並且一改常態，再無妒心，從而家庭團圓、妻妾和睦。這是男性一廂情願的美好想像，這表明了小說家對現實生活中妒婦的態度。對妒婦的這種懲誡手段一方面表明小說家對妒婦的痛恨，讓其下地獄接受酷刑。另一方面也表明作者對現實生活中妒婦現象的無奈。作者的心態是立足於現實調整家庭關係，恢復男性統治下的家庭的和諧。「從今後，但願得打破了家家的醋甕醋瓶，傾翻了戶戶的梅糟梅醬，連《怕婆經》也只當無字空文。這《醋葫蘆》

也只當青天說鬼，不妨妄聽妄言，但願相隨相唱。」足見作者的殷殷苦心。而讓妒婦在冥中受罰改變悍妒性格，不過是作者無奈的設計，美好的想像，是僅供男人夢中回味的饞中畫餅與世外良方。

四、遊冥故事的「實錄」敘事特徵

（一）史傳文學對文言小說的影響概說

一般認為，我國古代小說脫胎於史傳文學，其最明顯的特徵是史傳性特徵。小說從產生之日起就與「史」有不解之緣。傳統的目錄學把中國典籍分為「經、史、子、集」四大部類。小說作為一種文體的概念最早由東漢的桓譚和班固提出。桓譚說：「若其小說家，合叢殘小語，近取譬論，以作短書，治身理家，有可觀之辭。」（《文選》卷三十一江淹詩《李都尉從軍》注）。班固在《漢書‧藝文志》中把小說排在「諸子略」的第十家，即最後一家，並說：「小說家者流，蓋出於稗官，街談巷語道聽途說者之所造也。」從班固《漢書‧藝文志》將小說家列入《諸子略》開始，後世子部亦有小說之目。班固的「出於稗官」〔註52〕又為小說列於「史」類提供了依據。自從班固小說家出於稗官之論一出，衡量小說一個最重要的標準就是「信而有徵」。實則是以史家眼光來批評小說的，其精神本質是史著原則和史學尺度。

魏晉南北朝時期，是古代小說萌芽和發展時期，文言短篇小說初步形成，古小說出現了新面貌。這一時期小說發生了重要的變化，一個明顯的事實是小說脫離了寄生子書、史書的狀態從子史中游離出來。而另一方面小說雖然從子、史中分離出來，但其本身的小說因素並不充分，常與歷史糾結在一起，顯示著小說對歷史的依附。當時無論是小說作者還是這些小說的接受者，都把小說中的事件視為曾經發生過的事實來記載和接受。魯迅說：「六朝人並非有意作小說，因為他們看鬼事和人事，是一樣的，統當作事實。」〔註53〕當時的普遍觀念是崇實斥虛，衡量小說的標準是實錄原則。劉義慶《世說新語》記有東晉裴啟曾撰《語林》一書，後因述當朝「太傅」（謝安）事不實而導致「眾咸鄙其事」。干寶在《搜神記序》中聲稱《搜神記》所記「苟有虛錯，願

〔註52〕關於「稗官」及小說概念的理解詳見余嘉錫《小說家出於稗官說》（侯忠義《中國文言小說參考資料》，北京大學出版社1985年）、石昌渝《「小說」界說》（《文學遺產》1994，1期）、潘建國《「稗官」說》（《文學評論》1999，2期）、楊菲《稗官為史之支流論》（《福建師範大學學報》2000，1期）等文章。

〔註53〕魯迅‧中國小說史略‧中國小說的歷史的變遷‧人民文學出版社，1976：278。

與先賢前儒分其譏謗。及其著述，亦足以明神道之不誣也」。《山海經》本屬神話傳說，而劉秀卻在《上山海經表》中強調所記「皆聖賢之遺事……其事質明有信」。〔註54〕一些鬼神志怪之書也往往以「記」、「志」、「傳」、「錄」等來命名，如《幽明錄》、《冥祥記》、《靈鬼志》、《鬼神列傳》等，「蓋當時以為幽明雖殊途而人鬼乃皆實有，故其敘述異事與記載人間常事自視固無誠妄之別矣。」〔註55〕可見史學意識對當時小說的影響。

隋唐時期，文言小說創作達到高峰，唐代小說是中國古代小說發展的里程碑。魯迅說「唐人始有意為小說」。唐代的小說觀念非常複雜。其時所稱的小說並不適用於今天以虛構性和敘事性為標準的小說觀念。《隋·經籍志》編撰於唐初，今天學術界公認的許多志怪小說在《隋書·經籍志》子部小說類並無著錄。志怪小說如《列異傳》、《博物志》、《搜神記》、《搜神後記》、《異苑》、《幽明錄》、《冥祥記》等皆入史部雜傳類。小說創作仍然受「史學意識」的束縛，小說作者承繼前朝餘緒，多以「記」、「傳」、「錄」、「志」或「紀」等字樣命名作品，寫法上基本上採用類似紀傳體結構，還往往在小說開篇介紹人物的姓名，標明故事發生的時間，結尾為強調敘述的徵實性，注明故事來源。同時多以第一人稱進行敘述或作者現身於小說中，記敘「我」的經歷、見聞觀感。這些特點在《鶯鶯傳》、《古鏡記》、《遊仙窟》、《補江總白猿傳》、《傳奇》、《朝野僉載》、《酉陽雜俎》、《北夢瑣言》等小說或小說集中都有明顯的表現。這一寫法依然是史傳文學傳統的影響。唐時，小說觀念開始有了較大的突破，但當時人們還擺脫不了「史學意識」的深刻影響。唐代史學家劉知幾把「小說」看作是史乘的分支，劉知幾《史通》裏的《採撰》、《雜述》等篇對小說有過較多論述，認為「小說」既然是得之於行路，傳之於眾口，街談巷議，道聽途說，不免真偽混雜，涇渭不辨，難以與五傳三史並駕齊驅，只能是正史的參數和補充。「能與正史參行」，劉知幾是用史學眼光審視小說的，他大體上是強調「實錄」，重視「雅言」；排斥「虛辭」，反對「鄙樸」。李肇《國史補》卷下說：「沈既濟撰《枕中記》，莊生寓言之類。韓愈撰《毛穎傳》，其文尤高，不下史遷。二篇真良史才也。」這都表明了當時人們仍然以實錄原則（史學眼光）作為衡量小說的一個尺度。此後，用史學尺度作為標準去評議小說的現象，幾乎貫穿了我國古代小說批評史的整個過程。

〔註54〕轉引自楊菲·稗官為史之支流論·福建師範大學學報·2000，（1）。
〔註55〕魯迅·中國小說史略·人民文學出版社，1976：29。

　　宋元時期，文言小說創作受史傳文學的影響也很明顯。洪邁編寫志怪小說集《夷堅志》也以「信實」作為一個標準。《夷堅乙志》序曰：「夫齊諧之志怪，莊周之談天，虛無幻茫，不可致詰；逮干寶之搜神，奇章公之玄怪，谷神子之博異，河東之記，宣室之志，稽神之錄，皆不能無寓言於其間。若予是書，遠不過一甲子，耳目相接，皆表表有據依者。謂予不信，其往見烏有先生而問之。」〔註56〕陳振孫《直齋書錄解題》中認為洪邁作《夷堅志》是「謬用其心」，又認為小說的功用只是「遊戲筆端，資助談柄」等等。劉辰翁批點《世說新語》，也常以史書作比較，如「桓公臥語」一則批道：「此等較有俯仰，大勝史筆」〔註57〕。其實質仍是史學尺度的表現。

　　明清時期是中國古典小說最為輝煌的時期，小說創作蔚為大觀。明清小說理論也達到了繁榮，視小說為歷史的流派分支（或附庸）是當時一個比較有影響的小說觀念。閒齋老人《儒林外史序》提出「稗官為史之支流」，類似的提法還有笑花主人《今古奇觀序》說：「小說者，正史之餘也」；蔡元放《東周列國志序》也明言「稗官固亦史之支流，特更演繹其詞耳」。紀昀的小說觀在其對《聊齋誌異》的評論中有所表現（見盛時彥《〈姑妄聽之〉跋》），他認為「小說」是述見聞的文體，敘事應合乎主體的視角範圍，對虛構、想像的東西不以為然。在其主修的《四庫全書總目提要》中，也可看到他的小說觀念。他把「小說」分為三類：一敘述雜事，二記錄異聞，三綴輯瑣語，其原則仍是「實錄」，其功能在於「以廣見聞」。他不收錄明清的白話通俗小說，《聊齋誌異》這類文言小說也不收錄，說明傳統小說觀念的頑固影響。

　　馮夢龍《喻世明言敘》說「史統散而小說興」，明清小說的繁榮擺脫了史學傳統的束縛是一方面的原因。但作為一種文學傳統，其影響是不可能完全消除的。在文言小說的創作上，儘管創作技巧已很成熟，仍然有很多傳統史傳文學影響的痕跡，難以擺脫史學意識的束縛。

　　《聊齋誌異》有不少男女燕昵和媟狎之態的描寫，寫得細微曲折，如聞如見，作者既無從見聞，則只能是作者想像和虛構。《聊齋誌異》不少作品繼承了唐傳奇的寫法，用魯迅的話說是「用傳奇法而以志怪」。但無論是「志怪」還是「傳奇」〔註58〕，在寫法上《聊齋誌異》確實繼承了史傳文學的一些寫

〔註56〕丁錫根・中國歷代小說序跋集（上）・人民文學出版社，1996：94。
〔註57〕轉引自楊菲・稗官為史之支流論・福建師範大學學報・2000，（1）。
〔註58〕關於小說「志怪」與「傳奇」的分類詳見李劍國《唐前志怪小說史》、《宋代傳奇集》的相關論述。

法，在小說開頭、結尾、事件敘述及「異史氏曰」等方面都可以看出史傳文學的影響。一些短小的篇章也一如南北朝、唐時的「記錄異聞」。這種寫法一直是文言小說的傳統寫作模式，這既是文言小說本身的特點所決定的，也同樣與中國文言小說與史學傳統重視實錄的原則分不開的。

（二）遊冥故事的「徵實」特點

遊冥故事繼承了中國文言小說受史傳文學影響的傳統，同時也是對文言小說史學「印跡」的擴展延伸。作為以超現實為表現內容的冥界遊行故事，在敘述方式、體例等方面表現出史家「實錄」的某些特徵，顯現出受史傳文學影響的痕跡。

1、由民間傳聞到文人「實錄」的轉變

遊冥故事最初是一些流傳於民間的遊冥傳聞，有不少是民間廣為流傳的故事。這些有關幽冥世界的傳聞是文人筆下的遊冥故事產生的基礎。在遊冥故事的發展演變過程中，遊冥故事漸漸脫離了民間故事的某些敘事特徵，進入到文人筆下（早期不少游冥故事的作者是佛教徒），開始具備文人「實錄」的某些表面上的「史」的特點，經過文人有意的加工修補改造，完成了由民間傳聞到文人「實錄」的轉變。還有一些遊冥故事是釋子文人有意的「編造」，為取信於人，也在表面上達到了「實錄」效果。在這個過程中，遊冥故事與民間故事關係密切，不少游冥故事就是民間故事，也有不少文人「編造」的遊冥故事在民間流傳。民間故事在民眾的口耳相傳中常有一些不確定因素，但遊冥故事在很多方面具有與民間故事不同的特徵：

第一，時間地點背景明確化。民間故事的時間背景則很模糊，故事的敘述時間常常是「從前」，或某朝某代，較為常見的難題求婚型民間故事〔註59〕、巧媳婦傻女婿型故事等；而遊冥故事為取信於人則非常明確，具體的年代地點都交待得很清楚。

第二，人物確定化，民間故事的人物一般是个確定的，同一故事在不同年代不同地點的版本中主人公發生訛傳的可能性非常大。而遊冥故事的主人公則很明確，人名傳訛的情況並不多，如南北朝劉薩何入冥故事、宋朝黃靖國入冥故事多有記載，在流傳過程中人名、故事情節沒有大的改變。

〔註59〕中國民間故事的分類詳見〔美〕丁乃通《中國民間故事類型索引》，華中師範大學出版社，2008年。

第三，主題明朗化。民間故事的主題很多，真、善、美，奇、幻、異等都可能成為民間故事的主題。遊冥故事的創作主旨非常清楚明確，就是勸教勸善，明鬼神之實有，行教化之苦心。

第四，結局圓滿化。民間故事的結局也有很多是令人滿意的大團圓結局，但有很多民間故事的結局是令人傷感的悲劇結局，如白蛇傳故事、牛郎織女故事等。遊冥故事的結局幾乎全是大團圓結局，以復生為表現形式，「惡人」下地獄得到懲罰，「好人」得以復生延壽。

第五，語體風格的不同。民間故事多為民間口頭流傳的故事，語言俚俗，敘述簡單，具有口語化風格；遊冥故事多為釋徒高僧或文人，語言古樸簡練，較具文學色彩。

因為上述與民間故事的不同，也使遊冥故事表現出部分的「史」的特徵。從漢魏晉始，幽冥怪談長期在民間說話中流傳，不少民間流行的故事經口傳至筆錄，先經集體口頭創造，後由文士記載。所以這種「記錄」的特徵非常明顯。即使作者注意文采，不能完全擺脫形成過程中已積澱凝固的部分。這種情況與古代小說「街談巷語，道聽途說」的先天性格有關，耳目相接的傳統，很大程度上一直保留至明清小說創作中，成為中國小說的遺傳特性〔註60〕。

2、敘述方式的「徵實」

絕大多數遊冥故事的開頭寫法都很相似，先交待人名、籍貫、身份，然後進入事件的敘述，交待事件發生的具體時間。從各個時代具代表性、記遊冥故事比較集中的文言志怪小說集《搜神記》、《幽明錄》、《冥報記》、《夷堅志》、「剪燈系列」小說、《聊齋誌異》等所記的遊冥故事來看，這種故事開頭的寫法幾乎沒有大的改變。人物、地點、時間都非常明確。這種寫法與中國史傳文學的代表《史記》列傳的開頭寫法一脈相承。

在事件的敘述上，一般有兩種情況：

第一種情況，以第一人稱寫法，寫某人暴卒復甦後自言冥中經歷。這是遊冥故事最為常見的敘述方法。死而復生自述經歷的寫法在增強故事可信性上效果明顯。如《冥報記》「李山龍」：

> 唐李山龍，馮翊人，左監門校尉。武德中，暴亡而心不冷，家人未忍殯殮。至七日而蘇。自說云：當死時，見被收錄，至一官署……

〔註60〕張慶民·魏晉南北朝志怪小說通論·首都師範大學出版社，2000。

　　王問汝平生作何福業……吏即引東行百餘步，見一鐵城，甚廣
大，……吏曰：「此是大地獄，中有分隔，罪計各隨本業，赴獄受罪
耳。」……出門，有三人謂之曰：「王放君去，各希多少見遺。」……
山龍諾。吏送歸家，見親眷哀哭，經營殯具，山龍至屍旁即蘇，曰：
「以紙錢束帛並酒食，自於水邊燒之。」忽見三人來謝曰：「愧君不
失信，重相贈遺。」言畢不見。（《太平廣記》卷一零九）

　　第二種情況，採用第三人稱全知視角的客觀敘述方式，以遊冥之人的視
角來敘述地獄裏發生的故事。情節的處理上按事件發生的時間順序進行平鋪
直敘。這種敘事方法從《搜神記》到《聊齋誌異》遊冥故事並沒有較大的變
化。只是《搜神記》敘事比較簡單，至《幽明錄》而漸趨複雜，情節漸趨繁
複，至《聊齋誌異》則記敘更加婉曲細緻，情節更加曲折，引人入勝。明清
小說中這種寫法較普遍。這種寫法的優點是由人間至冥界再回人間、由生入
死及死而復生非常自然，陰陽兩界合為一體，增強了故事的奇幻色彩。《聊齋
誌異》遊冥故事多採用這種寫法。如《聊齋誌異》卷一「僧孽」：

　　　　張姓暴卒，隨鬼使去，見冥王。王稽簿，怒鬼使誤捉，責令送
歸。張下，私浼鬼使，求觀冥獄。鬼導歷九幽，刀山、劍樹，一一
指點。末至一處，有一僧孔股穿繩而倒懸之，號痛欲絕。近視，則
其兄也。張見之驚哀，問：「何罪至此？」鬼曰：「是為僧，廣募金
錢，悉供淫賭，故罰之。欲脫此厄，須其自懺。」張既蘇，疑兄已
死。時其兄居興福寺，因往探之。入門，便聞其號痛聲。入室，見
瘡生股間，膿血崩潰，掛足壁上，宛冥司倒懸狀。駭問其故，曰：「掛
之稍可，不則痛徹心腑。」張因告以所見。僧大駭，乃戒葷酒，虔
誦經咒。半月尋愈，遂為戒僧。

從敘事方法上看，從第一種寫法到第二種寫法，可以看出敘述方法演變的痕
跡，更加注重情節的引人入勝。遊冥故事逐漸掙脫史傳文學的束縛，由增強
可信性到增強可讀性，敘述的方式更加自由靈動。對於大多數讀者來說，玄
奧的佛教教義是毫無意義的，高深的佛教概念只有化作粗淺的道德說教，才
能進入民眾的生活之中。這些遊冥故事成為宣教勸善的有效工具，為了加強
宣佛效果，自然要求此類故事有趣「好看」，情節生動曲折。

　　在結尾的寫法上，多數遊冥故事是驗證性結尾，交待故事的來源，對故
事的可信性作以驗證，以增強故事的敘述效果，如：

《法苑珠林》「陳安居」(《太平廣記》卷一一三):「說與聞見,與安居悉同。」

《前定錄》「柳及」(《太平廣記》卷一四九):「至今在焉。平昌孟弘微與及相識,具錄其事。」

《冥報記》「柳智感」(《太平廣記》卷二九八):「智感今存,任慈州司法。光祿卿柳亨說之。亨為邛州刺史,見智感,親問之。然御史裴同節亦云,見數人說如此。」

《博異記》(《太平廣記》卷三八零)「鄭潔」:「鄭君自有記錄四十餘紙此,略言也。」

《太平廣記》卷三八一引《廣異記》:「崇簡召見問其事嗟歎久之。後月餘李适之果拜相。」

《宣室志》「劉溉」(《太平廣記》卷三八四):「竇即師錫從祖兄,其甥崔氏子常以事語於人。」

《太平廣記》卷三八〇引《續幽怪錄》「張質入冥事」:「元和六年(張)質尉彭城李生者為之宰,訝其神蕩說奇以異之,質因俱言也。」

這種故事結尾的寫法隨處可見,至明清小說中基本上沒有多少改變。事實上,作為溝通陰陽的傳聞故事,是無法驗證其真實性的,但遊冥故事卻要在這一點上畫蛇添足,無非是為強調故事的真實性,加強勸誡懲惡的效果,達到勸善止惡的目的。

3、故事來源的「真實」

遊冥故事多數是記錄作者親耳聽到的和別人講述的故事,因而撿拾傳聞軼事便成為主要的成文途徑,即干寶《搜神記》序所言「收遺逸於當時」。此外還有雜取前代典籍、改編佛經故事等。日本學者小南一郎在談到佛教應驗故事的編集時說:「六朝後一階段以佛教應驗故事為內容的志怪小說作品,例如劉義慶《宣驗記》、王琰《冥祥記》、佚名《祥異記》、侯君素《旌異記》等書,大多數並不是記錄作者親耳聽到的別人講的故事,而是從已經用文字記錄下來的故事集裏搜集材料加以編集的。」〔註61〕

創作者廣收這類遊冥傳聞,從而宣傳佛教觀念。並且為了強化宣傳效果,往往強調這些傳聞、軼事的真實可靠性。此類故事的虛妄不經是顯而易見的,

〔註61〕〔日〕小南一郎·《觀世音應驗記》排印本跋·見《觀世音應驗記》(三種),第84頁,中華書局,1994年。

然而編撰者卻一再強調這類傳聞的真實性，注明故事的來源出處，以明其信而有徵。這種強調故事真實性的做法，顯示了遊冥故事的一大特色，直至宋以後，依然可以清晰地洞見這種痕跡。

　　遊冥故事多是當時的一些傳聞，有的故事流傳一時，不少小說集都有記載。「趙泰」故事在《幽明錄》中有記，《冥祥記》中也有記載。劉薩河故事在《冥祥記》、《塔寺記》、《法苑珠林》中都有記載。宋代「黃靖國入冥」故事是當時廣為流傳的入冥故事。廖子孟撰有傳奇小說《黃靖國再生傳》，《青瑣高議》中「從政延壽」條敘黃靖國在冥中得冥王告知聶從政因拒絕李氏誘惑，得延壽一紀。黃再生後找到聶核實其事。《夷堅丙志》卷二「聶從政條」敘此事後云：「王敏仲《勸善錄》書其事，曲折甚詳。」岑象求《吉凶影響錄》中「唐武后獄」條敘黃靖國入冥後見武后獄，獄吏告以大甕貯蠆蝎蜇武后事。另《郡齋讀書志》小說類著錄王番《褒善錄》一卷，稱刪取本篇而成。李昌齡注《太上感應篇》卷二六「懷挾外心」注也述此事〔註62〕。

　　有不少游冥故事的主人公是歷史上的真實的人物，還有的故事見於史書記載。韓擒虎入冥為閻羅王故事有唐《韓擒虎話本》。《隋書》卷五十二有《韓擒虎傳》亦記其死為閻王事。很多作者在文中強調這些故事是「所聞」、「所聞知」。這類故事在流傳中難免發生訛誤，或故事情節上的不一致，這使得編撰者不得不謹慎小心，以保證故事的可信度。如「杜鵬舉」故事，《處士蕭時和作傳》（《太平廣記》卷三百）記有杜鵬舉入冥知將為安州都督事，情節較複雜，文中提及唐相王及太平公主事，結尾記曰：「鵬舉所見，先睿宗龍飛前三年。故鵬舉墓誌云：『及睿宗踐祚，陰騭祥符。啟聖期於化元，定成命於幽數。』後果為安州都督。」結尾所提到的時間地點人物及事件的實有，讓人沒理由懷疑故事的真實性。《紀聞》「唐相王」（《太平廣記》卷一三五）亦記杜鵬舉入冥知唐相王事，較為簡略。《朝野僉載》（《太平廣記》卷三百）記杜鵬舉入冥見武三思、韋溫等冥中受罰事，文字簡少。對於杜鵬舉，檢新舊《唐書》並無杜鵬舉其人，《新增月口紀古卷》之五上曾言《雲笈七籤》記有杜鵬舉為安州都督。這種謹慎的做法，對於增強這類故事的真實性效果發揮了很大作用——這類故事正為宣傳佛教觀念、弘揚佛法而產生。劉義慶《宣驗記》、唐臨《冥報記》等載有大量傳聞軼事，但不再執著於強調這類故事的可靠性與可信性，這種情況至《聊齋誌異》則更為明顯。這種寫作態度的差異，歸

〔註62〕石昌渝·中國古代小說總目（文言卷），山西教育出版社，2004：151。

根到底，與編撰者對佛教的態度有關，也與作者的寫作宗旨有關。

（三）遊冥故事「實錄」敘事的成因

遊冥故事「實錄」的敘事特徵是一種刻意向「史」的靠攏，從本質上說，並非「史」家記事，只是一種「史」的某些形式上的表徵，是受中國傳統史學文學影響的痕跡。形成這種特徵的原因非常複雜，中國傳統文化重史氛圍的薰染，漢魏以來社會民眾對幽冥鬼神的態度、創作者寫作的主觀宗旨、有小說自身在發展過程中小說觀念的演變等因素，這些無不在潛移默化中影響著遊冥故事的創作。

1、遊冥故事的「實錄」特徵與創作者對幽冥鬼神的態度有很大關係

六朝特多鬼神志怪之書，一方面表明時人對這類奇聞異事的好奇，一方面也可能是時人對幽冥鬼神之確信實有。因抱著這樣的想法，在「記錄」這類故事時也力求「真實」。從創作觀念及表現形態上看，今天所稱的志怪小說在當時人看來具有史的徵實性。早期的志怪小說，作者並不認為自己是在作小說，而是在「真實」地記錄。《中國小說史略》談到六朝人對鬼神志怪的認識時指出：「文人之作，雖非如釋道二家，意在自神其教，然亦非有意為小說，蓋當時以為幽明雖殊途，而人鬼乃皆實有，故其敘述異事，與記載人間常事，自視固無誠妄之別矣。」〔註63〕

晉干寶作《搜神記》，時人目之為「鬼之董狐」。干寶對幽冥鬼神的態度可以代表當時社會多數文人的看法。干寶因其父妾及兄死而復生之事，「寶以此遂撰集古今神祇靈異變化，名為《搜神記》，凡三十卷。」〔註64〕干寶對幽

〔註63〕 魯迅·中國小說史略·人民文學出版社，1976：29。

〔註64〕 《晉書》卷八二《干寶傳》曰：「寶父先有所寵侍婢，母甚妒忌，及父亡，母乃生推婢於墓中。寶兄弟年小，不之審也。後十餘年，母喪，開墓，而婢伏棺如生。載還，經日乃蘇。言其父常取飲食與之，恩情如生。在家中吉凶輒語之，考校悉驗，地中亦不覺為惡，既而嫁之，生子。又寶兄嘗病氣絕，積日不冷，後遂悟，云見天地間鬼神事，如夢覺，不自知死。《晉書》卷八二《干寶傳》曰：「寶父先有所寵侍婢，母甚妒忌，及父亡，母乃生推婢於墓中。寶兄弟年小，不之審也。後十餘年，母喪，開墓，而婢伏棺如生。載還，經日乃蘇。言其父常取飲食與之，恩情如生。在家中吉凶輒語之，考校悉驗，地中亦不覺為惡，既而嫁之，生子。又寶兄嘗病氣絕，積日不冷，後遂悟，云見天地間鬼神事，如夢覺，不自知死。寶以此遂撰集古今神祇靈異變化，名為《搜神記·凡三十卷》。」寶父侍婢死而復生事又見《孔氏志怪》，寶兄死而復甦事又見《文選抄》，《十二真君傳》亦載此事。

冥之事可能是亦信亦疑。干寶在《搜神記序》云：

> 雖考先志於載籍，收遺逸於當時，蓋非一耳一目之所親聞睹也，又安敢謂無失實哉！衛朔失國，二傳互其所聞；呂望事周，子長存其兩說。若此比類，往往有焉。從此觀之，聞見之難由來尚矣。夫書赴告之定辭，據國史之方冊，猶尚如此，況仰述千載之前，記殊俗之表，綴片言於殘闕，訪行事於故老，將使事不二跡，言無異途，然後為信者，固亦前史之所病。然而國家不廢注記之官，學士不絕誦覽之業，豈不以其所失者小，所存者大乎？今之所集，設有承於前載者，則非余之罪也。若使採訪近世之事，苟有虛錯，願與先賢前儒分其譏謗。……幸將來好事之士錄其根體，有以遊心寓目而無尤焉。

這篇序言中，干寶認為，真實是小說最高的原則，他所記也儘量追求真實。但是對於自己所記之事因未親聞睹，並無確實的把握，而傳聞之辭，未免失實，因而很難保證其敘述的完全真實，即使先賢前儒也不免於此。由於個人見聞的有限性，相同的材料在不同人的手中也會產生變異，故人們可以注意歷史文獻的鑒別，但不能因為某些異說而懷疑全部的文獻記載。此序也有為自己開脫之意，自己記神怪之事也有「寓目遊心」方面的原因。這裡，干寶把追求真實和「寓目遊心」統一起來，可見，早期志怪小說的作者的寫作態度是，既追求真實又難以實證，對於未嘗親見親聞之異聞怪事，寧信其有，以好奇之心記錄下來。抱著這種複雜的心態記異志怪，難免刻意地對事件來源對真實性加以說明，在結尾加上與事件無關的「尾巴」。

至於大量以宣佛為主旨的遊冥故事，創作者多是佛教信徒或深受佛教影響，因抱著虔誠的信仰，對佛法靈驗之事深信不疑，因此在敘述中也會對事件的真實性加以強調。同時，在事件的敘述中注意細節的真實性，努力在取信與神奇之間達到一種微妙的平衡，通過對細節真實性的強調來製造全局真實的效果。遊冥故事受佛教故事影響很深，一部分遊冥故事本身就是佛教故事。「佛教故事往往是徵實的。它把宗教幻想說成是現實，把佛、菩薩以至地獄餓鬼說成實有。佛教本生或譬喻的一個特點是就是結構上的連結部分，即傳說中前世的某人某事就是現世的某人某事。六朝傳奇從《搜神記》、《光世音應驗記》開始，寫到虛幻的鬼神故事則往往指明事情發生在某地，與現實的某人有關，某人可作見證。在這一點上，佛教故事與民間傳說顯然不同。

民間傳說中的其人其事是不確定的，只是一種傳聞。佛教故事把靈異報應傳聞說成實有。」〔註 65〕《冥祥記》的作者王琰是佛教徒，曾經撰寫過《宋春秋》，因為既是佛教徒又是一位嚴肅的史學家，就使《冥祥記》表現出鬼神與「徵實」奇妙的統一。「王琰是嚴格按照史書規範來寫作《冥祥記》的，他對書中涉及到的歷史事件的記載非常正確，甚至可以糾正史之謬，這是《冥祥記》與一般志怪小說不同的地方，這使得小說從『禪史』朝『正史』邁進。」〔註 66〕

2、遊冥故事的創作主旨直接關係到遊冥故事的「實錄」敘述

早期宣傳佛教地獄說的遊冥故事，創作主旨非常明確，為證地獄之說並非虛妄，在故事的來源、敘述的方法上刻意求「實」，也使遊冥故事顯現出「徵實」的特徵。《冥祥記》作者王琰是佛教信徒，從《冥祥記》序中可知，王琰幼年在交趾從賢法師受五戒，曾得賢法師所贈觀世音像一尊，因夢得觀世音像還，後來此像屢屢顯靈，「循復其事，有感深懷，沿此徵覿，綴成斯記」〔註 67〕。可知作者既深信不疑佛陀實有，又欲弘揚佛法，因而《冥祥記》的史家記事風格非常明顯。至唐臨作《冥報記》，唐臨在自序中曾提到六朝蕭子良《冥驗記》、王琰《冥祥記》等書，謂：「臨既慕其風旨，亦思以勸人，輒錄所聞，集為此記。」顯然，唐臨所作有南北朝輔教之書的影響，同時，唐臨亦言：「徵明善惡，勸誡將來，實使聞者深心感悟。」〔註 68〕可見該書的創作主旨是以報應思想行勸善之苦心。李劍國《唐五代志怪傳奇敘錄》對其篇目作了詳細考證，認為：「唐臨此作亦為佛法鼓吹，觀其捏造謊說以謗傅奕等人，偏執近狂，正與法琳輩相呼應。至其淵源，則祖《應驗》、《宣驗》、《冥驗》、《冥祥》等記，南北朝釋氏輔教書之流緒也。」〔註 69〕

隋唐時期，地獄說最為盛行，遊冥故事的創作者在「自神其教」的同時，看到地獄思想對人心道德的規範和約束，認識到地獄觀念對道德教化的作用，自覺地利用遊冥故事進行勸教勸善。從唐開始，遊冥故事，為達到既勸教又勸善的雙重目的，對故事的真實性需要刻意強調，擔心讀者認為是假的而提

〔註65〕孫昌武・佛教與中國文學・上海人民出版社，2007：215。
〔註66〕王青・宗教傳播與中國小說觀念的變化・世界宗教研究・2003，（2）。
〔註67〕劉世德・中國古代小說百科全書・中國大百科全書出版社，2006：356。
〔註68〕劉世德・中國古代小說百科全書・中國大百科全書出版社，2006：355。
〔註69〕李劍國・唐五代志怪傳奇敘錄・南開大學出版社，1993：201。

供證據，表明不是虛構。在故事的敘述中進行事件真實性的辯解強調幾乎成了敘述模式中必不可少、不斷重複的一個組成部分。

宋以來，遊冥故事的道德勸誡主旨強化，為加強勸誡效果也同樣需要強調故事的真實性。這在《夷堅志》中非常明顯。洪邁《夷堅乙志》序曰：「若予是書，遠不過一甲子，耳目相接，皆表表有據依者。謂予不信，其往見烏有先生而問之。」〔註70〕洪邁強調自己所記「耳目相接，皆表表有據依者」。事實上，遊冥故事本就虛妄荒謬，是無法「表表有據」的，無非是為《夷堅志》的勸懲效果加以說辭而已。

3、創作者對地獄的認識

從南北朝至唐代的多數遊冥故事中可以看出，故事的創作者是相信地獄實有的，對佛教地獄觀念深信不疑，因而以虔誠的態度宣傳地獄觀念，在遊冥故事的敘述上強調「徵實」。還有一部分文人對地獄的認識是理智的，認識到地獄對對道德人心的警示作用。

唐《國史補》（《太平廣記》卷一零一）記載：

> 唐虔州刺史李舟與妹書曰：「釋迦生中國，設教如周孔；周孔生西方，設教如釋迦。天堂無則已，有則君子登；地獄無則已，有則小人入。」識者以為知言。

這種認識代表了佛教傳入中國以來一部分文人對地獄的清醒的認識，只是在佛教氣氛濃鬱的唐代，這種寬容達觀理智的見解畢竟還是大音稀聲。

明清時期，遊冥故事已經脫離了「實錄」原則的束縛，小說家們已經熟練應用遊冥模式進行神道設教，再加上小說技巧的成熟，「真實」與虛幻已經融為一體了，如《聊齋誌異》中的上一些夢遊地獄故事。小說利用遊歷地獄進行勸懲教化，一方面是這類故事在世俗傳播發展過程中的不斷成熟臻善，另一方面也源於文人對地獄認識的深化與成熟。

明清文人對地獄的認識有了進一步的深入，謝肇淛在《五雜俎》卷十五「事部三」談到地獄對人心教化作用的有限：

> 釋氏地獄之說，有抽腸、拔舌、油鍋、火山、刀梯、碓鍤之刑，如此，則閻王之酷虐甚矣。即使愚民有罪，無知犯法，聖人猶憐憫之，豈能便加以人世所無之刑，使之冤楚叫號，求自新而不可得哉？

〔註70〕丁錫根·中國歷代小說序跋集（上）·人民文學出版社，1996：94。

蓋設教之意，不過以人世之刑，止於黥、杖、絞、斬、凌遲而極，
而犯者往往不顧，故特峻為之說，使之驚懼，而不敢為惡，此亦子
產「為政莫如猛」之意也。然張湯、杜周、周興、來俊臣之徒，其
獄具慘酷不減地府，而不聞民之遷善改過也。使冥冥之中，萬一任
使不得其人，而夜叉、羅剎得以為政，其濫及無辜，賍害無類，豈
淺鮮哉？老氏曰：「民不畏死，奈何以死懼之？」世有一種窮奇杌、
凶淫暴戾者，即入之地獄而出，其惡猶不改也。小說載：「華光天王
之母以喜食人，入餓鬼獄經數百年，其子得道，乃拔而出之，甫出
獄門，即求人肉。其子泣諫。母怒曰：『不孝之子如此，若無人食，
何用救吾出來？』」世之為惡者，往往如此矣。

清代有不少學者都對地獄說發表了自己的看法，梁恭辰在《北東園筆錄四編》
卷二中認為：「地獄之說始於釋氏，世每疑其妄誕，不知明有王法，幽有鬼神，
宇宙間一定之理。以理揆之，地獄輪迴之事，在所必有。……世有《玉曆鈔
傳》一書，所載皆冥府諸獄科條，其詞俚俗，稍知文者輒棄不閱，而實足令
愚夫愚婦聞之悚息汗下。」並記載了因傳錄《玉曆鈔傳》一書而得靈驗獲福
之事。梁恭辰的見解比之於謝肇淛相對狹隘。

晚清時代隨著人們對佛教的認識不斷深化以及西方先進科學知識的傳入，
文人對佛教地獄觀的理解也隨之深化。王韜《淞隱漫錄》卷九載有《夢遊地
獄》一篇，記有兩則夢遊地獄的故事。故事內容依然是宣揚果報輪迴，行懲
惡揚善之旨。然作者在文中論到：

夫天堂地獄之說出於釋氏，為儒者所不言。然世俗人盛稱之，
有自死復甦者輒為人津津述之，幾若身親歷而目親睹，雖欲闢之彼
亦不肯信也。吾以為一切幻境，都由心造。平日具有天堂地獄之說
在其心中，恐懼欣羨之念往來不定，逮乎疾病瞀亂，由其良心自責，
於是乎刀山、劍嶺、焰坑、血湖現於目前，恍同身受。無他，仍其
一心之所發現也，豈真有天堂地獄哉！〔註71〕

王韜的見解可謂實見，對佛教地獄說有清醒的理智的認識，是具有科學的現
代意味的理解。

佛教地獄說，不過是一種宗教信仰，而宗教信仰的內容是無需驗證其真
實性的。恩格斯指出：「一切宗教不過是支配著人們日常生活的外部力量在人

〔註71〕王韜．淞隱漫錄．人民文學出版社，1999：415。

們頭腦中的幻想的反映，在這種反映中人間力量採取了超人間力量的形式。」
〔註72〕在中國小說以至中國文學中，絕大多數遊歷地獄不過是宗教觀念的反映而已，而文人則巧妙地利用了這種在民眾中影響巨大的宗教信仰，作為勸善教化和針砭現實的工具，形成了中國小說一道獨特的景觀。

五、遊冥故事的時空想像與小說想像空間

（一）先秦兩漢文學的地下空間想像

佛教傳入以前，先秦及兩漢文學藝術想像的領域主要集中於空間想像。《莊子》在先秦文學中是最富於藝術想像的，其開篇《逍遙遊》謂鯤鵬之大，「不知其幾千里，其徙南溟，水擊三千里，摶扶搖而上者九萬里」。那些神人、聖人、至人，則可以「乘天地之正，御六氣之辯，以遊無窮」。這種空間想像是平面的「無窮」。

「漢賦的想像力的確是豐富的，圍繞著某一事物，漢人從多方面馳騁他們的想像，文字鋪排宏麗，洋洋灑灑。然而……就如漢代建築的方正而平鋪一樣，漢賦的想像也是平面的，受到限制的。」〔註73〕佛教傳入以前，從傳統而言，中國藝術空間在平面上已由儒家九洲說、陰陽家九大州說有所開拓。前者是《詩經》在黃河、漢水、長江流域採集風雅頌詩的歷史疆域，後者是《山海經》、《穆天子傳》《神異經》《十州記》和漢大賦所追求的西極、崑崙、溟海、神州、扶桑、北冥、南極等理想的境界。這種空間想像侷限於天地之間……而在縱向立體的藝術空間上，只有神話所開闢的九天、地面和地下（或水下）的三大層〔註74〕。

在中國本土早期的空間想像中，對地下空間的想像在縱深方向拓展了中國古代的想像空間。人們總是對地下世界充滿無限的暇想，無論是先秦及漢時期的散文詩歌中的「黃泉」、「幽都」，還是出土的鎮墓文、帛畫，都能感受到古代人們對「地下世界」探索的渴求。這種地下空間想像主要有兩個特點：

第一，地下空間是不分層的。

佛教傳入以前中國古人對地下世界的想像是模糊的，缺乏系統「合理」的解釋說明。與佛教地下的多層地獄觀念不同，先秦時期人們認為地下世界

〔註72〕馬克思恩格斯選集（第三卷），人民出版社，1972：354。
〔註73〕蔣述卓·佛經傳譯與中古文學思潮·江西人民出版社，1993：41。
〔註74〕陳洪·佛教與中古小說·學林出版社，2007：70。

是不分層的，未出現多層地獄的概念。先秦時有「九原」的說法，但這是一個實有的地名，原是晉國卿大夫的墓地，後來成為墓地的通名，這一名稱並沒有多重地下世界的意義。九泉、九淵之稱則出於漢魏以後，阮瑀《七哀》云：「冥冥九泉室，漫漫長夜臺。」《晉書·皇甫謐傳》引《釋勸論》有「龍潛九泉，硜然執高」，已經是佛教地獄說影響下的產物了〔註75〕。佛教傳入後，佛教地獄觀給予這種想像更加「合理」的解釋。

第二，地下空間是「地上」空間的延展。

隨著想像空間的延展，對地下空間的想像逐漸豐富，開始了一系列地下生活的想像與設計。漢魏晉時期的遊冥故事就是這種對地下世界想像的反映。任何想像都不是憑空產生的，總要有所依託。對地下世界的想像依據是地上世界，主要有兩點：首先是地下生活的想像。漢魏晉時期志怪小說中關於生活於地下的鬼神想像，《搜神記》中的一些鬼故事如「夏侯弘見鬼」（卷二）、「李娥」（卷十四）「南陽文仲」（卷十六）、「安豐侯王戎」（卷十九）等，充滿了人間生活的痕跡。其次是地下官制形態的想像，漢魏晉時期的遊冥故事中冥界主宰機構及官僚體系的設想都是依託於人間世界官僚體系的設置。

「中國文學的空間想像具有強烈的直感色彩，即寫實性，因而在某種程度上侷限了中國藝術空間朝縱深高伸展。佛教傳入後，中國的藝術空間在縱向方面獲得了巨大的延伸，從而滿足了藝術家馳騁神思想像的需求。在這一進程中，中古遊冥（天界地界）小說出於宗教目的而無意中充當了開路先鋒。由此而進，便有了《西遊記》中孫悟空『上窮碧落下黃泉』的天地。」〔註76〕

佛教影響中國小說以前的文學想像儘管突破了天上地下的限制，但這種想像空間仍然有朦朧模糊之感，比之於印度文學、希臘文學等，則要遜色不少。對於造成這種文學想像力受限制的原因，不少學者作過探討。「中國傳統學術一直是重義理重實際，「子不語怪力亂神」，對小說這樣需要高度想像的藝術形式的發展是一種束縛，限制了小說超現實的藝術表現。」〔註77〕魯迅《中國小說史略》說：「華土之民，先居黃河流域，頗乏天惠，其生也勤，故重實際而黜玄想」；「孔子出，以修身齊家治國平天下等實用為教，不欲言鬼

〔註75〕王青·西域文化影響下的中古小說·中國社會科學出版社，2006：195。
〔註76〕陳洪·佛教與中古小說·學林出版社，2007：70。
〔註77〕孫昌武·佛教與中國文學·上海人民出版社，2007：260。

神。」〔註 78〕這種思想限制了中國文化的超現實的時空觀。而另一方面，中國傳統的重史觀念的影響，也抑制了文學想像力的發揮，史家「徵實」風格的敘事方式使得敘事文學的想像力難以突破固有的想像模式。直到南北朝以後，道教佛教的發展，特別是佛教時空觀念的滲透，小說的藝術想像力獲得了突飛猛進的發展，小說想像力插上騰飛的翅膀，開始了中國小說廣闊、奇特、玄妙、幻美、富於藝術魅力的想像之旅。

（二）遊冥故事的地下空間想像與時間想像

冥府遊歷是在世界各地廣為流行的一種想像。從古希臘的神話傳說到古羅馬的文學創作，從基督教到佛教、薩滿教，遠足拜訪死者的例子比比皆是〔註 79〕。希臘神話裏的坦塔羅斯和西緒福斯在冥府接受罪罰的情景，與早期佛典《長阿含經》裏亡靈在冥府接受懲處的情景極其相似，希臘神話裏的英雄俄底修斯和赫拉克勒斯也到過冥間。在中國傳統中，上古的巫覡擔負著溝通人神的功能，戰國、秦、漢時期的方士以能溝通仙界炫惑人主，活躍一時。在這種基礎之上，遊冥故事自然而然地形成了。

遊冥故事本身就是想像的產物，它對地下世界的整體設想是系統有序「合理」的。這種想像融合了佛教空間觀和時間觀，又雜以中國傳統文學觀念中的「徵實」風格，使得遊冥故事的想像既有佛教想像色彩，又似乎很合乎生活邏輯，總能感受到現實生活的印跡。

1、遊冥故事的地下空間想像

遊冥故事直接體現了佛教的時空觀念，佛教的空間觀體現在宇宙觀上。《長阿含經・世紀經》系統、周詳地描寫了宇宙的構成。宇宙劃分為天、地、空三界，宇宙有東西南北上下四維的十方，宇宙的範圍無邊無際，宇宙是由比恒河沙數還要多得多的世界組成。「一小世界」是構成宇宙的最小單位，每「一小世界」又為立體構成，分為十界。其頂端為佛界，其餘依次為：菩薩、緣覺、聲聞、天、人、阿修羅、畜生、餓鬼、地獄。十界中的聲聞以上四界，已擺脫了輪迴，達到超凡入聖、永享極樂的境界。其下六道，由於善惡因果報應，而有六道輪迴之論。其中畜生、餓鬼、地獄三道，稱為惡道，地獄則

〔註 78〕魯迅・中國小說史略・人民出版社，1976：12。

〔註 79〕戴密微・唐代的入冥故事──黃仕強傳・耿昇譯，見《敦煌譯叢》第 1 輯，第 133 頁，甘肅人民出版社，1985 年。

為惡道之最〔註 80〕。這種獨特的空間觀念認為天有多重，地有多層，地下世界也是人物活動的空間，而眾生又根據自己生身的善惡行為在六道中輪迴。地獄不僅數量多，而且頗成體系，有十八層和三十層地獄說等。

在佛教空間觀的規定和制約下，遊冥故事的地下空間想像有兩個特點：

第一，遊冥故事中的地下空間是分層的。

遊冥故事中，地下空間是縱向延展分層的，民眾所熟知的十八層地獄就是這種空間觀的體現。在遊冥故事中，《大目乾連冥間救母變文》〔註 81〕是最典型的地下空間描繪。

《大目乾連冥間救母變文》中目連上天入地尋找母親青提夫人，尤其是目連入地獄對多層地獄的逐一探尋最為直觀地展示了地下空間分層特點。

變文中，目連入冥，見閻羅王，拜訪五道將軍，查閱天曹錄事司泰山都尉的表冊，知道青提夫人已於三年前發落到阿鼻地獄受苦。目連行進在刀山劍樹地獄、銅柱鐵床地獄等處，阿鼻地獄中，「鐵蛇吐火，四面張麟，銅鐵吸煙，三邊振吠」，那些罪男孽婦在刀風劍雨中血肉逬濺，呼天搶地。阿鼻地獄獄主歷盡周折逐層查找青提夫人。他招白幡打鐵鼓，問第一隔有否；又招黑幡打鐵鼓問第二隔，招黃幡打鐵鼓問第三隔，直至招碧幡打鐵鼓問第七隔時，才在鐵床上找到釘了四十九道長釘的青提夫人。「變文把冥間世界寫得如此寬闊而陰森，地獄中有分獄，分獄中還有分隔，其間滲透著佛教的道德判斷，變異著人間的酷刑，是對宗教性的幻想空間極富有想像力的開拓。」〔註 82〕

《目連變文》幾乎是篇幅最長的遊冥故事，對地下世界的表現如層層剝筍般細緻入微。《冥祥記》「宋沙門智達」條，寫智達死後到冥界遊歷，復生後自述其經歷。其間地獄描寫也是層層顯現。這種地下空間分層的特點在多數遊冥故事裏有直觀的體現。

第二，地下世界如人間城郭。

遊冥故事這種虛幻地下空間想像似乎離人世並不遙遠，雖然略顯陰森，卻總能感到現實生活的影子，似乎那個世界就是鄰近不遠的郊外。

《太平廣記》卷三八四引《宣室志》「劉漑」條，言竇生夢中入冥，被一吏引導向西，「經高原大澤，數百里，抵一城。既入門，導吏亡去」。

〔註 80〕巫白慧·印度哲學·東方出版社，2000：106～107。
〔註 81〕李時人·全唐五代小說·第四冊·陝西人民出版社，1998：2766。
〔註 82〕楊義：中國古典小說史論·中國社會科學出版社，2004：257。

　　《太平廣記》卷三八十引《續幽怪錄》「張質」，記張質入冥，出縣門「數十里，至一柏林⋯⋯步行百餘步，入城，直北有大府門，署曰：『北府』。入府，徑西有門，題曰『推院』，吏士甚眾」。

　　《太平廣記》卷三零三引《瀟湘錄》「奴倉璧」條敘奴倉璧被勾入冥，「至一峭拔奇秀之山，俄及大樓下⋯⋯經七重門宇，至一大殿下」。

　　《法苑珠林》卷三十六「任義方」自述入冥，「被引見閻羅王，王令人引示地獄之處，所說與佛經不殊。又云，地下晝日昏暗，如霧中行。」

2、遊冥故事的三世生命長度與陰陽時間對比

　　遊冥故事是佛教時間想像的具體反映。佛教觀念認為，人有三世，前世、今生和來世。人的前生、今生和來世都是互為因果的。在生命輪迴過程中，前世為因，今世為果；今世為因，來世為果。「欲知過去因者，見其現在果；欲知未來果者，見其現在因。」「善惡之報，如影隨形，三世因果，循環不失。」〔註83〕在遊冥故事中，冥判環節溝通了人的前世今生，使前世、今生、來世通過因果關係連接在一起。從總體上看，佛教三世生命說延長了人的生命長度，過去、現在、未來互相打通，將人的前生、今世、來生濃縮在一個極短的時間單位裏表現，反映於小說就是擴大了小說表現力度。

　　三世生命說是對於個體生命長度的時間想像，在具體的時間觀念上，地獄的時間觀念與陽世是有別的。佛教認為彼岸世界（包括諸天與地獄）具有異於世俗的時間尺度，各類佛經中有明確的表述：《中阿含經》卷十六《王相應品・蜱肆經》中鳩摩羅迦葉告訴蜱肆說：「蜱肆！天上壽長，人間命短。若人間百歲是三十三天一日一夜，如是一日一夜，月三十日，年十二月，三十三天壽千年。」《長阿含經》第二分・卷六《轉輪聖王修行經》說，第二轉輪聖王治理下的人民，「壽命延長至八萬歲。八萬歲時人，女年五百歲始出行嫁」。同書卷七《弊宿經》云：「此間百歲，正當忉利天上一日一夜耳。」《大般涅槃經・如來性品》第四之六說：「如人見月，六月一蝕，而上諸天須臾之間頻見月蝕，何以故？彼天日長，人間短故。」安世高譯《十八泥犁經》謂地獄有以「人間三千七百五十歲為一日」、以「人間萬五千歲為一日」不等，「大苦熟之獄」至「以人間四十八萬歲為一日」。這種理論為凡人從未看到死而復

〔註83〕　《大般涅槃經・後分卷上・遺教品第一》，轉引自孫遜《中國古代小說的「轉世」與「謫世」》，見黃子平主編《中國小說與宗教》，第179頁，香港中華書局，1998年。

生這一事實提供了一個很方便的解釋，從而成為宣揚天國、地獄實有的強有力武器。〔註84〕

在佛經中並不完全統一的時間尺度，反映於遊冥故事，這種時間的差異更多。《太平廣記》卷一一五引《法苑珠林》「張法義」條記張法義入冥，師曰：「七日，七年也」。卷三四三引《酉陽雜俎》「李和子」條：「鬼言三年，人間三日也。」《幽明錄》「琅邪人」條：「此間三年，是世三十年」。

唐李復言《幽怪錄》卷三「王國良」記王國良在冥間被告知有命十年，還陽後十個月死，「其非陰間之事，一年為月乎？」這個故事裏，陽間一月，陰間一年。《法苑珠林》卷五十九「高法眼」條稱：「人中一日，當地獄一年。」遊冥故事中陰陽時間的差異，突出了陽世人生時間的短暫，生命的可貴。

《冥報記》柳智感故事記貞觀初長舉縣令柳智感入冥為權判錄事，返陽日曉，「日暝，吏復來迎。至彼而旦，故知幽顯晝夜相反矣」。這種觀念在中國文學裏體現得非常明顯而普遍，黑夜是鬼的世界，而陽光燦爛的白天是人的世界，從六朝時期的鬼怪故事到《聊齋誌異》中的鬼篇章，都是這種時間觀念的反映。

遊冥故事的陰陽時間差與仙凡時間差有很大不同。在中國遇仙文學中，仙境與凡間的時間流速並不一致，在神仙世界，時間的流逝與人間相比較為緩慢〔註85〕。天上、人間、地下時間的差異，從總體上看，天上時間長於人世，而人世時間又長於地下。這種天堂、人間、地獄的時間差異實際上是人們生活中快樂與痛苦的一種切身體驗的反映。「蓋人間日月與天堂日月則相形見多，而與地獄日月復相形見少，良以人間樂不如天堂而地獄苦又逾人間也。」「樂而時光見短易度，故天堂一夕、半日、一晝夜足抵人世五日、半載，乃至百歲、四千年；苦而時光見長難過，故地獄一年只折人世一日。」〔註86〕

在遊冥故事中，似乎這種時間的差異表現得並不明顯，多數遊冥故事在人間與地獄時間對比上有一種很模糊的感覺，原因在於多數遊冥故事的創作主旨是宣傳地獄實有。宣教是為了活著的人，如果刻意渲染這種地獄時間的痛苦漫長，遊歷地獄後帶著傳達地獄觀念使命的人回到人間，所見之人已非

〔註84〕王青·中國小說中相對性時空觀念的建立·南京師範大學學報·2004，（4）。
〔註85〕關於仙凡時間觀念的研究詳見李永平《仙界方七日·人間已千年——古代遊仙文學的相對時空觀》（《唐都學刊·2005，（1期）、〔日〕小南一郎《中國的神話傳說與古小說》（中華書局，1993年）等的相關論述。
〔註86〕錢鍾書·管錐編·第二冊，中華書局，1986：671。

當時之人，宣傳效果則要大打折扣。所以在具體的遊冥故事中，很少強調這種人間地獄的時間對比。

（三）遊冥故事地下空間想像對小說想像空間的影響

多數遊冥故事以傳達宗教觀念為主旨，其想像主觀上是為了宣教，最好的宣教效果莫過於由生人講述進入地獄的親歷親聞。而對於生活於人世間的人來說，活人言死事總有著不可抗拒的吸引力，它滿足了人們對彼岸世界的探索渴求。但實際上，所有冥界的一切，雖然依託於活人的似乎真實可信的講述，但仍然是一種高度發達、極富創造力的想像。這種想像雖然受到遊冥故事為取信於人而敘述「徵實」的限制，但遊冥框架本身提供了對冥界想像力的無限發揮。這種想像進入到中國小說中，對小說藝術想像力的馳騁產生難以估量的影響。

1、自由出入虛幻空間的想像模式對小說想像的影響

中國文學藝術想像中，小說藝術想像是最為靈活直觀富於表現力的。一般而言，藝術想像力是依託於現實的，小說的藝術想像也以現實為基點。遊冥故事中，進入冥界進行一番遊歷的是現實中的普通人，而見識的卻是超現實的景象。能夠自由地出入陰陽兩界，需要有特殊的神通。普通人可以到另一個世界、到地獄裏巡遊，再回到人世間宣揚其中的景象，是一個多麼奇特的經歷，是一種多麼奇妙的構想。這種真與幻的融合，這種世俗中的普通人能夠自由地出入陰陽兩界極大地刺激了小說的想像力，對中國小說尤其是神魔小說中出入三界縱橫馳騁的想像有著深遠的影響。

遊冥故事作為最富想像力的故事類型，它本身就豐富充實了中國敘事文學的想像世界，同時，它對中國敘事文學的想像力的發揮起到刺激和推動作用。中國古代小說中的主人公自由出入虛幻空間的想像模式，應該說遊冥故事有很大的功勞，它與仙界想像一同構成了中國文學中遊歷虛幻空間的想像世界。同時，遊冥故事以普通人進入地獄遊歷，然後再回歸人世的遊冥構想，啟發了小說主人公自由出入虛幻空間的想像模式。

中國古代小說中，有不少小說的主人公能夠在不經意之中進入虛構的幻想空間進行遊歷。而這些小說的主人公只是生活中的普通人，並非有特異功能的異人、神人，這就為平庸無奇的日常生活增加了奇幻色彩。充滿誘惑的超現實空間與現實生活巧妙地接軌融合，這種奇思妙想使小說達到真幻錯雜、

由幻到實、「假實證幻、餘韻幽然」〔註87〕的藝術效果。唐代小說中這一類於不經意間進入夢幻世界的小說非常多。沈既濟《枕中記》中自歎貧困又熱衷功名的盧生在邯鄲道上遇道士呂翁，並在呂翁授予的青瓷枕上入夢，夢中進入虛幻的世界，享盡榮華富貴，醒後方知大夢一場。李公佐《南柯太守傳》寫遊俠淳于棼夢遊槐安國，做了駙馬，又任南柯太守，繼而位居台輔。公主死後，遂失寵遭讒，被遣返故里。一夢醒來，才發現夢中所遊之處為屋旁古槐下一蟻穴。小說主人公於不經意間進入虛幻的夢幻世界與遊冥故事主人公於病中恍惚進入地獄的想像模式非常相似，即「現實空間—虛幻空間—現實空間」的想像與遊冥故事「現實世界—幽冥世界—現實世界」的想像相似性，前者應該是受到後者的啟發。唐代遊冥故事非常盛行，無論是文人士子還是下層百姓都對這種遊歷地獄的故事非常熟悉，這從唐代《冥報記》、《廣異記》中的記載可以看出。沈既濟和李公佐未必不熟悉遊冥故事的想像模式，其創作很有可能受到遊冥故事想像模式的啟發。這種以普通之人自由出入虛幻空間的想像在明清小說中也有很多，應是沿襲了這種想像模式，如明初「剪燈」系列小說、清代《聊齋誌異》等小說中的一些夢幻小說等。

這一類故事中，主人公出入虛幻空間，其立足點和出發點仍然是現實世界。虛幻世界的想像千變萬化，主人公仍然還是回到了現實世界中。這就是故事創作宗旨的要求使然。普通的日常生活經過這種奇特的遊歷體驗，必然會在主人公的心靈留下難以磨滅的印跡，形成思想、觀念上的某些改變。遊冥故事中主人公經歷過地獄的見證和「洗腦」，回歸人世後大都皈依佛教。不少夢幻小說的主人公經歷過虛幻空間的遊歷，從此參透人生，淡薄功名富貴。

2、冥界成為神魔小說的藝術表現空間

佛教影響中國文學以前的文學作品比較重視現實空間，而南北朝以後小說虛構空間增多，則主要受佛教影響。「佛教的超三世通陰陽的觀念使人們的思想打破了現世規律的約束，不但承認有現世，還有過去世、來世，不但有人間，還有天堂、地獄，文學表現的領域擴大了。」〔註88〕佛教文化為中國文學拓展了更為廣闊的思維空間，使中國敘事文學的想像步入了新的領域。而遊冥故事這種遊歷地獄的想像對中國敘事文學尤其是小說的想像力有了嶄新的刺激。遊冥故事的產生，進一步推動了志怪小說關於鬼神故事的藝術想

〔註87〕魯迅·中國小說史略·人民文學出版社，1976：66。
〔註88〕孫昌武·佛教與中國文學·上海人民出版社，2007：208。

像，另一方面它打破時空的觀念進一步開拓了小說想像的空間，冥界成為小說的藝術表現空間。

遊冥故事空間想像對小說想像空間的擴大在神魔小說中體現得非常明顯，在明清神魔小說中，冥界成為神魔的一個活動場所，與天上、人間共同組成小說的人物活動空間。神魔小說因其情節的變幻離奇、天馬行空，空間觀也呈無所不包之勢。最具代表性的神魔小說《西遊記》，從時空觀念和人物形象來看，《西遊記》中的想像空間就是天界、人間、地府。孫悟空上至天宮，下至冥界的行動和《大目乾連冥間救母變文》中目連上天入地尋找母親極為相似，二者之間顯然有明顯的傳承關係。

隨著小說創作技巧的成熟與小說想像力的發展完善，進入虛幻空間的小說主人公開始有了某些神異的特質，小說作者賦予出入虛幻空間的主人公某些神通，已不是日常生活中的普通人。明清神魔小說中的神人、異人、能夠自由地出入三界，縱橫馳騁於天上地下，三界打通，時空交幻。《封神演義》、《西遊記》、《韓湘子全傳》、《西遊補》等神魔小說完全是這種出入三界的想像模式，成為中國古代小說最神奇的景觀。

從審美角度考察，作品的虛構空間愈多，讀者的想像空間也愈大，給人的審美享受也愈強。對於小說創作而言，佛教三世、陰陽等觀念和思維方式的引入，有助於打破現世規律的約束，拓展藝術想像的空間，增加敘事的自由性。而且，將三世、人間、地獄統一，使作品更富有幻想色彩，進而增強作品奇幻詭異、引人入勝的藝術效果。

第四章　遊冥故事系列個案研究

一、唐太宗入冥故事系列研究

　　唐太宗入冥故事是流傳已久的遊冥故事，在明清小說戲曲中也有不少記載。較早記載唐太宗入冥故事的是唐張鷟《朝野僉載》和唐敦煌變文《唐太宗入冥記》。「西遊」系列小說中，《西遊記》第十回「二將軍宮門鎮鬼，唐太宗地府還魂」源於變文《唐太宗入冥記》，是最為人們熟知的遊冥故事。此外楊志和《西遊記傳》（《四遊記》中）、《西遊釋厄傳》也有記載。「說唐」小說系列中，《隋唐演義》第六十八回「成後志怨女出宮，證前盟陰司定案」記唐太宗入冥事，較為詳細。《混唐後傳》第一回「長孫后遣放宮女，唐太宗魂遊地府」與《隋唐演義》所記大致相同。戲曲中記唐太宗入冥事的有《唐王遊地府》（雲南唱本小說），《翠蓮寶卷》，元楊顯之《劉泉進瓜》（雜劇）等。

　　唐太宗入冥故事，歷經從唐代文人筆記、民間變文至元雜劇、明清小說，是影響較大的遊冥故事，廣泛流傳於民間。陳志良認為唐太宗故事的流傳，功起於變文，而功成於《西遊記》〔註1〕。唐太宗入冥故事系列，涉及到冥界觀念的演變、小說對「玄武門」事件的態度、唐太宗對佛教的態度等很多方面。本節以《唐太宗入冥記》、《西遊記》、《隋唐演義》為主要文本依託，擬從故事中冥界觀念的變遷、人物形象的演變、故事的佛教機緣及故事在作品中的功能等方面探討這一流傳久遠的遊冥故事。

〔註1〕陳志良·唐太宗入冥故事的演變·見周紹良、白化文主編《敦煌變文論文錄》下冊，第754頁，上海古籍出版社，1982年。

（一）唐太宗入冥故事的冥界觀念

1、《朝野僉載》到《唐太宗入冥》變文：模糊的冥界觀到明確的佛教地獄觀

唐太宗入冥的故事梗概，見張鷟《朝野僉載》卷六記載：

> 太宗極康豫，太史令李淳風見上，流淚無言。上問之，對曰：「陛下夕當晏駕。」太宗曰：「人生有命，亦何憂也！」留淳風宿。太宗至夜半，奄然入定。見一人云：「陛下暫合來，還即去也。」帝問：「君是何人？」對曰：「臣是生人判冥事。」太宗入見，冥官問六月四日事，即令還。向見者又迎送引導出。淳風即觀玄象，不許哭泣，須臾乃窹。至曙，求昨所見者，令所司與一官，遂注蜀道一聖。上怪問之，選司奏，奉進止與此官。上亦不記，旁人悉聞，方知官皆由天也。

張鷟為唐高宗時人，可知唐太宗入冥故事在唐高宗時即已流傳。張鷟的記載非常簡單，沒有展開具體細節，太宗入冥的原因是「冥官問六月四日事」，「即令還」。但冥官如何問、太宗如何答都沒有詳述。太宗冥界所見為「冥官」和「一人」，為「生人判冥事」，冥界的情狀、如何返回陽間，也沒有提及。如此語焉不詳的原因可能是有所取捨。

張鷟所記唐太宗入冥事中，只提到冥官問事、令還、生人判冥事。故事中未提到具體的冥王。初唐時佛教地獄觀念已流行，但並未達到中晚唐時的全盛狀態。從《太平廣記》中的一些記載可知，其時閻羅王信仰也較普及。生人判冥事在唐以來的筆記小說中有不少記載，如《太平廣記》卷一零四「於昶」、《太平廣記》卷二九八「柳智感」等。張鷟所記唐太宗入冥事冥界觀念模糊淡薄，還看不出作者對佛教的態度，沒有宣佛的思想傾向，只是對事件的簡單記錄。

同為產生於唐代的唐太宗入冥故事見於敦煌變文 S.2630 寫卷。王國維在《敦煌發見唐朝之通俗詩及通俗小說》中稱《唐太宗入冥記》為「宋以後通俗小說之祖」。〔註2〕魯迅《中國小說史略》稱之為「白話小說」。王慶菽予以整理，依王國維、魯迅所擬之標題編入《敦煌變文集》卷二。關於《唐太宗入冥記》的年代，程毅中根據文中提到《大雲經》及《朝野僉載》的有關記

〔註2〕王國維·敦煌發見唐朝之通俗詩及通俗小說·唐寫本殘小說跋·見周紹良，白化文《敦煌變文論文錄》上海古籍出版社，1982。

載，認為此文可能是武后時期或稍晚時期的作品〔註3〕。韋鳳娟認為《唐太宗入冥記》的寫成當在唐肅宗乾元年間之前〔註4〕。蕭登福認為「應寫於武后時期」，〔註5〕卞孝萱認為此篇是為降低太宗的威望、迎合了武瞾的政治需要而產生的，當寫於武瞾以周代唐之初，是一篇在佛教果報掩護下的譴責唐太宗的政治小說〔註6〕。

《唐太宗入冥記》多用口語，語調風趣幽默，顯然來自民間傳說。變文對唐太宗的入冥經歷有生動的描寫，崔子玉之狡猾、太宗的窘迫都栩栩如生，躍然紙上。變文寫唐太宗生魂被追入冥間，因為有崔判官友人李淳風的請託信及崔判官的上下其手，唐太宗得以還魂復生，又添十年壽命。

《唐太宗入冥記》中的冥界觀念清晰明確，反映了初唐時期的冥界觀念。

首先，變文中的冥界之主為閻羅王，而唐代遊冥故事中的冥界之主多為閻羅王，這是佛教地獄觀傳入以來閻羅王影響日盛的反映。

其次，變文中冥界官吏體系具體完備，功能明確。唐太宗進入冥間之後，先後見到的人物有通事舍人、高品、閻羅王、判官崔子玉、六曹官、善惡童子、功德使，也為我們開列了一張完整的冥間官吏名單〔註7〕。

再次，《唐太宗入冥記》還宣揚了抄寫佛經可以滅罪的觀念，有弘法宣佛傾向。判官崔子玉奉勸唐太宗：「陛下若到長安，須修功德，發走馬使，令放天下大赦，……講《大雲經》，陛下自出己分錢，抄寫《大雲經》。」〔註8〕這類觀念在民間影響深遠，在唐代的很多遊冥故事中都有所反映，也可看出佛教地獄觀念世俗化的一個方面。

2、明清小說中唐太宗入冥故事的冥界觀：佛道雜融的地獄觀念

《西遊記》成書於吳承恩（1500～約1582）晚年，其中的冥界觀念與《唐

〔註3〕程毅中·唐代小說史·人民文學出版社，2003：99。

〔註4〕石昌渝·中國古代小說總目（白話卷）·「唐太宗入冥記」條，山西教育出版社，2004：373。

〔註5〕蕭登福·敦煌寫卷〈唐太宗入冥記〉之撰寫年代及其影響·中國文學研究·1986，（8）。

〔註6〕卞孝萱·唐太宗入冥記與「玄武門」之變·敦煌學輯刊·2000，（2）。

〔註7〕錢光勝《敦煌文學與唐五代敦煌之地獄觀念》（西北師範大學碩士學位論文，2007年，「中國優秀碩士學位論文全文數據庫」）對「通事舍人」、「高品」、「六曹官」等作過考證，認為是現實官僚體系在冥界的反映。認為善惡童子作為冥間之神，大概出現於初唐，是在道教影響下出現的冥間神靈。

〔註8〕李時人·全唐五代小說·第四冊，陝西人民出版社，1998：2543。

太宗入冥記》有很大的不同。《西遊記》「唐太宗魂遊地府」的故事涉及到地獄十王、冥吏、酆都判官、地獄各種酷刑，唐太宗先後經歷了森羅殿、幽冥背陰山、陰山背後一十八層地獄、奈河橋等。這裡的冥界觀念是佛道雜融的地獄觀念，冥府機構完整，功能齊全，反映了明清時期社會比較流行的冥界觀念。

　　首先是冥界之主的演變。由《唐太宗入冥記》的閻羅王演變為地獄十王。《西遊記》中的冥界是地獄十王信仰的反映。十王信仰興起於中晚唐時期，宋以後由於善書《玉曆至寶鈔》在民間的流傳，至明清時期，地獄十王信仰在民間影響廣泛，不少明清小說中的冥界都出現了地獄十王，如《姑妄言》、《醋葫蘆》、《隋唐演義》等。《西遊記》中的幽冥情狀來源於《玉曆至寶鈔》出現之後定型的民間地獄觀念。《西遊記》第九回的幽冥世界與善書的描述基本一致，只是作為小說，描繪得更為具體豐富和生動。

　　其次是佛道雜融的地獄觀念。崔子玉為酆都掌案判官。酆都是道教系統的地獄，冥界觀念發生了明顯的演變。從書中對冥界的描繪看，這裡的冥界亦有非常鮮明的道教色彩。唐太宗入冥府後，首先是崔判官的遠道迎接，繼有一對青衣童子執幢幡寶蓋相請，「忽見一座城，城門上掛著一面大牌，上寫著『幽冥地府鬼門關』七個大金字」。「行不數里，見一座碧瓦樓臺，真個壯麗，但見──飄飄萬迭彩霞堆，隱隱千條紅霧現。耿耿簷飛怪獸頭，輝輝瓦迭鴛鴦片。門鑽幾路赤金釘，檻設一橫白玉段。窗牖近光放曉煙，簾櫳幌亮穿紅電。樓臺高聳接青霄，廊廡平排連寶院。獸鼎香雲襲御衣，絳紗燈火明宮扇。左邊猛烈擺牛頭，右下崢嶸羅馬面。接亡送鬼轉金牌，引魄招魂垂素練。喚作陰司總會門，下方閻老森羅殿。太宗正在外面觀看，只見那壁廂環珮叮噹，仙香奇異，外有兩對提燭，後面卻是十代閻王降階而至。是那十代閻君：秦廣王、楚江王、宋帝王、忤官王、閻羅王、平等王、泰山王、都市王、卞城王、轉輪王。」〔註9〕這裡的森羅殿更像道教的神仙府第。唐以後，佛教世俗化趨勢明顯，儒釋道三教合一現象在小說中多有體現，明清神魔小說有不少類似的佛道雜融的描寫，是對複雜的民間信仰的反映。

　　褚人獲《隋唐演義》第六十八回「成後志怨女出宮，證前盟陰司定案」與《混唐後傳》第一回「長孫后遣放宮女，唐太宗魂遊地府」都敘有唐太宗入地府事，二書這兩回在情節上、冥界觀念等許多方面都非常相似。《隋唐演

〔註 9〕吳承恩・西遊記・嶽麓書社，1987：74。

義》成書於清康熙年間，敘隋文帝起兵伐陳至唐明皇還都而死其間一百七十多年的歷史，間插隋末秦叔寶等亂世英雄傳奇。《混唐後傳》〔註10〕清佚名編，該書以唐太宗魂遊地府見隋煬帝與朱貴兒等被冥判轉世為唐明皇與楊貴妃等諸人為引子，敘武則天擅權改唐為周及明皇與楊貴妃的一段歷史，很有可能《混唐後傳》第一回襲用《隋唐演義》第六十八回的描寫。

　　《隋唐演義》與《混唐後傳》與《西遊記》成書年代相差不遠，《西遊記》約成書於吳承恩晚年，約為明末隆慶、萬曆年間。《隋唐演義》成書於清康熙年間，《隋唐演義》、《混唐後傳》二書所記唐太宗入地府事很明顯承襲了《西遊記》第十回「唐太宗魂遊地府」某些描寫。與《西遊記》不同之處在於，《隋唐演義》和《混唐後傳》遊歷地獄情節較為簡略，增加了隋煬帝被帶到轉輪殿結案及后妃朱貴兒等眾妃轉生之事，唐太宗打發眾鬼的錢鈔是向尉遲恭所借，而《西遊記》中是向劉全所借。二書將劉全改為尉遲恭，這樣的改動，就為人物的前世因果關係作了預設。劉全是作者虛構的民間「善人」，劉全在《西遊記》的作用是為完成唐太宗在冥司向十王送南瓜的承諾，任務完成後再沒有情節上的意義。尉遲恭則歷史上實有其人，陰司的因果淵源來解釋二人在陽間的君臣關係，這是歷史演義小說比較常見的一種創作手段。

　　在冥界觀念上，二書也與《西遊記》基本相似。冥界之主為十王，崔子玉為酆都判官，太宗的遊歷冥界過程也基本相似。從《隋唐演義》、《混唐後傳》二書的冥界描寫也可以看出明清時期的佛道雜融的冥界信仰。

（二）唐太宗入冥故事人物形象的演變

　　在唐太宗入冥故事的演變過程中，變文奠定了較高的起點。《唐太宗入冥記》深刻影響了後來的文學創作，在題材上對後世小說產生了深遠影響。《西遊記》第九回「袁守誠妙算無私曲，老龍王拙記犯天條」和第十回「二將軍宮門鎮鬼，唐太宗地府還魂」很明顯源出於《唐太宗入冥記》。《隋唐演義》、《混唐後傳》則基本沿襲了《西遊記》的描寫。明清小說中的唐太宗入冥故事在故事情節與人物描寫的細節上與《唐太宗入冥記》有明顯的不同。主要差異如下：

　　第一，唐太宗入冥原因，由變文中的李建成、李元吉告狀改變為魏徵夢

〔註10〕　《混唐後傳》今存芥子園刻本，內封框上橫書「卓吾評閱」，首有《混唐後傳》序，末署「竟陵鍾惺伯敬題」，皆為偽託。見石昌渝主編《中國古代小說總目》（白話卷）「唐太宗入冥記」條，第150頁，山西教育出版社，2004年。

斬涇河龍，因太宗曾答應向魏徵求情使太宗失信於涇河龍，涇河龍向冥王告狀致太宗入冥對案。

第二，太宗帶向冥間的請託信作者由《朝野僉載》、《唐太宗入冥記》的李淳（乾）風而演變為魏徵。

第三，明清小說中崔子玉的官職由《唐太宗入冥記》中「生人判冥事」的判官而演變為酆都掌案判官，這就不存在崔判官為嫌自己陽世官職低而利用陰司職權向太宗要官要好處的必要。

第四，《唐太宗入冥記》中太宗還魂增十年壽命至明清小說唐太宗入冥故事改為增二十年壽命。

此外，最大的不同在於唐太宗、崔判官形象的迥然有別、文本作者對唐太宗態度的改變。

1、唐太宗形象的演變

（1）《朝野僉載》到《唐太宗入冥記》：由達觀知命到貪生畏死

《朝野僉載》所記唐太宗入冥故事中，唐太宗表現出曠達超然的死亡意識，達觀無畏地說：「人生有命，亦何憂也」，很有一代君主的氣度。至敦煌變文《唐太宗入冥記》〔註11〕，唐太宗形象發生了顛覆。一代帝王變得窘迫不堪，貪生懼死，委瑣矯情。

變文通過很多細節描寫刻畫唐太宗形象，細緻入微地刻畫了唐太宗的心理變化。唐太宗初入冥府，即「憂心若醉」，「今受罪由自未了，朕即如何歸得生路？」表現出對死亡的恐懼。待見到閻羅王，卻威風十足，被喝何不施拜禮之時，便即高聲而言：「索朕拜舞者，是何人也？朕在長安之日，只是受人拜舞，不慣拜人。……朕是大唐天子，閻羅王是鬼團頭，因何索朕拜舞？」使得閻羅王「羞見地獄，有恥於群臣。」

唐太宗在判官院門外等待之時，「皇帝見使人久不出來，心口思惟：『應莫被使者於崔判官說朕惡事？』皇帝此時，未免憂惶」。當把書信交與崔判官，崔子玉表示出不悅不滿之意，「皇帝一聞此語，無地自容。遂低心下意，軟語問崔子玉曰：『卿□□書中事意，可否之間，速奏一言，與寬朕懷。』崔子玉答曰：『得則得，在事實校難。』皇帝……意慘然。遂即告子玉曰：「朕被卿追來，束手□至，且緣太子年幼，國計事大，不忘歸生多時。如□□朕

〔註11〕 李時人・全唐五代小說・第四冊，陝西人民出版社，1998：2541～2547。

三、五日間，與卿到長安，囑付社稷與太子了，□來對會非晚。」皇帝此時論著太子，涕淚交流。」此時的太宗全沒了見閻羅王時的威風傲慢。待聽得李建成、李元吉稱訴冤屈，要與其對案時，太宗「更不敢□□，遂匆匆上廳而坐」。崔子玉索官，要以問頭刁難，「皇帝聞已，忙怕極甚」，當崔子玉弦外有音地追問「人宗皇帝去武德七年，為甚殺兄弟於前殿，囚慈父於後宮」，太宗「悶悶不已，如杵中心」，當崔子玉表示代答之時，太宗「大悅龍顏」，立即封官許願。

從「高聲而言」到「未免憂惶」、「低心下意」、「涕淚交流」再到「悶悶不已」而至「龍心大悅」，變文把太宗描繪得貪生懼死、心慌膽怯、理屈詞窮，與《朝野僉載》中太宗的曠達、尊嚴、理直氣壯成鮮明對比。很顯然《朝野僉載》有袒護太宗之意，而《唐太宗入冥記》則同情建成、元吉。這裡體現出文人筆記與民間傳說的差異。

（2）明清小說中的唐太宗形象：謙遜仁慈的大唐天子

《西遊記》第十回「唐太宗魂遊地府」中，唐太宗形象又發生了明顯的變化。首先是入冥原因改變為涇河龍的告狀而非建成、元吉的訴冤。其次是對待冥王的態度。太宗見十王之時，謙遜有禮，「太宗謙下，不敢前行」，與《唐太宗入冥記》見閻羅王的傲慢判然有別。太宗得知還有二十年陽壽之時，對十王「又再拜啟謝」。遊幽冥背陰山之時「戰戰兢兢」，遊歷過十八層地獄、奈何橋，「太宗心又驚惶，點頭暗歎，默默悲傷」，又立文書借金銀散與眾鬼。這裡的唐太宗已被描寫成謙遜、仁慈的大唐天子。

《隋唐演義》與《混唐後傳》二書對唐太宗形象的描繪與《西遊記》基本相同，唯一不同處在於，《西遊記》中唐太宗放三千宮女出宮回家自嫁之事在唐太宗遊地府還陽之後，而《隋唐演義》與《混唐後傳》則把這一情節置於太宗遊地府之前。這種情節設置上的變化仍然是服從於作者對唐太宗形象刻畫的需要。遊地府之後放宮女回家似乎是遊歷地獄後的「良心發現」，而遊地府之前的這一行為則與遊地府無關，可理解為太宗作為皇帝人性的一面，太宗的形象「無意」中被提升了。

從《朝野僉載》到《唐太宗入冥記》，再到明清小說，應刻說刻畫得最為成功的是變文中的唐太宗形象。變文對唐太宗的心理刻畫得細緻入微，剝開了聖君帝王、道貌岸然的人性的另一面，與明清小說對唐太宗形象的刻畫迥然不同。三部書對唐太宗形象的刻畫與唐代變文的差異，說明了文人小說與

民間傳說的不同。民間傳說大膽輕鬆，對唐太宗充滿揶揄，語氣幽默，約束較少；明清文人創作小說則深受儒家觀念及史學意識影響，不敢對皇權有所不恭，語氣用筆頗為小心。明清距離唐貞觀之治已有千年左右，對開創大唐盛世的唐太宗充滿好感和敬仰應是明清時期文人的正常普遍心態，所以明清小說中對於唐太宗，渲染其仁慈謙遜，讚揚其文治武功，唐太宗也成為無可指責的正面形象就很容易理解。

2、判官崔子玉形象的演變

（1）《唐太宗入冥記》中的崔判官：善用權謀的官場老手

《唐太宗入冥記》的崔判官是中國古代遊冥故事中少數塑造得最為成功的人物形象之一。以往遊冥故事中的冥官，多數性格較單一，缺少鮮明的個性。而變文中的崔判官，個性特徵非常鮮明，成為遊冥故事中貪婪冥官的典型。作者把一個善用權謀、圓滑貪婪的官場老手刻畫得生動傳神，如聞其聲，如見其人。

崔子玉作為閻羅王「欽點」審理建成、元吉訴唐太宗殺兄案的主審判官，一聽到使人報奏閻羅王命推勘太宗案並領至判官院之時，「崔子玉聞語，驚忙起立，惟言『禍事』」。崔子玉首先想到的是，自己在陽世任輔陽縣尉，讓人君在外等候，怠慢皇帝，如若太宗有壽，「當家伍佰餘口，則須變為魚肉」，「憂惶不已」。太宗拿出李淳風的求情信時，崔子玉「聞道有書，情似不悅」，收下書信，也不拆看，收在懷中。在太宗的催促下看完書信卻表示了對寫書人的不滿，對於皇帝「可否之間」的詢問，答曰：「得則得，在事實較難。」兩句話就把初入冥府威風十足的太宗打擊得全無底氣，完全控制了太宗的情緒。待「崔子玉見君王惆悵」，遂即表明可得商量，遂把生死簿上「皇帝命祿歸終」，添注上「十年天子，再歸陽道」。崔子玉「心口思惟：『我緣生時官卑，不因追皇帝至，憑何得見皇帝面？今此覓取一員政官。』」卻並不告知太宗添祿十年，只言五年。見太宗只言賜謝財物，「崔子玉又心口思惟：『此度許五年，即賜我錢物。更許五年，必合得一員政官。』」告太宗再添五年陽祿，誰知太宗仍是賜與財物，崔子玉「心口思惟，良久不語」，遂告太宗要立案留底，並弦外有音地追問「太宗皇帝去武德七年，為甚殺兄弟於前殿，囚慈父於後宮」，又自薦代答。這一擒一縱之中使自己平步青雲，由輔陽縣尉而允授為「蒲州刺吏兼河北廿四州採訪使，官至御史大夫，賜紫金魚袋，仍賜輔陽縣正庫錢二萬貫」。

　　《唐太宗入冥記》細緻入微地刻畫了崔子玉的心理變化，一個覓官心切、借機勒索、寡廉鮮恥的下層官吏形神畢肖地展現在讀者面前。這一形象在以後的明清小說中多有體現，《三寶太監西洋記通俗演義》第八十八回「崔判官引導王明，王克新遍遊地府」中的崔判官直接繼承了變文中崔子玉的性格特點。

（2）明清小說中唐太宗入冥故事的崔子玉：謙卑懼上的諂媚臣子

　　在明清小說的唐太宗入冥故事中，崔子玉形象由貪婪狡猾的官場老手變成了一個謙卑懼上的諂媚臣子。

　　《西遊記》第十回，崔子玉作為酆都掌案的判官，知道太宗要來冥司「三曹對案」，早早地來迎接太宗。收到太宗交與的魏徵書信，當即拆看，「那判官看了書，滿心歡喜道：『魏人曹前日夢斬老龍一事，臣已早知，甚是誇獎不盡。又蒙他早晚看顧臣的子孫，今日既有書來，陛下寬心，微臣管送陛下還陽，重登玉闕。』」二人行走之間，「建成、元吉就來揪打索命」，「崔判官喚一青面獠牙鬼使，喝退了建成、元吉」。地府十王命查看太宗命祿時，「崔判官急轉司房，將天下萬國國王天祿總簿，先逐一檢閱，只見南贍部洲大唐太宗皇帝注定貞觀一十三年。崔判官吃了一驚，急取濃墨大筆，將『一』字上添了兩畫，卻將簿子呈上。」太宗遊歷地獄之時，「崔判官隨後保著太宗」，不時安慰太宗使其「寬心」。過佘何橋時，又「上前引著太宗」，並幫助太宗打發了索命的眾鬼〔註12〕。

　　《隋唐演義》第六十八回「成後志怨女出宮　證前盟陰司定案」中，酆都判官崔珏與《西遊記》中的崔判官形象如出一轍。也是早早地來迎接太宗，見信後表示「送陛下還陽」，見到太宗命祿時也是急忙添上二畫，為其添加二十年壽命。遊歷地獄時亦是一副隨從護駕的諂媚臣子形象。《混唐後傳》第一回崔判官的形象仍然與《隋唐演義》中的崔判官並無二致，這裡可以看出三書在情節上的襲用現象。

　　《西遊記》、《隋唐演義》等書的崔判官已沒有《唐太宗入冥記》中崔判官性格的鮮明突出，這種人物形象特徵的轉變，緣於作者對唐太宗形象的有意袒護和拔高。在情節設計上，因沒有了變文崔判官「生人判冥事」的身份，自然也就不存在利用職權向太宗要官的必要，也就為太宗形象保全了面子。這裡的崔子玉只起到情節上的關聯作用，已失去了變文中君臣形象互相襯托

〔註12〕吳承恩‧西遊記‧嶽麓書社，1987：74～77。

相映成趣的烘托作用。在變文中生動鮮活的判官崔子玉在《西遊記》、《隋唐演義》等小說中變成了諂媚懼上的冥界判官符號。

唐太宗入冥故事中兩位主人公形象變化的巨大差異緣於不同文體作者對唐太宗的態度。不同態度的直接落腳點即是文本中對「玄武門」之變的處理〔註13〕。在唐太宗入冥故事裏，無論是文人筆記，民間傳說，還是明清小說，都離不開「玄武門」事變或濃或淡或隱或顯地生發渲染。《西遊記》等小說中唐太宗入冥原因的改變同樣源於對「玄武門」之變的處理。《朝野僉載》中的指稱是「冥官問六月四日事，即令還」；《唐太宗入冥記》中，鮮明犀利地借崔子玉之口「問大唐天子太宗皇帝去武德七年為甚殺兄弟於前殿，囚慈父於後宮？」對唐太宗予以譴責，並稱建成、元吉為「二太子」，足見作者的態度〔註14〕。這種態度之下的唐太宗形象自然不會好到哪裏去。明清小說家似乎對開創大唐盛世的唐太宗李世民充滿了景仰和好感，小說中對於建成、元吉的「索命」以「喝退」來作以調整，足見《西遊記》及「說唐小說」的作者對唐太宗明顯有袒護之意，自然會對唐太宗形象進行拔高。

（三）唐太宗入冥故事的佛教機緣與故事功能

1、唐太宗入冥故事的佛教機緣

在唐太宗入冥故事裏，除最早的《朝野僉載》，都與佛教有著不解之緣，不同文本都有著或濃或淡的佛教色彩。對於一個並非崇佛的一代君主，何以成為入地府故事的主角呢？

（1）唐太宗對佛教前貶斥後歡悔的態度

變文《唐太宗入冥記》有顯而易見的佛教色彩。從故事的冥界主宰、冥界官吏以及變文對《大雲經》的提及都可見是佛教觀念影響下的產物。變文中唐太宗還魂前崔子玉對太宗的叮囑，與唐代遊冥故事中常見的冥王對入冥

〔註13〕關於唐太宗入冥事故事與「玄武門」事變的論述，詳見卞孝萱《唐太宗入冥記與「玄武門」之變》（《敦煌學輯刊》，2000 年第 2 期）、彭利芝《說唐小說「玄武門之變」考論》（《河南教育學院學報》，2005 年第 1 期）等文章的論述。

〔註14〕蕭登福認為《唐太宗入冥記》肆意詆毀唐太宗，有政治意圖，是為了武后上臺造輿論（蕭登福《敦煌寫卷〈唐太宗入冥記〉之撰寫年代及其影響》，《中國文學研究》，1986 年第 8 期）。卞孝萱認為此篇是為降低太宗的威望、迎合了武曌的政治需要而產生的，是一篇在佛教果報掩護下的譴責唐太宗的政治小說（卞孝萱《唐太宗入冥記與「玄武門」之變》，《敦煌學輯刊》，2000 年第 2 期）。

之人的勸誡之語非常相似，故事還宣揚了抄寫佛經可以滅罪的觀念。以上種種，可知這個故事的作者很有可能是佛教徒或崇信佛教之人。

唐太宗對於佛教，並不如中晚唐時期的幾位皇帝，他於三教之間，尤崇道教。唐太宗雖然禮敬西行求法和譯經的玄奘，但並不非常重視佛教。列圖形於淩煙閣的重臣蕭瑀請求出家，竟手詔斥責「至於佛教，非意所遵，雖有國之常經，固弊俗之虛術」。出家之舉乃是「踐覆車之餘軌，襲亡國之遺風」〔註15〕，足見其對佛教的態度。唐太宗晚年曾召玄奘問因果報應及佛教遺跡，深悔相見之晚，不得「廣興佛事」。因為有曾經的對佛教的貶斥，也因為有與佛教高僧玄奘相見之時的不得「廣興佛事」之歎，作為一代雄主的唐太宗開始與佛教觀念影響下的遊歷地獄有了某種暗示性的關聯。《西遊記》中唐太宗遊地府與唐三藏西天取經，有了一個具有佛教色彩的機緣，兩個故事的嫁接似乎也有了最為契合的嫁接點。

在遊冥故事中，對於不信佛教、毀僧謗佛之人經歷過地獄的遊歷，復生後成為虔誠的佛教徒是一種常見的宣佛手段。北周武帝〔註16〕、唐代傅弈〔註17〕、南北朝時期的庾信〔註18〕等曾因滅佛、謗佛被佛教徒送進了地獄。對於像唐太宗這樣的一代君主，又有著對佛教這樣前貶斥後歡悔的態度，佛教徒當然有興趣讓他到地府「接受教育」。

（2）唐太宗「殺生」的歷史「污點」

在遊冥故事中，有很多是因殺生而入冥受罰的故事。在佛教氣氛濃鬱的唐朝，尤其是中晚唐時期，佛教地獄說極為流行，民間傳聞和大量的文人筆記都記有這類因殺生而受冥罰的故事。在這些殺生入冥的故事中，除唐太宗外，「事主」無一例外地受到地獄的各種懲罰。《唐太宗入冥記》是一個比較典型的因殺生而入冥的故事，如果不是有「生人判冥事」的崔子玉以權謀私，唐太宗的命運也應如此。在唐太宗的一生中，無論其文治武功如何地輝煌，「玄武門」之變中殺兄囚父始終是無法抹去的一筆。這一唐太宗人生歷史上的「污點」，很自然地會被有政治企圖的武則天派們加以利用，因此，

〔註15〕　《舊唐書》卷六三《蕭瑀傳》。
〔註16〕　《太平廣記》卷一〇二引《法苑珠林》「趙文昌」條，言趙在冥中見周武帝在地獄中「著三重鉗鎖」請他託語隋皇帝為其作功德，「得離地獄」。唐臨《廣異記》「周武帝」亦載周武帝因滅佛在冥中受報事。
〔註17〕　《太平廣記》卷一〇二引唐臨《冥報記》「唐傅弈」條記傅弈入地獄事。
〔註18〕　《太平廣記》一〇二卷引《法苑珠林》「趙文信」條記庾信地獄中受報事。

詆毀唐太宗，降低太宗的威望，迎合武則天的政治需要，為武后上臺造輿論，編造唐太宗入冥故事也就成為這一政治企圖最佳的載體和切入點。從這一點來看，蕭登福和卜孝萱認為《唐太宗入冥記》是為取悅武則天而有意為之很有道理。

因為唐太宗遊地府故事總是包含著建成、元吉這一冤魂索命的情節，在流傳過程中，這個故事被賦予越來越濃的佛教色彩，對唐太宗的譴責逐漸被置換成一種宣揚超度冥府孤魂的說教。《西遊記》唐太宗入地府故事裏，添加了修建水陸大會、甄選高僧主持佛事的情節，自然也就引出了佛教高僧玄奘，也因此而演出了一段波瀾壯闊的取經故事。

（3）敬佛行善成為唐太宗入冥復生後的一個結果

變文《唐太宗入冥記》因為殘缺，無從知道故事的結尾。《西遊記》中唐太宗魂遊地府後即將還生之時，崔判官告誡太宗：「陛下到陽間，千萬做個水陸大會，超度那無主的冤魂，切勿忘了。若是陰司裏無報怨之聲，陽世間方得享太平之慶。凡百不善之處，俱可一一改過，普諭世人為善，管教你後代綿長，江山永固。」

唐太宗還魂後的直接結果是，開始了一系列的「善舉」及作功德等宗教行為。第十一回「還受生唐王遵善果　度孤魂蕭瑀正空門」，唐太宗魂遊地府復生還魂後，「傳旨赦天下罪人，又查獄中重犯。時有審官將刑部絞斬罪人，查有四百餘名呈上。太宗放赦回家，拜辭父母兄弟，託產與親戚子姪，明年今日赴曹，仍領應得之罪。眾犯謝恩而退。又出恤孤榜文，又查宮中老幼采女共有三千人，出旨配軍。」「自此時，蓋天下無一人不行善者。一壁廂又出招賢榜，招人進瓜果到陰司裏去；一壁廂將寶藏庫金銀一庫，差鄂國公胡敬德上河南開封府，訪相良還債。」並建造相國寺，邀請諸佛，設建道場。「自此時出了法律：但有毀僧謗佛者，斷其臂。」〔註19〕

唐太宗入冥經歷成了唐太宗對佛教政策和態度的轉折點。聯繫歷史上唐太宗對佛教態度的轉變，唐太宗入地府的故事編造得合情合理。

2、《隋唐演義》、《混唐後傳》唐太宗入冥故事的主要功能

（1）《隋唐演義》唐太宗入冥故事：為唐太宗重新申訴的載體

同樣是唐太宗遊地府的故事，《隋唐演義》和《混唐後傳》中對這一故事

〔註19〕吳承恩・西遊記・嶽麓書社，1987：83。

的改造又有所不同。《隋唐演義》因是要寫秦王世民及其屬下功臣的開國歷史，歌頌其赫赫功勳，以證明無論在才能及戰功上李世民都優於建成，他才是理想的君王。所以《隋唐演義》第六十八回，唐太宗魂遊地府故事成了為李世民申述「玄武門」之變的一個最好的載體。冥王非常客氣地問：「令兄建成、令弟元吉，旦夕在這裡哭訴陛下害他性命，要求質對，請問陛下這有何說？」太宗回答：

> 這是他弟兄合謀，要害朕躬，假言奪槊，使黃太歲來刺朕；若非尉遲敬德相救，則朕一命休矣。又使張、尹二妃設計挑唆父皇；若非父皇仁慈，則朕一命又休矣。置鴆酒於普救禪院，滿斟歡飲；若非飛燕遺穢相救，則朕一命又休矣。屢次害朕不死，那時又欲提兵殺朕，朕不得已而救死，勢不兩立，彼自陣亡，於朕何與？昔項羽置太公於俎上以示漢高，漢高曰：『願分吾一杯羹。』為天下者不顧家，父且不顧，何有於兄弟？〔註20〕

這裡，小說家賦予這個故事新的功能，給唐太宗一個重新解釋的機會。太宗的回答非常坦率而理直氣壯，又大言不慚。但從小說總體上看，作者並無譴責太宗之意。這裡唐太宗入冥不是冥王勘問太宗，而是太宗向冥王申訴，體現了小說家對唐太宗的偏袒。另一方面，出放宮女事，在《西遊記》中是唐太宗入地府後的情節，是太宗入地府還魂後的一個結果。而在《隋唐演義》中是在太宗入地府前，這樣的改動，突出了唐太宗的仁德之舉，同樣是出於拔高唐太宗形象的目的。

（2）《混唐後傳》唐太宗入冥故事：結構全書的引子

《混唐後傳》中，唐太宗遊地府的故事成了全書的引子。該書第一回「長孫後遣放宮女，唐太宗魂遊地府」，其中敘及貞觀十年長孫皇后崩於仁靜宮。貞觀十三年，太宗得病，魂遊地府。得知閻王審結隋煬帝一案，隋煬帝將投胎轉世為楊家女，隋煬帝的宮女朱貴兒將投胎轉世做皇帝，二人做夫婦，將曾受用二十餘年〔註21〕。唐太宗魂遊地府的情節成了書中唐明皇與楊玉環故事的話頭，也為李楊故事找到了佛教三世因果報應的解釋。署「竟陵鍾惺伯敬題」的《混唐後傳序》稱：「昔有友人曾示余所藏逸史，載隋煬帝、朱貴兒為唐明皇、楊玉環再世因緣，事殊新異可喜，因與商酌，編入本傳，以為一

〔註20〕褚人獲・隋唐演義・嶽麓書社，1997：460。
〔註21〕混唐後傳・五代殘唐・華夏出版社，1995：3～5。

部之始終關目。」〔註22〕可見，小說作者有意將唐太宗遊地府的故事嫁接入李楊故事中，作為小說結構上的一種安排，成為小說的創作手段。

不論是《朝野僉載》、《唐太宗入冥記》，還是《西遊記》、《隋唐演義》、《混唐後傳》，唐太宗遊地府的故事作為一個可以獨立流傳的故事，不過是一個基本框架，被不同的創作者因著不同的創作主旨加以利用重新改造，在這個框架內加進一些不同的內容。「那些流行久遠的敘事單元，就好像是民間敘事家手中的一張一張牌，各張牌本身都具有一定的獨特意味。根據需要，敘事家們可以顛三倒四地洗牌，各取所需，這是一種民間特有的敘事智慧。」〔註23〕在古代小說家的眼中，唐太宗遊地府的故事就是一張可以隨意使用很有效的牌。

二、秦檜冥報故事系列研究

（一）宋元時期：秦檜冥報故事的萌生發展

1、宋代：秦檜冥報故事的雛形

秦檜冥報故事總是和岳飛故事緊密相連的。岳飛，作為一位家喻戶曉的抗金英雄，被以「莫須有」的罪名殺害。脫脫《元史・列傳一三九》卷三八零記：

> 先是，秦檜力主和議，大將岳飛有戰功，金人所深忌，檜惡其異己，欲除之，脅飛故將王貴上變，逮飛繫大理獄，先命鑄鞠之。鑄引飛至庭，詰其反狀。飛袒而示之背，背有舊涅「盡忠報國」四大字，深入膚理。既而閱實俱無驗，鑄察其冤，白之檜。檜不悅曰：「此上意也。」鑄曰：「鑄豈區區為一岳飛者，強敵未滅，無故戮一大將，失士卒心，非社稷之長計。」檜語塞，改命万俟卨。飛死獄中，子雲斬於市。

關於岳飛之死，《建炎以來繫年要錄》卷143有比較詳細的記載，可以清楚地看出岳飛冤死案是由秦檜指揮、万俟卨操作、宋高宗拍板欽定的。

史書的記載如此，民間傳說和小說戲曲中，秦檜成為岳飛冤死的罪魁禍首。一方面源於對岳飛遭遇的同情，另一方面出於對這位奸相的痛恨，秦檜死後受報故事開始流傳。

〔註22〕混唐後傳・五代殘唐・卷首，華夏出版社，1995。
〔註23〕董上德・古代民間敘事策略及其文化內涵・學術研究・2006，（6）。

（1）秦檜之死的早期記載

陸游《老學庵筆記》記：

> 秦檜之初得疾，遣前宣州通判李季設醮於天台桐柏觀。季以善
> 奏章自名。行至天姥嶺下，憩小店中，邂逅一士人，頗有俊氣，問
> 季曰：『公為太師奏章乎？』曰：『然。』士人搖首曰：『徒勞耳。數
> 年間，張德遠當自樞府再相，劉信叔當總大兵捍邊。若太師不死，
> 安有是事耶！』季不復敢與語，即上車去，醮之。明日而聞秦公卒。

〔註24〕

另一則有關秦檜之死的記載見於宋代志人小說集《桯史》卷一二「秦檜死報」
記，秦檜「謀盡覆張忠獻、胡文定諸族，棘寺奏牘上矣。檜時已病，坐格天
閣下，吏以牘進，欲落筆，手顫而污，亟命易之，至再，竟不能字。其妻王
在屏後搖手曰：『勿勞太師。』檜猶自力，竟仆於幾，遂伏枕數日而卒。」秦
檜死後，「故吏聞檜訃……堂序歡聲如雷」。寫出人們對秦檜的諷刺、反抗和
奸臣不得善終的下場。

《老學庵筆記》作於陸游（1125～1210）晚年。《桯史》作者岳珂（1173
～1240）為岳飛之孫，岳珂所記，應晚於陸游。這兩則故事是有關秦檜之死
故事的較早記載。這兩則故事給以人無限的瑕想，神秘的十人似乎是未卜先
知的使者，預報了秦檜的死訊，其死後受冥罰的故事自然也就產生了。

（2）「東窗事發」故事的早期記載

宋人曾撙《信筆錄》記：

> 紹興二十七八年間，廣西憲臺屬官，代巡按過此，向晚路迷，
> 有人引至深谷。有官府拷訊罪囚一，衣紫金帶窠頭而立，旁有語者
> 云：「此秦檜也」。屬官進揖，則云：「西窗事發，君歸為言作大功德。」
> 屬官忽得路而回，適滿秩過金陵，至檜家言之。檜妻王氏驚曰：「西
> 窗即太師破柑處，議殺岳飛也。」未幾，王氏亦下世。〔註25〕

《信筆錄》大約作於孝宗時，未見著錄及傳本，上述引文被收入《元一統志》
「鐵圍山」條，《永樂大典》卷二三四零引一條。這個故事也可能早於陸游和
岳珂所記，應為秦檜受冥罰的最早記載。秦檜與其妻王氏密謀殺害岳飛而遭
報應事在《湖海新聞夷堅續志》、《錢塘遺事》等書中也有記載，均作「東窗」，

〔註24〕陸游·老學庵筆記·卷二·中華書局，1979。
〔註25〕郎瑛·七修類稿·卷二三「辯證類」·中華書局，1959。

唯此書為「西窗」〔註26〕。

南宋的《朝野遺記》亦記秦檜與其妻密謀殺岳飛事：

> 秦檜妻王氏素陰險，出其夫上。方岳飛獄具，一日，檜獨居書室食柑玩皮，以爪劃之，若有思者。王氏窺見，笑曰：「老漢何一無決耶？捉虎易，放虎難也。」檜輒然當心，致片紙付入獄，是日，岳王薨於棘寺。〔註27〕

明陸楫《古今說海》（1544 年編）卷 8 收入《朝野遺記》一書。此書大約作於宋寧宗嘉定元年至十三年間（1208～1220），比《信筆錄》晚 20 多年。秦檜妻王氏參與密謀這一情節，對後世小說戲劇描述王氏的陰狠毒辣有直接的影響。

洪邁《夷堅志》載：

> 檜至此快快以死。未幾，子熺亦亡。方士伏章，見熺荷鐵枷，因問太師何在？泣曰：「在酆都」。方士如其言以往，果見檜與万俟卨俱荷鐵枷囚鐵籠中，備受諸苦。檜囑方士曰：「煩傳語夫人，東窗事犯矣！」後有考官歸自荊湖，暴死旅舍復甦曰：「適看陰間斷秦檜事，檜與爭辯，檜受鐵杖，押往某處受報矣。」〔註28〕

這篇故事已不見於《夷堅志》中，僅在清褚人獲《堅瓠集》中有記載。這個故事當為「東窗事發」故事的最早記載，直接影響了後代「東窗事犯」故事。元代吳元復撰《湖海新聞夷堅續志》卷二天譴類「欺君誤國」條記此事。元人劉一清的《錢塘遺事》亦記「東窗事犯」故事。考官暴死後見秦檜陰間受報的情景，成為秦檜冥報的故事原型。這個故事顯然是虛構的民間傳說，卻影響深遠，元明清三代的有關岳飛題材的戲劇、小說幾乎都收錄了這段故事，元代與明初的戲劇更是主要地敷演「東窗」情節。

以上為宋代有關秦檜受報故事的早期記載，從秦檜之死到秦檜死後受報，從東（西）窗密謀到死後冥罰，秦檜冥報故事的基本框架已經齊備。既是死後受冥罰，總需要有見證人。遊冥故事中，見證人是一個重要的角色，離開了見證人，冥中受罰的情景則無從說起。在秦檜冥報故事中，最早的見證人是《朝野遺記》中的「屬官」，其後為「方士伏章」及「考官」。接受冥罰的除秦檜外，《夷堅志》所記中增加了秦檜之子秦熺。有了見證人，但卻缺少執

〔註26〕劉世德‧中國古代小說百科全書‧中國大百科全書出版社，2006：537。
〔註27〕古今說海‧說略甲集‧影印本‧上海文藝出版社，1989。
〔註28〕此條為清褚人獲《堅瓠集》所引，不見今本《夷堅志》。見褚人獲《堅瓠集》「首集」卷四，《筆記小說大觀》，江蘇廣陵古籍刻印社，1983 年。

行審判的冥王或冥官，宋代筆記中所記的幾則故事只是秦檜冥報的簡單原型，未涉及到冥王審判，故事所傳達的是惡有惡報觀念。其後隨著故事的流傳，秦檜冥報故事進入小說戲曲，故事越加精彩，情節越加豐富，成為中國古代流傳最為廣泛、形態最為複雜、幽冥信仰最為多元化的遊冥故事系列。

2、元代：秦檜冥報故事的發展豐富

元代時期，秦檜冥報故事的內容情節日漸豐富，故事形態開始漸趨複雜，故事的人物也開始增多，並增加了一些新的情節元素，主要的故事元素定型，對後世的小說戲曲產生深遠的影響。

繼元代《湖海新聞夷堅續志》卷二天譴類「欺君誤國」條記「東窗事發」故事後，秦檜冥報故事大量流傳，進入小說戲曲中。雜劇有孔文卿《地藏王證東窗事犯》，又名《秦太師東窗事犯》、《東窗事犯》，收錄於《錄鬼簿》與《太和正音譜》，主要敷演秦檜冥報故事。這篇劇作沿著東窗事犯的傳說更加發揮，增加了「瘋僧掃秦」故事，也成為秦檜冥報故事的一部分〔註29〕，後來也被一些雜著所採錄，比如《江湖雜記》就全面採用其說，頗多傳信。「檜既殺武穆，向靈隱祈禱，有一行者亂言譏檜，檜問其居址，僧賦詩，有『相公問我歸何處，家在東南第一山』之句。其事又見《邱氏遺珠》。」〔註30〕《地藏證東窗事犯》第二折為「瘋僧掃秦」故事與「何立入冥」故事，寫岳飛被秦檜害死後，地藏王化為呆行者，在靈隱寺中，洩漏秦太師東窗下陷害岳飛之事。秦檜腦羞成怒，命家人何立往東南第一山捉呆行者。何立直至鬼門關，見秦太師帶枷，教之傳語夫人說道東窗事犯。最後秦檜被判剖棺叢剉屍，並累及三宗九族，以彰顯恩報之分明。〔註31〕

自孔文卿《地藏王證東窗事犯》雜劇後，秦檜冥報故事開始有了實施冥罰的執行者地藏菩薩。這個雜劇中，首次出現了秦檜家人何立，而「何立入冥」也從此進入秦檜冥報故事中〔註32〕。在秦檜冥報故事中，《地藏王證東窗事犯》故事是最重要的一個支流，是「東窗事犯」故事系列的代表，被後世有關岳飛題材的戲曲小說廣泛採用，錢采《說岳全傳》即採用了《地藏王證

〔註29〕關於「瘋僧戲秦」故事流變說詳見李琳《宋元明「瘋僧戲秦」故事流變研究》，瀋陽師範大學學報，2004，（4）。

〔註30〕譚正璧·三言二拍資料·上海古籍出版社，1980：191。

〔註31〕徐沁君校·新校元刊雜劇三十種·中華書局，1980：530。

〔註32〕何立入冥故事的流傳演變詳見李琳《何立入冥故事流變研究》，《渤海大學學報》，2004，（5）。

東窗事犯》的一些內容。

南戲方面，明徐渭《南詞敘錄》「宋元舊篇」下著錄有《秦檜東窗事犯》，《永樂大典》卷三十七「戲文十五」著錄《秦太師東窗事犯》，惜劇本皆已不存〔註33〕。

講史小說方面，楊維楨《東維子文集》卷六《送朱女士桂英演史序》，記至正丙午（1366）春二月講史女藝人朱桂英為他講說秦太師事，其中應涉及東窗事犯情節〔註34〕。

據《錄鬼簿》與《太和正音譜》的記載，又有金志甫的《秦太師東窗事犯》，但這部作品已經亡佚〔註35〕。

明郎瑛《七修類稿》卷二十三「東窗事犯」條載元金仁傑有《東窗事犯》小說：

> 岳武穆戲文，何立鬧豐都，世皆以為假設之事，乃為武穆泄冤也。予嘗見元之平陽孔文仲有《東窗事犯樂府》，杭之金仁傑有《東窗事犯》小說，廬陵張光弼有《蓑衣仙》詩；樂府小說，不能記憶矣，與今所傳大略相似。張詩有引云：「宋押衙何立，秦太師差往東南第一峰勾幹；恍惚人引至陰司，見秦對岳事，令歸告夫人東窗事犯矣。覆命後，因即棄官學道，蛻骨今在蘇州玄妙觀，為蓑衣仙也。」據此，數人實有是事可知矣；否則，何鑄子孫世為青盲，而羅汝楫之子，鄂州一拜嶽廟，即不起。豈非其證歟？洋洋赫赫，如此大事，果無報歟？若《夷堅志》載何仙無押衙之說，恐或遺之也。

胡士瑩認為《喻世明言》卷三十二《遊酆都胡毋迪吟詩》的頭回，可能就是金仁傑《東窗事犯》小說的底本，或兩者之間至少有淵源關係〔註36〕。

元代的秦檜冥報故事在故事內涵上繼承了宋代的善惡有報的思想。現實社會中的岳飛精忠報國被冤殺，而秦檜惡貫滿盈卻「壽終正寢」。在幽冥世界裏，善惡忠奸則報應不爽，反映了民眾的嫉惡如仇與善惡報應觀念。

（二）明清時期：秦檜冥報故事的繁榮與忠奸觀念的強化

明清時期，秦檜冥報故事在很多小說戲曲中都有所反映。戲曲方面，秦

〔註33〕林香娥‧岳飛題材小說戲曲的歷史演變‧西安電子科技大學學報‧2004，（2）。
〔註34〕林香娥‧岳飛題材小說戲曲的歷史演變‧西安電子科技大學學報‧2004，（2）。
〔註35〕周寅賓‧古代小說百講‧廣州文化出版社，1989：251。
〔註36〕胡士瑩‧話本小說概論‧中華書局，1980：287。

檜冥報故事主要體現在岳飛題材戲曲中〔註 37〕，主要以《岳飛破虜東窗記》
和《精忠旗》為代表。《岳飛破虜東窗記》題「用禮重編」，明富春堂刊本。
此劇涉及秦檜冥報故事的情節有秦檜夫婦東窗定計、瘋僧掃秦、秦檜夫婦被
拘入陰司審判、岳飛母子陰間團圓受封同登仙界。另一部涉及秦檜冥報故事
的戲劇是李梅實草創、馮夢龍更定的《精忠旗》。《精忠旗》第三十二出至三
十五出演秦檜冥報故事，沿承前代的岳飛死後受封，並審問一干奸臣的情節。
但刪去了靈隱寺瘋僧罵秦一節，只搬演了秦檜湖中遇到鬼而後得病，命何立
往嶽廟進香，何立在夢中見秦檜被牛頭馬面押往地府受報，秦檜吩咐何立傳
語夫人東窗事發等情節。這個故事結合了《地藏王證東窗事犯》，情節很簡單，
並沒有刻意描寫地獄的景象。明代有關秦檜冥報故事的戲曲繼承了元代戲曲
善惡有報的思想，同時強化了作品的忠奸觀念。

1、秦檜冥報故事成為獨立的小說題材

　　明清時期由於小說的發展成熟，不少小說以秦檜冥報故事為題材。明代
較早以秦檜冥報故事為題材的小說是《剪燈新話》卷二《令狐生冥夢錄》，敘
剛直之士令狐譔因不滿「世間貪官污吏受財曲法，富者納賄而得全，貧者無
貲而抵罪」賦詩洩憤被冥王請至冥府，遍觀地獄，見善惡各有報應」。最後至
一處，榜曰：「誤國之門」。見數十人坐鐵床上，身具桎梏，以青石為枷壓之。
二使指一人示譔曰：「此即宋朝秦檜也。謀害忠良，迷誤其主，故受重罪。其
餘皆歷代誤國之臣也。每一朝革命，即驅之出，令毒虺噬其肉，饑鷹啄其髓，
骨肉糜爛至盡，復以神水灑之，業風吹之，仍復本形。此輩雖歷億萬劫，不
可出世也。」〔註 38〕

　　這個故事已脫離了「東窗事犯」的框架，秦檜冥報的見證人並非與秦檜
同時代的屬官、家人，從「此即宋朝秦檜也」可知剛直之士令狐譔並非宋朝
時人，並且，秦檜冥報故事擺脫了元代依附於岳飛故事的存在狀態，開始成
為獨立的題材領域。明初另一則秦檜冥報故事見於趙弼《效顰集》卷中《續
東窗事犯傳》，與《令狐生冥夢錄》有明顯的承繼關係，只是描述更加細緻，
刻意渲染地獄的恐怖之狀，故事的感情色彩更加強烈，而秦檜受冥罰的見證

〔註37〕岳飛戲曲的流傳演變詳見包紹明《岳飛故事的流傳與演變》（《福建師範大學
　　　　學報》，1994 年第 4 期）及林香娥《岳飛題材小說戲曲的流傳演變》（《西安電
　　　　子科技大學學報》，2004 年第 2 期）等。
〔註38〕瞿祐‧剪燈新話‧上海古籍出版社，1981：36。

人則變成了胡迪。

《續東窗事犯傳》敘錦城胡迪偶讀《秦檜東窗傳》，因不平奸臣秦檜謀害岳飛，憤而吟詩罵冥：「愚生若得閻羅作，剝此奸回萬劫皮」。胡迪於夢中應閻王之召魂遊冥府，親睹秦檜在「普掠之獄」所受懲罰，以及那些「妒害忠良，欺枉人生」、「貪污虐民、不孝於親、不友兄弟、悖負師友、姦淫背夫、為盜為賊、不仁不義者」，所受「或烹剝剖心，或挫燒舂磨」等酷刑，而且有的還「變為牛羊犬豕，生於凡世，使人烹剝而食其肉」，作惡甚者「萬劫而無已」，忠良義士則生活於「雲氣繽紛、天花飛舞」的「忠賢天爵之府」〔註39〕。此文反映了鮮明的愛憎觀念，借時人普遍對冥判冥獄的信奉，以遊歷地獄模式口誅筆伐殘害忠良、禍國殃民的姦佞權臣，旨在宣傳「人臣之忠義，雖不見伸於人，終當獲報於天地。」〔註40〕以上天之公影射人世之不公，具有一定的積極意義。

《續東窗事犯傳》是秦檜冥報故事的代表作品，在民間廣為流行，在後來的岳飛故事中也佔有重要地位。明代傳奇小說選集《國色天香》亦載此篇，文字基本相同。《大宋中興通俗演義》〔註41〕第七十四回則完全採錄趙弼《續東窗事犯傳》。明末馮夢龍《喻世明言》卷三十二《遊酆都胡母迪吟詩》即本此而寫。《遊酆都胡母迪吟詩》中，遊歷地獄目睹秦檜受報的見證人為胡母迪，故事內容情節基本相似。而在《說岳全傳》第七十三回「胡夢蝶醉後吟詩遊地府，金兀朮三曹對案再興兵」亦本《續東窗事犯傳》而寫。從《令狐生冥夢錄》到《續東窗事犯傳》再到《遊酆都胡母迪吟詩》，秦檜冥報的見證人都與岳飛不是同時代人，而《說岳全傳》中，胡夢蝶被寫成是與岳飛同時代的人，因耳聞目睹了不平現實怒而題詩入冥。在這些作品中，對岳飛之事的不平憤恨是胡迪罵閻王遊地獄的引子，而罵閻又是入冥的引子〔註42〕。從秦檜冥報故事的見證人在不同文本中的演變及不同文本的細微差異可以看出秦檜冥報故事的演變軌跡，也反映了同一創作題材小說家的沿襲和改造。詳見下

〔註39〕趙弼·效顰集·上海古籍出版社，1957：60。
〔註40〕陶輔·花影集·程毅中點校·吉林大學出版社，1995：1。
〔註41〕熊大木撰《大宋中興通俗演義》以編年體例演述以岳飛為主的中興名將抗金事蹟，以弘治年間浙江刊本《精忠錄》為基礎，吸收民間傳說編撰而成，成書於嘉靖三十一年，是演述岳飛事蹟的最早的小說。見石昌渝編《中國古代小說總目》（白話卷），第37頁，山西教育出版社，2004年。
〔註42〕李琳·罵閻與入冥——胡迪故事研究·河南師範大學學報，2002，（2）。

表〔註43〕：

「續東窗事犯故事」流傳演變軌跡

	《剪燈新話·令狐生冥夢錄》	《效顰集·續東窗事犯傳》	《國色天香·續東窗事犯傳》	《喻世明言·遊酆都胡毋迪吟詩》	《大宋中興通俗演義》第七十四、五回	《說岳全傳》第七十三回
語體	文言	文言	文言	白話	白話	白話
人物時代	不詳(非岳飛同時)	不詳（非岳飛同時）	不詳（非岳飛同時）	元順宗至元年間（非岳飛同時）	不詳	南宋（岳飛同時）
家鄉	不詳	錦城	錦城	錦城	錦城	臨安
人名	令狐生	胡迪	胡迪	胡毋迪	胡迪	胡迪，字夢蝶
遊冥起因	見世上不平之事題詩夢中入冥	讀《秦檜東窗傳》題詩夢中入冥	同左	讀《秦檜東窗傳》、《文文山丞相遺稿》，醉後夢中入冥	讀《秦檜東窗傳》題詩夢中入冥	不滿時事，醉後題詩，夢入冥府
地獄中惡者所居	地獄名不詳，秦檜居「誤國之門」	風雷、火車、金剛、奸回之獄	同左，多不忠內臣之獄	同左	同左	同左
賢者所居	未提及賢者	忠賢天爵之府	忠賢天爵之府	天爵之府	忠賢天爵之府	忠賢天爵之府
駢文判詞	一篇判詞	兩篇判詞	兩篇判詞	無判詞	兩篇判詞	兩篇判詞

2、秦檜冥報故事忠奸觀念的強化

「續東窗事犯」系列故事的普遍流傳和廣泛影響，反映了廣大民眾最樸素的愛憎忠奸觀念。在這一系列的秦檜冥報故事中，民眾感情改變了故事的敘述，故事更加完善，描寫越加繁複，情節更加複雜，地獄的情狀更加恐怖詳細，故事所附加的感情色彩越加強烈。「每憐岳飛父子之冤，欲追求而死諍。既睹秦檜夫妻之惡，便欲得而生吞。因東窗贊擒虎之言，致北狩失回鑾之望。

〔註43〕此表參考李琳《罵閻與入冥──胡迪故事研究》（《河南師範大學學報》，2002年第 2 期）而作，增加了李文中沒有提及的《令狐生冥夢錄》及《大宋中興通俗演義》。

傷忠臣被屠劉而殘滅，恨賊子受棺槨以全終。天道無知，神明安在。俾奸回生於有幸，令賢哲死於無辜。」〔註44〕反映了人民扶正斥奸的正義願望。孫楷第說《續東窗事犯傳》「按秦檜冥報，宋洪邁《夷堅志》既著其事，元人又譜為戲曲。蓋以岳飛冤死，秦檜壽終，人心不平，不得已而委之於冥報，如此篇所記，意既無謂，文亦未工。而以岳飛事最足以刺激人之故，故故事特為盛傳」。〔註45〕

因為對秦檜的憎恨和對岳飛的同情，因為這種強烈的「人心不平」，絕大多數秦檜冥報故事都很詳細且刻意描寫奸臣受各種殘酷陰刑的情狀，如風雷之獄、火車之獄、金剛之獄中，粉身碎骨再復人形，各種難以想像的酷刑不斷循環，似乎唯有透過這般極端的懲惡手段，才能使善惡得到公理，使人心得以暢快。

明清時期的秦檜冥報故事在描繪地獄恐怖之狀的同時，為突出強化這種善惡忠奸觀念的不同報應，在明清一系列的秦檜冥報故事中，都刻意地進行善惡忠奸在冥府所受到的截然不同待遇的對比，渲染忠賢所居之處的美好幸福。《續東窗事犯傳》中，「忠賢天爵之府」是「瓊樓玉殿，碧瓦參差」，府中「有仙童數百，皆衣紫綃之衣，懸丹霞玉佩，執采幢絳節，持羽葆花旌，雲氣繽紛，天花飛舞，鸞嘯風唱，仙樂鏗鏘，異香馥郁，襲人不散。殿上坐者百餘人，皆冠通天之冠，衣雲錦之裳，躡珠霓之履，玉珂瓊佩，光彩射人。絳綃玉女五百餘人，或執五明之扇，或捧八寶之盂，環侍左右」。〔註46〕

天堂地獄如此鮮明的對比，在以往的秦檜冥報故事中是不曾見的。這既是民眾愛憎情感的表達，也寄予了作者懲惡揚善的勸世之心。趙弼在《效顰集後序》中談及撰《效顰集》的用意、取材等曰：「余嘗效洪景盧瞿宗吉，編述傳記二十六篇，皆聞先輩碩老所談，與己目之所擊者……因題其名曰效顰集，所謂倣西施捧心而不覺自衒其陋也。……余辭膚陋，固不敢希洪瞿二君之萬一，其與勸善懲惡之意，片言隻語之奇，或可取焉。」〔註47〕不獨趙弼如此，這也是所有秦檜冥報故事創作者的良苦用心。

〔註44〕趙弼・效顰集・上海古籍出版社，1957：59。
〔註45〕轉引自金成翰《岳飛小說研究》・復旦大學博士論文，2006年。
〔註46〕趙弼・效顰集・上海古籍出版社，1957：64。
〔註47〕丁錫根・中國歷代小說序跋集（中）・人民文學出版社，1996：980。

3、秦檜冥報故事增加了諷世意旨

明清時期，秦檜冥報故事除了「東窗系列」與「續東窗系列」，也有不少的小說涉及到秦檜冥報題材。故事的敘述情感與創作主旨大體相同，有的小說中還增加了諷世意味，可以看出同類題材在不同文本中的不同藝術功能。《濟顛大師醉菩提全傳》借冥府審判秦檜，揭露秦檜在陽世「久占督堂，閉塞賢路，在風波亭害死岳家父子，上干天怒，下招人怨」，以諷喻官場的黑暗腐敗〔註48〕。《西遊補》第八回「半日閻羅決正邪」、九回「秦檜百身難自贖」敘孫行者代做閻王審秦檜一案，描寫得詼諧靈活，又別具風趣：

> 秦檜道：「咳！爺爺，後邊做秦檜的也多，現今做秦檜的也不
> 少，只管叫秦檜獨獨受苦怎的？」行者道：「誰叫你做現今秦檜的師
> 長，後邊秦檜的規模！」登時又叫金爪精鬼取鋸子過來，縛定秦檜，
> 解成萬片。旁邊吹噓判官慌忙吹轉。行者又看冊子：「和議已決，秦
> 檜挾金人以自重。」行者又叫：「秦檜，你挾金人的時節，有幾百斤
> 重呢？」秦檜道：「我挾金人卻如鐵打泰山一般重。」行者道：「你
> 知泰山幾斤？」秦檜道：「約來有千萬斤。」行者道：「約來的數不
> 確。你自家等等分釐看！」叫五千名銅骨鬼使，抬出一座鐵泰山壓
> 在秦檜背上。一個時辰，推開看看，只見一枚秦檜變成泥屑。〔註49〕

清初小說《新世鴻勳》寫閻王冥司勘獄，自判秦檜之後，辦囚魂千萬，派諸神降生人間，攪亂天下，幫明至萬曆、天啟、崇禎三世，天災人禍頻頻，民不聊生。清心遠主人《二刻醒世恒言》上函第五回「棲霞嶺鐵檜成精」敘倪賓赴地府驚悉因地藏王不忍睹地獄中事，時時閉日，歲只一開，開只一日。秦檜、万俟卨以賄賂當上陰司地地藏王府左右判官，禍亂陰司。倪賓於地藏王誕辰開目之日上奏，地藏王大怒，痛罰秦檜、万俟卨，魂魄被吹付鐵身軀。倪賓被封為岳武穆王祠下土地，岳王則將秦檜、万俟卨鐵塑擊碎，檜、卨之魂，永世不得再為之祟。

在明清的部分筆記小說中，也記有秦檜冥報故事，多言其死後轉生為畜事，表達了人們對這位「久負盛名」的奸相的痛恨。《聊齋誌異》卷十二有《秦檜》言「青州馮中堂家，殺一豕，燖去毛鬣，肉內有字云：『秦檜七世身。』烹而啖之，其肉臭惡，因投諸犬。嗚呼！檜之肉，恐犬亦不當食之矣！」清代龔煒

〔註48〕天花藏主人·濟顛大師醉菩提全傳·上海古籍出版社，1990：158。
〔註49〕董說·西遊補·古典文學出版社，1957：80。

《巢林筆談》續編卷上「天譴秦檜」條記「金陵牧羊亭有秦檜墓,人呼『狗葬』,口碑絕妙。明時雷震一牛,朱書秦檜,檜墮畜久矣,非狗即牛,猶遭天譴。檜之受罪,寧有窮時乎?一時之漏網,未足為幸也。」朱翊清《埋憂集》卷五「秦檜為豬」記順治初,蔚州魏果毅公官刑部尚書,嘗夢至冥司,代陰曹審秦檜事,罰秦檜三十世為豬。並附錄「《堅瓠集》所載:萬曆戊戌,去鳳陽城三十里朱家村,雷震一白牛,燎毛盡,背有『秦檜』二字。豈為其所規免,故不為豬而為牛?而卒死於雷,奸臣之不能逃天網也,如是夫!」

自宋以來秦檜冥報故事流傳廣泛久遠,在很大程度上,它利用遊歷地獄的故事框架,宣講一種因果報應觀念,所不同之處在於,這種因果報應觀念被融進特殊而典型的敘述中,即岳飛與秦檜、忠臣與奸臣的冤案故事中,加進了強烈的忠奸觀念與道德評判,寄予了人們嫉惡如仇的愛憎情感,唯其如此,秦檜冥報故事煥發出可貴的光芒,具有強大的生命力,成為最有影響力的遊冥故事,生生不息地流傳至今。

(三)從秦檜冥報故事看民間幽冥信仰的多元性

從宋至清代的秦檜冥報系列故事體現出非常複雜的民間幽冥信仰,冥界之主從地藏王到地獄十王到閻羅王,地府從酆都到森羅殿到「曜靈之府」,從佛教到道教到民間信仰,秦檜的報應由地獄受罰到轉生為畜,秦檜冥報故事最能體現民間幽冥信仰的多元性。

1、佛道雜融的幽冥格局

秦檜冥報故事中,較早的《信筆錄》記載未涉及冥界之主及冥罰之地獄,只言及屬官見秦檜「衣紫金帶窠頭而立」被官府「拷訊」,文中言及「作大功德」,可見是佛教觀念影響下的產物。《夷堅志》的記載中,談及「陰間斷秦檜事」,被「押往某處受報」,並明確說明秦檜是在「酆都」。酆都是道教的地府,而受報觀念又是受佛教影響。同一人物,同一時期,秦檜冥報故事體現出佛教、道教影響的痕跡,這裡即已看出佛道雜融的特點。

元代雜劇中的秦檜冥報故事,開始出現了實施冥罰的執行者地藏菩薩。元雜劇《地藏王證東窗事犯》描述岳飛被秦檜等人以謀反的罪名下獄處死。殺了岳飛等人後,秦檜心神不寧,惡夢不斷,便到靈隱寺中祝神禮懺,卻遇見了地藏菩薩化現的瘋僧葉守一。地藏嬉笑怒罵,揭破了秦檜東窗定計的奸謀。秦檜腦羞成怒,派手下何立去「東南第一山」追勾地藏,不想地藏早已

將秦檜追到酆都地獄，鐵鎖加身。最後秦檜被判剖棺叢剉屍，並累及三宗九族，以彰顯恩報之分明。此劇中對秦檜實施冥罰的地府是酆都，而冥府主宰者顯然是地藏菩薩（即地藏王），地藏菩薩是劇中一個重要角色，地藏菩薩對秦檜的戲弄懲罰使人們得到極大的快慰，表達了懲惡揚善、實現公平與正義的希望。

酆都是道教的地府，在中國幽冥信仰中，酆都的主宰者是北陰酆都大帝。地藏菩薩是佛教幽冥世界的主宰者和救贖者，中晚唐以後，很多時候地藏菩薩領導地獄十王共同執掌幽冥世界，在明清很多小說中的幽冥世界是這種格局，如《西遊記》、《醋葫蘆》、《隋唐演義》等。《地藏王證東窗事犯》雜劇中，佛教的幽冥之主執掌道教的地府，佛道幽冥世界已融為一體。這種情況在元、明、清時代的秦檜冥報故事都有體現。明代戲劇《岳飛破虜東窗記》、《精忠旗》中的幽冥世界也是如此格局。

秦檜冥報故事佛道兩教幽冥世界合而為一的情況在明清小說中也有體現。秦檜冥報故事中的幽冥格局詳見下表：

元明清戲曲小說中秦檜冥報故事中的幽冥格局

	冥界之主	冥府地點	地獄名目	善者居處
《地藏王證東窗事犯》	地藏王	酆都	未提及	未提及
《岳飛破虜東窗記》	地藏王	酆都	未提及	未提及
《精忠旗》	閻君	北陰冥府	冰山、猛火、拔舌獄、鐵床及刀山、劍樹諸獄	升仙籍封官
《剪燈新話·令狐生冥夢錄》	地獄十王	地府，未明言	地獄名不詳，秦檜居「誤國之門」	未提及賢者
《效顰集·續東窗事犯傳》	閻君	曜靈之府	普掠之獄，內有風雷、火車、金剛、奸回之獄	忠賢天爵之府
《國色天香·續東窗事犯傳》	閻君	曜靈之府	同上，多不忠內臣之獄	忠賢天爵之府
《喻世明言·遊酆都胡毋迪吟詩》	閻君	酆都、曜靈之府、森羅殿	普掠之獄，內有風雷、火車、金剛、溟泠之獄	天爵之府
《大宋中興通俗演義》第七十四、五回	閻君	曜靈之府	同上	忠賢天爵之府

《說岳全傳》第七十三回	閻王	靈曜之府	同上	同上
《西遊補》	孫行者代作閻王	地府	秦檜受磨粉、滾油、鞭擊、山壓、剮等刑	岳飛地府受到敬重，孫行者拜為師傅
《棲霞嶺鐵檜成精》	地藏王、閻羅王	陰司地府	魂魄被業風吹附鐵像萬劫不許擅離	被封為土地
清文人筆記《埋憂集》卷五「秦檜為豬」	生人入冥陰司決案	地府	受炮烙之刑，罰三十世為豬	未提及

　　從上表幽冥世界的格局可以看出，秦檜在各類冥府中受到嚴懲，被多個冥王審問拷訊。而每一則秦檜冥報故事體現出的幽冥世界建構又與南北朝、唐宋時期的遊冥故事中比較嚴整有序的幽冥世界有所不同，常常是佛道混雜的幽冥世界。

2、秦檜冥報故事對地獄的創造

　　秦檜冥報故事一個比較突出的現象是關於幽冥世界的創造，故事對地獄的設置改造充滿文學個性的創造力。

　　以《遊酆都胡毋迪吟詩》為例。胡毋迪被冥吏引入冥：「離城約行數里，乃荒郊之地，煙雨霏微，如深秋景象。再行數里，望見城郭，居人亦稠密，往來貿易不絕，如市廛之狀。行到城門，見榜額乃『酆都』二字，迪才省得是陰府。……既入城，則有殿宇崢嶸，朱門高敞，題曰『曜靈之府』，門外守者甚嚴。皂衣吏令一人為伴，一人先入。少頃復出，招迪曰：『閻君召子。』迪乃隨吏入門，行至殿前，榜曰『森羅殿』。」〔註50〕該篇中冥府為「酆都」，是道家的地獄觀。冥王是佛教的閻羅王，閻羅王的「公署」是「森羅殿」，而地獄是「普掠之獄」。「普掠之獄」與「曜靈之府」直接承繼了《續東窗事犯傳》中的「普掠之獄」與「曜靈之府」，其描寫也與《續東窗事犯傳》相似，這在《續東窗事犯傳》以前的遊冥故事未曾出現，似應是小說家創造的地府地獄。「普掠地獄」之內，東曰「風雷之獄」，南曰「火車之獄」，西曰「金剛之獄」，北曰「溟泠之獄」，這四個地獄名目與《續東窗事犯傳》中的地獄名目僅為「溟泠地獄」與「奸回地獄」有別，似乎也是小說家的創造。

　　而在《國色天香·續東窗事犯傳》中，地獄名目比《效顰集·續東窗事

〔註50〕馮夢龍·喻世明言·卷三十二。

犯傳》多「不忠內臣之獄」，寫歷代宦官如「漢之十常侍，唐之李輔國、仇士良、王守澄、田令孜，宋之閻文應、童貫之徒」在其間受苦。這個地獄顯然是作者的有意設置。據研究者考證，《國色天香》成書於萬曆四年至萬曆十五年之間〔註51〕。明代萬曆年間宦官人數劇增，把持國家政治、軍事、經濟等，在朝廷、社會氣勢盛焰，有志文人對此深懷不滿，小說將歷代宦官們置於地獄遭受酷刑，對其口誅筆伐，是小說家的有感而發。這些在地獄受罰的宦官與其說是前代的奸惡之徒，不如說是作者心目中所指的時事中人。作者無法在現實生活中抨擊朝政時事，所以藉此一泄心中之憤。

秦檜冥報故事幽冥世界佛道混雜的現象一方面說明人們對秦檜的痛恨，其罪行無所逃於天地各路神仙。另一方面也反映了宋以後，尤其是明清時期民間幽冥信仰的多元性複雜性。中晚唐以後，佛教的閻羅王、地藏菩薩、地獄十王作為幽冥世界的主宰者對民眾的幽冥信仰有很大的衝擊，同時，道教幽冥世界的建構也對人們的冥界觀產生不小的影響，佛道兩教的幽冥世界觀呈合流狀態。普通民眾對佛道兩教的幽冥世界建構未必區分得很清楚，很多時候常常雜融在一起，尤其是中晚唐以後，文學中的宗教現象常常是三教合一，反映於小說戲曲中，就是佛道混雜現象，地獄冥府中有青衣童子，執掌道教酆都地府是佛教閻羅王、地藏王。一些民間文學、小說戲曲為了創作和表達感情的需要，對於各類佛道神靈信手拈來，各取所需，並不去區分佛道神系，所以在中國民間信仰及各類文學作品中，具有實施冥罰功能的神靈非常多，且無所不能，如閻羅王、地藏王、地獄十王、酆都大帝、東嶽大帝、城隍、地方廟神、各類山神，此外如被賦予神性的關羽、張飛、包公等及某些具備「走無常」或「生人入冥」的特異功能之人等曾經對作惡之人實施過嚴懲，也具有冥罰的功能。以這些超現實的力量來懲罰惡人，彰顯了天地的無私以及對邪惡行徑的毫不容情，是民眾借助神秘世界來強化對惡的懲治。作惡多端、遭人唾棄的秦檜死後受到各類冥罰是理所當然，也是流傳久遠的秦檜冥報故事呈現出幽冥信仰多元性得雜性的一個重要原因。

〔註51〕何長江·《國色天香》的成書年限·明清小說研究，1993，（2）。

主要參考文獻

1. 〔宋〕李昉等編，汪紹楹校點《太平廣記》，中華書局 2006 年。
2. 〔宋〕洪邁撰，何卓點校，《夷堅志》，中華書局，2006 年。
3. 〔明〕瞿祐《剪燈新話》(外二種)，上海古籍出版社，1981 年。
4. 〔明〕趙弼《效顰集》，上海古籍出版社，1957 年。
5. 〔清〕蒲松齡《聊齋誌異》，張友鶴輯校三會本，上海古籍出版社，1978 年。
6. 〔清〕袁枚《子不語》，上海古籍出版社，1998 年。
7. 〔清〕紀昀《閱微草堂筆記》，上海古籍出版社，1980 年。
8. 〔唐〕釋道世撰，周叔迦、蘇晉仁校注《法苑珠林校注》，中華書局，2003 年。
9. 〔梁〕僧旻、寶唱等《經律異相》，上海古籍出版社，1987 年。
10. 〔唐〕唐臨、戴孚撰，方詩銘輯校《冥報記廣異記》，中華書局 1992 年。
11. 李劍國《宋代傳奇集》，中華書局，2001 年。
12. 魯迅校錄《古小說鉤沉》，齊魯書社，1997 年。
13. 李時人編《全唐五代小說》，陝西人民出版社，1998 年。
14. 王根林等校點《漢魏筆記小說大觀》，上海古籍出版社，1999 年。
15. 李宗為等校點《唐五代筆記小說大觀》，上海古籍出版社，2000 年。
16. 《筆記小說大觀》，江蘇廣陵出版社，1984～1986 年。
17. 寧稼雨編《中國文言小說總目提要》，齊魯書社，1996 年。
18. 石昌渝主編《中國古代小說總目》，山西教育出版社，2004 年。
19. 劉世德《中國古代小說百科全書》，中國大百科全書出版社，2006 年。
20. 丁錫根《中國歷代小說序跋集》，人民文學出版社，1996 年。

21. 張兵主編《五百種明清小說博覽》，上海辭書出版社，2004 年。

22. 陸林主編《清代筆記小說類編》「神鬼卷」、「勸懲卷」，黃山書社，1994 年。

23. 薛亮《明清稀見小說匯考》，社會科學文獻出版社，1983 年。

24. 王利器《元明清三代禁燬小說戲曲史料》第三編，上海古籍出版社，1981 年。

25. 譚正壁《三言二拍資料》，上海古籍出版社，1980 年。

26. 朱一玄《明清小說資料選編》（上下），齊魯書社，1990 年。

27. 薛洪勣《傳奇小說史》，浙江古籍出版社，1999 年。

28. 苗壯《筆記小說史》，浙江古籍出版社，1999 年。

29. 陳大康《明代小說史》上海文藝出版社，2000 年

30. 張俊《清代小說史》，浙江古籍出版社，1997 年。

31. 李劍國《唐前志怪小說史》，南開大學出版社，1981 年。

32. 李劍國《唐五代志怪傳奇敘錄》，南開大學出版社，1993 年。

33. 魯迅《中國小說史略》，人民文學出版社，1976 年。

34. 王青《西域文化影響下的中古小說》，中國社會科學出版社，2006 年。

35. 余英時《東漢生死觀》，上海古籍出版社，2005 年。

36. 夏廣興《佛教與隋唐五代小說》，陝西人民出版社，2004 年。

37. 陳洪《淺俗之下的厚重——小說‧宗教‧文化》，南開大學出版社，2001 年。

38. 陳洪《佛教與中古小說》，學林出版社，2007 年。

39. 謝桃坊《中國市民文學史》，四川人民出版社，1998 年。

40. 石昌渝《中國小說源流論》，三聯書店，1994 年。

41. 胡勝《明清神魔小說研究》，中國社會科學出版社，2004 年

42. 吳志達《中國文言小說史》，齊魯書社，1994 年。

43. 侯忠義《隋唐小說史》，浙江古籍出版社，1997 年。

44. 張慶民《魏晉南北朝志怪小說通論》首都師範大學出版社，2000 年。

45. 陳國軍《明代志怪傳奇小說研究》，天津古籍出版社，2006 年。

46. 占驍勇《清代志怪傳奇小說集研究》，華中科技大學出版社，2003 年。

47. 劉守華《比較故事學論考》，黑龍江人民出版社，2003 年。

48. 袁行霈《中國文學史》，高等教育出版社，1999 年。

49. 林辰《明末清初小說述錄》，春風文藝出版社，1988 年。

50. 林辰《神怪小說史》，浙江古籍出版社，1998 年。

51. 薛惠琪《六朝佛教志怪小說研究》，臺北文津出版社，1995 年。

52. 季羨林《比較文學與民間文學》，北京大學出版社，1991 年。

53. 季羨林《佛教與中印文化交流》，江西人民出版社，1990 年。

54. 羅鋼《敘事學導論》，雲南人民出版社，1994 年。

55. 蔣述卓《佛經傳譯與中古文學思潮》，江西人民出版社，1990 年。

56. 申丹《敘述學與小說文體學研究》，北京大學出版社，2001 年。

57. 孫昌武《佛教與中國文學》，上海人民出版社，2007 年。

58. 孫昌武《文壇佛影》，中華書局，2001 年。

59. 孫遜《中國古代小說與宗教》，復旦大學出版社，2000 年。

60. 黃子平《中國小說與宗教》，香港中華書局，1998 年。

61. 王立《宗教民俗文獻與小說母題研究》，吉林人民出版社，2001 年。

62. 王立《佛經文學與古代小說母題比較研究》，崑崙出版社，2006 年。

63. 王平《中國古代小說文化研究》，山東教育出版社，1996 年。

64. 王平《中國古代小說敘事研究》，河北人民出版社，2001 年。

65. 吳光正《中國古代小說的原型與母題》，社會科學文獻出版社，2002 年。

66. 吳海勇《中古漢譯佛經敘事文學研究》，學苑出版社，2004 年。

67. 楊義《中國古典小說史論》，中國社會科學出版社，2004 年。

68. 楊義《中國敘事學》，北京，人民出版社，1997 年。

69. 錢鍾書《管錐編》，第二冊，中華書局，1986 年。

70. 〔日〕小野四平《中國近代白話短篇小說研究·佛教「說話研究」》，上海古籍出版社，1997 年。

71. 方立天《中國佛教與傳統文化》，上海人民出版社，1988 年。

72. 方立天主編《中國佛教簡史》，宗教文化出版社，2001 年。

73. 葛兆光《中國宗教與文學論集》，清華大學出版社，1998 年。

74. 郭朋《宋元佛教》，福建人民出版社，1981 年。

75. 南懷瑾《中國佛教發展史略》，第 93 頁，復旦大學出版社，1996 年。

76. 王月清《中國佛教倫理研究》，第 219 頁，南京大學出版社，1999 年。

77. 石峻等《中國佛教思想資料選編》，中華書局，1987 年。

78. 郭朋《隋唐佛教》，齊魯書社，1986 年。

79. 洪修平《中國佛教文化歷程》，江蘇教育出版社，1995 年。

80. 湯用彤《漢魏兩晉南北朝佛教史》，中華書局，1983 年。

81. 任繼愈《中國佛教史》，中國社會科學出版社，1981 年。

82. 蕭登福《先秦兩漢冥界及神仙思想探源》，臺灣文津出版社，1990 年。

83. 蕭登福《道佛十王地獄說》，臺北新文豐出版公司，1995 年。

84. 蕭登福《漢魏六朝佛道兩教之天堂地獄觀》，臺北學生書局，1989 年。

85. 〔美〕太史文著，侯旭東譯，《幽靈的節日——中國中世紀的信仰與生活》，浙江人民出版社，1999 年。

86. 馬書田《中國冥界諸神》，團結出版社，1988 年。

87. 蒲慕州《墓葬與生死——中國古代宗教之省思》，中華書局，2008 年。

88. 蒲慕州《追尋一己之福》，上海古籍出版社，2007 年。

89. 張總《地藏信仰研究》，宗教文化出版社，2003 年。

90. 莊明興《中國中古的地藏信仰》，第 81 頁，臺灣大學出版委員會，1999 年。

91. 丁敏《佛家地獄說之研究》，臺北商務印書館，1981 年。

92. 賈二強《神界鬼域》，陝西人民出版社，2000 年。

93. 羅基《地獄眾生相》，學苑出版社，1998 年。

94. 烏丙安《中國民間信仰》，人民出版社，1996 年。

95. 賴亞生《神秘的鬼魂世界》，人民中國出版社，1993 年。

96. 釋永祥《佛教文學對中國小說的影響》，臺北佛光出版社，1990 年。

97. 〔美〕浦安迪《中國敘事學》，北京大學出版社，1996 年。

98. 〔美〕丁乃通《中國民間故事類型索引》，華中師範大學出版社，2008 年。

99. 劉亞丁《佛教靈驗記研究》，四川出版集團巴蜀書社，2006 年

100. 錢光勝《敦煌文學與唐五代敦煌之地獄觀念》，西北師範大學碩士論文，2007 年。

101. 楊曉娜《明清神魔小說中的冥府意象》，河南大學碩士論文，2008 年。

102. 王昊《敦煌小說研究》，中國社會科學院博士論文，2003 年。

103. 劉惠卿《佛經文學與六朝小說母題》，陝西師範大學博士論文，2006 年。

104. 孫鴻亮《佛經敘事文學與唐代小說研究》，陝西師範大學博士論文，2005 年。

105. 趙章超《宋代文言小說研究》，四川大學博士論文，2003 年。

106. 蔡靜波《唐五代筆記小說研究》，陝西師範大學博士論文，2005 年。

107. 劉正平《宗教文化與唐五代筆記小說》，復旦大學博士論文，2005 年。

108. 喻曉紅《佛教與唐五代白話小說》，上海師範大學，2004 年。

109. 魏世民《魏晉南北朝小說的嬗變》，華東師範大學博士論文，2003 年。

附錄一　涉及入冥的小說文本

文言小說部分

唐前

《搜神記》晉代志怪小說，東晉干寶撰。「蔣濟亡兒」「胡母班」等條，並未言及地獄。

《甄異記》晉代志怪小說，戴祚撰，《古小說溝沉》輯 17 條，「章沈」、「張愷」條等。

《幽明錄》南朝志怪小說，宋劉義慶撰。書中佛家地獄之說在志怪書中亦屬首次出現。如「康阿得」、「舒禮」、「趙泰」條等。

《宣驗記》，南朝志怪小說，宋劉義慶撰。《古小說溝沉》輯 35 條（李劍國《唐前志怪小說史》言有遺漏）。「程道慧」等條。

《述異記》（祖沖之）南朝志怪小說，齊祖沖之撰。「庾某」條等。

《冥祥記》，南朝志怪小說，王琰撰。《古小說溝沉》輯 131 條及自敘一篇。「趙泰」、「程道慧」、「唐尊」、「支法衡」條等。

《祥異記》，南朝志怪小說。梁闕名撰。《太平廣記》引 4 條。「元稚宗」條等。

《神鬼傳》或作《神鬼錄》，南朝志怪小說。梁闕名撰。《太平廣記》引 9 條。《太平廣記》卷三八二「僧善道」條等。

唐五代

《冥報記》，唐代志怪小說集。唐臨撰。「李山龍」、「趙文信」、「大業客

僧」、「睦仁蒨」等約 20 條。

《廣異記》，唐代志怪小說集。戴孚撰。「李強友」、「隰州佐史」、「崔明達」、「費子玉」、「楊再思」、「霍有鄰」等約 40 條。

《地獄苦記》，唐代志怪小說集，佚名撰。《太平廣記》卷一一六引「傅奕」條，又見唐臨《冥報記》（《法苑珠林》卷九六引，當採自唐臨書）。

《紀聞》，唐代志怪小說集，牛肅撰。《太平廣記》引 120 餘條。卷一〇〇引「屈突仲任」條。

《靈怪集》，唐代志怪傳奇小說集，張薦撰。《太平廣記》引十餘條。《太平廣記》卷三三〇引「王鑒」、「李令問」二條。

《通幽記》，陳邵（或作劭）撰，唐代志怪傳奇小說集，《太平廣記》卷三〇二引「皇甫恂」條。

《定命錄》，唐代志怪小說集，呂道生增訂。《太平廣記》引 62 條。《太平廣記》卷三七六引「李太尉軍士」條，《聊齋》「陸判」似受此影響。

《宣室志》，唐代志怪傳奇小說集，張讀撰。《太平廣記》引 200 條。「許文度」、「劉漑」條等。

《錄異記》，五代志怪小說集。前蜀杜光庭撰。卷四「崔生」條。

《靈異志》，五代志怪小說集。後唐裴約言（？）撰。「韋安之」條等。

《王氏聞見錄》，五代志怪小說集。後晉王仁裕撰。《太平廣記》引 31 條。《太平廣記》卷一三六引「潞王」條。

《杜鵬舉傳》，唐代傳奇小說，蕭時和撰。《太平廣記》卷三〇〇引「杜鵬舉」條共收杜鵬舉故事二條，第一條即本篇。第二條注出《朝野僉載》。

《還魂記》，唐代傳奇小說。戴少平撰，為作者自敘其還魂事。

《前定錄》（鍾輅），唐代志怪傳奇小說集，鍾輅撰。「李敏求」條等。

《鄭潔妻傳》，唐代傳奇小說。鄭潔撰，《太平廣記》卷三八〇引「鄭潔」條。

《陰德傳》，唐代傳奇小說，佚名撰，《太平廣記》引 2 條。卷一二三引「韋判官」條。

《靈應傳》唐代傳奇小說。佚名撰，《太平廣記》卷四九二引，敘鄭承符死後還陽一月後無疾而終事。

《魂遊上清記》，趙業撰。未見著錄。段成式《酉陽雜俎》前信卷二「玉格」記趙業遊上清事。

《玄怪錄》，唐牛僧孺撰，傳奇志怪集，「杜子春」、「董慎」、「馬僕射總」等條。

《河東記》，唐薛漁思撰，志怪傳奇集。《太平廣記》一五七引李敏求事。

《原化記》，節存，唐皇甫氏撰，傳奇志怪集。《太平廣記》引佚文 60 餘條。「西市人」條等。

《續玄怪錄》，唐李復言撰，傳奇志怪集。多記入冥事，「王國良」條等。

《稽神錄》，南唐徐鉉撰，志怪集，輯存六卷，「王瞻」、「建康樂人」、「廣陵吏人」條等。

宋遼金元

《葆光錄》宋代志怪小說集。陳纂撰。卷二記某薛主簿厚待一絕症病人，竟得起死回生之報。

《江淮異人錄》宋代志怪小說，吳淑撰，「閭蟲處士」能通於冥府，會見閻羅。

《葆善錄》宋代志怪小說集。王蕃撰。記黃靖國再生事，《青瑣高議》「從政延壽」條、《夷堅丙志》卷二「聶從政條」亦敘此事。

《吉凶影響錄》宋代志怪小說集》岑象求撰。《樂善錄》引「武后獄條」敘黃靖國死後見武后時酷吏皆受嚴懲事。

《夷堅志》宋代志怪小說集。書中多記有冥司報應之事。

《信筆錄》宋代志怪小說集。曾樽撰。記秦檜死後受報事。

《湖海新聞夷堅續志》元代志怪小說集，吳元復撰。卷二天譴類「欺君誤國」條記秦檜與其妻王氏在東窗下密謀殺害岳飛而遭報應事。

《江湖紀聞》元代志怪小說集，郭霄鳳撰。卷六「醫不淫婦」條記醫工拒絕李氏誘惑事，出廖子孟《黃靖國再生傳》。

《記陳明遠再生事》宋代傳奇小說，崔公度撰。敘陳明遠在冥中見地獄冤報事。

《黃靖國再生傳》宋代傳奇小說，廖子孟撰。見《夷堅丙志》卷二「聶從政」條。

《黃元弼復生傳》宋代傳奇小說。佚名撰。記黃元弼復生事。

《張文規傳》吳可撰。敘英州司理參軍張文規雪冤獄，因陰德而延壽一紀半。

《毛烈傳》宋代傳奇小說。劉望之撰。《夷堅甲志》卷一九「毛烈陰獄條」。

《李氏還魂錄》宋代傳奇小說。佚名撰。《夷堅志補》卷七「劉洞主」條敘入冥因祖上陰功放還復生事。

《司命真君傳》未見著錄及傳本。《夷堅乙志》卷五「司命真君」條敘余嗣入命見司命真君復生延壽事。

《入冥記》宋代傳奇小說。秦絳撰。《夷堅丙志》卷八敘廣德軍黃十翁被冥吏誤追入冥，歷遊陰府而復生事。

《夢冥記》宋代傳奇小說。鄭超撰。《夷堅支戊》卷七「信州營卒鄭超」條敘鄭超夢入冥間，因常念《金剛經》而復生延壽。

《異聞》宋代傳奇志怪小說集，何光撰。「淫獄」記四明婦人病入冥府，見淫獄恐怖之狀，意在懲誡淫慾者。

《孫公談圃》宋代文言小說集。孫陞述、劉延世錄。卷中記王安石之子冥中所見事。馮夢龍將其採入《警世通言‧拗相公飲恨半山堂》。同卷記馮京患傷寒後死而復生事。凌濛初用為初刻卷二八《金光洞主談舊跡 玉虛尊者悟前生》。

《東坡志林》宋代雜俎小說。蘇軾撰。卷三「陳昱被冥吏誤追」條，記陳昱敘其在冥間所遇事。

《隨手雜錄》宋代文言小說集。王鞏撰。有記全州進士入冥間事，柳州新婦死後於冥中得僧人授《金剛經》事等。

《岩下放言》宋代雜俎小說集，葉夢得撰，鄭下記李某暴死還魂後敘冥中所見事。

明代

《涉異志》明代志怪小說集。閔文振撰。「死作城隍」、「兗州城隍」敘官員死為城隍事。

《獪園》明代志怪小說集。錢希言撰。卷九為「冥跡」。其中游冥故事有「徐氏兄弟冤報」（卷六）、「李氏妾妒報」（卷七）、「南濠楊氏冤報」（卷七）、「施秀才為冥中花鳥使」（卷九）、「達上人入冥」（卷九）等。

《湖海搜奇》明代志怪小說集。王兆雲撰。《堅瓠秘集》卷二引「城隍責禮」以十四歲少女至廟取火，因著裙未穿絝而遭城隍指責事。

《剪燈餘話》明代傳奇小說集。李昌祺撰。多記入冥故事。

《效顰集》明代傳奇志怪小說集。中有《酆都報應錄》、《續東窗事犯傳》。其中《續東窗事犯傳》與《古今小說》中《遊酆都胡毋迪吟詩》題材相同。

《輪迴醒世》明代傳奇小說集。也閒居士撰。全書各篇均以輪迴作結，閻羅王點出兩世因果緣報。

《國色天香》明代傳奇小說選集。吳敬所編輯。其中《續東窗事犯傳》係出《效顰集》。

《幽怪詩譚》明代傳奇小說集，卷一「玉簪傳信」條記舒氏女入冥見人間諸般惡人在冥府受懲，以告誡世人為訓。

《真珠船》明代雜俎小說集。胡侍撰。「陰譴」條通過殷富之弟對兄不恭，後入幽冥城隍受到譴責，遂痛改前非事。

《定庵筆記》明代文言小說集。沈瓚撰。卷下「吳庠生賴銀」記吳庠生賴塾師俸金死後至陰間受冥罰被命回陽間還債。

清代至民初

《冥報錄》（陸圻）清代志怪小說集。陸圻撰。「李化宇」條記李重病中見冥差謂其平生仁厚，可得緩死。

《子不語》清代志怪小說集。袁枚撰。有《地藏王接客》、《城隍神酗酒》、《閻王升殿先吞鐵丸》、《香粉地獄》、《吳生兩入陰間》等記入冥事。

《續子不語》清代志怪小說集。袁枚撰。卷八「韓六」、「鬼習缺」等記冥間貪賄成風。

《閱微草堂筆記》清代志怪小說集。紀昀撰。書中多忠孝節義、勸善懲惡、因果報應之談，多記入冥事。

《諧鐸》清代志怪小說集。沈起鳳撰。卷六《森羅殿點鬼》記閻王三十年不點鬼錄，使陰間餓鬼逃回陽世，為官殘害百姓。

《三異筆談》清代志怪小說集。許仲元撰。卷四「冥獄果報」以怪異現象折射社會不良風氣。

《影談》清代志怪小說集。管世灝撰。「酆都縣洞」寫陰問人鬼顛倒，鬼反懼人等，頗具象徵意味。

《北東園筆錄》（《池上草堂筆記》）清代志怪小說集。梁恭辰撰。多記入冥事。

《信徵全集》清代志怪傳奇小說集。段水源撰。續集卷上「夫貓」記某夫亂中誤踏死一女而被責轉生為貓，寫其在陰冥所受之苦。

《醉茶志怪》清代志怪小說集。李慶辰撰。卷一「陰司」記僕役李某被死去的殷某在陰間誣告，五次被勾到陰司對質。經鬼役點撥，方知不能行賄

之故。

《聊齋誌異》所記多入冥故事。卷一《考城隍》、《僧孽》、《三生》、《王蘭》，卷二《某公》，卷三《李伯言》、《湯公》、《閻羅》，卷四《酆都御史》，卷五《閻王》，卷六《考弊司》、《閻羅》，卷七《劉姓》、《閻羅薨》、《閻羅宴》，卷十《王貨郎》、《三生》、《席方平》，卷十一《王大》、《鬼吏》，卷十二《元少先生》、《劉全》、《公孫夏》、《秦檜》等。

《耳食錄》清代傳奇小說集。初編卷一二「東嶽府掌簿」以陰間賄賂之風，實喻世間炎涼之態。

《埋憂集》清代傳奇小說集。朱翊清撰。卷四《慧娘》記入冥府復仇事。

《澆愁集》清代傳奇小說集。鄒弢撰。卷一「索賄神」、「易骨」記入冥事，影射現實黑暗。

白話小說部分

明前部分

敦煌敘事文學五篇：《唐太宗入冥記》、《黃仕強傳》、《懺悔滅罪金光明經傳》、《目鍵連傳》、《道明還魂記》。

《韓擒虎話本》，唐佚名撰。韓擒虎，《隋書》卷五十二有傳。

《京本通俗小說》第十四卷《拗相公》敘王安石夢入冥見兒子代他受苦，請求其停止變法。

明代部分

《西遊記》第三回，四海千山皆拱伏，九幽十類盡除名。

　　　　　第十一回，遊地府太宗還魂，進瓜果劉全續配。

《西遊補》第八回，一入未來除六賊，半日閻羅決正邪。

《後西遊記》第三回，力降龍虎，道伏鬼神。

《三寶太監西洋記通俗演義》第八十八回，崔判官引導王明，王克新遍遊地府。

《華光天王傳》第三回，華光鬧陰司。

《北遊記》第十一回，關羽夜管酆都冥府。

《咒棗記》第十一回，薩真人往豐都國，真人遍遊地府中。

《南海觀世音菩薩出身修行傳》第十三回，妙善魂遊地府。

《韓湘子全傳》第十六回，入陰司查勘生死，召仙女慶祝生辰。

《東度記》第十九回，清寧觀道副投師，輪轉司元通閱卷。

《濟顛大師醉菩提全傳》第六回，秦相夢中見鬼神，濟公夜來施佛法。

《海遊記》第三十三回，似人似鬼孽滿受諸刑，半是半非書終成一夢。

《山水情傳》第六回，攝尼魂顯示阿鼻獄。

《醋葫蘆》第十四、十六、十七回，寫妒婦入地獄被抽去妒筋，轉回陽世後妒心全無。

《五顯靈官大帝華光天王傳》敘華光探尋母親，鬧東嶽、闖陰司，降諸妖。華光酆都救母，顯受目連救母故事影響。

《西遊釋厄傳》有唐太宗入冥事。

《警世陰陽夢》書尾陶玄遍遊十八層地獄，魏忠賢永墮牲畜道。

《拍案驚奇》卷三十七《屈突仲任酷殺眾生‧鄆州司馬冥全內侄》有入冥情節。

《警世通言‧拗相公飲恨半山堂》。

《二刻拍案驚奇》卷十六《遲取券手烈賴原錢‧失還魂牙僧索剩命》，卷二十《賈廉訪贗行府牒‧商功父陰攝江巡》。

《古今小說》中《遊酆都胡毋迪吟詩》、《鬧陰司司馬貌斷獄》、《梁武帝累修歸極樂》。

《西遊補》有行者代做閻土審秦檜情節。

《混唐後傳》《隋唐演義》有唐太宗魂遊地府情節。

《包龍圖判百家公案》第八卷有遊地獄事。

《封神演義》第九十九回，姜子牙敕黃飛虎執掌幽冥地府一十八重地獄。

《禪真逸史》第十二回、第二十回有入冥情節。

清代部分

《癡人夢》清談善吾撰。小說用第一人稱描述夢入陰曹地府，見各類可憎之人，用漫畫的手法諷刺當時改革。

《地府志》，清葛嘯儂著。該小說寫不第秀才姚兆南，死後魂入地府，經歷千奇百怪之事，以影射晚清社會的諸種腐敗現象，揭露現實社會。

《地下旅行》，清女奴撰。書敘女奴死後其魂魄在陰間閻王十殿旅遊的古怪見聞，以影射現實人間的黑暗腐敗。

《何典》十回，清張南莊撰。書敘鬼蜮世界貪官污吏勒索百姓，陰界烏煙瘴氣。揭當時世情的醜陋和社會的腐敗。

《黑籍冤魂》，清彭養鷗撰。小說最後寫正過煙癮的苗秀夫恍惚中見到煙鬼被打入阿鼻地獄，並預言中國將行禁煙之令。

《三國因》，清醉月山人編。此書是馮夢龍「鬧陰司司馬貌斷獄」的單行本。除平話小說《鬧陰司司馬貌斷獄》、《三國因》以外，清初徐石麟撰《大轉輪》、嵇永仁撰《續離騷・憤司馬夢裏罵閻羅》雜劇，也都演司馬貌斷獄故事。

《憲之魂》，清佚名撰。書敘陰司外患內憂迭起，閻王頒布立憲明詔。影射清廷預備立憲的複雜背景。

《新鬼世界》，晚清小說，清佚名撰。本書用戲謔手法寫陰間準備立憲，派鬼王爺率五鬼到陽間上海考察立憲。

《醒遊地獄記》十二回，晚清小說，清不才撰。書寫黃無人夢中的世界獨以中國最富強，夢醒之後遊歷中國各地，原來中國是一個大地獄。

《續金瓶梅》《三續金瓶梅》寫西門慶等死後下地獄，各依生前作為受刑罰，再轉生人間。

《陰陽顯報水鬼升城隍全傳》四卷二十回，清佚名撰。此書前十五回與《陰陽顯報鬼神傳》（《鬼神終須報》）同，第十六回敘西漢江西南安府關公漢生前仗義真誠，剛直熱心，死後作了判官。

《斬鬼傳》四卷十回，清康熙年間諷刺小說，劉璋撰。敘鍾馗欲在陰間斬妖誅邪，閻君卻開導他，妖邪倒是人間最多。

《鍾馗平鬼傳》八卷十六回，清乾隆間小說，作者東山雲中道人。

《新世鴻勳》閻王冥司勘獄，自判秦檜之後，辦囚魂千萬，派諸神降生人間，攪亂天下，幫明至萬曆、天啟、崇禎三世，天災人禍頻頻，民不聊生。

《梁武帝西來演義》梁武帝郗後因濫殺宮人死後下地獄變作蟒蛇，為免去地獄之苦，請求梁武帝廣做佛事。

《八洞天》中有《斷冥獄推添耳書生》記入冥事。

《說岳全傳》七十二回有秦檜東窗定計受冥罰事。

《二刻醒世恆言》，清白話短篇（擬話本）世情小說集，第五回「棲霞嶺鐵檜成精」倪賓赴地府驚悉秦檜等禍亂陰司，奏地藏王。

《姑妄言》清白話長篇豔情小說。開頭敘閔漢夢聽城隍審案，判決從漢至明十殿閻君所未能解決的歷史疑案，各判其再世為各色人等以受報應。

《妝鈿鏟傳》清白話長篇寓言小說。有地藏王派菩薩報事仙童接神鰾作

九道輪迴大會首領之一。

《百花魁》清白話長篇豔情小說。結尾有閻王殿受報聽審情節。

《娛目醒心編》清白話世情小說集，卷十六「方正士活判陰魂」敘朱生被請往冥間審案，先服鐵丸湯，如徇私情，腹內鐵丸便要燒起來。

《耳食錄》中《東府掌簿》敘某仕宦之子暴死，夢其子轉其在東嶽府掌簿之張公，以免苦役。陰間賄賂請託之風仍不能免。

《續紅樓夢》第三回、第四回、第十一回、第十二回、第十四回，《補紅樓夢》第四、第五回、第十七回，《增補紅樓夢》，《紅樓復夢》第二回、第三回、第十六回、第七十七回、第七十八回，《紅樓圓夢》第二十一回，《紅樓真夢》第二十回有死去之人在陰間出遊情節。

《影譚》有《酆都縣洞》敘敘人入鬼域也如鬼妖在人間一樣任意妄為，旨在揭露黑暗世間人心比鬼妖更甚。

《何典》清代白話長篇諷喻小說，《又名十一才子書鬼話連篇錄》，書敘陰界鬼事，影射人間社會黑暗。

《俗話清談》，清白話短篇世情小說集。一集卷下《張閻王》，二集卷上《生魂遊地府》有遊歷地獄情節。

《儲仁遜抄本小說》中《蜜蜂記》中有苗氏魂遊地府，因陽壽未盡而還魂再生。

《老殘遊記》續第八回中有老殘夢遊地府情節。

《青樓夢》清代白話長篇狹邪小說，第三十四回、三十五回。

《濟公全傳》清香嬰居士撰，第十九回、一百五十回、一百五十一回。

《繡鞋記》清世情小說，第二十回，森羅殿復判陰魂。

《隋唐演義》清褚人獲編，第六十八回記唐太宗遊地府事。

附錄二 《太平廣記》遊冥故事索引
（按卷數先後）

（卷379）	劉薛		梁甲
	鄭師辯		任義方
	法慶		齊士望
	開元選人		楊師操
	崔明達		裴則子
	王掄		河南府史
	費子玉	（卷382）	周頌
	梅先		盧弁
（卷380）	王璹		索盧貞
	魏靖		琅邪人
（卷380）	楊再思		胡勒
	金壇王丞		庾申
（卷380）	韓朝宗		張導
	韋延之		石長和
	張質	（卷384）	李及
	鄭潔		阿六
（卷381）	趙文若		崔君
	孔恪		劉溉
	霍有鄰		朱同
	皇甫恂		郜澄
	裴齡		景生
	六合縣丞		許琛
	薛濤	（卷385）	崔紹
	趙裴		辛察
	鄧成		僧彥先
	張瑤		陳龜範
（卷382）	支法衡		賈偶
	程道惠		謝弘敞妻
	僧善道		梁氏
	李旦		朱氏

附錄三 《夷堅志》遊冥故事索引

夷堅乙志卷第十六「雲溪王氏婦」。

夷堅乙志卷第十六「沈傳見冥吏」。

夷堅乙志卷第二十「徐三為冥卒」、「城隍門客」。

夷堅丙志卷第一「閻羅王」、「文氏女」。

夷堅丙志卷第二「聶從志」。

夷堅丙志卷第七「周莊仲」。

夷堅丙志卷第八「黃十翁」。

夷堅丙志卷第九「酆都宮使」、「泰山府君」。

夷堅丙志卷第十一「張二子」。

夷堅丙志卷第十二「李主簿」。

夷堅丙志卷第十三「張鬼子」。

夷堅丙志卷第十六「碓夢」。

夷堅丁志卷第一「左都監」。

夷堅丁志卷第七「大渾王」。

夷堅丁志卷第十二「龔丕顯」。

夷堅丁志卷第十五「聶進食厭物」。

夷堅丁志卷第十七「閻羅城」、「王積不飲」。

附錄四 《大正藏》中集中闡釋地獄理論部分及遊冥故事

第 17 冊「經集部」《正法念處經》卷第五、六、七、八、九、十、十一、十二、
　　　十三、十四、十五及《佛說因緣僧護經》、《弟子死復生經》復生故事
　　　21 篇。

第 27 冊「毗曇部二、三」《阿毗達磨大毗婆沙論》卷第七、十一、三十六。

第 28 冊「毗曇部二、三」《阿毗達磨大毗婆沙論》卷第一百七十二。

第 29 冊「毗曇部四」《阿毗達磨俱舍論》卷第八。

第 32 冊「論集部全」《佛說立世阿毗曇論》卷第八、《成實論》卷第八。

第 39 冊「經疏部七」《佛頂尊勝陀羅尼經教跡義記》卷上。

第 41 冊「論疏部二」《俱舍論記》卷十一、《俱舍論疏》卷十一。

第 44 冊「論疏部五、諸宗部一」《大乘義章》第八。

第 45 冊「論疏部五、諸宗部一」《慈悲道場懺法》卷第四、九,《慈悲水懺法》
　　　卷下。

第 47 冊「諸宗部四」《轉經行道願往生淨土法事讚》卷上。

第 51 冊「史傳部一」《釋門自鏡錄》卷上、下（入冥故事）,《三寶感應要略錄》
　　　（入冥故事）。

第 53 冊「事匯部上」《經律異相》卷第四九、五十,《法苑珠林》卷第七、七
　　　十、九十二。

第 54 冊「事匯部下」《諸經要集》卷第十三、十四、十五、十八。

第 63 冊「續論疏部一」《俱舍論十一卷抄》、《俱舍論十二卷抄》、《俱舍論十八
　　　卷抄》

第 64 冊「續論疏部二」《阿毗達磨俱舍論卷第十一法義》。

第 71 冊「續諸宗部二」《大乘法相研神章》卷第一。

第 74 冊「續諸宗部五」《顯揚大戒論》卷第七。

第 84 冊「續諸宗部十五、悉曇部全」《往生要集》卷上、下。

第 85 冊「古逸部全、疑似部全」《大通方廣懺悔滅罪莊嚴成佛經》卷下,《佛
　　　說善惡因果經》、《妙蓮法華經馬明菩薩品》第三十。